T0022264

BESTSELLER

Licenciada en Literatura inglesa con una tesis sobre el teatro de Shakespeare y una pasión por contar historias en diversos formatos, **Silvia Zucca** combina la escritura con sus estudios cinematográficos. También ha traducido al italiano obras como *Cincuenta sombras más oscuras*, de E. L. James, o los dos primeros títulos de la trilogía Crossfire, de Sylvia Day. Vive y trabaja en Milán, Italia. Además de escribir le gusta bailar, los gatos, el vino, las películas y los buenos libros.

Biblioteca
SILVIA ZUCCA

Guía astrológica para corazones rotos

Traducción de
Patricia Orts

DEBOLS!LLO

Papel certificado por el Forest Stewardship Council®

Título original: *Guida astrologica per cuori infranti*

Primera edición en Debolsillo: mayo de 2022

Nuestro agradecimiento a Simon & The Stars por su asesoramiento
astrológico en Facebook.com/simonandthestars

© 2015, Silvia Zucca
Acuerdo de licencia realizado a través de Laura Ceccacci Agency
© 2015, 2022, Penguin Random House Grupo Editorial, S. A. U.
Travessera de Gràcia, 47-49. 08021 Barcelona
© 2015, Patricia Orts, por la traducción
Diseño de la cubierta: Penguin Random House Grupo Editorial
Imagen de la cubierta: © Netflix, 2022. Used with permission.

Penguin Random House Grupo Editorial apoya la protección del *copyright*.
El *copyright* estimula la creatividad, defiende la diversidad en el ámbito de las ideas
y el conocimiento, promueve la libre expresión y favorece una cultura viva.
Gracias por comprar una edición autorizada de este libro y por respetar las leyes del *copyright*
al no reproducir, escanear ni distribuir ninguna parte de esta obra por ningún medio sin permiso.
Al hacerlo está respaldando a los autores y permitiendo que PRHGE continúe publicando libros
para todos los lectores. Diríjase a CEDRO (Centro Español de Derechos Reprográficos,
http://www.cedro.org) si necesita fotocopiar o escanear algún fragmento de esta obra.

Printed in Spain – Impreso en España

ISBN: 978-84-663-3133-3
Depósito legal: B-5.357-2022

Impreso en Liberdúplex
Sant Llorenç d'Hortons (Barcelona)

P 3 3 1 3 3 3

A mi padre, por su cumpleaños especial.
Y a mi madre, que me enseñó a leer.

PRÓLOGO

EL ZODIACO PUEDE ESPERAR

Hay días en que lo sientes en los huesos. Te despiertas y tienes la certeza de que nada irá bien, que harías mejor quedándote en la cama, volviéndote hacia la pared y tapándote la cabeza con el edredón.

En una película mi voz en off diría que no me apetece levantarme, que en lugar de eso me gustaría meter la mano bajo la cama y coger la caja en que he escrito: EQUIPO DE SUPERVIVENCIA.

Además de una foto de los abdominales de Hugh Jackman, gominolas y una bolsita de maíz para hacer palomitas, en mi equipo de supervivencia hay unas películas, en riguroso VHS, que no deberían encontrarse en la videoteca de una apasionada del cine como la que pretendo ser... Mal que le pese a la triple K, que no significa Ku Klux Klan, sino Kubrick, Kiarostami y Kusturica, cuyas fundas están bien a la vista en la librería Billy de Ikea que hay en la sala, bajo la cama escondo películas tan ardientes como *Notting Hill*, *Dirty Dancing*, *Pretty Woman* y *Ghost*...

Para qué lo voy a negar, cuando todo se tuerce me atizo una sobredosis de azúcar en formato celuloide. ¿Por qué esas películas y, en general, las comedias románticas de los años ochenta y noventa? Pues porque soy una niña eterna, y esas películas son para mí como la magdalena de Proust. Ya en los primeros encuadres me sumerjo en el mundo protegido y seguro de mi infancia. Me hacen pensar que la vida tiene un orden y que, incluso cuando todo parece ir mal, el final feliz está ahí, a la vuelta de la esquina, en el minuto ciento veinte, justo a tiempo para los créditos finales.

Hoy es uno de esos días. Lo sé nada más abrir los ojos, mientras oigo el lamento del despertador. Siento la tentación. Es muy fuerte. Pero, claro está, los días de equipo de supervivencia suelen ser los lunes, cuando te espera una reunión en el trabajo cuya importancia solo es comparable a la de una cumbre de la ONU.

Anoche sabía que no era una buena idea inyectarme en las venas *Olvídate de mí*. Sobre todo porque decidí acompañar la película y los disgustos con la botella de champán Louis Roederer que debía servir para festejar un primer aniversario que nunca llegué a celebrar.

En la vida hay momentos en que decides hacerte daño de manera consciente.

Por eso, cuando aparto el edredón no puedo por menos que arrepentirme de la noche en blanco que concluí de manera gloriosa abrazada al váter, deshaciéndome en lágrimas como una estúpida entre una arcada y otra.

Peregrino hacia la cocina con la esperanza de que una doble dosis de cafeína produzca sobre mí el efecto de Lourdes y logre despertarme de la catatonia. Luego, prosiguiendo con los automatismos, enciendo la radio para oír las noticias y alegrarme de que alguien esté peor que yo.

Al final, hago acopio de todo mi valor y me encamino hacia el cuarto de baño. «¡Oh, Dios mío!». En el espejo aparece el retrato de Dorian Gray, versión femenina en pijama. Con esas ojeras parezco un oso panda con peluca.

«Te odio, Carlo», pienso a la vez que recojo los restos de mí misma y de la orgía de comida basura que hay esparcida por toda la casa.

Carlo es mi exnovio. Cinco años juntos. Siete meses, doce días y cuatro horas (minuto arriba, minuto abajo) de convivencia que se remontan a hace casi dos años. Claro que en dos años una debería ser capaz de rehacer su vida, y yo lo he hecho. O, cuando menos, lo he intentado, dada la secuencia de hombres inapropiados, como mínimo, con los que me he topado después de él (el último de los cuales, Giorgio, fue precisamente el que me dejó en herencia el maldito champán). El problema es que, mientras los demás iban y venían, Carlo nunca salió del todo de mi vida, pese a que ya no estábamos juntos. Pensaba que la nuestra era una relación que iba más allá del amor, en su concepción más usual, que era algo más complejo, que trascendía la atracción física. Igual que en *Cuando Harry encontró a Sally*.

De hecho, fue en el sofá de Carlo donde me refugié el par de veces en que los hombres inapropiados que he mencionado me partieron el corazón. Por otra parte, yo era para él la confidente a la que podía contar sus efímeras conquistas. Porque pensaba que iban a ser siempre así: *efímeras*.

Y ahora… Carlo se casa.

Dentro de siete meses.

Y lo he descubierto en Facebook. Y ni siquiera por él, sino a través de la pava de Cristina, que ha anunciado al mundo en su muro: «¡Estoy embarazada, Carlo y yo nos casamos en septiembre, el día de mi cumpleaños!».

Fantástico. Enhorabuena. Mis más sinceras felicitaciones. Y un a tomar por culo tan grande como la catedral de Milán, ¿os parece bien? Y pensar que al principio la consideraba mi amiga.

No es que quisiera estar en el lugar de Cristina, no: es que, de los dos, debería ser yo la que se casara en primer lugar. ¿Acaso no se dice siempre «las damas primero»?

Y con ello llegamos a mi otro problema apremiante: la edad. No soy, lo que se dice, una pipiola, dado que hace tiempo que cumplí los treinta. Me gustaría mucho conocer a alguien, enamorarme de verdad (y ser correspondida, ya que estamos), formar una familia. En cambio, tengo la impresión de estar compitiendo en los campeonatos mundiales de soltería, tal es mi mala suerte en el amor.

«... CUB, COBAS y SDL han confirmado la huelga general de los medios de transporte urbano convocada para el día de hoy. Recordamos que los paros tendrán lugar entre las 8.45 y las 15.00, y entre las 18.00 y el final del servicio...».

Estoy en el baño, con la cabeza apoyada en las rodillas, cuando oigo distraídamente la noticia en la radio.

«¡Mierda!».

Aquello sí que produce en mis nervios el efecto de una ducha de adrenalina. La reunión empieza a las nueve y media, y mi coche estará en el taller hasta el miércoles.

«¡Despierta, Alice! ¿Cómo has podido olvidarte?». Son las 8.04, siempre y cuando el reloj del baño funcione bien. Y, dado que de aquí a la parada del autobús se tarda unos diez minutos, ni siquiera me quedan veinte para transformar a *Carrie* en una versión barata de Alice Bassi.

Adiós ducha. Adiós plancha para el pelo. Adiós esmalte de uñas. Bueno, el esmalte lo meteré en el bolso, quizá tenga tiempo de repasar la manicura nada más llegar a la oficina.

Activo el modo «velocidad supersónica» y saco del armario uno de mis conjuntos estándar, para no calentarme demasiado la cabeza con la cuestión del qué me pongo.

Al final, superando en velocidad a Carl Lewis, en diez minutos estoy fuera de casa, maldiciendo mi síndrome de desorden crónico, que me ha hecho renunciar de antemano a buscar el paraguas.

Corro hacia la parada del tranvía bajo el diluvio universal. Me incorporo a la multitud de deportados que aguardan con cara de pocos amigos la llegada del 4.

Son las 8.16 y alguien vocifera que la ruta no va a ser puntual. Empiezo a hacer de nuevo cálculos mentales. De aquí al tren de cercanías que debo coger habrá un cuarto de hora a pie... Así pues, cruzo la calle con paso regular, tratando de hacer caso omiso de la lluvia, que me empapa el pelo y la chaqueta.

—Pero ¡qué día de mierda! ¡Qué día de mierda! —refunfuño entre dientes como si estuviera recitando un mantra.

Lo único que consigo, mientras estoy parada en un semáforo, es ganarme la reprobación de una octogenaria armada con un carrito de la compra.

—Señorita, ¿no sabe que las palabrotas no quedan bien en boca de una mujer? ¿Acaso no quiere encontrar marido?

Me concentro en el color del semáforo conteniendo la respuesta desabrida que tengo en la punta de la lengua. Pero cuando por fin se pone verde decido ahorrar saliva y bilis, y me apresuro a cruzar.

Mientras mis medias de rayas de colores se van empapando hasta la rodilla lamento no tener a mano el equipo de supervivencia, sobre todo *Ghost*, porque, dado que el protagonista es un fantasma, la posibilidad de que al final de la película cambie de idea, abandone a Demi Moore y deje embarazada a otra está descartada desde un principio.

—Lo siento, señores, el último ha pasado ya —dice el hombrecito que está cerrando la puerta del tren de cercanías.

No es posible. Es una pesadilla. Para merecerme un día así debo de haber sido un ser terrible en mi vida anterior, como un freidor de niños en el Oktoberfest de los ogros, un acuchillador en serie de obras de arte o, cuando menos, el productor de esa bazofia que es la segunda parte de *Los inmortales*.

Como última esperanza, busco el número de taxis que tengo en la agenda del móvil y al cabo de un cuarto de hora llega mi ángel salvador: Wapiti 28 47.

—Buenos días —digo al taxista sin demasiada convicción.

El tipo, que tiene la cara consumida y bronceada como Cocodrilo Dundee, me mira unos segundos y luego me señala el diario que hay en el asiento posterior.

—¿Puede sentarse encima, señora? Así no me mojará el asiento.

Por supuesto. Perfecto. Odio que me llamen «señora». Por si fuera poco debo envolverme el culo en papel de periódico, como si fuera una lubina comprada en el mercado.

—Faltaría más —contesto con amabilidad para evitar que Cocodrilo Dundee se cabree conmigo y me deje tirada en la calle a varios kilómetros de distancia de la oficina.

—Menuda lata esto de la huelga, ¿eh? —dice él poniéndose en marcha.

—Ya.

—Menos mal que existe Wapiti.

Veo que me mira por el espejito retrovisor. Tiene los ojos azules, que, unidos a la cara marcada por las arrugas y al chaleco de piel sintética, hacen que parezca un viejo vaquero. Del espejito retrovisor cuelga una especie de atrapasueños indio, con un montón de plumas.

—¿Qué es eso? —pregunto.

—Le agradezco la pregunta. El Wapiti es un alce canadiense. En la medicina chamanística se lo considera un animal sagrado. Simboliza el equilibrio. Puede que las personas que lo tienen como espíritu guía no lleguen las primeras a la meta, pero en cualquier caso persiguen sus objetivos con constancia, sin agotar todas las energías.

Bueno, confío en que, al menos, este Wapiti me haga llegar a la meta a las nueve y cuarto.

—Perdone que me meta donde no me llaman, pero me parece que usted necesita recuperar un poco de energías, ¿sabe? A su edad debería empezar a cuidarse. ¿Ha probado alguna vez la cristaloterapia?

¿A mi edad? ¿A mi edad? ¡Dios mío, ayúdame a bajar como sea de este maldito alce canadiense disfrazado de Citroën! Pero ¿cuántos años cree que tengo? Es cierto que no me he maquillado, que sigo teniendo unas ojeras dignas de un oso panda, por no hablar del pelo, que debe de estar peor que el de Johnny Depp en *Eduardo Manostijeras...*, pero, caramba, ¡aún no tengo un pie en la fosa!

No, el pie en la fosa lo meto de verdad unos minutos más tarde, cuando Wapiti se detiene delante del vado permanente del canal Mi-A-Mi, la pequeña emisora de televisión por la que me dejo la piel cada día desde hace diez años. Abro la puerta para apearme y hundo el pie en un cráter lleno de agua. Genial.

—¿Cuánto le debo? —digo conteniendo una mueca de rabia y disgusto.

—Son veintidós euros y sesenta y cinco. Se lo dejo en veintidós y cincuenta.

Mira tú el chamán.

Al abrir la cartera me doy cuenta de que solo tengo diez euros en efectivo. Mierda. ¿Y ahora quién es la guapa que se lo dice a Wapiti-Cocodrilo Dundee? Me veo ya haciendo cristaloterapia en modalidad lapidación.

—Disculpe un momento...

Cuando alzo la cabeza veo a Raffaella, mi compañera, arrebujada en un impermeable impecable de Gucci, con las botas y el paraguas a juego, del mismo color gris malva. No tiene un solo pelo fuera de su sitio. A ella las gotas la esquivan con deferencia.

—En taxi —me dice guiñándome un ojo—. Veo que no nos privamos de nada...

—¡Espera, Raffa! ¿Puedes prestarme trece euros? Te los devolveré a la hora de comer, cuando vaya al cajero automático.

—Por supuesto, querida. ¿Seguro que es suficiente? —dice tendiéndome un billete de veinte—. Ten, así te sacas un té caliente de la máquina. Pareces agotada.

Me despido de Dundee y me dirijo con ella a la entrada, donde ficho con una felicidad que jamás había experimentado hasta ahora. Lo he conseguido. Son las 9.17. Tengo casi un cuarto de hora para tratar de adquirir aspecto humano.

—Dios mío, Alice, ¿qué le ha pasado a tu falda? —A mi espalda, Raffa apunta un dedo a mi cara B.

Al levantar un poco la chaqueta comprendo el motivo: tengo un artículo de periódico impreso en las nalgas. Mérito de Wapiti-Dundee y de su genial idea de que me sentara, empapada, encima de un diario.

Me apresuro a despedirme de ella y bajo como una exhalación la escalera que lleva a los estudios de grabación. Allí están los servicios y, sobre todo, los camerinos donde guardamos algo de ropa. Espero encontrar algo que sea de mi talla.

—Buenos días.

Delante de la máquina del café que está al lado de dirección hay un hombre. Se vuelve hacia mí y me mira de arriba abajo.

—¿Es nueva? ¿Se ha perdido?

¿Nueva yo? Él, más bien. A juzgar por la altura, los vaqueros, la mirada magnética y el pelo entrecano, debe de ser un aspirante a actuar en *Mal de amor*, la serie que ruedan en el estudio Alpha. Puede que esta mañana haya algunas pruebas. Y él, que se parece un poco a Richard Gere, pero más alto, tiene buenas posibilidades de superarlas.

—La verdad es que hace mucho que no soy nueva —respondo a Richard Gere, pero más alto—, aunque sigo en garantía… —concluyo con audacia, porque cuando estoy nerviosa siempre se me escapa alguna gilipollez. Y, dado el estado de mi cara, la mancha en las posaderas y su mirada penetrante, estoy sin lugar a dudas pasada de revoluciones.

Acto seguido, sin embargo, me precipito a los camerinos, donde encuentro dos faldas. Una es de tubo, pero de un color amarillo canario imposible; la otra es una especie de faldita de tablas oscura, que podría ir bien si no fuera porque está cubierta de lentejuelas. En resumen, que puedo elegir entre parecerme a Piolín o a Britney Spears. Opto por Britney, dado que, después de todo, las lentejuelas son oscuras y no se notan demasiado.

—La felicito, le queda bien. ¿Qué programa presenta? —me pregunta Richard Gere, pero más alto, que, tras apurar su café, encesta el vaso de plástico en el correspondiente cubo.

—Oh, yo… No, no presento ningún programa… —contesto con una sonrisa lánguida. Bueno, si piensa que puedo salir en vídeo eso significa que no estoy tan espantosa.

—Ah, ya me parecía a mí, pero como he visto que ha cogido la falda de la sastrería…

Me alejo haciendo ondear un brazo a modo de saludo. La reunión que empezará en menos de diez minutos sigue pendiendo sobre mí como la espada de Damocles.

Apenas me da tiempo a arreglarme un poco el pelo restregándolo con papel y a maquillarme lo mínimo indispensable. Ahora ya no me parezco tanto a un panda, sino a un puercoespín. Que viva la granja de los animales.

—Alice, por fin has llegado —me recibe con tono de reproche Enrico, mi jefe—. Llama al bar y pide un termo de café. Trae también unos vasos de papel y unas servilletas.

Es innegable que he dado todo un salto de calidad desde que trabajaba a tiempo parcial como camarera en la pizzería que hay debajo de mi casa.

Cuando entro en la sala veo que todos están llegando tarde. Así pues, me da tiempo a ordenar los folios para los apuntes, los bolígrafos y las jarras de agua, y comprobar que los rotuladores para la pizarra funcionen. Además, dado que aún estoy sola, me digo que quizá me dé tiempo a arreglar el esmalte de una uña, que ha saltado. No tardaré mucho.

Mientras doy las últimas pinceladas entra Carlo, que me mira esbozando una sonrisa culpable. Dios mío, lo pillarían incluso si hubiera robado un caramelo. Me hago la sueca, claro está: el código de comportamiento de la mujer auténtica, fuerte e independiente prevé que manifieste cierta indiferencia. De manera que me dedico a pintarme el resto de las uñas, mirando mis manos como si fuera Leonardo y estuviera dando el último retoque a la *Gioconda*.

Con el rabillo del ojo veo que Carlo toma asiento muy lejos de mí. Bien. Soplo las uñas y muevo los dedos con feminidad. La única importante soy yo, el resto del mundo no existe.

Oigo que alguien carraspea y alzo los ojos.

Han llegado todos, Raffa sacude la cabeza y se acerca a Enrico para decirle algo al oído. Cristina apoya una mano en el brazo de Carlo, que tiene el ceño fruncido y parece triste. Pero, sobre todo, de pie, delante de la pizarra, están Nuestro Señor, el sumo presidente del canal, y Richard Gere, pero más alto, que vuelve a carraspear.

—Bueno, si la señorita ha terminado de hacerse la manicura diría que podemos empezar, presidente.

Cierro los ojos y pienso en la cinta de *Dirty Dancing* que guardo bajo la cama. «Nadie arrincona a Baby». Y ella se levanta con aire firme y demuestra a todos de qué pasta está hecha, a pesar de ser feúcha y tener una buena narizota. La venganza de las pseudosolteronas.

Yo, en cambio, me quedo petrificada, porque en esta sala no hay ningún Patrick Swayze que me tienda una mano. Que, por otra parte, no podría agarrar, ya que si lo hiciera me estropearía el esmalte.

En su lugar está ese tipo, el que he tomado por un actor guaperas, uno de esos que si consiguen soltar más de tres ocurrencias se sienten como De Niro en *Taxi Driver*. Y ya no tiene la sonrisa afable con la que me saludó en la máquina del café; al contrario, entrecierra los ojos mirándome con dureza.

—Bueno —dice el sumo presidente para llamar la atención de los presentes—. Como sabéis, nuestro canal es pequeño. Una pequeña gran familia con muchas ganas de crecer. Y ha llegado el momento de hacerlo, de tratar de dar el salto para convertirnos en algo importante. Eso implica el esfuerzo de todos, porque no será fácil, dada la crisis. Pero es necesario transformarnos para no sucumbir. Por ello, para cambiar el estilo del canal, hemos pedido la ayuda del señor Davide Nardi, aquí presente. En los próximos meses observará y evaluará el trabajo que realizamos en la empresa para poder decirnos cómo y dónde hay que intervenir. Dónde hay que cambiar, ampliar... o *cortar*...

Miro parpadeando a Nardi, como si lo viera por primera vez o, mejor dicho, como si fuera ataviado con una capucha negra y una hoz. Porque eso es lo que es: un cortador de cabezas contratado por el sumo presidente para podar el personal.

Y yo, entre la falda y las uñas, acabo de ofrecerle la peor de mis versiones.

Al final de la reunión Raffa me da una palmadita en un hombro con aire contrito. Tiene la cara del que se despide por última vez de un moribundo.

—No hace falta que me devuelvas enseguida el dinero del taxi, acababa de sacar. Ya sabes cómo soy: pienso *siempre* en todo —concluye lanzando una mirada de complicidad a Nardi, seguida de un pestañeo.

Siento que voy a vomitar. Me precipito hacia la puerta a la vez que oigo que Nardi dice:

—Aceptaremos encantados vuestras ideas y sugerencias para el desarrollo del canal. Si alguien tiene una idea para un programa o un nuevo formato que pueda ser interesante que lo diga, luego lo evaluaremos.

¿Tal vez un programa sobre las maneras de buscar un nuevo trabajo, *Empleado o despedido*? ¡Diez años de experiencia, una licenciatura en Comunicación y Artes Escénicas y un diploma de la Escuela de Cine tirados a la basura!

—Hay gérmenes.

Alzo la cabeza de entre las manos. Estoy sentada en el suelo en una de las cabinas del baño, con el codo apoyado en la tapa cerrada. Me pareció el mejor sitio para reflexionar sobre mi futuro.

Delante de mí hay un muchachote alto, con el pelo rubio y un llamativo pendiente en el lóbulo izquierdo.

—¿Cómo dices?

Él me sonríe, se agacha a mi lado y mueve la cabeza a un lado y al otro.

—Perdona, encanto, pero no tienes lo que se dice buena cara.

—Digamos que no es mi día —digo exhalando un suspiro—. Es un momento complicado. Nada va como debería ir. ¡Ni una sola cosa!

Apoya una mano en la mía. En el dedo corazón lleva un anillo con unos símbolos extraños. Tengo la sensación de que es alguien que tiene todas las respuestas, como el hada madrina de Cenicienta, solo que en mi caso se trata de un hombre con el pelo oxigenado, los ojos delineados con kohl y un pendiente.

Él me mira con aire benévolo y dice:

—Eres libra, ¿verdad?

ARIES

Pensad en un hombre de una pieza, en un rudo vaquero que nunca pregunta nada, entre otras cosas porque es incapaz de articular frases gramaticalmente complejas. Pues bien, los aries son así: unos personajes primarios, capaces de quedarse deslumbrados por eventos como el descubrimiento del fuego y la invención de la rueda, pero genéticamente impedidos para ciertos detalles como el común sentido de la higiene o de la galantería, que consideran síntomas inoportunos de promiscuidad sexual.

En pocas palabras, Tarzán era Aries, sin lugar a dudas. De forma que, a menos que no os importe tener que bajar a vuestro hombre de un árbol o llevarlo a hacer sus necesidades tres veces al día, os conviene cambiar de tercio.

1

ALGO PASA CON LIBRA

Así empezó todo. Cuando se habla de los momentos clave de la vida uno espera que se presenten cuando estás en el culmen de tus energías. Depilada y perfumada con desodorante, vaya. Pero yo he de ser siempre original y debo vivir mi momento cumbre sentada en la cabina de los aseos de una empresa, con el pelo aún mojado y surcos de rímel en las mejillas.

—¿Li... libra? —repito.

—Es un signo del zodiaco —me explica él.

—Sé qué es Libra —replico estupefacta, porque, de hecho, lo soy. Soy una auténtica libra.

Él se levanta sin dejar de mirarme y me tiende la mano. Al aferrarla noto que está caliente; me la estrecha cuando me levanta para ayudarme a adoptar de nuevo una posición de mujer *sapiens sapiens*.

—En cualquier caso, disculpa, pero no creo en la astrología. Me parece cosa de ingenuos. Ya no estamos en la Edad Media.

Él se encoge de hombros y luego me tiende de nuevo la mano derecha.

—Hola, soy Tio.

—¿Qué clase de nombre es Tío? —le pregunto mientras se la estrecho—. Ah, yo soy Alice.

—Es mi nombre artístico. La abreviación de Tiziano. Soy actor. Y no te preocupes, la mayor parte de las personas no cree en el horóscopo, aunque todos lo leen.

Mientras me acerco al lavabo pienso que tiene razón. Porque yo también lo he hecho en varias ocasiones.

Me lavo la cara tratando de mirarme al espejo lo menos posible, porque sé que en mi estado podría presentarme en el set de una película de terror de Dario Argento.

—¿Sabes qué es lo que más me cabrea? —le digo tratando de esbozar algo similar a una sonrisa—. Cuando leo en mi horóscopo que estoy viviendo un buen periodo: tengo hasta tres estrellas en amor, trabajo y salud, pero lo cierto es que mi situación no puede ser peor, me acaban de dejar y puedo perder también el trabajo. Me entran ganas de coger el teléfono y llamar al tipo que lo ha escrito, insultarle y decirle que pienso llevarle a juicio. En fin, que cuando leo un buen horóscopo y mi vida es un asco me siento marginada. Me imagino que todos los de mi signo han subido al autobús de la suerte y que a mí, en cambio, me ha cerrado las puertas en las narices.

Tío me mira perplejo, luego sonríe.

—Bueno, ahora has subido al autobús, encanto. Diría aún más, a un bonito avión, en primera clase. —Me guiña un ojo y me coge del brazo—. Se ruega a los señores pasajeros que se abrochen los cinturones. Les habla el comandante Tío. Despegaremos en unos segundos.

Nos encaminamos hacia la puerta.

—¿Y sabes cuál es tu primer golpe de suerte? Te invito a comer. Me han dado un papel en *Mal de amor* y tengo que celebrarlo.

Le sonrío, porque aún soy capaz de alegrarme por el éxito ajeno, pese al tsunami que ha arrollado mi vida.

—Así me explicarás qué estabas haciendo en los servicios de señoras.

—Bueno, a decir verdad, estamos en el de caballeros.

De hecho, cuando abrimos la puerta nos topamos con Carlo, que se sobresalta al verme.

Oh, mierda...

—Ah... ¡Alice! —Se rasca la cabeza mientras su sonrisa se transforma en una mueca—. Oye, yo... quería hablar contigo.

He dicho que aún puedo alegrarme del éxito ajeno, pero sin exagerar. Lo último que necesito ahora es tocar con la mano la felicidad de Carlo por su futura paternidad. Miro a Tio con la esperanza de que me lance una cuerda para poder escapar de las arenas movedizas en que siento que me estoy hundiendo.

Y el milagro se produce. Tio se comporta como una perfecta hada madrina.

—Disculpe, pero vamos a comer juntos..., tenemos que hablar de trabajo —dice, con un aire tan profesional que casi me lo creo, y ni siquiera me parece demasiado extraño que haya tenido esa ocurrencia mientras salíamos de los servicios. He de reconocer que como actor no lo hace nada mal.

—Debes de ser un falso delgado.

A menos que haya estado encerrado en una jaula sin comer durante tres días, el ímpetu con el que ha engullido todo lo que tenía en el plato es digno de un Guinness para primates. Yo, en cambio, sigo remoloneando con mis macarrones recocidos.

—Tengo un buen metabolismo y, al igual que muchos géminis, una estructura mercurial. Soy nervioso y veloz.

—Y dale con la astrología. De acuerdo, vamos, explícame cómo adivinaste que soy libra.

Tio endereza la espalda y se da un golpecito en el esternón para contener un eructo.

—En estos momentos el cielo no presenta una disposición fácil para los libra. Saturno está en retroceso todo el mes. El Sol entró en Aries hace unos días y en la constelación de Libra se acumulan las situaciones complicadas y el estrés, tanto desde el punto de vista emocional, dado que Venus está en cuadrado negativo con Júpiter, como desde el punto de vista profesional, debido a la oposición de Plutón y al tránsito negativo de Urano...

Parpadeo, porque si por un lado no he entendido ni patata, por el otro mis oídos han filtrado todas sus palabras sintetizándolas en el acto: tengo el síndrome de desgracia planetaria.

—De manera que es inútil: no soy yo... Ni puedo hacer nada para evitarlo. No tengo salida.

Tio se echa a reír y me da unos golpecitos en la mano como si fuera un viejo amigo.

—Claro que no, anímate. Al margen de que solo se trata de un periodo y de que los tránsitos no tardarán en cambiar, sí que puedes hacer algo: saber lo que te está ocurriendo en el terreno astrológico te puede ayudar a prevenir ciertos fallos. En pocas palabras: si sabes que va a llover, ¿qué haces? Coges un paraguas, ¿no?

Resoplo. El razonamiento es impecable.

—Sin ánimo de parecer una quejica, las cosas no iban mucho mejor en el pasado, antes de este mes.

Bueno, sí, he tenido ciertos picos de felicidad en los últimos dos años, pero ha sido más bien como estar en una montaña rusa: disfrutas del panorama hasta que te toca hacer una doble barrena y un giro de la muerte.

Tio suspira.

—Los libras no han tenido una vida fácil por culpa del tránsito de Saturno en el signo. Ha permanecido en él casi dos años, así que ya me dirás. Es el planeta de la dureza, de la disciplina y de las pruebas a las que te somete la vida, pero la buena noticia es que ahora ha pasado a Escorpio y, dado que es uno de los planetas lentos, tardará treinta años en volver a la órbita de Libra.

—*Mors tua vita mea.*

—Alice…

Alzo los ojos y veo a Carlo por encima de los hombros de Tio, a unos metros del bar del comedor. Se le ve aún preocupado. Me alegro.

—¿Qué quieres? ¿No ves que estoy hablando?

—Alice, por favor, sé que…

—Perdona, pero si lo sabes ¿por qué me molestas? ¿No ves que estoy ocupada? ¿Acaso te interrumpo yo cuando estás reunido?

También Tio se vuelve, luego me mira de nuevo y alza los ojos al techo.

—Es una verdadera lástima que él no sea escorpio—le digo entre dientes.

A ojo de buen cubero, la mala suerte de Saturno tardará al menos doce años en llegarle. Demasiado tarde para poder confiar en ella. Tengo que informarme de si no hay otro planeta más rápido que puede gafarlo mientras tanto.

Con todo, el mero hecho de ver cómo se pone morado me produce cierta satisfacción.

Lo miro mientras se aleja, a la vez que oigo el comentario de Tio:

—Debe de ser Marte negativo en el medio cielo: nos vuelve mucho más agresivos y menos diplomáticos.

Sacudo la mano, como si pretendiera quitarle importancia al asunto.

—Oh, lo que pasa es que él es mi ex… Es decir, mi ex *de toda la vida.* —En realidad, contando todas las relaciones desgraciadas que he tenido después de él debería decir que es mi ex ex ex ex ex… Eso si no me he dejado ninguno en el tintero—. Tenemos una relación… muy complicada.

—¿De qué signo es?

—Acuario.

Tío mira distraídamente la hora. Me ha dicho que después de la pausa para comer debe ir a la sastrería para ver la ropa que se pondrá en escena.

—Acuario es el signo de la libertad y la experimentación. Es difícil obligarlo a echar raíces. Le gusta el riesgo y la imprevisibilidad.

Ah, de manera que Carlo ha matado dos pájaros de un tiro: el riesgo sí que lo ha corrido, es evidente, y en cuanto a las raíces, las echará a la fuerza, dado que el bonito test de embarazo ha dado positivo. No obstante, me siento un poco culpable por la manera en que lo he tratado. Alzo la mirada y lo busco por el bar, pero debe de haberse ido ya. ¿De verdad puedo culpar a Marte por haberlo agredido de esa forma?

—La verdad es que entre los acuarios y los libras hay cierta armonía —prosigue Tío—. Pero si el acuerdo no se refuerza en el plano erótico los acuarios son propensos a desviarse del buen camino. Sin embargo, la buena noticia es que de todo ello puede surgir una relación de amistad leal y sincera.

No me está diciendo nada nuevo. Me asalta una fuerte sensación de melancolía. Ninguno de los dos, ni Carlo ni yo, tuvo la culpa de que todo terminara. La convivencia nos demostró que no estábamos hechos el uno para el otro. A pesar de que nos queríamos, nos hacíamos enfadar continuamente. Si bien compartíamos en esencia las mismas pasiones y los mismos objetivos, la manera de perseguirlos no podía ser más distinta. Un ejemplo: yo soy muy desordenada, mientras que él es un maniático de la nomenclatura y pretendía poner todo en orden alfabético, desde los DVD al contenido de los armarios de la cocina. De manera que me veía obligada a buscar las galletas en el estante de los garbanzos, y no al lado del té o del azúcar.

—¿Lo ves? Ahora ya sabes que potencialmente es posible que las cosas funcionen con los acuarios. Por lo general, los libras sufren con los signos que no saben cuidar de sí mismos o que son demasiado rígidos, como los capricornios, los virgos o los tauros. Tú necesitarías un buen leo, un macho alfa dominante, pero solícito con su compañera. O un sagitario aventurero. Con los escorpio, déjame pensar…

—¡Eh, no! No quiero un escorpio—digo poniéndome de pie—. Ya he tenido bastante por mi cuenta, que disfrute ahora solo de Saturno. ¡Como mucho, podemos volver a hablar del tema dentro de dos años, cuando suelte la patata caliente a otro!

Antes de dejar a Tio en la sastrería nos intercambiamos los números de teléfono, y él me promete que me llamará pronto. Al despedirme me da dos besos y me susurra que nos hemos conocido gracias al afortunado trígono de Venus.

Por un instante siento la tentación de añadirlo al grupo «inconcluyentes sin futuro» (más bien numeroso en la agenda de mi teléfono), pero al final decido concederle una oportunidad y esperar a ver qué pasa.

2

VOLVER A EMPEZAR... POR ARIES

A pesar del escepticismo que siento por la teoría astrológica de Tio, no puedo negar que me parece fascinante. En el fondo, estas cosas me gustan. La idea de que haya cierta predestinación, un esquema superior, me hace sentirme más segura. Hace tiempo, por ejemplo, acaricié la idea de dedicarme al feng shui. Pero no a la ligera, poniendo un cojín de color rosa allí y una cortinita verde aquí, sino reorganizando toda la casa de acuerdo con sus principios.

Sucedió justo después de la boda de Paola, mi mejor amiga.

En estos últimos años no he vivido siempre sola. Soy una persona sociable, y Paola fue la tercera y la última de mis compañeras de piso. Al igual que había sucedido con las otras dos, Sara y Marta, se enamoró e hizo las maletas en menos de cuatro meses.

Después de que se marchara empecé a pensar que el piso era un agente catalizador de fuerzas ultraterrenas que estimulaban las uniones. Una suerte de agencia matrimonial natural: ven a vivir conmigo y te aseguro que te casarás antes de cuatro meses.

Que quede claro que quiero mucho a mis amigas, pero no estaría de más que la cosa funcionara también con una servidora.

Dado que Sara, la primera, me dejó para irse a convivir con su novio; Marta, la segunda, se casó; y Paola, la tercera, tuvo incluso un hijo, sentí que el poder milagroso iba en aumento.

Por eso el feng shui. Reorganicé la disposición de los muebles para que las energías fluyeran hacia mí. Hasta cambié de dormitorio y me instalé en el de ellas.

Pero, por lo visto, soy como Obélix: la poción no me produce ningún efecto. Diría incluso que con todos esos cambios no hice sino empeorar las cosas: al ver el interés que demostraba por el sagrado fuego propiciatorio, el hombre con el que salía en esa época cambió de repente de parecer sobre nuestra relación y decidió romperla.

Movida por un violento impulso volví a poner todo como estaba en un principio y usé el manual de feng shui para limpiar los cristales. Al menos puedo decir que, en cierta medida, me ayudó a aclarar las cosas.

Espero que no me malinterpretéis: me alegro mucho por mis amigas, en especial por Paola. El hecho de que encontrara un hombre como Giacomo y de que se quieran con locura me produce cierto alivio. Sí, porque me hace pensar que en este mundo aún existe el amor verdadero.

Y hoy me alegro de verla, porque desde que tuvo a su hijo apenas tenemos ocasión de hacerlo. Giacomo se ha ofrecido a quedarse con el niño esta noche para que podamos salir a beber una copa y ponernos al día sobre todo lo que nos ha pasado desde la última vez que nos vimos. En quince años de amistad Paola y yo hemos aprendido a analizar a la perfección nuestras emociones. Si existiese una cátedra de Anatomopatología Emotiva la ocuparíamos *honoris causa*.

El primer spritz lo dedicamos por completo al parto (tema en el que hemos profundizado ya mucho, pero que si lo exprimimos un poco más todavía puede darnos algún que otro motivo de reflexión), a las graciosas muecas de Sandro (con la correspondiente demostración práctica e ilustrativa) y al inmenso cambio que supone la maternidad para una mujer, entendida como prolongación de sí misma en otra persona. Pero la filosofía empieza a tambalearse a la segunda ronda de alcohol, así que pasamos a temas más prosaicos como el sexo (del que en los últimos tiempos no gozamos ninguna de las dos, por varias y diferentes razones), los hombres (los míos, en teoría, que brillan por su ausencia) y, por último, los signos zodiacales (entendidos como la suma de los tres: astrología aplicada al sexo y, por tanto, a la búsqueda del hombre adecuado).

—Bueno, he leído que los escorpio son muy ardientes.

—Según dice Tio, la cuestión no es la propensión al amor de un signo, sino la compatibilidad con el tuyo. Si lo piensas verás que no se equivoca. Es como decir que lo que cuenta es la personalidad —le explico levantando el vaso medio vacío (yo soy una de esas personas que lo ven siempre así)—. Piensa en Carlo, por ejemplo. Es acuario. Con la mujer libra, es decir, conmigo, es compatible, pero según parece hasta cierto punto. Además el acuario se dispersa, y Carlo es, en efecto, un poco disperso.

—¿En qué sentido? Creía que te molestaba lo preciso que era.

—Sí, es cierto, pero en las relaciones es disperso. ¿Con cuántas ha estado después de mí? Enseguida perdía el interés. También conmigo lo había perdido. No es hombre de relaciones para toda la vida.

Paola carraspea.

—Pero Cristina está embarazada… Y además se van a casar.

El vaso medio vacío se vacía del todo tras un largo sorbo.

—Ya. En cualquier caso, es disperso —afirmo con rotundidad. Porque me niego a pensar que solo fue disperso conmigo, vaya. Que sea yo la mujer con la que no quería casarse, la que tenía algo que no funcionaba.

Paola no insiste, al contrario, da por zanjado el tema encogiéndose de hombros.

—Sea como sea, ha sido un poco disperso con su semen, porque no me parece el tipo que se lanza a la paternidad de buenas a primeras.

Nos echamos a reír.

—Oye, hablando de cosas serias, ¿cómo piensas resolver el nuevo problema en el trabajo?

El nuevo problema en el trabajo tiene nombre y apellido: Davide Nardi.

Suspiro y alzo una mano para llamar la atención de la camarera. Necesito un tercer spritz para abordar la cuestión.

—No lo sé. Por el momento trataré de pasar desapercibida como uno de esos animalitos de ojitos asustados que tratan de huir del depredador mimetizándose con una hoja o una piedra. Intentaré confundirme con el suelo o con el escritorio, a ver si así se olvida de que existo.

Paola se inclina hacia mí y me aferra la mano antes de que pueda coger de nuevo el vaso (esta vez lleno hasta el borde).

—¿Por qué no piensas que, en cambio, puede ser tu gran ocasión? Hace años que te oigo quejarte de que nunca te valoran lo suficiente. ¡Hace años que pasas desapercibida! Pollito, has crecido y estás lista para dar el gran salto.

No me detengo a puntualizar que, cuando crece, el pollito se transforma en una gallina que aletea ruidosamente y que, tarde o temprano, acaba metida en una olla.

—Sería estupendo, pero…

—¡Tienes un problema de autoestima! —Paola me mira con aire de psicoanalista—. Si no crees en ti misma, ¿cómo puedes pretender que los demás lo hagan? Piensa en los hombres, por ejemplo: ¿qué compañero pretendes encontrar si solo ofreces tu necesidad de ser amada? Tú no quieres un hombre, quieres una muleta.

El problema de Paola es que da siempre en el blanco.

—Volviendo a Nardi, ¿qué crees que debo hacer?

—Bueno, no debes esconderte, por descontado. Más bien deberías ser constructiva y eficiente. Enséñales de qué pasta estás hecha. Eres mucho más inteligente que la mayor parte de las personas que trabajan ahí dentro.

Constructiva y eficiente.

Casi oigo sonar la banda sonora de *Armas de mujer*: «Let the river run / let all the dreamers wake the nation...». Me siento como Melanie Griffith, dispuesta a pelear para conservar el puesto de trabajo y ganarme un despacho con un pedazo de ventana. Y, entretanto, casarme quizá con mi Harrison Ford. Solo que, en mi caso, ¿quién sería...? ¿Nardi?

Dios mío.

—Disculpa un segundo. Tengo que hacer pipí. —Me levanto y me dirijo al baño.

Los efectos colaterales de tres spritz son la vejiga hinchada y unos pensamientos decididamente retorcidos. Meto las muñecas bajo el agua fría y tengo la impresión de que gracias a ello las ideas se me aclaran también un poco. Qué absurdo pensar en Nardi (¡por un instante, un solo y fugaz instante!) como en un posible candidato para el papel de príncipe consorte. ¿Acaso seré víctima del síndrome de Estocolmo?

Mientras me acerco de nuevo a Paola pienso durante un segundo que veo doble, pero después me doy cuenta de que, simplemente, hay alguien sentado a su lado.

—Hola, soy Luca.

Barrido. Hombre, blanco. Edad: entre los treinta y cinco y los cuarenta años. Pelo: castaño claro. Ojos: castaños. Hombros: nada mal... Pero, por encima de todo: mano izquierda sin anillos.

—Encantada, yo soy Alice. —Miro a Paola como si le dijera: ¿cómo es posible que apenas me ausento un segundo se te acerque un hombre?

—Luca es un compañero del periódico —me explica ella.

—Sí. Un compañero bastante sorprendido de ver a la recién estrenada mamá disfrutando de la noche en un bar.

Me río y me siento en medio de los dos.

—Soy yo la que la lleva por el mal camino.

—¡Genial! —Esta vez es él el que me barre con la mirada. El resultado es una sonrisa aprobatoria—. No hay que perder los contactos sociales. No hagáis como yo. Me desviví por mi novia: excursiones románticas, viajes, veladas a la luz de las velas…

¿Novia? Alto. ¡Comprometido! Peligro. Tarjeta roja.

Mi expresión cambia y mi párpado de mujer fatal se eleva para adoptar la mirada comprensiva de la Abuela Pato.

—Y, al final… ¡Paf! Anna me dejó porque necesitaba espacio.

—Oh… —decimos a coro Paola y yo.

—No lo sabía, lo siento —añade Paola mirándome de reojo.

—Ahora estoy recuperando las amistades. Intento disfrutar de la vida, vaya.

¡Pobre, pobre muchacho! A saber cuánto habrá sufrido, piensa Alice, la enfermera.

—Pero no me quejo. Estoy esperando a unos amigos para ir a dar cuatro saltos. —Luca se levanta—. Me gustaría volver a verte, Alice. Si te parece podemos organizar algo con Paola.

Lo miramos mientras se aleja para reunirse con tres o cuatro tipos que están de pie junto a la barra.

—Lo siento mucho, pobrecillo —dice Paola—. Es muy simpático, y también un gran trabajador.

Me hago la tonta y apuro el spritz.

—Y… ¿sabes de qué signo es?

Paola guiña los ojos y a continuación esboza una sonrisa.

—Aries, creo.

3

UNA SERIE DE CATASTRÓFICAS
DESDICHAS DE LIBRA

Una mujer al volante es una mujer que controla su vida. Incluso aunque nadie lo diría, dadas las abolladuras que tiene la carrocería de mi viejo coche. Pero, como explico siempre a los que me reprochan que no las haya reparado, mi coche es algo así como la metáfora de mi alma: ciertos arañazos no pueden repararse.

Por otra parte, dado que tampoco me relleno las arrugas, diría que estamos empatados.

Después del accidente de la semana pasada esta mañana hemos vuelto a reunirnos, por lo que, mientras nos dirigimos al trabajo, me siento particularmente eufórica.

El sol brilla en el cielo. La noche ha barrido todas las nubes dejando en Milán una apariencia primaveral que me anima a cantar.

No falta mucho para que lleguemos, pero aun así creo que me dará tiempo a entonar una canción, de manera que hurgo en el salpicadero buscando el frontal de la radio. Entre folios diversos, el permiso de conducir y los tiques de garaje usados el desorden es monumental... ¿Dónde demonios estará? Me inclino para meter la mano debajo del asiento.

El coche da un bandazo.

Alguien hace sonar el claxon detrás de mí.

—¡Eh, calma, calma! —Alzo la mano hacia la moto que me adelanta para después frenar al poco, en el semáforo rojo—. ¿Lo ves? Tanta prisa para después tener que pararte enseguida —digo mientras me acerco a ella.

Entretanto encuentro el frontal, y apenas lo encajo la radio empieza a sonar a todo volumen. Es *Dancing Queen*, de ABBA, justo lo que necesitaba, porque yo también quiero sentirme la reina del baile. Así pues, empiezo a cantar golpeando el volante al ritmo de la música y balanceándome en el asiento.

Cuando me vuelvo veo que el motociclista me está mirando. Mejor dicho, veo que se ha girado hacia mí, porque, dado que lleva puesto el casco, no puedo verle la cara.

Tengo la ventanilla bajada, así que supongo que estará oyendo mis lamentos y los de ABBA. Glups…

Pero hoy no voy a permitir que me amilanen tan fácilmente. ¿Qué fue lo que dijo Paola? Confianza. Debo estar segura de mí misma y no dejarme llevar de un sitio a otro por cualquier cosa. De manera que lo miro con desenvoltura y sigo cantando para él. Después, cuando el semáforo se pone verde, le guiño un ojo y aprieto el acelerador.

Me echo a reír como una loca y, entre un rojo y otro, inicio una carrera con la moto que dura un par de kilómetros.

En el último semáforo oigo el timbre del móvil que me anuncia la llegada de un mensaje en WhatsApp. Mientras aparco, la moto me adelanta definitivamente y yo me despido de ella con la mano, antes de coger el móvil para ver quién es.

Ignoro las llamadas perdidas de Carlo, que archivo sacándoles la lengua.

En cambio, justo encima veo otra cosa que me arranca una sonrisa. Es Tio.

«Buenos días, mi pequeña libra». Su mensaje empieza así.

Puede que te parezca que el día tiene dos caras. Debido al trígono de Venus en tránsito positivo con Júpiter te sientes enérgica y resuelta, pero tus deseos de actuar serán puestos a prueba por Saturno y Mercurio, que podrían dar lugar a revelaciones inesperadas y socavar tu entusiasmo; o a cargas de trabajo inesperadas, que requerirán toda tu paciencia. Posibles enfrentamientos con personas que piensan de forma distinta a la tuya. En los asuntos del corazón, el cuadrado de Venus en tránsito negativo con Plutón invita a la prudencia y alude a la posibilidad de que surja un amor intenso y borrascoso.

Sigue una carita risueña y concluye:

Tío llegará a la una para que lo maquillen y lo peinen. Le gustan los sándwiches de atún.

Cierro el coche sin dejar de sonreír. Solo cuando me vuelvo en dirección a la puerta de entrada veo que la moto está aparcada justo al lado, y que el tipo está desmontando de ella en ese preciso momento.

Considero la posibilidad de guarecerme en el bar más próximo hasta que se marche. Pero, de nuevo, me niego a esconderme. Así que cruzo la calle con descaro, mientras él se quita el casco.

¿Dónde se meterán los tornados como los de *El mago de Oz* cuando los necesitas?

Davide Nardi acaba de quitarse los guantes de motociclista y se vuelve hacia mí mirándome con aire serio.

—Es peligroso distraerse buscando la radio mientras se conduce.

¿Y qué me dices de cantar haciendo muecas a la cara del hombre que puede ordenar que te despidan en cualquier momento?

—Mmmm… días… —balbuceo.

Con el pelo revuelto por el casco y la cara ligeramente encendida se parece aún más a Richard Gere en una de las escenas ardientes de *American Gigolò*. A pesar de mi reciente candidatura al Oscar al ridículo más espantoso, a la circulación de mi sangre se le cruzan los cables, como a una máquina de pinball cuando la bolita golpea la máxima puntuación. Calor. Frío. Frío. Calor.

Repaso mis funciones básicas. De acuerdo, no puedo confiar en poder articular palabra, pero mis piernas siguen funcionando. Así que adelante, Alice, da media vuelta y encamínate hacia esa condenada puerta.

—Pero tienes una bonita voz —añade Davide Nardi a mi espalda.

Parpadeo, y cuando me vuelvo él esboza una sonrisa. Exhalo un suspiro y me decido a fichar.

En cualquier caso, no tengo mucho tiempo para rumiar sobre mi actuación y aún menos para analizar el efecto que Nardi (Nardi el cortador de cabezas, Nardi el enemigo público número uno) ha producido en mí con la cazadora de piel y el aire descuidado de chico malo.

Según me asomo en la redacción tengo la impresión de que Enrico, el responsable de las producciones, además de mi superior directo, está haciendo una prueba para actuar en una película sobre la caza de osos grizzly. Y que, con toda probabilidad, aspira al papel de plantígrado.

—¿Qué significa que el estudio no está listo? —A continuación recita un monólogo trufado de palabrotas que bien podría ser el íncipit del enésimo capítulo del *Exorcista*—. ¿No tenías las convocatorias? ¿Dónde demonios se ha metido Alice?

—¡Estoy aquí! —grito.

Delante del grizzly Enrico están el director de fotografía y el director de varios de nuestros programas, reducidos a unas dimensiones liliputienses por los alaridos.

Al verme parecen sentirse aliviados, pero no me hago demasiadas ilusiones: para ellos no soy la madre Teresa de los operadores de televisión, sino tan solo carne fresca. Mientras Enrico me devora ellos podrán salir de estampida hacia los estudios para activarse como los Umpa Lumpa y preparar el set.

—¿Dónde demonios estabas? ¿Tienes o no un horario de trabajo?

De nada sirve recordarle que son las nueve y que los martes empezamos siempre a esta hora.

—¿Qué ha pasado? —le pregunto, en cambio. Eso es. Activa y constructiva.

—Luciano dice que los chicos aún no han preparado el estudio. Nadie sabía que las convocatorias debían estar preparadas antes y que esta semana tenemos que rodar un capítulo más, porque la semana que viene Marlin estará en Roma.

Bajo los párpados. La encargada de hacer las convocatorias soy yo, pero en función de la información que me pasan, y nadie me dijo nada sobre el capítulo extra.

—Enrico, no me mandaste ningún mail sobre eso.

Al oírme se pone morado, y por un instante temo que le salgan los caninos de Drácula.

—¿Cómo que no te mandé nada? Yo... ¡Hablamos de ello!

—¡No! ¡No me dijiste nada! ¡Maldita sea! —Pero no tengo tiempo de discutir con él. Me dirijo a mi escritorio, cojo los folios de producción de *Buenos días, Milán,* el programa que debemos rodar, y me lanzo a todo correr hacia el estudio.

Mientras avanzo por el pasillo oigo los gritos de Enrico, que parecen tener el efecto Doppler de las ambulancias, confundidos con los de los chicos de dirección y ahogados por la voz de Marlin, procedente de la sala de maquillaje:

—¡Dos episodios y aún no estáis preparados! ¡Santa Incompetencia! —dice agitándose como una gallina bajo las brochas de la maquilladora.

En lugar de entrar a saludarla me dirijo directamente al estudio, donde veo al director de fotografía colgado de la escalera, arreglando las luces.

—Inúndala de luz —le grito. Porque a Marlin le gusta que la iluminen como a la Virgen de Lourdes, asegura que así se le estiran las arrugas.

Después corro hacia el director, Luciano, y juntos echamos un vistazo al guion, mientras en el saloncito de al lado empiezan a amontonarse los primeros invitados.

—Haremos los dos episodios, tranquilo, sin golpes geniales, Lu.

Luciano asiente con la cabeza y me mira a los ojos.

—¡Justo hoy, Alice! —me reprocha débilmente, mirando por encima de mi hombro.

Me vuelvo un instante y atisbo al sumo presidente, que está al fondo del pasillo, apoyado en la puerta de la sala de maquillaje, deshaciéndose en atenciones con Marlin. Davide Nardi está justo detrás de él metiendo unas moneditas en la máquina de las bebidas.

—Lo sé, Luciano..., lo siento —balbuceo—. No sabía nada del episodio extra. Enrico no me dijo nada.

—Los chicos están muy nerviosos por la historia de la modernización del canal y de los posibles recortes. Los de arriba dicen que se necesitan ideas nuevas. Programas nuevos. Gente nueva. ¡Y a la primera de cambio nos pillan desprevenidos! —dice, a la vez que se aleja cabeceando.

¿Ideas nuevas? Me estremezco al pensar en lo que pueden inventarse.

—¿Sería posible beber un café? —grita alguien desde la sala de espera, y me pongo de nuevo a trotar.

—¡Por supuesto! —exclamo. Esbozo la sonrisa perfecta más forzada del universo y me dirijo a los invitados diciendo—: Café, té...

Davide Nardi se vuelve hacia mí, y yo no puedo por menos que recordar la escena de *Armas de mujer:* «Café, té…, yo misma…». Añado la tercera opción mentalmente, cuando nuestras miradas se cruzan.

Él me escruta unos segundos y luego me dice risueño:

—Café no, gracias, pero agradecería una botella de agua mineral sin gas. La máquina de fuera se ha tragado el dinero.

Acción y reacción, Alice. Es bastante sencillo.

Pero yo me quedo atontada, mientras los invitados me piden las cosas más variopintas.

—Por supuesto.

Al cabo de unos segundos, excesivos, me vuelvo como una autómata hacia la máquina expendedora. No es la primera vez que la muy condenada se atasca. Pero hemos elaborado un método poco menos que infalible para solucionar el problema.

Intercepto a un compañero que pasa por mi lado.

—Sergio, necesito la *sacudidita,* por favor.

Sergio asiente con la cabeza, mientras Nardi se aproxima a nosotros.

—¿Puedo echaros una mano?

—Sujete la máquina por el otro lado —le dice Sergio antes de que yo pueda intervenir.

La inclinan hacia atrás mientras yo permanezco inmóvil, sin apartar la mirada de Nardi en el papel de X-Man.

—¡Alice! —Sergio me devuelve a la realidad, porque ha llegado mi turno y, dado que he sido yo la que ha sugerido la sacudidita, ahora no puedo echarme atrás.

Suspiro y, bajo la mirada atenta del cortador de cabezas, balanceo la pelvis y acto seguido golpeo con fuerza el distribuidor con la cadera.

La máquina suministra de inmediato dos botellitas, que me apresuro a coger y entregar a Nardi.

—Aquí tiene. —Siento que me arde el cuello de vergüenza, así que me alejo a toda prisa de él alegando que debo preparar los cafés.

—Gracias... por la *sacudidita...*, Alice —oigo que me dice. Ay, Señor.

—¿Entonces? ¿Aún no estáis preparados? —grita Enrico, quien, mientras tanto, se ha reunido con nosotros en dirección—. Alice, si no estamos listos en cinco minutos...

Pero ¿qué demonios le pasa?

Por suerte, logro transformarme de nuevo en la mujer biónica y en apenas tres minutos inicia la cabecera. Por lo general, las bromas que intercambiamos entre nosotros y sobre Marlin suelen aliviar la tensión, pero dada la presencia de Nardi y del sumo presidente hoy no se oye una mosca. No soy la única que se lo hace encima pensando en su puesto de trabajo.

Es muy probable que también Enrico esté nervioso por eso.

—Hoy tenemos con nosotros en el estudio al señor Paolo Claretti, dueño de una de las colecciones de discos más grandes del mundo. Los viejos elepés, ¿os acordáis? Funcionaban a treinta y tres revoluciones... En la actualidad, sin embargo, los CD van a cuarenta y cinco revoluciones...

—¡¡¡Aaalto!!! —Enrico da una palmada a la pared con tanta fuerza que la hace temblar.

Marlin mira alrededor desconcertada. Algunos invitados se ríen.

—¿Por qué nos hemos parado? —pregunta acercándose a la boca el micrófono que lleva prendido en el escote, que cruje.

—¡Porque eres una ignorante! —ruge Enrico—. Por eso nos hemos parado, maldita sea. Tenemos ya poco tiempo y, por si fuera poco, Miss Pechonalidad ni siquiera sabe que los CD no funcionan con revoluciones. Ahora mismo entro ahí y...

Me abalanzo hacia Enrico y lo saco a rastras de dirección. Es cierto que los técnicos llaman a Marlin «Miss Pechonalidad»...

Bueno, empezaron a hacerlo después de la mamoplastia que se hizo el año pasado, pero él se guarda muy mucho de usar el apodo y, por descontado, no debería sacarlo a relucir delante del sumo presidente, quien, por lo visto, patrocinó la intervención.

—¿Quieres calmarte? —le susurro.

—¡Si hubieras hecho tu trabajo me calmaría! ¡Vamos retrasados!

Respiro y cuento hasta tres. Si él me hubiera dicho algo lo habría hecho. Que yo sepa, no soy adivina.

Mejor será que cuente hasta cinco.

—Yo me encargo —le digo a continuación esquivando el tema—. Pero no te metas en líos, por favor.

Corro al estudio, donde explico a Marlin que tenemos que volver a empezar desde la presentación del señor Claretti, y le explico a grandes rasgos la diferencia entre un elepé y un CD.

Tardamos cinco minutos más en volver a poner en funcionamiento las máquinas y en conseguir que Marlin se reenganche de manera creíble.

Cuando salgo del estudio me apoyo un instante en la puerta de hierro, cierro los ojos y exhalo un suspiro. Y pensar que aún me queda más de medio día por delante.

Al abrirlos de nuevo veo que dos personas me están escrutando: Davide Nardi, desde la puerta, y Carlo, desde el fondo del pasillo. Este alza un dedo, como si quisiera llamar mi atención, pero yo sacudo la cabeza y me precipito a dirección. En la carrera casi choco con Nardi.

4

UN GÉMINIS PARA LA ETERNIDAD

Apenas puedo creer que hayamos conseguido grabar los dos episodios.

Al oír la sintonía de cierre casi me dejo caer en la silla aliviada.

Me gustaría poder abrir la cola como un pavo real delante de Enrico, pero cuando me vuelvo lo veo detrás de la puerta de cristal de las centralitas, discutiendo animadamente por el móvil.

Salgo del estudio y, tras una fugaz visita al bar, me presento en la sala de maquillaje de *Mal de amor* con dos sándwiches de atún enormes. La sonrisa que despliego vacila, sin embargo, al ver a Tio con una tonelada de autobronceador en la cara y un par de gafitas redondas.

—¿Quién demonios se supone que eres? —le pregunto al mismo tiempo que él muerde el sándwich, tratando de no estropearse el maquillaje.

—Sioi Marrcius Alvars… —farfulla masticando—. Marcus Álvarez de la Rosa, primo de Ferdinando Prandi y ex de su novia. Tuvimos una relación cuando éramos jóvenes y ella estaba de vacaciones en Tenerife.

Sacudo la cabeza. Pero ¿dónde ha ido a parar la fantasía de los guionistas? Además, ¿a qué viene esa pinta? Parece un cruce entre Lorenzo Lamas y Harry Potter. Incluso le han puesto extensiones.

—¿Por qué tienes una cicatriz en la frente?

—Después de romper con Matilda me metí en asuntos turbios y una noche unos tipos me secuestraron. Todos me dieron por muerto. Me habían pegado y golpeado en la cabeza, de forma que había perdido el conocimiento. Y ahora… ¡Tachán! Aquí me tienes.

No profundizo en el motivo por el que el primo del tal Ferdinando Prandi se llama Marcus Álvarez de la Rosa. Con los líos de *Buenos días, Milán* y todo lo demás tengo más que suficiente.

—¿Has recibido mi mensaje? —me pregunta Tio mientras dan los últimos toques a unos tirabuzones que harían palidecer de envidia a Shirley Temple.

—Sí… —respondo un poco distraída.

—¿Y?

—Y lo he leído… Pero hoy tengo un día tremendo y… —Me vuelvo hacia él abriendo mucho los ojos.

Tio me sonríe. Debido al maquillaje, al pelo largo y a la cicatriz, el aire de niño sabihondo que lo caracteriza resulta hoy vagamente inquietante.

Rebusco en el bolsillo y pesco el móvil para releer el mensaje que me envió esta mañana.

El día empezó bien. Después de la velada con Paola tenía muchas ganas de mostrar lo que era capaz de hacer. Y Tio me escribió que sí, que iba a sentirme enérgica y resuelta, pero que luego Saturno y Mercurio… El mensaje habla de una sobrecarga inesperada de trabajo.

—¿Cómo lo has hecho? —le pregunto mirando fijamente la pantalla.

—Ya te lo he dicho, es tu horóscopo. La posición de los planetas en tu signo está clara.

Aún no sé qué podría haber hecho para mejorar la situación. Pero, un momento...

—¿Y el amor intenso y borrascoso? —Aprieto los párpados y me planto delante de él, cerrándole el paso—. ¡Porque lo quiero! «Intenso y borrascoso», como dice aquí. ¡Tú lo escribiste! Pasional, etcétera, etcétera. —Podría ponerme a gritar si al final resulta que solo ha adivinado las cosas negativas.

—Y yo qué sé, ten un poco de paciencia, no soy una agencia matrimonial. Eso es lo que dice el tránsito de los planetas.

Mientras paseamos por los pasillos, a la espera de la primera claqueta, entreveo a Carlo y bendigo al diseñador del personaje de Marcus Álvarez, sobre todo por la melena leonina de Tio, que me permite esconderme detrás de ella como si fuera un arbusto.

—No puedes pasarte la vida evitándolo, ¿sabes?

Toda la vida no, desde luego... Pero ¿al menos hasta que pase la boda? No, porque a Cristina se le podría ocurrir, en nombre de nuestra antigua amistad, pedirme que sea su dama de honor y garantizarme un puesto en primera fila para asistir a su triunfo.

Resoplo y me meto el móvil en el bolsillo.

Pero casi enseguida me sobresalto al sentirlo vibrar furibundo contra mi muslo.

Lo vuelvo a coger y, justo después del mensaje de Tio, veo uno procedente de un número desconocido.

Hola, soy Luca, el compañero de Paola. Nos conocimos ayer. Me preguntaba si te gustaría que saliéramos a tomar algo una de estas noches.

Alzo la mirada hacia Tío, tan incrédula como Luke Skywalker cuando Yoda hace levitar cosas delante de él valiéndose exclusivamente de la fuerza del pensamiento. Cuando me da una palmada en el hombro casi espero oírle decir: «Que la fuerza te acompañe». En cambio, da un brinco y lanza un gritito de júbilo como si fuera una animadora.

—¡No me digas que es un HOMBRE!

Al ver que asiento con la cabeza improvisa una especie de baile en el pasillo.

—¿Soy bueno o no?

—Eres... fenomenal —digo sin darme cuenta.

En mi cabeza están estallando fuegos artificiales, o la Tercera Guerra Mundial. Sea lo que sea, el caso es que en ella reina una gran confusión. Luca es un encanto. Y tiene a su favor:

1) la palabra de Paola, que aseguró que es brillante y simpático;
2) su mensaje, escrito en un italiano impecable, cosa que últimamente, con todas las kas y desastres gramaticales que abundan por ahí, no hay que desdeñar;
3) bueno, ¡ha averiguado mi número de teléfono y ahora me ha pedido que salgamos juntos! Si eso no es indicativo de buen gusto...

Tío sigue balanceando la pelvis delante de mí mientras le digo:

—Creo que es aries.

Se detiene de golpe.

—¿Qué pasa? —Me mira como si la televisión acabara de rectificar el número ganador del gordo de la lotería.

—No, nada, pero... Aries..., en fin. Bueno, a fin de cuentas, puede depender de muchas cosas, ¿no? —Saca su teléfono y empieza a teclear con el ceño fruncido.

Lo escruto, pero pensando ya en lo que me voy a poner cuando salga con el compañero de Paola. Hace meses que no veo a nadie y estoy tan nerviosa como una colegiala.

¡Amor pasional y borrascoso a la vista!

—Lo único que pasa es que Aries es un signo obstinado... En ocasiones puede ser también egoísta. Diría que inquieto. Y tú, como pequeña libra, has vivido ya muchos cambios radicales en tu pasado más reciente.

—Pero eso es lo que me anunciaste, ¿no? Intenso y borrascoso. —Debe ser así.

Tio asiente con la cabeza.

—En efecto... —Suspira y me coge la cara con las manos—. Me siento como una vieja tía dando consejos y ahora que ha llegado el momento de dejarte caminar sola tengo miedo de que te haga daño. Pero te seguiré paso a paso, ¿de acuerdo?

Casi se me saltan las lágrimas. ¡Este hombre, que conozco de hace tan poco tiempo, se preocupa por mí! Le doy un fuerte abrazo.

—Eres realmente excepcional, ¿sabes? Todas las mujeres deberían tener un Tio que las guiase y aconsejase.

Pues sí. El mero hecho de tener un amigo como él me hace sentir más segura. Protegida. Y, dado que soy inmensamente feliz, me siento tan generosa como la madre Teresa y me gustaría compartir su habilidad con todo el mundo.

—Deberían clonarte. Si todas las jóvenes tuvieran un amigo como tú estoy segura de que el sufrimiento de este mundo se reduciría en un buen porcentaje.

Él se ríe de buena gana.

—Una especie de gurú, ¿eh? Bueno, el turbante no me quedaría nada mal...

—Más que un gurú un guía... Un guía astrológico... para corazones rotos.

TAURO

Si habéis tenido un accidente devastador que os impide moveros, pensar, hablar o incluso decidir si es mejor respirar por la boca o por la nariz, en este caso —solo en él— tauro es el hombre que os conviene. El tauro habla, el tauro decide, el tauro actúa, sin dejarse intimidar lo más mínimo por el hecho de que vosotras también tengáis algo que decir sobre vuestra propia vida. Por otra parte, adivinad de qué signo era Hitler.

5

LIBRAS AL BORDE DE UN ATAQUE
DE NERVIOS

Es oficial: no tengo nada que ponerme.

La mitad del contenido de mi armario está tirado en la cama, la otra está esparcido en pequeños montoncitos por la habitación. En este momento mi casa parece un *outlet* para mendigos.

Y no tengo la menor idea de cómo vestirme esta noche.

Por consejo de Tío han pasado diez días desde el primer mensaje de Luca.

—No querrás contentarlo a las primeras de cambio, ¿verdad, Alice? Te advierto que Aries es cazador. Si no siente enseguida el desafío no se divierte y pierde el interés. Y supongo que no querrás que pierda el interés, ¿me equivoco?

Claro que no quiero que pierda el interés. Así pues, a pesar de que mi carné de baile ha estado vacío varias noches, me he inventado cuatro aperitivos, dos cumpleaños, una salida al cine, una cena en casa de mis padres (lo único cierto, qué tristeza) e incluso una despedida de soltera (en caso de que Cristina me invite a la suya creo que preferiría el método Ludovico de *La naranja mecánica*).

Sin embargo, Paola se olió la tostada hace ya unos días.

—¿Alice? ¿Cómo es que esta noche vas al cumpleaños de mi hermana? Pero ¿qué estás tramando? Creía que querías salir con Luca... Dice que siempre estás ocupada. ¿Desde cuándo tienes tantas cosas que hacer?

Le tuve que explicar la historia de Aries y que no quería que pensara que me moría de ganas de salir con él.

—De acuerdo, pero ahora basta —me dijo en mitad de mi disertación astrológica—. Además, disculpa, con todos los respetos por tu amigo vidente, conozco a Luca y puedo asegurarte que no es así. Es un chico dulce, también fuerte, pero amable. Así que, ¿por qué no intentas ser más espontánea?

Le expliqué que Tío es astrólogo y no el mago Merlín, y que con la espontaneidad, como la llama ella, siempre me ha salido el tiro por la culata.

Pero al final he cedido. A fin de cuentas, no creo que cambie mucho por un día o dos.

No obstante, no he malgastado el tiempo de espera. En estos diez días me he sometido a un régimen de vida que, comparado con él, lo de Demi Moore en *La teniente O'Neil* eran unas vacaciones en las Bahamas.

Despertador a las seis de la mañana para hacer abdominales y flexiones con un viejo vídeo: *En forma con Jane Fonda.* Me lo dio mi madre hace más de un mes, porque mis padres están vaciando la casa para pintarla.

Al pataleo para tener las nalgas tan duras como Barbarella he añadido la dieta depurativa de los monjes tibetanos. Lo que significa que desde hace diez días me estoy alimentando como una cabra. Pero mis caderas se han afinado y yo me siento en paz conmigo misma.

En fin, que estoy en forma, además de buena. Estoy lista, vaya.

La crisis se debe a que no sé qué ponerme.

¿Provocadora/elegante o deportiva/chic? ¿Mujer sofisticada o la vecina de la puerta de al lado?

Me siento en la cama y escribo un SOS a Tío. El teléfono suena de inmediato, y me aferro a él como si fuera el último salvavidas del *Titanic.*

—¡Dígame!

—Hola, guapa, ¿cómo van los preparativos?

Al otro lado de la línea está Paola, que debe de haber percibido las vibraciones de mi desesperación.

—Peor imposible. ¿Qué me pongo?

—Vamos, ¿de qué te preocupas? Ponte mona, sin excesos. Debes sentirte cómoda.

Eso es. Con el teléfono pegado a la oreja vago por las montañas de ropa que hay esparcida por la habitación y pesco los vaqueros ceñidos. Me quedan bien con una camiseta un poco ajustada. Nada especial, pero puedo adornar el atuendo con una pieza de bisutería.

El aviso de un mensaje entrante me sobresalta y el móvil se me resbala de las manos. Esta vez es Tío.

Túmbalo con tu *sex appeal.* Tacones y minifalda. Aries es un carnívoro y tú debes balancear la mercancía ante sus ojos, pero haciéndole creer que te importa un comino si la saborea o no.

De hecho, tratándose de seducción, presentarse con un par de vaqueros y una camiseta escotada no es la mejor opción. Así pues, abandono dichas prendas en sus correspondientes montoncitos y voy a rebuscar en otro lado.

—Oye, Paola, ¿y si en cambio me pusiera ese corpiño un poco sexy, ese que se parece a los de *Moulin Rouge?*

Envío de inmediato la foto a Tío, que me responde en un nanosegundo con el emoticón del pulgar alzado y muchos signos exclamativos.

—¿Estás loca? Eso va bien para ir a la discoteca..., ¡y ni siquiera! Te confieso que siempre me ha parecido un poco vulgar. ¡Vamos! Además, corres el riesgo de quedarte tiesa en la silla como una momia por miedo a que se te salga una teta al más mínimo movimiento.

Ya. Tendría que estar atenta a demasiadas cosas durante la velada. Así pues, descarto también a *Moulin Rouge*.

Escribo a Tio un lacónico «no, no queda bien, demasiado comprometido...». Y me pongo de nuevo a buscar.

—Oye, Alice, Luca es un tipo sencillo. Ponte si quieres una minifalda, pero ¿no crees que deberías concentrarte en ti como persona, en lugar de pensar en las tetas y las piernas? A fin de cuentas, cuando te conoció ibas vestida normal y le llamaste la atención de todas formas.

Exasperada, me tiro a la cama y miro el techo acariciando la idea de mandar todo a hacer gárgaras.

Mientras Paola sigue con su sermón sobre la espontaneidad, leo otro mensaje de Tio.

Sobre todo, debes hacer que suspire. Aries es el signo de los instintos primordiales. Puede parecer un hombre sencillo, pero en realidad es un volcán adormecido. Su mujer ideal es la mosquita muerta. Le gusta pelear por el hueso, como un perro, pero le falta imaginación, así que debes ser tú la que le enseñe cómo es el hueso.

Me levanto de nuevo para hurgar frenéticamente entre mis cosas. Trato de tener en cuenta las sugerencias de los dos mientras evalúo en el espejo lo que llevo puesto: falda hasta la rodilla con corte lateral, camiseta de cuello alto, pero muy ceñida, y unos zapatos no demasiado altos. No funciona: parezco la versión moderna de Mary Poppins. Me desvisto y vuelvo a empezar desde el principio. Botas altas, minifalda, top. Preparados-listos-ya para el Prosti Tour. Ni hablar. Una camiseta ajustada, pantalones y zapatos planos. De acuerdo, en caso de que un día me dé por ir a un local para lesbianas ya sé qué ponerme.

Me dejo caer en el borde de la cama con el único pensamiento vagamente positivo de que, con todo este ajetreo, estoy perdiendo más calorías de las que Jane Fonda me ordena cada mañana.

El enésimo mensaje de Tio es una especie de golpe de gracia.

Me olvidaba: dado que es un animal primordial, Aries adora los colores intensos. Como el rojo o el amarillo. Que, además, son los suyos, dado que es un signo de fuego. Espero haberte sido de ayuda.

Por supuesto...

—¿Alice? ¿Estás ahí?

—Sí, Paola... —Es decir, sí, Paola, aquí estoy, perdida en alta mar, pero gracias de todas formas, Paola.

—¿Quieres que vaya a echarte una mano?

—No, ahora me decido por algo. —Entre otras cosas, si viniera necesitaría un cuarto de hora para abrirme paso en este caos y llegar hasta la puerta.

—Vale, cuelgo entonces. Adiós, cariño. Diviértete mucho.

Dejo el teléfono en la cama y me pongo a buscar por enésima vez, decidida a no permitir que me distraigan más. Pero tres segundos más tarde el teléfono suena de nuevo.

Es mi madre.

Contesto, porque mi madre me sigue considerando una adolescente y se preocupa si no respondo a sus llamadas.

—Mamá..., hola...

—Hola, hijita, ¿qué me cuentas?

Suele iniciar así la conversación cuando me llama por aburrimiento.

—Perdona, mamá, pero estoy a punto de salir.

—Nunca tienes tiempo cuando te llamo.

—No, perdona…, es que he quedado y aún me tengo que vestir.

¿Por qué se lo he dicho? Al otro lado del auricular se produce un vacío que dura varios segundos.

—¿Con un hombre? —me pregunta después.

Suspiro.

—No… Es decir, sí…, pero es un amigo…

Ella suspira también.

—Guido, Alice sale con un *hombre* esta noche.

—¡Mamá!

—Bueno, ¿y qué te vas a poner? —me pregunta a continuación. De tal palo tal astilla.

—Aún no lo sé, mamá. Estaba pensándolo.

—¿Por qué no te pasas por aquí? Ya sabes que estamos embalando todo para vaciar la casa y en el armario he encontrado esa falda tan bonita, la de lunares, la blusa con el cuello de encaje, y el broche en forma de camelia. ¿Te acuerdas?

Dame fuerzas, Dios mío.

—Mamá, eso me lo ponía cuando tenía doce años. —Y ya entonces debería haberme avergonzado. Es muy probable que el hecho de que fuera una niña inadaptada se debiese a la falda de lunares y la blusa con el cuello de encaje. Porque ¿quién podía querer que lo vieran acompañado de una tarta Saint Honoré con sarampión?—. Perdona, pero de verdad tengo que dejarte.

—¡Ven a recoger tus cosas uno de estos días, Alice! —me grita mi madre cuando tengo el dedo casi apoyado en el teléfono para concluir la llamada—. En el garaje ya no cabe nada y necesito que te lleves tus cosas.

—De acuerdo, mamá. Adiós.

Cuando el teléfono vuelve a sonar y leo NÚMERO DESCONOCIDO en la pantalla pienso que nunca conseguiré salir de casa.

—¿Dígame?

—Alice, soy Carlo. Disculpa que haya ocultado el número, pero tengo que hablar contigo como sea. Por favor. Están sucediendo muchas cosas a la vez y ya no entiendo nada —suelta de un tirón, acribillándome a palabras—. Sé que te has enfadado por lo de Cristina, por lo del niño... En fin, comprendo que estés celosa... y susceptible... Dios mío, siempre has sido susceptible, de una forma insoportable...

—¿Celosa yo? ¡¿SUSCEPTIBLE YO?!

—¿Ves? A eso me refiero.

—Dime, dado que soy tan SUSCEPTIBLE, ¿qué quieres de mí? —grito, poco menos que estrangulando el móvil.

—¡Un poco de comprensión! Que no me trates como un paro de Calcuta.

—Se dice paria, ignorante.

—Dios mío, resultas odiosa cuando te haces la marisabidilla. Pero ¿por qué pierdo aún tiempo contigo? ¿Te has preguntado alguna vez por qué los hombres te dejan siempre? ¿O la culpa la tiene tu destino adverso? Tú, que, pobrecita, conoces siempre hombres inapropiados. ¿No has pensado que puedes ser tú la inapropiada?

Eso sí que no.

—¡Basta! No necesito los sermones de un imbécil sin una pizca de sensibilidad. Ya no tenemos nada que decirnos. A fin de cuentas, las cosas importantes me las comunicas siempre por internet, ¿no? Esperaré a que anuncies la fecha de la boda en Facebook para escribirte un mensaje de felicitación en el muro. Por lo demás, puedes estar tranquilo y, sobre todo, lo más lejos posible de mí. —Arrojo el móvil entre las almohadas y la habitación empieza a darme vueltas.

Miro los montones de ropa esparcidos alrededor de mí, incapaz de pensar: deportiva, elegante, colores intensos, sobriedad, sencillez, sensualidad, fascinación... Carlo y Cristina, Tío, el trabajo, Paola, los hombres inapropiados, yo, que soy inapropiada… No puedo respirar. El corazón me late a mil por hora en la garganta. ¿Será un ataque de ansiedad?

Por suerte tengo calmantes en la mesilla de noche. Me trago uno y me tumbo cinco minutos en la cama. Respira, Alice. Respira.

Pero, un instante después, vuelve la pesadilla.

—¡Qué coñazo! —exclamo aferrando de nuevo el teléfono, que ha vuelto a sonar.

No, no ha pasado solo «un instante»…, sino casi una hora.

—Esto, hola, Alice. Soy Luca. Quería decirte que estoy aquí abajo.

6

LA LIBRA, EL ARIES, SU MUJER Y SU AMANTE

Mientras bajo con el ascensor siento que la cabina vibra bajo mis pies y pienso aterrorizada en la posibilidad de quedarme encerrada en ella. Sería la guinda, dado que es sábado y a saber cuánto tardarían en venir a rescatarme. Cuando, por fin, logro llegar incólume a la planta baja, me doy cuenta de que las vibraciones que sentía no eran debidas al ascensor sino a los bajos de una música que suena cada vez más cerca. En el vado permanente del edificio hay un deportivo de color rojo chillón. El ruido, que es ahora ensordecedor, procede de él.

—Hola —grito abriendo la puerta y casi agachándome para poder entrar.

—Ah, *Alisss*, buenas noches, bienvenida —me dice Luca pronunciando mi nombre a la americana, *Alisss*.

Le devuelvo el saludo llamándolo Luke y me echo a reír.

—¿Te encuentras bien? Empezaba a pensar que habías cambiado de idea.

—No, disculpa. He recibido un par de llamadas que me han retrasado con los preparativos.

—¿Qué? —grita él. Claro que si bajase un pelín el volumen quizá podríamos entendernos sin tener que recurrir al lenguaje de signos.

—¡Bonito coche!

—¿Te gusta? Es mi hijo. No hace ni un mes que lo tengo.

Mientras mete la marcha atrás me informa solícito sobre la cilindrada, la velocidad que logra alcanzar e incluso el equipo estéreo, digno de una discoteca, que, por desgracia, ha decidido instalar en él. Oigo la mitad de lo que dice, pero, dado que no entiendo una palabra de coches, no me pierdo gran cosa.

—¿Adónde vamos? —le pregunto en un momento dado.

—Ah, sí. Te voy a llevar a un sitio increíble. Está en la zona de Porta Romana, claro. Hacen un sbagliato* increíble.

—¿De verdad? No me gusta mucho el negroni, ni el auténtico ni el sbagliato… ¿Se puede comer algo también?

En Milán no se puede hablar de un auténtico aperitivo si uno no se atiborra.

Él no me responde, con toda probabilidad porque no oye nada debido al ruido del motor y de la radio. Con todo, se desgañita para describirme la vida de ensueño a la que me lleva.

De hecho, el local en el que entramos es la quintaesencia de la Milán *yuppie* y pija, llena de tipos bronceados a mediados de noviembre y el cuello del polo subido, al estilo capa de Drácula. Luces tenues, paredes con las piedras a la vista, y llamas de dos metros de altura, por suerte encerradas en unas estructuras de metal. Muy coreográfico.

—¡Luca! ¡Alló, *broder!* —Nada más entrar uno de los camareros lo saluda, y los dos chocan los cinco a la manera de los raperos—. Eh, hacía tiempo que no venías por aquí. ¿Cómo está Anna?

---

* El negroni sbagliato es un cóctel propio del aperitivo que se diferencia del negroni habitual en que se prepara con vino de aguja en lugar de ginebra. Sbagliato significa «equivocado» en italiano. *[N. de la T.]*

Avanzo para que me presente, pero Luca farfulla algo que no entiendo. Por otra parte, entre el coche y el local no hay un decibelio de diferencia.

—¿Qué os sirvo, chicos?

Alargo una mano hacia el menú, mientras Luca dice:

—Dos sbagliati, como solo tú sabes prepararlos, *¡broder!*

Es probable que en el coche no me haya oído cuando le he dicho que no me gusta el negroni, pero ahora me parece maleducado repetírselo. Sonrío y me vuelvo hacia el bufé.

—Así que Paola y tú os conocisteis en el periódico —digo cuando nos quedamos a solas él, yo y el chunda-chunda del bafle que está colgado encima de nuestras cabezas.

Él me sonríe y empieza a hablar de su trabajo. De sus compañeros y de Paola.

—La valoro mucho. Es realmente buena para ser mujer. —Me gustaría que me aclarase esta última apreciación, pero se ha adentrado ya en el discurso de los sueños futuros—. Es decir, ¿sabes?, cuando entré en la empresa no quería dedicarme a la venta de espacios publicitarios. Soy periodista, mejor dicho, reportero de guerra. Quiero viajar por el mundo y vivir a tope.

Si bien el negroni me parece repugnante, su relato sobre el *freeclimbing* que hizo en Malasia es entretenido. Y también el del *diving* en Filipinas, el *rafting* en Colorado, el kayak en Ecuador y el ala delta en Zimbabue.

—¿Qué te parece si comemos algo? —le pregunto.

Me zumban los oídos, no sé si debido al ruido de fondo o al chorro de información que estoy recibiendo sobre los deportes más extremos practicados en los lugares más extremos del planeta.

Mientras me acerco a la barra del bufé siento vibrar el móvil. Es un mensaje de Tio.

¿Cómo va todo? ¿Logra apartar los ojos del escote o ha claudicado ya?

Al final he hecho una mezcla, tratando de nadar y guardar la ropa. Así pues, luzco un vestidito de terciopelo rojo (un color intenso que evoca el fuego de Aries, como decía Tio), elástico en los costados, de manera que me puedo mover con naturalidad (como sugería Paola). Pero, de repente, noto horrorizada que, debido a las prisas, he cometido un error imperdonable con los zapatos. Quiero decir, no es que no combinen con el vestido..., le quedan bien, solo que cada uno a su manera.

Porque me he puesto dos zapatos diferentes.

Uno negro y otro a rayas de cebra en varias tonalidades de rojo. ¿Cómo he podido ser tan descuidada?

Trato de esconder el pie calzado de rojo detrás de la otra pierna y me lleno el plato sin mirarlo siquiera. Acto seguido me apresuro a volver a mi sitio, cojeando como un zancudo.

Respondo al mensaje comunicando a Tio mi clamoroso error, pero él replica:

> Tranquila, es un aries, carece de la facultad de percibir lo que sucede a su alrededor. Lo único que debes hacer es escucharlo arrobada y fingir que el mero hecho de que te dirija la palabra es todo un honor para ti.

Resoplo mientras me dirijo a mi asiento. Sé que a Tio no le entusiasma esta salida. Jamás ha tragado a los aries. No soporta la idea de equivocarse, aunque solo sea en parte, en sus previsiones sobre el hombre que más me conviene.

—Cuántas cosas buenas hay —digo sentándome—. Este sitio es estupendo...

Luca vuelve al ataque partiendo de la isla de Pascua, para después cambiar rumbo a Nueva Guinea, donde estuvo hace poco de vacaciones con unos amigos para hacer puenting.

—Porque es un FLASH sentir en el cuerpo la fuerza de la naturaleza. Es un… ¡BAM! ¿Entiendes? Tienes una percepción absoluta. ¡ZAS! Respiras todo…

Asiento con la cabeza, haciéndole creer que no me pierdo uno solo de los sonidos gutural-onomatopéyicos que emite.

—Todas esas cosas me asustan un poco, ¿sabes? Quiero decir, soy una urbanita…

—Lo entiendo. Las mujeres suelen tener miedo de estas cosas. Son deportes para hombres de verdad. Pero podrías venir a verme alguna vez. Además, puedo encontrar algo sencillo para ti, como el puenting. Ahora lo practican en todas partes y no debes hacer casi nada, te atan y ya está.

¿Puenting yo? ¿Rebotar como Tarzán colgada de un elástico? Déjame pensar… Pues no, nunca ha sido una de mis ambiciones.

—La verdad es que me parece interesante. Aunque, si te soy sincera, jamás se me ha ocurrido practicar deportes extremos.

Menos mal, porque, dado lo torpe que soy, si me hubiera dado por remedar a Indiana Jones a estas alturas estaría muerta.

Empiezo a notar cierto vacío en la conversación. Comprendo que ha llegado el momento de contar algo sobre mí, así que le hablo de cine, de mi trabajo en la televisión, de mi interés por la cultura y…

Y las posibilidades son dos: o Luca padece un extraño caso de estrabismo fulminante, o está mirando algo a mi espalda.

—Mmm…, debe de ser…, bah…, bueno…, *cojonudo* trabajar en una librería… —comenta en tono vago.

En ese momento, el camarero de antes, Mr-Sbagliato-como-solo-tú-sabes, se acerca, sonríe y se inclina para susurrarle algo al oído.

—Gracias, *broder* —le dice Luca dándole una palmadita en un hombro—. ¿Me disculpas un instante, *Alisss*?

Lo sigo con la mirada y veo que se dirige a una rubia de dos metros de estatura ataviada con una minifalda, que le cubre púdicamente el tanga, y una camiseta deportiva diminuta.

He de reconocer que el conjunto es inexplicablemente elegante y sexy, aunque Claudia Schiffer causaría el mismo efecto incluso con la ropa de Cáritas.

Luca la besa en las mejillas, luego saluda a su acompañante y le estrecha la mano durante, al menos, ocho segundos, lo que causa el endurecimiento de los músculos de su mandíbula, como le sucedía al increíble Hulk durante la famosa transformación.

Cuando vuelve a la mesa tiene la frente sudada y la mirada ligeramente extraviada.

—¿Quieres algo más de comer? Venga, vamos. —Me aparta la silla como un auténtico caballero, después me acompaña a la barra del bufé, poniéndome una mano en la cintura y susurrándome al oído con familiaridad—: Estás preciosa esta noche. ¿Te lo había dicho?

No, de hecho aún no había emitido el más mínimo juicio al respecto. Yo, por mi parte, sigo confiando en que no note el zapato de rayas de cebra.

Luca se muestra ahora muy amable. Me pregunta qué me apetece comer y me sirve, siguiéndome todo el recorrido. Me hace probar incluso una aceituna, acercando los dedos a mi boca, y luego se apresura a lamerlos, mientras me mira a los ojos. Si no fuera porque la aceituna está rellena de guindilla, me sentiría como en el tráiler de *Nueve semanas y media*.

«¿Ves cómo este aries no es arrogante como asegurabas tú, Tío?», pienso a la vez que toso y escupo los restos de la aceituna en la servilleta. «Es amable y educado, como decía Paola». Empiezo a relajarme y dejo que me acompañe de nuevo a nuestra mesa, reconfortada al sentir su mano cálida apoyada en la parte inferior de mi espalda.

—Ah, perdona, encanto. —Luca se para a medio camino y se vuelve hacia otra mesita, donde están sentados Claudia Schiffer y su acompañante—. Chicos, os presento a *Alisss*.

El pedazo de rubia me sonríe apretando los dientes.

—Anna.

Anna… ¿Anna su exnovia?

—Encantada, *Alisss* —me dice Anna.

—Alice, en realidad.

Me mira de arriba abajo. Me siento más blanda que el arroz recocido. Porque, a fin de cuentas, es una mujer y, como todas, está genéticamente programada para notar los detalles. Mis zapatos desparejados, sobre todo.

No obstante, alza la mirada enseguida y en lugar de hacer algún comentario se vuelve para dirigir los muslos hacia Luca y cruzar las piernas al estilo *Instinto básico*.

—Hola —me dice también su amigo, que, según descubro, obedece al inverosímil nombre de Lupo—. Vamos, sentaos un momento.

Dado que Luca ni se lo piensa, doy la vuelta a la mesa y aparto la silla que hay al lado del tal Lupo.

Mientras nos sirven otros dos sbagliati, algo que tampoco esta vez logro impedir, me entero de que estamos en el local de toda la vida de Luca y Anna. En pocas palabras, que venían siempre aquí cuando estaban juntos. Qué tierno…

—Espero que no te moleste que ahora venga con *Alisss*, encanto —dice él alargando una mano por encima de la mesa para acariciarme los dedos.

—Claro que no, gordi —responde Anna—. Yo también he venido con Lupo, ¿no? —concluye acariciando la barbilla de su actual compañero con el índice.

—En ese caso propongo un brindis —comenta Lupo, que llama de inmediato a uno de los camareros y pide unos chupitos.

A pesar de su aspecto sensual, Anna demuestra ser una especie de vikinga en lo tocante al alcohol, de manera que apura dos vasitos de grappa uno detrás de otro sin inmutarse. Un segundo más tarde mira a Luca y le guiña un ojo.

—Me echas de menos como compañera de borracheras, ¿eh? ¿Te acuerdas de México? Joder, los dejamos tiesos a base de tequilas.

Mientras cuentan una anécdota sobre mexicanos beodos, me disculpo y me levanto para ir al baño.

Empieza a hacer mucho calor y me siento como enajenada, como si me viera desde fuera y a una distancia de más de un metro de las cosas.

Una vez en el servicio, escribo a Tio.

Etá yedo ben. Lca es simpitico y me ha cogdo la mana. Pero está su Xe y van a suyo. ¿Qué hajo?

No tardo ni treinta segundos en recibir la respuesta.

¿Estás borracha? Tu mensaje es delirante. ¿La EX? Puede que te esté poniendo a prueba. Que quiera ser él el objeto de conquista. No cedas. Provócalo, pero manteniendo la distancia. Habla con otros. Hazle comprender que no es la única presa. Y deja de empinar el codo.

Vale, reconozco que la cabeza me da vueltas, pero no por eso he dejado de razonar.

Cuando vuelvo veo que los demás han salido del local. Lupo ha liado un canuto y Anna está apurando el chupito número… Bah, si he perdido la cuenta de los míos, no digamos de los suyos.

—¿Una calada?

—Esto… no, te lo agradezco…, no fumo.

Los tres se echan a reír.

—Hostia, puede que seas la única en todo el planeta, ¿sabes?

—No, es que… —Está bien, doy dos caladas para que dejen de reírse.

Tengo un vasito de tequila en la mano y ni siquiera recuerdo cuándo lo pedí. No obstante, me estoy divirtiendo. En el fondo, Anna es simpática y tampoco Lupo está mal. Mejor dicho, él es estupendo. Estamos hablando..., bah, no sé de qué estamos hablando, pero me hace reír un montón. Es la monda.

—¿Quieres otro vodka? Yo aún me apunto a otra ronda —me dice acariciándome un costado con una mano.

Llegados a este punto ya no estoy tan segura de que Anna y él estén juntos. Ahora que lo pienso, ¿dónde se han metido ella y Luca? Supongo que habrán vuelto a entrar para pedir algo más en el bar. El local está ahora tan lleno que la gente se queda de pie y no consigo verlos por ninguna parte.

Entretanto, Lupo se pega a mí. Dios mío, me falta el aire y la cabeza me da vueltas.

—¿Quieres venir un momento al coche conmigo? Oiremos un poco de música.

—No, lo único que me hace sentir bien es el aire fresco en las mejillas. Necesito respirar hondo.

—En ese caso te acompaño a dar un paseo. Hay un pequeño parque justo detrás de aquí. —Su mano resbala hasta quedar justo encima de mis nalgas.

—¿Alice?

Me vuelvo y me quedo boquiabierta, como si hubiera tenido una visión.

—¿Raffaella?

—No sabía que venías al Cave —me dice.

—Estoy aquí con unos amigos, no es mi zona... ¿Y tú?

—Oh, yo, en cambio, vivo aquí cerca.

En ese momento una persona se acerca a ella y le da un cóctel Margarita.

Lo sabía. Sabía que debía hacer caso a Tio. He bebido demasiado y ahora tengo unas alucinaciones perversas.

—Está a reventar —dice el hombre, que a continuación se vuelve hacia mí y me reconoce—. Alice..., buenas noches.

Así que es cierto: Davide Nardi está aquí, delante de mí.

—Bu… buenas noches.

Lupo aparta por fin la mano de mis nalgas y la tiende hacia ellos.

—Hola, soy Lupo.

Davide arquea una ceja. Mira primero a Lupo, después a mí.

—Lupo, lobo. Entonces, ¿ella es Caperucita Roja? —dice a continuación aludiendo al color rubí de mi vestido y esbozando una sonrisa.

Suelto una carcajada. No había caído en la cuenta. Pero ¡este hombre es divertidísimo! ¡Qué ocurrente! Me troncho.

—Alice, ¿te encuentras bien? —me pregunta Raffaella.

—Lupo… Caperucita Roja… Y el parque… La mano en el… Es decir… —Dios mío, pero ¿estoy delirando? Me muerdo con ferocidad los carrillos, esperando que se me pase el ataque de risa histérica producido por el alcohol—. La verdad es que he venido con otra persona. —¿Dónde se ha metido mi aries?

—Ah, ¿en serio? —replica Davide alargando el cuello, como si pudiese localizar a Luca, pese a que nunca lo ha visto.

—Qué zapatos más raros —me dice Raffaella. Caramba con ella. Tanto Lupo como Davide los miran.

—Es… un modelo especial —explico—. Cosas de la moda, ya no saben qué inventarse.

—¿Quieres beber algo más, querida? —me pregunta Lupo, mi lobo, que entretanto se ha transformado en un pulpo y está tratando de adherirse a mi costado.

Movida por el instinto, doy un paso para alejarme de ellos, pero a mi lado está la pared, de manera que choco con ella.

—Algo sin alcohol —subraya Davide a la vez que levanta su cóctel.

Se me escapa otra vez la risa. Con la cazadora de piel negra y el vaso con fresitas y la sombrillita dentro, resulta, cuando menos, extraño.

Desaparece dentro del local siguiendo a Lupo, en tanto que Raffa y yo nos quedamos en la acera, rodeadas del resto de clientes del local que han salido para fumar o tomar una bocanada de aire fresco.

—¿Te encuentras bien, Alice? No me pareces muy… estable.

Alzo el pulgar para darle a entender que todo va sobre ruedas.

—Hace falta algo más, créeme. Tú, en cambio, ¿qué haces con Nardi?

—Nada…, solo trato de ser amable. Lo he acompañado a ver un piso. No es de Milán y debe encontrar un sitio para vivir durante los meses que trabajará para nosotros.

Es decir, el tiempo que tardará en apuntar hacia nosotros e irnos eliminando uno a uno. Por parte de Raffaella, sin embargo, es todo un detalle que lo haya ayudado a instalarse. Puede que luego incluso suministre a la empresa unas camisetas con su correspondiente diana para ayudarlo a dar en el blanco.

—Vamos, no digas eso. Además, en el fondo lo hace por el bien del canal.

¿Cómo ha podido leerme el pensamiento? Me tapo la boca con una mano. Demonios, por lo visto no solo lo he pensado sino que lo he dicho también. Avergonzada, apuro la última gota de cerveza de la jarra que hay en el alféizar que tengo al lado.

—¡Eh! —Un tipo me mira airado—. Es mía.

En ese momento, Davide se acerca de nuevo a nosotras con una botellita de agua sin gas.

—Es casi imposible oír algo ahí dentro. Querían darme aguardiente. Ten. —Gira el tapón sin abrirlo del todo y me la tiende.

—Además debes probar esto como sea —añade Lupo, que entretanto se ha unido también al grupo con un cóctel multicolor en una mano—. Es fantástico.

—Creo que es mejor que no lo haga —replica Davide.

—Eh, ahí hay unos amigos míos —exclama Raffaella—. Ven, Davide, te los presento. Así, si te quedas con el piso ya conoces a alguien… —Lo coge del brazo y se lo lleva, de forma que el bullicio de la gente ahoga sus últimas palabras.

Lupo me tiende el vaso. A estas alturas sería una maleducada si lo rechazase, dado que lo ha pedido expresamente para mí. Es agradable. Fresco. Además, no está nada mal la manera en que el mundo se transforma cuando tienes un poco de alcohol en las venas. Las personas que tengo delante son unas formas multicolores y bailarinas.

Además están las luciérnagas. Un sinfín de luciérnagas amarillas que danzan ante mis ojos. Siento que mis piernas flaquean.

Y luego la nada.

7

LOCOS DEL ARIES

No, no me he desmayado. Estoy perfectamente consciente. Y oigo con toda claridad. Diría que incluso demasiado, porque tengo la impresión de que los ruidos se han amplificado. Por ejemplo, el vaso que se rompe salpicándome los zapatos es un trueno en mis tímpanos. El problema es que no veo nada.

—Creo que debería sentarme un momento… —digo forzando los músculos de los ojos, abriéndolos de par en par, pese a lo cual sigo sin ver un carajo.

—Ven, tengo el coche aquí al lado. —Lupo me estrecha contra su cuerpo para sujetarme y me lleva no sé adónde. Me ayuda a apoyarme en un coche y oigo que abre la puerta—. Siéntate, así.

¿Y si no recupero la vista? Mierda… ¡Ahora sí que puedo decir que no volveré a ver un hombre en mi vida!

Oigo que se ríe.

—No, venga, ya verás cómo la recuperas. Además, ¿por qué te preocupas por los hombres? Aquí me tienes.

Virgen santa, he pensado otra vez en voz alta.

¿Son sus labios los que siento rozando mi boca?

—No, espera…

—Vamos, un besito.

—No me encuentro muy bien…

Pero él me vuelve a besar y siento su mano en una rodilla.

Hago acopio de todas mis fuerzas y me levanto. Como era de esperar, al hacerlo me doy un golpe en la cabeza con la puerta y apenas doy dos pasos caigo de rodillas y tengo poco menos que un encuentro en la tercera fase con el asfalto.

Un par de manos me aferran por las axilas.

—¿Qué le ha pasado?

Es la voz de Davide Nardi, y parece enfadado.

—No…, no veo nada…

—Pero ¿qué coño más le has dado de beber, idiota?

—Lo siento, no me había dado cuenta de que estaba tan mal.

Alguien me levanta del suelo. Mi cara se pega a un tejido liso y vagamente perfumado. Piel. Es la cazadora de Davide Nardi.

—De acuerdo, ahora te puedes marchar —gruñe él.

—¡Espera! —grito dirigiéndome a Lupo—. ¿De qué signo eres?

No oigo su respuesta e, inmediatamente después, Davide me saca de allí.

Caramba, Debra Winger no estaba ciega cuando Richard Gere se la llevaba en brazos de la fábrica en *Oficial y caballero*. Tengo la impresión de estar en el cine, cuando el cretino que está sentado delante de ti se levanta y te impide ver la mejor escena. Solo que en este caso la cretina soy yo, porque soy la única culpable de haber empinado el codo hasta el punto de perderme ahora este salvamento espectacular. ¡Y eso que Tio me dijo que parara de beber!

—¿Quién es Tio?

—¿Qué?

Noto que me está sentando. Debajo de mí hay un banco y él toma asiento a mi lado. No logro mantener la cabeza levantada, de manera que la apoyo en su hombro.

—Has nombrado a un tal Tío. Menudo nombre.

—Pero ¿por qué sigo diciendo en voz alta mis pensamientos?

—¿Qué?

—No, sí… Tío es un amigo mío. Me dijo que no bebiera demasiado.

Oigo que resopla.

—Si es por eso, yo también te lo dije. Pero me parece que tú no haces caso a nadie. Haces siempre lo que te da la gana, ¿eh? Menuda cabeza dura.

—Sí, pero siempre acabo rompiéndomela.

—Bueno, antes ha faltado poco con el asfalto.

Siento algo húmedo y fresco en la frente y echo la cabeza un poco hacia atrás.

—Solo es un pañuelo mojado —me explica él—. Debes de haber tenido una bajada de tensión.

Ya, y, claro está, no puedo decirle que además he fumado marihuana. Siento que mi cabeza da tumbos.

—No te estarás riendo, ¿verdad?

—¿Quién, yo? No, te lo juro… —Pero su voz lo delata.

—Estoy con un pie en la tumba, Hannibal Lecter podría hacer con mi hígado un paté para chuparse los dedos… ¿y tú te ríes? Aunque, a decir verdad, ¿qué otra cosa puedo esperar de alguien como tú?

Noto que se tensa.

—¿En qué sentido? ¿Qué significa «alguien como yo»?

Alto ahí, Alice. Pero ¿qué demonios había en ese cóctel, el suero de la verdad de la CIA?

—Quiero decir que el puesto que ocupas te obliga a ver todo con cierto desapego.

—Entiendo. ¿Cómo te encuentras? ¿La vista?

Aún no veo nada. En cambio, mi estómago está incubando una especie de alien.

—Creo... —murmuro alzando la cabeza—. Creo que voy a vomitar.

Me levanto tambaleándome. Él me agarra por un brazo y me aparta el pelo de la cara justo antes de que empiece a devolver.

—Perdona. —Soy la reina de los papelones de mierda—. Perdona. —Aunque quizá me despierte y descubra que todo es una pesadilla, como la muerte de Bobby en *Dallas*. Un guion horrendo, si he de ser franca. Además, ¿dónde se ha metido Luca? Porque, lo que es a mí, el aries me parece un poco pasota. Puede que además sea fuerte y decidido, pero en mi caso la determinación solo la ha demostrado para desaparecer.

Apenas acabo de vomitar la niebla que velaba mis ojos se desvanece. Aún no me mantengo bien de pie, pero al menos puedo ver.

De hecho, me vuelvo y veo a Davide delante de mí, a menos de un palmo de distancia. Dios mío, ¿puedo volver a quedarme a oscuras, por favor? Me sujeta el pelo detrás de la nuca para evitar que se ensucie, y parece tenso.

Parpadeo, de forma que él comprende que veo de nuevo.

—Hola —me dice esbozando una ligera sonrisa, que le tuerce la boca hacia un lado. ¿Por qué tiene que parecer tan sexy cuando yo aún tengo el asqueroso sabor de los jugos gástricos en la boca?

Debo de estar maldita, dada la facilidad con la que me meto siempre en situaciones tan paradójicas. Con él, sobre todo. Además, tampoco me parece justo que sea tan fascinante. ¿Será posible que me baste verlo, o incluso no verlo, dados los últimos sucesos, para que mis neuronas pierdan por completo sus conexiones? No, no es justo. ¿A quién se puede enviar una protesta formal contra el destino?

Davide sonríe y se muerde el labio.

—Estás como una cabra —comenta. A continuación me levanta como si fuera una bombona y me yergue, después de lo cual rebusca en un bolsillo, saca un pañuelo y me limpia los labios—. ¿Va mejor?

Mientras asiento con la cabeza, se me saltan las lágrimas. Soy un desastre. En el trabajo, con Carlo y con el resto de los hombres. Estoy sola y carezco de expectativas. ¡Oh, no, solo me faltaba tener una cogorza triste!

—Oye, ¿por qué le has preguntado a ese tipo cuál era su signo zodiacal? —me pregunta Davide mientras me ayuda a sentarme de nuevo.

¿Qué hago? ¿Le cuento la teoría de Tío? Bueno, después de todo, sigo creyendo que gracias a los signos zodiacales se puede llegar a algún sitio. Lo considero una especie de método de selección. Si Tío estuviera a disposición de todos podría prestar un buen servicio, porque no creo que sea la única que tiene problemas, ¿no? Es decir, espero que no.

Alguien como Tío podría ayudar a aclarar las cosas. En un periodo de crisis como este hace mucha falta. La televisión debería hablar del tema y prestar un servicio útil al ciudadano, explicando las relaciones entre las personas a través de la alineación de los planetas. Yo, sin ir más lejos, lo estoy experimentando en mi propia piel y he de decir que funciona. Me siento la Marie Curie de los signos zodiacales, experimento sobre el terreno sin la menor protección. Aquí se hace ciencia. O casi…

Oigo que se ríe.

—Un guía astrológico, ¿eh? —Se agacha delante de mí y me levanta un pie. Me doy cuenta de que estoy descalza. Mis zapatos desparejados están en los bolsillos de su chaqueta. Me pone uno cada vez, de forma que por unos instantes me siento casi como «esa suertuda de Cenicienta», como dice la amiga de Julia Roberts en *Pretty Woman*.

—¿Puedes andar?

8

LOS HOMBRES QUE MIRABAN
FIJAMENTE A LAS LIBRA

Estoy intentando conservar mi amistad con Jane Fonda, de manera que, después de haber pasado el domingo dormitando para recuperarme de la resaca, hoy me he levantado pronto para hacer ejercicio. Incluso llego con cierto adelanto al trabajo y puedo concederme el lujo de beber el segundo café en la máquina con toda calma. Me siento libre de miedos inútiles y en paz conmigo misma.

No obstante, mi móvil debe de tener problemas de línea, porque aún no he recibido un solo mensaje de Luca.

—Ah, entonces, ¿funciona? De forma que puedo recibir con regularidad… Comprendo —comento al tipo de atención al cliente al que me he dirigido para arreglar la línea.

Así que debe de ser Luca el que no puede mandar mensajes.

Aún me pregunto qué le habrá sucedido, si bien, durante la resaca de ayer, he podido reflexionar a fondo, además de recabar las opiniones de mis dos mejores amigos.

Según Paola: hice valer como correspondía mis derechos femeninos, a pesar de que debería haber intentado comprender el punto de vista de Luca, averiguar lo que le había sucedido y descubrir si, quizá, necesitaba ayuda. Está segura de que, si hubiera tenido ocasión, habría demostrado empatía hacia sus problemas y ello nos habría unido aún más. En resumen, cree que su desaparición obedece a algún motivo. Quizá lo llamaron por teléfono para comunicarle que sus padres habían tenido un accidente o que le había pasado algo a su abuelo. No debo sacar conclusiones precipitadas, al contrario, lo que debo hacer hasta que me llame es concentrarme en analizar los sentimientos que experimenté mientras estaba con él. Porque me llamará. Reprueba mi comportamiento promiscuo, porque besar a otro y marcharme con un tercero no es propio de mí y, sin lugar a dudas, no me hace parecer una persona coherente e interesada en entablar una relación estable y duradera (un tema, este, con el que no estoy del todo de acuerdo, dado que Lupo me besó a traición y no estoy muy segura de que Davide me acompañara a casa, donde, por otra parte, y gracias a Dios, no sucedió nada más..., o, al menos, eso creo).

Según Tio: el aries hirió mis tiernos sentimientos de libra romántica, actuando en consonancia con su naturaleza ruda e intentando, de forma taimada, invertir los papeles y ser la presa. Me abandonó y no tiene disculpa, ni como hombre ni como signo zodiacal. Esperemos que no me vuelva a llamar. Aprueba mi indiferencia. En resumen: le di una buena lección, demostrándole que no es el único ser sobre la faz de la tierra, besando a otro y volviendo a casa con un tercero (un tema, este, con el que no estoy del todo de acuerdo, dado que Lupo me besó a traición y no estoy muy segura de que Davide me acompañara a casa, donde, por otra parte, y gracias a Dios, no sucedió nada más..., o, al menos, eso creo). Tio afirma que mi comportamiento respondió por completo a la manera de ser de Libra, un signo etéreo y un tanto incoherente. Si Luca se enterara del beso y de la forma en que volví a casa el hecho jugaría a mi favor, en primer lugar porque me consideraría una presa muy deseada, y en segundo porque no se asustaría pensando que me interesa entablar una relación estable y duradera con él.

Me caliento la cara con el rayo de sol que se filtra por la ventana y por un instante me quedo embelesada mirando a Davide mientras aparca la moto, se quita el casco y se pasa una mano por el pelo desgreñado. Le sigo con la mirada hasta que doy con la punta de la nariz en el cristal. Es en este momento cuando caigo en la cuenta de que la única forma de bajar a mi oficina es cruzar el pasillo y el vestíbulo, y que él hará lo mismo para ir al primer piso. Así pues, es inevitable que nos crucemos. A menos que logre mimetizarme entre las macetas de las plantas ornamentales.

Y ahora ¿qué le digo?

No puedo enfrentarme a él en este momento. No estoy preparada. Nunca lo estaré, es cierto, pero no puedo encontrarme ya con él a las nueve de la mañana.

Me escabullo por el pasillo aplastándome como un ninja contra la pared, e intento entrar en la primera oficina que veo, pero la puerta sigue cerrada. Luego se me ocurre una idea. ¡Estoy salvada! Al fondo están los servicios. Puedo encerrarme allí y esperar unos diez minutos hasta asegurarme de que él ya ha pasado.

Lástima que el pasillo sea interminable, tanto que sería perfecto para rodar una nueva versión de *El resplandor*. Además, correr con los zapatos de tacón, que forman parte de mi programa de «inyección de confianza», significa desafiar a la muerte. Como mucho puedo permitirme un trote ligero.

—¡Alice!

Me ha pillado con la mano ya en el picaporte.

—Esto, buenos días.

¿Cómo se supone que debo llamarlo ahora? ¿Señor Nardi? ¿Davide? ¿Darth Vader?

Se acerca a mí con el ceño fruncido, que le confiere cierto aire de perplejidad.

—¿Todo bien? Quiero decir, ¿estás bien?

Me abrazo.

—Sí, claro. Gracias.

—Siento no haberte llamado ayer.

Ahora soy yo la que lo mira enajenada e inquieta, porque atisbo algo en sus ojos. Y es algo que no sé, que no recuerdo.

—No te preocupes —mascullo mirándome la punta de los zapatos.

Él exhala un suspiro.

—Me habría gustado hablar contigo. En fin, habría sido lo correcto, después de lo que pasó la otra noche... Antes de volver a vernos aquí, en el trabajo.

Siento fluir la sangre en las mejillas en menos de un segundo. ¿Qué significa «lo que pasó la otra noche»?

Quiero decir, vale, es cierto, he hecho todo un papelón delante de él, borracha perdida y echando la pota en pleno centro de Milán, pero así dicho y con esa mirada ardiente parece algo completamente distinto...

La verdad es que no recuerdo nada de lo que sucedió después de que fuéramos *Descalzos por el parque.* Porque, si hubiera ocurrido algo entre nosotros, algo clamoroso, no debería haberlo olvidado, ¿no? Mis ojos se dilatan mientras trato de captar algún indicio en su expresión.

Me gustaría tener un mando a distancia para poder apretar el botón de pausa y pensar en qué decir.

—No te preocupes. No me ha molestado...

Tómate tiempo, Alice. Tómate tiempo.

Pero luego me sobresalto.

¡No, no, no!

¿Por qué tengo esa imagen tremenda? Seguro que lo he soñado. Mejor dicho, me estoy confundiendo con alguna comedia romántica que he visto en el cine.

En primer lugar, es como si viera mi recuerdo desde fuera, esto es, la imagen de Davide que me lleva al hombro, y no es posible. En segundo lugar, si hubiera perdido el conocimiento no me acordaría de que Davide me llevó a casa y subió los tres pisos conmigo a cuestas, ¿verdad? En tercer lugar, ¿por qué me llevó al hombro si tengo ascensor?

Dios mío, quizá pasamos una noche ardiente y él ahora se siente culpable porque piensa que se aprovechó de mí.

Davide esboza una sonrisa.

—Sea como sea, siento no haberte llamado para asegurarme de que estabas bien, pero no tenía tu número.

Lo escruto de nuevo de pies a cabeza y dejo escapar un suspiro de amargura, porque la verdad es que no me acuerdo de nada.

—Bueno, en cuanto a eso… podemos remediarlo —le digo devolviéndole la sonrisa y añadiendo, por qué no, un guiño.

Él frunce el ceño.

—Por supuesto, pero no hace falta. ¿Puedes venir a mi despacho dentro de una hora?

Jamás habría imaginado que la situación pudiese dar un vuelco semejante. Claro que Paola no estaría de acuerdo, y también debería ponerme algún freno, dada la posición que él tiene en la empresa. Estoy jugando con fuego. ¡Me acuesto con mi enemigo! Debería aprovechar el momento para explicarle que todo ha sido un error, que estaba completamente borracha, etcétera. Dios mío, menos mal que me he duchado esta mañana.

Echo a andar en dirección a mi oficina, pero luego me paro un momento y me vuelvo. Veo que él ha cruzado ya el umbral de su despacho.

—¿Davide?

—¿Sí?

—¿De qué signo eres?

Él sonríe y me guiña el ojo.

—¡Eso es! Vas por el buen camino.

En la hora sucesiva no logro hacer otra cosa que no sea mirar el reloj cada tres minutos más o menos y excavar en mi mente tratando de recordar algún detalle de las acrobacias que supuestamente hice con Davide entre las sábanas. Pero no hay manera. Después de la escalera, cosa que, por lo visto, debió de suceder de verdad, en mi cabeza se abre un agujero negro tan grande como el asteroide de *Armageddon*.

Raffaella entra en la oficina más guapa que nunca. O tiene un peluquero debajo de casa dispuesto a peinarla a las siete de la mañana de un lunes o Dios fue realmente injusto cuando distribuyó el pelo entre sus criaturas.

—Hola, querida. ¿Te has recuperado? —dice, y las cabezas de dos compañeros se alzan de sus respectivos escritorios para mirarme.

—¿Qué ha pasado? —preguntan.

—Oh, nada…, no me encontraba muy bien.

—Alice es una esponja —explica ella dándome un codazo—. Deberíais ver cuánto bebe.

Bienvenidos a la reunión de alcohólicos no demasiado anónimos.

—No exageres, solo fueron un par de copas… —murmuro intentando quitar hierro al asunto.

En cualquier caso, Raffa parece haber perdido el interés por mí. Suspira, mirando alrededor, y por un instante asume el aire melancólico que debía de tener Escarlata O'Hara cuando pensaba en la tierra de Tara.

—¿Ha ocurrido algo? —le pregunto.

—Nada. —Me sonríe como si tuviera un secreto. Sacude sus rizos de color caramelo—. Una cosa estupenda, en realidad…, pero no puedo decir nada. —Desaparece enseguida, con la levedad de una mariposa.

Miro el reloj y compruebo que solo faltan diez minutos para la cita con Nardi. Davide…

Me lanzo al baño con el corazón bailando la Macarena. Me arreglaré un poco e intentaré calmarme.

Delante del espejo está ya Raffaella, poniéndose brillo en los labios. Me sonríe otra vez, después echa la cabeza hacia delante y se ahueca los rizos con las manos. Acto seguido se yergue, tan seductora como Gilda, y sale del baño.

Intento imitarla, lástima que parezca que me he peinado con unos petardos, de manera que al final opto por recogerme el pelo en una coleta.

Cuando me dispongo a salir de los servicios recibo el horóscopo de Tio.

Este día nace con la Luna en tu signo, pero aun así no tienes garantizada la serenidad. La tensión es fuerte, tanto desde el punto de vista laboral como sentimental. Novedades a la vista, pero el viento que las trae no se ajusta del todo a tus expectativas. Se anuncia un mes interesante en el trabajo, pero hoy te sentirás presionada por los sentimientos.

Querido Tio… Es imposible que se imagine lo que va a suceder.

Subo al piso de arriba, tratando de mantener la espalda erguida en todo momento. El corazón me late con fuerza en los oídos.

Llego a su puerta y apoyo la mano en el picaporte tratando de darme ánimos.

—¿Se puede?

Davide está de pie delante de la ventana y cuando se vuelve el sol ilumina su pelo con reflejos dorados.

Raffaella y el sumo presidente también se vuelven para mirarme.

—Oh, disculpa, no pretendía molestar.

Davide da un paso hacia delante.

—Adelante, señorita Bassi, se lo ruego.

Trago saliva y miro a Raffaella. Tampoco ella parece comprender muy bien lo que está sucediendo.

De repente, tengo una iluminación. ¡Me van a despedir!

Qué amor ni qué ocho cuartos. Nada de *Pretty Woman,* Cenicienta y compañía. La verdad es que he hecho el ridículo, he mostrado mi peor lado, irresponsable y malparado. He aplicado todos los clichés de las comedias románticas a lo que me ha sucedido, pensando que un hombre como Davide Nardi (el enemigo público número uno) podía estar interesado en mí. Pero él ha sido contratado para podar la organización de la empresa. Está programado para matar. Y yo me he ofrecido a él en bandeja de plata.

Tomo asiento y aguardo la sentencia.

—Davide me ha hablado mucho de usted, señorita Bassi —dice el sumo presidente.

¿En serio? A ver si adivino, dado que no tenía mi número, el domingo lo llamó a él y le contó mi gesta. Qué encanto…

—Sí, pero puedo explicárselo. No me sucede a diario.

—Supongo. De hecho, esperábamos que nos diera una explicación más detallada. Ya sabe que no podemos invertir dinero en las personas sin una garantía.

Es obvio que se refiere al sueldo del que se dispone a privarme. Dios mío, ¿qué será de mí?

—Presidente —tercia Raffaella—. Me parece un poco temerario. A fin de cuentas, solo son rumores…—Menos mal que aún hay alguien dispuesto a confiar en mí. Le sonrío agradecida, pero su boca se endurece en una especie de mueca antes de volverse de nuevo hacia Davide—. Después de todo, también lo que yo hice…

Caray, jamás habría pensado que su amistad pudiera llegar a tanto.

—Raffaella, no digo que tu proyecto no sea válido, pero es muy costoso, y el canal no puede permitírselo en este momento —afirma Davide.

No entiendo ni jota. ¿De qué estamos hablando, de gracia?

—En efecto —continua el sumo presidente apoyando una mano en mi hombro—. La idea de Alice se presta más a ello, y, además, es más juvenil, más fresca. Ningún canal lo ha hecho hasta ahora. Es experimental y corresponde plenamente a la nueva imagen que queremos dar para atraer a un público más amplio.

Mi mirada se cruza con la de Davide, y tengo la impresión de que sus labios se curvan, apenas, en una sonrisa.

—Si está dispuesta a trabajar sobre ello en los próximos días a final de mes podríamos estar preparados para rodar el episodio piloto de *Guía astrológica para corazones rotos*.

GÉMINIS

Uno, ninguno y cien mil, Géminis es una mina de oro para los psicoanalistas. Porque no sufre un simple desdoblamiento de la personalidad, la realidad es que alberga tantas en su interior que cuando riñen deben convocar una reunión de propietarios. Y, dado que vive siempre sumido en ese caos primordial, el géminis no logra tener una única idea u opinión, ni una sola mujer. Lo que afirma hoy no influye mínimamente en lo que hará mañana. Así pues, si se acuerda de que debe ir al cine con vosotras dos días después de que se lo hayáis pedido estáis autorizadas a oír campanas de boda, porque es evidente que se toma muy en serio vuestra relación.

9

EL SHOW DE LIBRA

En la última semana debo de haber dormido unas cuatro horas por noche. El resto del tiempo lo he pasado aquí, en el estudio Delta, que no tiene ventanas, sin saber si fuera era de día o de noche, si hacía sol, llovía o la tierra había sido invadida por los extraterrestres.

Desde hace diez días en la redacción, en el estudio y en el comedor solo se habla de astrología y del nuevo programa puntero del canal.

Tengo la impresión de haber ido a parar a un capítulo de *En los límites de la realidad* y haberme enterado de repente de que el signo zodiacal de una persona es más importante que saber su grupo sanguíneo después de un accidente de carretera. «¡Necesitamos doce centímetros cúbicos de Capricornio, enfermera, o lo perderemos para siempre!».

El aire está cargado de electricidad, de adrenalina… y de sudor. Porque, todo hay que decirlo, en menos que canta un gallo hemos tenido que inventarnos el programa, las escaletas y todo lo demás, de manera que el tiempo que dedicamos a los hobbies personales, que para algunos es la higiene personal, se ha reducido a mínimos históricos.

Yo misma me he hecho hoy una bonita trenza, que, además de hacerme sentir como Lara Croft, disimula mi aspecto, con el que en este momento no tendría la menor posibilidad de ganar un concurso de L'Oréal.

Cabellera aparte, dado que se trata del primer episodio de un programa en que mi nombre aparece entre los autores, he querido darme tono y me he puesto un bonito traje de chaqueta gris y he estrenado un par de zapatos de Christian Louboutin, que me costaron casi todo el bono que me pagaron por la idea del programa. Lástima que mis pies se hayan hinchado ya de manera inversamente proporcional a mi cartera.

—¿Alguien ha visto a Tio? —pregunto tras asomar la cabeza al cuarto de maquillaje y ver que no está allí.

—¡Alice! ¡Alice, espera! —me grita Marlin apartando a la maquilladora como si fuera una mosca molesta.

—Dime, Marlin.

—Mira —dice levantando con desenvoltura una pierna y apoyándola en la repisa, tras lo cual despega del tobillo una tirita del tamaño de un puño.

Debajo hay un tatuaje de una joven en cueros que, además de parecerse a Marlin, sonríe mirándose el pecho. Al lado del dibujo hay una palabra: ARIES.

—Me lo hice ayer por la tarde —me explica ufana.

—Pero ¿por qué has escrito Aries? —le pregunto desconcertada—. Parece el símbolo de Virgo, así que debería ser Virgo.

Me mira frunciendo la nariz.

—No, es demasiado vulgar.

Me encojo de hombros y salgo, mientras oigo que ella añade:

—Además, yo soy Piscis.

Cualquier ulterior comentario sería superfluo, al igual que preguntarse cómo y por qué alguien que ha elegido un nombre artístico tan parecido a marlín, o sea a un primo del pez espada, puede haber acabado en mi *Guía astrológica,* con los consiguientes daños.

—¡Alice, recuerda que tenemos invitados! —grita Luciano desde dirección.

—¿En la sala de espera?

—¿Cómo pretendes que los meta a todos ahí? No puedo amontonarlos como si fueran vacas.

Esto porque a los del canal se les ha ocurrido la genialidad de añadir un poco de *reality* al programa. Así pues, además de los invitados de rigor, expertos en astrología o no, habrá doce concursantes, uno por signo, a los que seguiremos de semana en semana. Es innegable que a la hora de tener ideas frescas y modernas sabemos cómo distinguirnos.

Puede que mis signos no sean vacas, pero el hecho es que se están comportando como si fueran una manada enloquecida. Por suerte los puedo reconocer al vuelo gracias a las camisetas que hemos hecho para la ocasión, cada una con el correspondiente signo zodiacal. Me llevo los dedos a la boca y silbo como hacía Heidi con sus cabritas.

—Eh, tú, Tauro, ¿puedes bajar del andamio? —digo a uno que está imitando al Hombre Araña en la escalera que lleva a las luces.

El tipo me mira con sus ojos bovinos por unos segundos, y yo me encomiendo al cielo con la esperanza de que no me toque hacer las veces de Calamity Jane para sacarlo de allí, entre otras cosas porque con estos zapatos (tan, tan bonitos) corro el riesgo de romperme el cuello.

Al final logro imponer un poco de orden distribuyendo unos bocadillos. En cualquier caso, anoto que debo hacerme con unos tarritos de flores de Bach para las próximas ocasiones.

Mientras me dirijo de nuevo al pasillo oigo gritar otra vez a mi espalda:

—¡Alice, joder, falta el objetivo de la *steadycam!* Comprendo que ahora eres «la autora», pero necesito que alguien se ocupe de estas cosas.

—Ferruccio, por favor, no te metas conmigo tú también.

—Lo que preferiría es no haberme metido en esto. A estas horas estaría ya en casa viendo una película. En cambio, seguimos aquí, preparando *tu* programa. Así que, al menos, colabora.

Invoco la calma zen que debería haber aprendido en el curso de yoga del año pasado, preguntándome si no me salté justo las lecciones fundamentales. «Dar cera, pulir cera», me repito para serenarme. Dentro de media hora arrancará la cabecera.

—Pregunta a Enrico —me limito a decir. A fin de cuentas, él es el director de producción, ¿no?

Ferruccio se ríe en mi cara.

—Esta sí que es buena. ¡Si supiera dónde está!

Me alejo de él, prometiéndole que voy a buscarlo.

—Acuérdate de imprimir las escaletas —me grita Luciano asomándose desde dirección.

—Pero ¡eso debía hacerlo Raffaella! —exclamo con el corazón hecho añicos, por no decir otra cosa.

—Ella dice que te lo dijo a ti.

De acuerdo. De acuerdo. Por todos los pernos del hombre biónico, me alejo apresuradamente ignorando el dolor que me producen las ampollas que están empezando a formarse en mis pies. Por lo visto Louboutin no se contenta con mi cuenta bancaria y pretende chuparme también la sangre.

Subo la escalera y cuando casi he llegado al despacho de Enrico lo veo por el rabillo del ojo en la sala de las máquinas expendedoras. Lo he pillado in fraganti mientras se llenaba las manos de chucherías, transgrediendo con ello:

A) la dieta perenne que le prescribió el médico después del amago de infarto que tuvo hace seis meses;

B) algo más importante, mi orden del día, según el cual debería estar a mi lado, tan atento y rápido como una urraca.

Cuando lo llamo da un brinco y el botín se le cae al suelo: cuatro zumos de fruta, tres bollos de chocolate, dos cruasanes y una caja de galletas con mermelada dietética (para atenuar el sentimiento de culpa).

—¡Tú! —dice haciendo rechinar los dientes—. ¿Qué haces aquí? Deberías estar en los estudios, ¿aún no lo sabes después de diez años trabajando aquí dentro?

No, el señor Miyagi no se alegraría mucho de ver cómo me yergo cuan larga soy (ayudada por los diez centímetros de tacón) y le grito que quizá sea él el que ignora cuáles son sus deberes aquí dentro. Estoy harta de que me culpen de todo. A la mierda con el «dar cera, pulir cera».

Enrico arroja su botín sobre el alféizar de la ventana y me apunta con un dedo regordete, cubierto por una venda improvisada, hecha con unos cuantos pañuelos de papel.

—Ni se te ocurra quejarte como haces siempre. Después del lío que has organizado con tu programa, de habernos hecho trabajar noche y día, que hasta se me ha olvidado cómo es mi casa. Pero a ti te importa un comino, ¿eh? Al carajo las vidas de los demás. Lo importante es que la señora quede bien con los jefes, ¡ya se ocupará Enrico de organizarlo todo! Como si no hubiera pasado ya bastantes noches aquí dentro. ¡Como si no me hubiera dejado ya la piel en esta empresa!

Está casi tan azul como el Gran Pitufo y no me gustaría tener que improvisar un masaje cardiaco o, Dios no lo quiera, una respiración boca a boca.

—Cálmate, Enrico. Ya verás cómo todo va bien, pero necesito que me eches una mano. Lo siento, todos estamos cansados. Te entiendo…

—No, tú no entiendes nada. No entiendes el daño que nos has hecho. —Se encamina hacia su despacho—. Bajo enseguida. Ve delante —me dice sacando la llave del bolsillo y metiéndola en la cerradura.

Corro tras él.

—Espera, tengo que imprimir las escaletas. Lo haré en tu despacho.

Pero él me detiene.

—¡Se me ha acabado la tinta!

Cinco minutos más tarde entro de nuevo en dirección y lanzo las escaletas como si fueran discos voladores. Mis pies y yo rogamos al Señor que Tio esté en estos momentos en la sala de maquillaje, pero allí solo encuentro a los signos zodiacales en estado de efervescencia.

La virgo se ha traído el maquillaje de casa y no quiere otro, porque tiene la piel sensible. El tauro resopla asegurando que no es mariquita y negándose a que lo acaricien con un pincel, sea el que sea. El libra, en cambio, se ha prestado de buena gana a que lo maquillen, pero están tardando una eternidad con él, porque no acaba de decidir qué tono va mejor con su piel.

La maquilladora me mira desesperada, aprieta los párpados y hace una mueca.

—Me ha dicho Raffaella que este programa es obra tuya…

Sí, sí. De acuerdo. Soy yo. Me habéis descubierto. Soy más pérfida que Keyser Söze y he urdido todo esto para fastidiaros, porque, sencillamente, os odio.

Antes de salir a toda prisa de nuevo, veo que Enrico se dirige a dirección y corro a decirle que falta el objetivo. Cuando se vuelve veo que tiene un ojo medio cerrado, hinchado e inyectado en sangre.

—¡Y a qué esperabas para decírmelo! —grita, antes de precipitarse hacia Ferruccio.

A estas alturas encajo los golpes sin inmutarme. Lo único que quiero es encontrar a Tio. Porque, si no lo encuentro, adiós al programa. Y a mi vida, ya que seguro que alguien (más de uno) querrá que le sirvan mi cabeza en una de las bandejas del catering, que cuesta un ojo de la cara.

Pero sé dónde puede estar.

Mal de amor.

A pesar de que le he suplicado que rescinda el contrato, Tio ha lloriqueado diciendo que él es y sigue siendo un actor. Y que quiere actuar. Como si participar en un culebrón fuera actuar… Sea como sea, por desgracia hoy también ruedan y Tio está ocupado en el set.

Entro en el estudio Alpha de puntillas, entre otras cosas porque no creo que quede mucho más de mis pies en el interior de mis costosos zapatos. Unas cuantas luces tenues iluminan la escena de un dormitorio, donde Tio se revuelve en la cama, como si estuviera teniendo una pesadilla.

Avanzo y, compuesta como una auténtica profesional, espero a que terminen de rodar. Luego me acerco al director y le digo:

—Disculpe, soy la autora de la *Guía astrológica.* —Porque siempre conviene hacer valer los títulos con cierta gente. ¡Y además porque sí, lo reconozco, me encanta decirlo!

—Hemos terminado —me ataja él.

Así pues, contenta de haber hecho valer mi autoridad, me acerco a Tio para ayudarle a recoger la ropa que su personaje ha esparcido por el suelo.

—*Não é bom pra mim*, Salva.

Mientras recupero un calcetín de debajo de la cama oigo una voz, cálida y pastosa, cuyo acento me acaricia como el terciopelo sobre la piel desnuda.

El timbre musical me hace levantar la cabeza de inmediato, tan deprisa que me doy un golpe con el canto de madera, y maldigo al señor Ikea y a toda su familia por siete generaciones. Cuando me vuelvo, sin abandonar la noble posición de cuatro patas, tropiezo con un par de piernas envueltas en unos pantalones de ante.

—Tenemos que filmarla otra vez. *Pra mim, a luz não era perfeita.*

Una mano olivácea se alarga hacia mí, y la aferro de forma instintiva. Noto que el antebrazo se hincha poniendo en evidencia la vena más sexy del planeta.

Luego mi línea del horizonte supera la cintura del desconocido. *La tentación vive arriba,* pienso mientras entreveo un estómago liso y musculoso, merecedor de una ola en un estadio. El vello oscuro y fino que sube hasta el ombligo me hace abrir de golpe la mandíbula como en los dibujos animados. Y luego los abdominales... ¡Los abdominales! Así que no son una retorcida invención de los anuncios de Dolce & Gabbana. ¡La tableta de chocolate existe! ¡Existe, Dios mío!

Sintiéndome agraciada con un milagro, finalizo el *travelling* en una cara con una mandíbula imperiosa, unos ojos oscuros, unas cejas tupidas y un pelo que ni el de Daniel Day Lewis en *El último mohicano.*

Y se me escapa un suspiro poscoito que provoca un par de golpes de tos de Tío.

—Tenemos que irnos, a menos que quieras que Enrico te eche una buena bronca.

Parpadeo.

—¿Qué Enrico?

—Claro que sí, João, deja que se vayan. Podemos repetirla mañana —dice el director. Luego, dirigiéndose a la secretaria de edición, añade bajando la voz—: Qué coñazo de tío. A mí la última me ha parecido buena. La hemos repetido diez veces.

—¡Aún estáis aquí! —exclama otra voz detrás de mí—. ¡Estás aquí, Alice! ¡Hace media hora que te busco!

Al volverme veo que Raffaella pisotea (porque ella no camina, pisotea) el suelo en dirección a nosotros a la vez que agita la carpeta con el logotipo de *Guía astrológica.*

—Faltan quince minutos para el directo. He hecho preparar a todos los invitados. He dado el orden de entrada de los signos zodiacales. He verificado las contribuciones gráficas y las películas con el RVM... Solo falta Tio. Si *no te importa* echarme una mano, por favor.

Y sucede lo irreparable: el hermoso João se separa de mí para mirarla con una sonrisa capaz de derretir el hielo.

—Hola...

Tras unirse a nosotros, Raffaella le responde en un portugués fluido y perfecto.

Él se ríe y se atusa el pelo, luego me mira de reojo. ¿Qué le habrá dicho?

Tio me tira de la manga.

—Voy enseguida —digo apartándome para mirar a João y Raffaella como si fuera la pequeña cerillera.

En ese momento Raffaella se da cuenta de que aún hay un tercer elemento inoportuno que se interpone entre ella y el Rodrigo Santoro de la cadena, y se vuelve arrugando la nariz.

—Perdóname, Alice —me susurra—. Sé que no es agradable, pero como amiga debo decirte que vayas a refrescarte un poco. No hueles bien.

No hueles... Doy un paso hacia atrás, como si cincuenta centímetros de distancia bastaran para garantizar la cuarentena. Porque el problema no es solo hacer el ridículo delante del hombre de la tableta de chocolate, no: el problema es que aún tengo por delante casi tres horas de directo en que deberé manejar a más de veinte personas. No quiero apestar como un muflón enano de Eurasia inferior.

Una vez en la puerta vuelvo a echar un vistazo a la espalda de João y exhalo un suspiro. Sus músculos resplandecen bajo la luz de los reflectores. Pero él puede, es más, debe. El hombre acalorado resulta sexy y viril, en tanto que la mujer debería carecer genéticamente de glándulas sudoríparas.

Pero quizá tenga la solución: en mi último cumpleaños mis compañeros me regalaron un perfume que luego guardé en el cajón de mi escritorio, y que aún no he abierto. ¡Veo la luz al final del túnel!

10

LA MALDICIÓN DEL ESCORPIO
DE JADE

Al verme deambular por el pasillo de arriba Enrico grita:

—¡Alice, ¿qué haces aún aquí?

Freno, pero mantengo la distancia, porque me siento como una leprosa.

—He…, he olvidado algo.

Él cierra la puerta y se pega a ella, igual que hago yo mientras me arrastro por la pared de enfrente. Aún tiene el ojo rojo e hinchado, además de una raya de bolígrafo en una mejilla. En el interior se oye un golpetazo. Enrico se sobresalta.

—Ca… caramba. Debo de haber dejado la ventana abierta. Tú vete. ¡Corriendo!

De manera que parto como un rayo con la esperanza de no dejar a mi espalda una estela química.

Al abrir el cajón de mi escritorio lanzo un grito de alegría como si hubiera encontrado el Santo Grial. Rompo a toda prisa el plástico y me doy una ducha descontaminante.

Inspiro hondo.

Demasiado hondo.

Y toso.

Huele a ambientador de coche con aroma a chicle de fresa, lo que, mezclado con el sudor, podría ser patentado como arma de destrucción masiva.

Angustiada, vuelvo a dirección con la esperanza de que corriendo se desvanezca un poco el efecto, pero me avergüenzo al ver que Tio se acerca a mí y retrocede de inmediato a la vez que hace un ademán para decirme que hablaremos más tarde.

—Un minuto para la cabecera —chilla la voz del emisor de la caja del intercomunicador.

Enrico se aleja diciendo que va a su despacho a imprimir los permisos de emisión, de forma que no me queda más remedio que tomar asiento y sufrir la vergüenza de ver que, cuando lo hago, las dos personas que tengo a mi lado se apartan unos centímetros de mí.

Tio abre el programa de maravilla, hablando del horóscopo con tanta suficiencia que ni siquiera un experto astrofísico se atrevería a contradecirlo. El único patinazo de la primera parte lo da Marlin al presentar al «invitado escéptico», un miembro del CICAP, el Comité Italiano para el Control de las Afirmaciones sobre las Pseudociencias: tras echar una fugaz ojeada a su perfil lo llama «doctor» y le pregunta si durante sus chequeos* ha descubierto signos zodiacales especialmente propensos a la enfermedad.

En un torpe intento de salvarla Tio cambia por completo la escaleta y, en lugar de presentar al concursante aries, presenta, de acuerdo con su lógica personal, al escorpio. En su opinión los escorpio son los que más necesitan someterse a un chequeo.

—De hecho, en el cielo de este año dominará Saturno, que hace unos meses entró en Escorpio, y este planeta hace emerger las debilidades del signo, sus comportamientos erróneos. Sobre todo podría agudizar un rasgo ya de por sí distintivo de Escorpio: el pesimismo. O estimularlo a que haga nuevas elecciones, a que

---

* Juego de palabras intraducible ya que, en italiano, CICAP se pronuncia como *check up*, «chequeo». [N. de la T.]

emprenda nuevos caminos, a que se ponga a prueba, en pocas palabras. Para los que tienen problemas con su pareja podría significar incluso una ruptura. El carácter introvertido de Escorpio no ayuda. Es un signo que debería aprender a comunicar más, a pedir ayuda cuando lo necesita.

Suspiro y alzo los brazos para estirarlos por encima de la cabeza, pero los bajo de inmediato, por miedo a que el efecto gas nervioso provoque un genocidio instantáneo en dirección. Mientras compruebo furtivamente si alguien ha perdido el conocimiento, atisbo al fondo del pasillo al macho de *Mal de amor*, João. Esta vez lleva una camiseta de color verde caqui, tan ceñida que parece que los músculos estén dibujados en la tela.

Su mirada penetrante se cruza con la mía y sonríe, dando unos pasos hacia delante. Maldigo el hecho de que, cuando por fin parezco tener una leve oportunidad con un tío buenísimo, huelo a *Cheval Nº 5*, así que en parte me siento aliviada cuándo veo que Raffaella lo bloquea a medio camino. Aprovecho para escabullirme al baño más próximo con intención de descontaminarme las axilas.

Cuando salgo del servicio me siento en paz conmigo misma y lista para dejar boquiabierto al hermoso João gracias a los efectos especiales del jabón líquido.

Al pasar por delante del cuarto de las luces oigo un ruido y, pensando que quizá esté trajinando con el equipo, me ofrezco apoyándome en el marco de la puerta en una pose lánguida sexy.

—Hola…

Pero el que se levanta de golpe tras cerrar la cremallera de una bolsa es Sergio, mi compañero.

—Ah… Hola, Alice. ¿Necesitas algo? Enrico me ha mandado a coger unas baterías.

—Oh, claro… Esto… —Me quedo muda al instante, pensando que nunca me salen las cosas como en las películas.

Al entrar en dirección veo que han dado paso a la publicidad, y que Tío ha salido del estudio para tomar un poco de aire fresco. Al verme me lleva aparte y me sonríe.

—¿Y bien?

—Genial. Lo has hecho genial. —Me pongo de puntillas para darle un beso en la mejilla, y él me abraza con fuerza.

—Gracias. Ya verás cómo va a ir cada vez mejor, ahora que Miss Pechonalidad y yo hemos calentado motores. —Me río y hago un ademán para que baje la voz—. En cualquier caso, me refería a tu amigo, el escorpio. ¿No lo has entendido?

—¿Cambiaste el guion para hablarme de... João? —Me muerdo el labio para no sonreír como una idiota, pero veo que Tío frunce el ceño.

—No. —Arquea una ceja—. João no, me refiero a Enrico.

—¿Qué?

Me coge del brazo y me aleja de allí.

—Oye, puede que sea un experto en signos zodiacales, pero tú no ves más allá de tus narices. Típico de Libra, en cualquier caso. Ese tipo está tramando algo. Y no está bien, te lo digo yo. Contigo me bastó verte para saber de qué signo eras, así que, ¿cómo no voy a saber que es Escorpio si hace un mes que lo conozco? Escucha. —Empieza a enumerar sus rasgos contando con los dedos—. Es más bien gruñón por naturaleza, porque está dominado por el planeta Marte, pero a la vez sabe ser dulce y tierno a su manera. De hecho, Enrico se comporta como un padre con todos vosotros. Eso se debe a que Escorpio es el signo de los opuestos, de manera que nunca puedes fiarte del todo de él. En cuanto a los sentimientos, tiende a esconderlos, porque no le gusta mostrar su debilidad, y también por eso prefiere ser el primero en atacar. Por si no lo has notado, últimamente tu jefe está fuera de sí, pasado de rosca, pierde los estribos por cualquier tontería. Así pues, es Escorpio y Saturno le está dando guerra. Lo único que debemos descubrir ahora es de qué guerra se trata.

Al oír la cuenta atrás que indica el reinicio del programa mando a Tio a su puesto, pero al entrar en el estudio no puedo por menos que buscar a Enrico con la mirada. Aún no ha vuelto. Dijo que iba a imprimir algo en su despacho. Pero… ¿no se le había acabado la tinta? Además, antes no me dejó entrar en él. Cuando me levanto para ir a buscarlo me siento como Jessica Fletcher, si bien con unos cuantos años menos y unos tacones diez centímetros más altos.

—Alice…

Apenas oigo esa voz siento las rodillas como si fueran de gelatina. La puerta del despacho de Davide está entornada y él me está mirando desde su escritorio. Es tan tarde que no podía imaginar que aún quedaba alguien aquí arriba. Pero ¿no dicen que el diablo nunca duerme?

—Hola, esto…

—¿Cómo va?

—Bien, sí, bien. Tio está muy preparado y Marlin es… Marlin está guapísima.

Él lanza un bufido.

—El presidente la quería en el programa como fuera. Pero ¿cómo estás tú? Pareces cansada.

Me llevo una mano a la cara de forma instintiva. ¿Por qué me siento herida por esa afirmación? Es evidente que no pretendía ofenderme. Y yo no soy, desde luego, una de esas que jamás tienen un pelo fuera de su sitio, incluso durante la regla, o de las que sonríen hasta cuando deben lanzarse del avión con paracaídas. No, a mí, apenas me siento un poco cansada, me salen dos bolsas bajo los ojos que recuerdan a las de Carrefour el día de la gran compra familiar.

—Hoy he tenido que correr un poco. Ya sabes cómo va la historia cuando se lanza una programa nuevo.

Él resopla y se restriega la cara con una mano. Si yo parezco cansada él, en cambio, parece haberse echado todo el peso del mundo sobre los hombros. Más o menos como el presidente Obama. O como Iron Man.

—No. La verdad es que no sé cómo funcionan las cosas en una televisión. Es la primera vez que trabajo en este ambiente. —Aprovecho que mira por la ventana para embelesarme unos segundos contemplando su perfil.

—¿Qué quieres decir? ¿Nunca habías trabajado en una televisión? —le pregunto a continuación.

Él niega con la cabeza.

—Soy un revisor. Un observador. Mi trabajo consiste en evaluar la estructura de las empresas. Comprender su funcionamiento y detectar sus fallos… Con objetividad. —Aparta unos folios que tiene encima del escritorio y se levanta, desentumeciéndose la espalda—. Pero a veces tengo la impresión de que nunca cambia nada… Solo los lugares. Roma, París, Barcelona… —Se encoge de hombros.

—Como si estuvieras en una batidora —comento pensando en toda la gente que debe de haber conocido. En todas las Alice Bassi que habrán pasado por delante de él. Todas las que le esperan en el futuro. Y el pensamiento me inquieta, al punto que aprieto el picaporte con la mano. Cuando lo miro a los ojos tengo la impresión de que me hundo en ellos.

Él, sin embargo, se echa a reír.

—La batidora es una buena imagen. Se podría decir que soy un hombre sin hogar.

—¿Y el piso? ¿El que fuiste a ver con Raffaella?

Davide me mira a los ojos y acto seguido sacude la cabeza.

—No servía. No admitían perros.

—¡Tienes un perro!

—Necesito un poco de compañía.

En ese momento suena su móvil. Davide mira la pantalla y cierra los ojos un instante antes de responder.

—¿Dígame? —Alza el índice hacia mí, como para pedirme que me quede, y sale del despacho diciendo—: En el trabajo. Sí, aún estoy aquí.

Suspiro. Pero ¿qué hago aquí dentro? ¿Qué hago aquí con él? Y, sin embargo, los zapatos rojos, que me están destrozando los dedos gordos de los pies, no se deciden a marcharse. Llegan hasta la puerta pero luego retroceden, pese a que, al igual que yo, saben que tengo que encontrar a Enrico como sea y que abajo me están esperando.

Del pasillo me llega aún su voz.

—Te he dicho que es un trabajo largo. No lo sé. No. Este fin de semana no.

Sonrío, porque su escritorio es un caos de papeles, vasitos de café, bolígrafos, lápices y cachivaches de todo tipo, y esa anarquía de objetos hace que me resulte un poco más humano y un poco menos Terminator.

Luego algo familiar llama mi atención. Bajo un bolígrafo, al lado del currículum de Sergio, veo también el mío, acompañado de una fotografía que preferiría olvidar, en la que aparezco con un pelucón mezcla de Doris Day y los Playmobil. Recuerdo ese peinado, ese día había ido a la peluquería. Dios mío, qué vergüenza me da que Davide la haya visto. Aunque no tiene mucho sentido que me avergüence ahora de una foto de hace diez años, sobre todo después de que él casi se haya herniado llevándome a casa como un saco de patatas, y haya tenido que sujetarme la cabeza mientras yo devolvía hasta el alma a Dios por la boca.

En pocas palabras, ¿y si no fuera tan malo como lo «pintan»? A pesar de que ha elegido un trabajo que le podría valer el premio al hombre más odiado del año, intuyo cómo es en realidad: un hombre solo, que no puede echar raíces en ninguna parte y que no deja de escapar de sí mismo.

Pero ¿es Davide realmente así? Echo una ojeada al pasillo, pero él está lejos y no oigo lo que dice. Cuando se vuelve de golpe solo logro sostenerle la mirada unos segundos, después empiezan a zumbarme los oídos y echo a andar a toda prisa, despidiéndome con un ademán de la mano. Debo volver a mi trabajo. Debo buscar a Enrico. Debo volver a dirección. Quedarme allí, saliendo y entrando de su despacho, no tiene ningún sentido. En absoluto.

Al contrario que la de Davide, la puerta del despacho de Enrico está cerrada a cal y canto.

—¿Enrico? —Al levantar el puño para llamar oigo un grito digno de Tarzán, que me hace dar un brinco hacia atrás. Así pues, entro sin pensármelo dos veces y me quedo clavada en el sitio, mirando lo que parece ser la escena del crimen de una película de terror espantosa. Una de esas en que el asesino en serie es un grafómano al que le gusta expresar su trastorno existencial pintando las paredes con la sangre de sus víctimas—. Dios mío, Enrico, pero…

Luego mis ojos captan el movimiento de otra cosa que se separa a toda prisa de su pierna y se escabulle.

—¿Qué era? —le pregunto.

—Te dije que te quedaras en dirección —replica él.

Miro angustiada la pared, pensando aterrorizada que quizá me vea obligada a leer mil veces «No por mucho madrugar amanece más temprano», pero la mayor parte de los signos carecen de sentido o, como mucho, parecen… casitas y cochecitos.

Frunzo el entrecejo y miro de nuevo a Enrico, que se ha levantado una pernera del pantalón y se está masajeando la pierna. Tiene el gemelo morado y la marca de una mordedura en la tibia. Acto seguido gruñe y se vuelve diciendo:

—Riccardino, por favor, sal de ahí. Pórtate bien y ven con papá.

—¿Riccardino? ¿Has traído a *tu hijo* al trabajo? Pero ¡está prohibido! —exclamo.

Enrico me mira de nuevo iracundo.

—¡Cómo tienes el valor de hablar así! ¡Justo tú! ¡Si no fuera por tu culpa, por culpa de tu maldito programa, no estaría metido en este lío! —Casi le sale espuma por la boca—. Tú me has metido en esta situación. Si nos hubiéramos quedado tranquilos, sin ocurrencias geniales, pero no. Tú debías inventarte algo. ¡La guía astrológica de los cojones!

—¡Enrico! —grito buscando con la mirada al niño, que no debería oír ciertas palabrotas.

Él se muerde el labio y se vuelve.

—Riccardino, no lo repitas, ¿eh? Hazle el favor a papá.

—Quero mamá.

La vocecita procede de detrás del fichero.

—Eh, hola, pequeñajo. Aquí estás.

Riccardino alza la cabecita, cubierta de rizos de oro, y me mira con unos ojos más azules que los de su padre.

—¡Qué monada!

Alguien llama a la puerta. Por instinto vuelvo a esconder al niño detrás del mueble, mientras Enrico se apresura a abrir.

—Davide…, ¿necesitas algo? —le oigo decir.

—Sí, disculpa, Enrico. Tengo que hablar contigo. A decir verdad necesito que bajemos a los estudios. Se trata de un asunto bastante grave.

El fichero cae sobre mí con violencia, golpeándome la rodilla.

—¡Ay!

Enrico me fulmina con la mirada mientras oigo que Davide le pregunta:

—¿Hay alguien más ahí dentro?

—¿Eh? No, solo Alice.

—Ah, bueno, puede venir también.

—¡No! —Enrico me mira de nuevo iracundo—. Alice no puede ir ahora. Debe quedarse aquí a ordenar algunas cosas.

Abro la boca para replicar, pero él me ataja de inmediato.

—Porque Alice *me debe este favor.*

Antes de que salga, cerrando la puerta tras de sí, le pregunto:

—Enrico, ¿de qué signo eres?

Él se vuelve y me mira desdeñoso.

—Vete a la mierda. Soy escorpio.

Una vez más, Tio tenía razón: como buen escorpio, Enrico se las está viendo con el mefistofélico Saturno. Y ahora yo con él, maldita sea.

¿Qué puedo hacer? Bueno, para empezar podría levantar el fichero y liberar al niño antes de que se le ocurra denunciarme al teléfono de ayuda al menor. Después miro alrededor buscando algo para distraerlo.

—Mira, Riccardino, mira qué cochecito tan mono. ¿Jugamos con el cochecito?

Él me lo arranca de la mano y empieza a golpearlo contra el suelo.

—¡Quiero romper el cochecito!

—No, venga, no hagas eso. —Trato de quitárselo de la mano, porque está haciendo un ruido del demonio y a este paso los bomberos no tardarán en aparecer por aquí—. Dame el cochecito… ¡Dámelo!

Pero él no deja escapar la ocasión de golpearme la mano con él descargando sobre mí sus fuerzas juveniles.

—¡Mierda! —Me llevo una mano a la boca; el dolor hace que se me salten las lágrimas.

Él, sin embargo, se ha quedado quieto.

—¿La mierda es como el popó? —me pregunta.

—Ejem, no. Es decir…, no he dicho «mierda», técnicamente… Esto es, no he dicho esa palabra.

—¡Mierda!

—¡No!

—¡Mierdapopó, mierdapopó, mierdapopó!

—¡Basta! —De repente, tengo una iluminación—. ¿Quieres que veamos un poco de tele?

En mis infinitas discusiones con Paola hemos establecido que la televisión es poco educativa y hemos desaprobado siempre a los padres incapaces de hacer otra cosa que no sea sedar las jóvenes mentes de sus hijos plantándolos delante de unos programas como mínimo insulsos. Así pues, ¿debería sentirme culpable mientras busco afanosamente el mando a distancia? Al infierno, a fin de cuentas no es hijo mío. Si tuviese una cerbatana con dardos de tila y pasiflora juro que la usaría.

Por desgracia al encenderla me doy cuenta de que Enrico no tiene una auténtica televisión en el despacho sino solo el monitor de control conectado a la emisión. De hecho, en la pantalla aparece el estudio Delta. En concreto, el fuera del aire de *Guía astrológica,* porque deben de estar en publicidad.

—¡Ese señor está desnudo! —exclama Riccardino apuntándolo con un dedo.

Me siento al escritorio y cuando alzo los ojos en dirección al monitor veo que João está pasando, aún sin camiseta, por delante de las cámaras. Un instante después aparece también Raffaella, que le apoya una mano en los abdominales y lo obliga a apartarse.

—Oh, que te den… —Me callo justo a tiempo y me vuelvo a mirar al niño con aire culpable.

Riccardino me mira a los ojos y me dice en tono seguro:

—Mierda.

Suspiro, la pantalla se oscurece y el programa reinicia después del intervalo.

—Para cautivar a un escorpio —dice Tio—, debéis ser misteriosos. Pero tened en cuenta que incluso en las mejores relaciones las borrascas estarán siempre a la vuelta de la esquina. Para mantenerlo a vuestro lado deberéis rehuirlo, siempre. Además es uno de los signos más peligrosos del zodiaco, de manera que si piensa que le habéis hecho algo malo puede perseguiros hasta el fin del mundo para hacéroslo pagar.

Oh, que se vayan al infierno Enrico, Tio, que me mandó a buscarlo, Escorpio y todo el resto.

—¡Tengo mucha sed! —dice Riccardino.

En el escritorio de Enrico hay varios zumos de fruta vacíos, pero veo que aún queda uno cerrado.

—¿Quieres esto? —le pregunto metiendo la pajita en el tetra pak.

Él entonces trepa sobre mí y empieza a beber muy a gusto. He de reconocer que cuando está tranquilo es una verdadera monada. Parece un angelito.

Desde que Carlo y yo rompimos he reprimido mi instinto maternal. Pero tener un niño en brazos da una sensación especial. Riccardino apoya su cabecita rizada en mi pecho y suspira relajado. Lo imito, apoyándome en el respaldo de la silla y gozando de la tibieza que emana de su cuerpecito y que se difunde por todo mi cuerpo.

No, un momento. Por todo mi cuerpo no...

Levanto de golpe a Riccardino y alzo los ojos al techo imprecando contra la maldición de Saturno. El niño se ha hecho pipí en la falda de mi traje de chaqueta.

—Pero ¿por qué demonios no te ponen un pañal, pequeña boca de riego satánica?

Por toda respuesta, Riccardino rompe a llorar. La única solución es que vayamos a lavarnos y a cambiarnos. Por suerte para él encuentro una bolsa con ropa infantil. Yo, en cambio, tendré que echar mano de nuevo de la sección de vestuario con la esperanza de poder encontrar, por lo menos, una faldita hawaiana.

Pero esta vez el tiro me sale por la culata: es tarde y la modista ha cerrado ya el cuarto con llave. Así pues, no me queda más remedio que lavar la falda y tratar de secarla bajo el chorro de aire caliente.

No muy lejos de los estudios hay un baño equipado para los directores, con ducha y secador de pelo. Me dirijo allí arrastrando a Riccardino conmigo. Para él es un juego mucho más divertido que estar encerrado en el despacho de papá.

—¿Jugamos a que somos barcos? —me dice abriendo el grifo del lavabo y salpicándome con el agua.

—¿Jugamos a que tú eres un pez y yo te meto la cabeza bajo el agua y veo si respiras? —replico a la vez que empiezo a desvestirme. Porque, llegados a este punto, sé que ni siquiera la camiseta saldrá indemne si la tengo puesta mientras lo lavo, así que vale la pena aprovechar la ducha para eliminar, por este orden, sudor, ambientador de coche y orina.

Tras enjuagar mi ropa entrego el secador a Riccardino con una tarea:

—Ahora eres un vaquero y debes apuntar a los vestidos con esta pistola, porque son unos bandidos peligrosos, ¿me entiendes? —Así, al menos, me ayudará a secarlos mientras me doy una ducha rápida.

No obstante, no dejo de mirar lo que sucede a mi espalda a la vez que me enjabono. Detrás de la cortina opaca veo agitarse su sombra, y ruego por que no se le ocurra jugar a *Psicosis* y tirarme el secador encendido encima para hacer una gracia.

Cuando termino de ducharme me envuelvo en una toalla de la dirección. Pero apenas cierro el grifo me doy cuenta de que la habitación está demasiado tranquila.

De hecho, al descorrer la cortina me sobresalto. No está. La puerta está abierta y Riccardino se ha marchado. Lo peor es que también mis vestidos parecen haber desaparecido. Todos. Exceptuando un zapato, que evoca a Cenicienta, cuando en realidad no tengo siquiera media calabaza que ponerme.

—¡Riccardino!

En vano. Incluso cuando me asomo al pasillo no veo al pequeño infame por ninguna parte. En cambio, me parece divisar algo en el suelo. Y, dado que de nada sirve que me quede plantada donde estoy, pese a que soy consciente de que se trata de una misión suicida, corro a recuperar el sujetador que Pulgarcito ha tirado al suelo.

Justo cuando estoy doblada en ángulo recto oigo unas voces. Cojo el sujetador a toda prisa y entro en un cuartito, en el preciso momento en que Davide y Enrico pasan por delante de él.

—La corrección está por encima de todo, Davide. Es inadmisible sustraer material, de forma que si ha errado debe asumir su responsabilidad.

Si Davide no hubiera estado allí habría podido llamar a Enrico y pedirle que me ayudara. Aunque, en realidad, ¿qué habría podido decirle? ¿Qué he perdido a su hijo?

Dios mío, si se entera de que Riccardino está haciendo la maratón solo por los pasillos de los estudios ir por ahí como lady Godiva va a ser el último de mis problemas.

Pero, de golpe, oigo que se ríe. Caramba, ese Atila en formato Teletubbies se está incluso divirtiendo.

La puerta de la dirección que usamos para el telediario está abierta.

—¿Riccardino? ¿Estás aquí dentro? Vamos, el juego es divertido si dura poco. Sal de ahí. —Alargo una mano hacia el interruptor de la luz, pero luego recuerdo que para encender el sistema de iluminación hay que activar antes el panel general, que se encuentra en otro sitio.

Así pues, avanzo a oscuras, pero me detengo al atisbar una sombra que corre de un lado a otro.

—¡Riccardino! —exclamo. Tomo aliento y añado—: Vamos, pequeñajo, no quiero hacerte nada. —Aunque, a decir verdad, si sigue comportándose así me va a dar un ataque como a Jack Torrance.

Luego lo entreveo en la penumbra, pero se me echa encima tirándome al suelo y se dirige como un rayo hacia la puerta.

Cuando me alzo a tientas descubro que en su fuga Baby Killer ha perdido otro de sus trofeos. Alabado sea Dios, es mi falda. Aún húmeda, es cierto, pero al menos ya no corro el riesgo de enseñar la cara B (¡o la A, que es aún peor!).

Un instante después casi me da algo cuando veo a Davide y Enrico cruzando el pasillo. Davide se para al lado de la columna detrás de la cual me he escondido, de forma que ruego que no esté dotado de la visión de rayos X.

—¿Davide? —lo llama Enrico, que se ha alejado unos metros.

—No, nada —dice Davide—. Solo me ha parecido oír la voz de un niño.

—¿Un niño? —Enrico suelta una risita histérica—. ¿Aquí? ¿Un niño? Pero ¡eso es absurdo!

—Sí... —Davide se vuelve hacia el pasillo que se abre delante, entre los diversos estudios—. Allá al fondo.

Espero a que Enrico se lo lleve y a continuación sigo la indicación de Davide. Tenía razón. Ahora que estoy más cerca yo también lo oigo.

—¿Riccardino?

Lo veo. Qué miedo, está inmóvil y de espaldas, como la niña de *The Ring*, y cuando se vuelve me dice:

—¡Yo te quero hacer la bua!

Después de lo cual se pega a uno de mis gemelos como un rottweiler.

Al cabo de un tiempo que me parece infinito me encuentro jadeando en el suelo, coja como un caballo, pero aferrando con fuerza la blusa con las manos. Riccardino alias Drácula de mis botas 0, Alice La luchadora 1.

Mientras me alejo cojeando, descalza, sobre mi pie izquierdo me voy abrochando los botones de la blusa, a la vez que pienso en las posibles maneras de hacérselo pagar.

Cuando doblo la esquina, sin embargo, choco contra una pared de cemento armado que, estoy segura, antes no estaba ahí. Una pared que me agarra y me sujeta. Apoyando sus manos en mis posaderas. Una pared con los músculos móviles y un intenso olor a cuero, macho y viril.

João.

Por lo visto no tiene intención de soltar mis nalgas.

Me mira a los ojos y dice:

—Lo *sento* mucho.

—Yo también lo *sento* mucho —repito con un hilo de voz, pues, en efecto, parece que entre nosotros se esté hinchando un bote de goma.

—¡Alice!

El rugido es de Enrico. Al oírlo las manos de João se despegan de mis nalgas y yo me tambaleo hacia atrás.

—¿Qué estás…? ¿Dónde está…? —Enrico se pone blanco como la pared, luego se muerde el labio. Porque delante de Davide no puede preguntarme por su dulce criatura.

Ya. Davide. A estas alturas van en pareja como los carabineros. Así que él también está presente, y mira primero a João y después a mí sin decir una palabra.

—Esto, todo… está bajo control —digo mientras, al tirar de la blusa, me doy cuenta de que me la he abrochado mal—. Estábamos hablando del programa, João y yo, aquí…, y le estaba preguntando… de qué signo es.

—*Sagitário*.

—Ah, ejem, bueno…, interesante.

De vuelta en el estudio, al que he venido directamente después de haber explicado a Enrico que yo en su lugar tomaría en consideración el programa *Supernanny* o, aún mejor, a un exorcista, estoy más que decidida a no dejarme distraer por nada más.

—Descubrir el signo zodiacal de alguien y luego su horóscopo es una manera eficaz de empezar a comprender a una persona —está diciendo Tio—. Aquí, en el programa, os daremos instrucciones sobre la manera de comportaros. ¿Queréis amansar a un escorpio? Dado que es un signo que ama los extremos, podríais probar con la comida picante o con una tarta de nata muy dulce...

Bah, creo que en estos momentos con Enrico sería mucho más útil un collar de ajos.

—Sobre todo preparaos para vivir al día, con continuos golpes de escena.

En ese momento Luciano muestra un plano total del estudio, y yo tengo una revelación.

Apoyado en la gran pantalla que hay detrás de los sillones de los invitados yace el zapato que me falta.

—¡Ve a publicidad! —exclamo.

—No puedo, faltan al menos diez minutos. ¿Qué te pasa? —me pregunta Luciano.

¡Si mi Christian Louboutin está ahí dentro, Riccardino debe de estarlo también!

Ignorando los gritos de Luciano y tratando de hacer el menor ruido posible entro en el estudio mirando alrededor. Dentro están el cámara, el ayudante de estudio, los invitados, Tio y Marlin... Pero ¿y Riccardino? Si bien es pequeño, alguien debe de tenerlo entre los pies. A menos que...

Cuando lo diviso casi me da algo. Ha logrado subir a la marquesina que rodea las luces, a casi cuatro metros de altura.

Si se cae de allí el mundo se ahorrará una terrible plaga futura, pero yo no estaré en él para beneficiarme de ello.

Él también me ve y en respuesta a mis gestos desesperados levanta la única prenda que le queda y la agita. Mis bragas.

Empiezo a subir por la escalera de mano sin saber si me da más miedo que él se caiga de allí, que tire mi ropa interior a la cabeza de un invitado, o que alguien alce la mirada y vea que voy por ahí en versión *sin bragas y a lo loco*.

Riccardino, en cambio, parece seráfico, representa la versión encantadora del fantasma del paraíso, y baja por la escalera que hay en el lado opuesto del estudio.

A mí, en cambio, que me gustan tan poco los deportes extremos como a la mujer cañón la dieta de los puntos, se me resbala un pie y acabo contando todos los travesaños, del primero al último, con el trasero. Me trago un par de imprecaciones tan inevitables como poco distinguidas y me dirijo a la puertecita de servicio para recoger las bragas que Riccardino ha dejado tras de sí.

—¿Alice?

Podría ser una pesadilla. Podría despertarme de golpe ahora y descubrir que aún debo ir al trabajo y que nada de todo esto ha ocurrido de verdad. En cambio me quedo plantada allí, con las bragas en la mano, mirando a Davide.

—¿Se puede saber qué está sucediendo esta noche?

No está bromeando. Ya no tiene la mirada melancólica y soñadora que me dirigió hace poco en su despacho.

Y yo qué puedo decirle que no sea:

—No es lo que parece. Te lo puedo explicar.

Si añadiese: «Cielos, mi marido», completaría los clichés de la situación.

Sus ojos parecen ahora dos ranuras.

—¿No te las pones? —pregunta aludiendo a las bragas.

Me muerdo el labio. Él exhala un suspiro y se vuelve, concediéndome un poco de intimidad.

—¿Y bien? ¿No podía esperar?

Parpadeo.

—Bueno, no, Enrico…

—¿Enrico? —Se vuelve y veo que tiene el cuello enrojecido—. ¿Primero esa especie de King Kong y ahora Enrico?

—¿João? —Ahora parecemos dos tomates en un campo—. Pero no… —Tengo que explicarle todo desde el principio confiando en que Enrico no decida después beberse mi sangre. Y que Davide no esté de verdad de parte del lado oscuro de la fuerza y adopte medidas contra los dos por haber escondido a un menor en un lugar de trabajo tan peligroso. Cuando acabo él me mira como si le acabara de revelar que al sumo presidente le gusta disfrazarse de monja y que le azoten en el culo en privado.

—¿Te robó la ropa?

—Después de mearse encima de mí, sí…

Se restriega la cara con una mano y hace una mueca. En ese momento noto que tiene los nudillos pelados.

—¿Te has hecho daño?

—No es nada, solo un arañazo. —La verdad es que podrían contratarnos como dialoguistas de *Mal de amor*.

Lo escruto unos segundos, mientras se aleja unos pasos, antes de volverse de nuevo hacia mí.

—¿Vienes?

—¿Adónde?

—A buscar al niño.

—¿Por qué decidiste trabajar en televisión?

Estamos caminando por los decorados de *Mal de amor* y pasamos de los despachos de los poderosos magnates de las acerías de la serie a los pasillos de las urgencias del hospital.

En las comisuras de los ojos de Davide se dibujan unas líneas sutiles que le intensifican la mirada.

—Bueno…, en realidad me habría gustado dedicarme al cine —le digo.

—¿Qué películas te gustan?

Desvío la mirada.

—Bueno, todas las de los grandes directores, desde luego. Me refiero a Forman, Kubrick, Kiarostami… —Me mordisqueo los labios tratando de recordar alguno más.

Davide se inclina un instante para echar un vistazo bajo una mesa, buscando a Riccardino, y luego se yergue de nuevo y me mira.

—¿Y las de verdad, en cambio?

—¿Qué quieres decir?

—Que esas no son de verdad las películas que te gustan. Sé cuando mientes, Alice.

¿Quién demonios eres, un agente de la CIA?

—De acuerdo, has ganado. Me encantan las películas románticas, las que están llenas de equívocos, pero con un final feliz que te hace sentir en paz con el universo. Tranquilizan.

—¿Como cuáles?

—Bueno, *Ghost,* por ejemplo. Es una historia de amor preciosa.

—Mmm, es verdad: él muere. ¿Qué puede ser más maravilloso?

—*Pretty Woman.*

—Romántica a más no poder. Ella es una prost…

—¡Siempre a tu lado! —lo interrumpo.

—¿A mi lado?

—No, quiero decir…, es el título de otra película. *Cuando Harry encontró a Sally, Notting Hill… Dirty Dancing.*

—Me parecen un poco antiguas, sin embargo. Por ejemplo, ¿ahora no ponen nada en el cine que te gustaría ver?

Me encojo de hombros.

—Cuando las vuelvo a ver me siento como una niña. Qué quieres que te diga, siempre he tenido la cabeza un poco en las nubes. Por culpa de mi padre.

—¿En qué sentido?

Hago ademán de abrir la puerta de un armario para ver si Riccardino está dentro, pero debe de estar solo apoyada, porque se vence enseguida.

—¡Cuidado! —Davide, que está detrás de mí, la agarra con las dos manos para evitar que me caiga en la cabeza.

Y me quedo atrapada entre sus brazos y el armario.

—En este sentido —digo tratando de no pensar en el calor de su cuerpo y los latidos de corazón que siento en la espalda—. Él eligió mi nombre. Alice. Alicia en el país de las maravillas. Siempre digo que, en mi caso, Alice en el país del ridículo sería más apropiado.

Oigo que se ríe mientras pone con cuidado la puerta en su sitio. Pero permanece detrás de mí un poco más.

—Creo que es solo un poco de distracción. Y quizá también una buena dosis de desconfianza en tus capacidades. Pero por suerte pareces olvidarte de todo durante el trabajo.

Al volverme veo que me está sonriendo.

—Se ve que soy tan distraída que incluso me olvido de que lo soy. ¿Y tú?

Estamos atravesando lo que parece ser el pasillo de un centro comercial, con unas estanterías llenas de productos de todos los colores.

—Bueno, en mi caso no se trató de David y Goliat. Me llamaron como mi abuelo, sin más.

—¡No me refería a eso! —Me echo a reír y me vuelvo de golpe, dando con la mano contra un tarro de encurtidos.

Davide lo coge al vuelo y lo pone de nuevo en su sitio.

—¿Puedes tratar de olvidarte de ello también ahora? Me refiero a la torpeza.

Cruzo los brazos y avanzo por el medio del pasillo, lanzando miradas furtivas a las estanterías que me retan a que me acerque a ellas.

—Te estaba preguntando por qué te dedicas a esto…

Con aire serio, Davide desvía la mirada hacia el set sucesivo.

—Vamos por ahí. —En lugar de responderme enfila otro decorado y lo examina como si fuera la escena de un crimen, haciendo todo lo posible para no mirarme.

—Diría que tampoco está aquí. Vale que es pequeño, pero no puede haberse metido en las ranuras del suelo —comento, ganándome una mirada suya y un resoplido.

—¿Eres siempre así?

—¿Así cómo?

—Irónica.

Me encojo de hombros.

—No puedo ser distinta.

—¡No! Está muy bien, es decir, me gusta, pero... —Cruza otra puerta dejando el «pero» en suspenso. Pero ¿qué?

—No es fácil seguirte el paso.

Ay, ay. Un punto menos para Alice.

—Tampoco el tuyo, tu paso, es fácil de seguir —digo sin agresividad, esbozando una dulce sonrisa—. Un hombre con una carrera profesional y una buena posición. En fin, una chica puede sentirse incómoda. —Me río, pero luego desdramatizo—: Pero tú también eres un hombre, no Iron Man. Quiero decir, tú también tienes tu vida... Quiero decir, probablemente jugabas con otros niños como hacía yo, tu madre te reñía porque no querías comer verdura. Esas cosas, típicas de cualquier ser humano.

Pero veo que aprieta la mandíbula.

—Hum... No.

Sin añadir nada más me da la espalda. Cuando acabamos de recorrer casi todos los decorados sin encontrar al niño, y mientras me sujeta la puerta para dejarme salir, tengo la impresión de que algo termina, de que se rompe un hechizo. De hecho, Enrico se reúne de inmediato con nosotros, me lanza una mirada torva y, escrutando a Davide, me pregunta:

—¿Por qué no estás en dirección?

No sé qué decir. Enrico no sabe que Davide lo sabe. Yo sé que Davide sabe, pero que no debería saber lo que sabe. Pero ¿sabe Davide que no debería saber lo que sabe? La cabeza me da vueltas.

—La llamé yo —dice Davide, y yo exhalo un suspiro de alivio—, pero ahora es toda tuya si la necesitas.

No significa nada, pero el «toda tuya» hace que se me encoja el estómago.

—¿Lo has encontrado? —pregunto a Enrico en cuanto nos quedamos solos.

—¡Claro que no lo he encontrado! Caramba, Alice, pero ¿cómo demonios lo perdiste? Si le ocurre algo Emilia me matará, y yo te mataré a ti, que quede claro.

—Pero ¿tu mujer no podía tenerlo en casa? —gruño yo.

Él se revuelve los cuatro restos que aún llama valerosamente cabellos.

—Dijo que debía estar un poco con mi hijo y que ella necesitaba descansar.

Pese a que no me cabe la menor duda de que la madre del pequeño Descuartizador necesitase una tregua, sacudo la cabeza.

—Pero tú tienes que trabajar, Enrico. Ella tiene que entenderlo. No puedes traer a un niño aquí, con todos los peligros que hay. ¿Y una canguro?

—Emilia se ha marchado, Alice. Hoy por la tarde. Se ha marchado. Está en la playa con sus amigas. En cuanto a las canguros, tres se han negado.

Comprendo a la perfección que pasar una velada con la reencarnación de cinco años de Hitler no sea la máxima prioridad de una adolescente.

—¿No me digas? ¿A nadie le gusta ya jugar a te ato y te clavo alfileres bajo los dedos? Pero ¿en qué mundo estamos?

—Basta ya, Riccardino es un niño vivaz, pero no es malo.

Miro su ojo aún hinchado, la raya de bolígrafo que le atraviesa la cara al estilo *Scarface*, el dedo vendado y la pierna que el incomprendido Riccardino atacó en una imitación perfecta de una piraña. Pero ¿cómo puedes decirle a un padre que su hijo necesita al exorcista?

—Sigamos buscándolo, vamos.

Nos separamos de nuevo para registrar más zonas. Cuando estoy cerca de la dirección Luciano me mira desde la mesa de vídeo y me para.

—Aquí estás por fin, Alice. —Por un instante temo que él también me eche un sermón, pero, en lugar de eso, señala el teléfono—. Nardi ha llamado. Quiere verte en su despacho. Me ha dicho que «lo ha encontrado». No sé qué, pero lo ha encontrado.

Subo los escalones de dos en dos. Esa peste me va a oír. Cuando acabe con él sí que se parecerá a Macaulay Culkin, pero después de haber pasado por un centro de rehabilitación.

No obstante, cuando abro la puerta me quedo boquiabierta. Davide se vuelve hacia mí sin levantarse del sillón para no despertar a Riccardino, que duerme en sus brazos como un angelito.

—Lo encontré cerca de la máquina de bollería. Estaba ya dormido, con una mano metida en la puerta. Supongo que tendría hambre, pero que el cansancio lo venció.

Sus palabras me producen el efecto de un zumbido, porque lo único que soy capaz de pensar es que no hay nada más fascinante que un hombre con un niño dormido en brazos.

Él se levanta.

—Necesito tu ayuda.

Al acercarse a mí veo que una de sus manos está dentro de la boca del niño, bien encajada entre sus dientecitos.

—¡Oh! Dios mío…

—No me suelta, y no parece tener intención de despertarse. Ni siquiera sé cómo lo hizo, dado que estaba durmiendo.

Me encojo de hombros.

—Debe de ser un reflejo condicionado, como los tiburones. —Le aprieto la nariz con los dedos y en menos de tres segundos Riccardino abre la boca y suelta su presa.

—La mujer de los mil recursos —comenta Davide a la vez que me entrega al pequeño y se masajea la mano—. Ten cuidado.

—Que intente hacer algo conmigo y verá —le digo guiñándole un ojo—. Empiezo a pensar que la bruja de Hansel y Gretel tenía sus buenos motivos. —Trato de apartar un mechón de pelo que me ha resbalado sobre la cara y hace que me pique la nariz, pero con Riccardino en brazos no es fácil, así que soplo una y otra vez, haciéndolo rebotar.

Davide trata de ayudarme y me acaricia la mejilla con los dedos.

Movida por el instinto doy un paso hacia atrás, hacia la salida. Ya he hecho muchas, demasiadas, tonterías con él, y me gustaría evitar la última. Así que, dado que siento ya que mi cara se está cubriendo de sendas manchas rojas, me vuelvo y salgo al pasillo.

—Gracias por haberlo encontrado. Y por haberme llamado a mí y no a Enrico. En fin, por…

—¿Por no ser el monstruo que debería ser? ¿A pesar de mi trabajo?

—No…

—Sí. Es lo que me preguntaste antes. Cómo se puede hacer un trabajo como el mío. Alice, yo trato de salvar las empresas, no de destruirlas. Me gustaría que comprendieras eso. De verdad, me gustaría mucho.

Una vez más me mira de una forma especial, como si quisiera excavar en mi mente, incluso más hondo. Así que lo único que logro farfullar es:

—Por supuesto. Claro que lo entiendo. —Y me alejo a toda prisa, porque lo cierto es que no entiendo nada.

Lo primero que hago tras dejar a Riccardino en el sofá es llamar a Enrico y decirle que he encontrado al niño y que está bien. Nada más llegar me da un fuerte abrazo, pero de inmediato se separa de mí con gesto brusco mascullando que no es posible fiarse de mí y que mejor será que me aparte enseguida de su vista.

Desde la puerta veo que acaricia al niño y murmuro:

—Típico de Escorpio.

Él, entonces, me sonríe y parpadea para ocultarme una lágrima.

—Largo de aquí.

Tengo el corazón más ligero. Pienso que quizá he sido un poco egocéntrica al pensar que soy la única que tiene problemas en este mundo con Enrico y su matrimonio en crisis a un paso de mí. Y Davide, que me deja siempre desconcertada. Dijo que se ha comprado un perro para tener compañía. No debe ser fácil pasarse la vida viajando de un sitio a otro, consciente de que es imposible crear relaciones duraderas.

Aunque solo fuera por esto debería mantenerme alejada de él. Me convendría dejar de fantasear sobre Iron Man, Batman y otros superhéroes solitarios que no tienen ni tiempo ni ganas de frecuentar a una mujer para algo más comprometido que pedirles que les ayude a saber si los leotardos deben lavarse con las prendas delicadas o hay que llevarlos a la tintorería.

Pero sigo pensando en él.

Vuelvo a dirección cuando el programa se ha terminado ya y casi todos se han marchado. No obstante, Raffaella aún está allí, y me saluda esbozando una amplia sonrisa.

—Enrico me ha dicho que esta noche has tenido problemas. No te preocupes, yo me he encargado de todo. —Antes de franquear el umbral se vuelve y me dice—: ¿Te has enterado?

—¿Enterado de qué?

—Han despedido a Sergio. Me temo que la matanza ha empezado. —Me da una palmadita en un hombro—. A saber quién será el próximo…

Se aleja, y yo me siento como en una burbuja. Oigo la voz de Davide rogándome que no me enfade con él, porque si debe despedir a alguien no lo hace por motivos personales. Por la mente me pasa una idea, un recuerdo. De esta tarde, cuando Davide respondió a la llamada telefónica y yo me quedé sola en su despacho. Entonces, pensando en el hombre y no en la figura profesional que representa, no en el papel que desempeña en la empresa sino en una de mis consabidas proyecciones pseudorrománticas, me acerqué a su escritorio y vi el currículum de Sergio. Al lado del mío.

A saber quién será el próximo...

Fuera llueve a cántaros. No me había dado cuenta. Corro hacia mi coche, porque lo único que quiero hacer ahora es conducir, encender la radio a todo volumen, aturdirme con la música y no pensar en lo que está ocurriendo. En Sergio, que se ha quedado sin trabajo. En Davide, que lo ha despedido. En mí, que, como de costumbre, no me entero nada.

Pero cuando llego a él me doy cuenta de que, por enésima vez, he sido una idiota, porque me he dejado el bolso en dirección, con las llaves del coche y el resto dentro.

Vuelvo a entrar empujando la puerta con violencia. Estoy furibunda.

Estoy cabreada con Davide, porque me ha mentido, porque no es la persona que parece ser; y conmigo misma, porque sigo interpretando las señales en una única dirección, como si cada vez me pusiera un par de gafas de cristales de color rosa. Estoy tan enojada que me falta el aliento. Además tengo la ropa empapada y la tela se pega a mi piel de una forma tan irritante que siento la necesidad de desprenderme de ella.

Nada más quitarme la camiseta noto que no estoy sola.

João está en la puerta de dirección, sin decir una palabra, pero mirándome con sus ojos latinos, oscuros y lánguidos. Tampoco yo hablo, sino que me acerco a él sin apartar mi mirada de la suya.

Con un gesto fluido, mil veces ensayado, él se quita la camiseta, mostrando de nuevo sus abdominales de competición. Necesito esto. Necesito perderme.

Sus labios tienen el sabor salado de mi desilusión.

CÁNCER

Saquémonos enseguida la piedrecita del zapato: no cocinaréis, no remendaréis, no limpiaréis la casa, no haréis nada mejor que su adorada madre. Comparado con el niño cáncer…, ¡perdón!, con el hombre cáncer, Edipo era una personita equilibrada, en manera alguna pegado a la falda materna. No obstante, no tardaréis en conocer a vuestra rival en el amor, en cuanto el cáncer os invite a su casa, a ver su cuartito.

11

AROMA DE SAGITARIO

¡No es cierto que lo hiciste!

—Paola, solo fue un beso, no he rodado una peliculita osada en el mostrador de dirección.

No obstante, lo digo regodeándome, porque solo fue un beso, sí, pero tan tórrido como el desierto del Gobi.

Me sentí como en una de esas películas norteamericanas en que las mujeres son guapas y sin escrúpulos. Tan guapas y sin escrúpulos que cuando entran en un local ni siquiera deben hacer el esfuerzo de abrir la boca. Les basta una sola mirada, de guapa y sin escrúpulos, para ganarse, al menos, una copa (gratuita), un hombre para la velada (pero que, como en cualquier película que se precie, será el amor verdadero), el vestido blanco, una mansión con piscina, una batería de ollas de acero inoxidable 18/10 y puede que también un set de colchones con somier ortopédico.

—¿No estarás exagerando? —me pregunta Paola, que, como buena amiga que es, hace las veces de torre de control e inicia las maniobras de aterrizaje—. Alice, me alegro de que hayas vivido esa cosa tan…, tan pasional, pero preferiría que no te hicieras ilusiones sobre ese tipo. En fin, uno que va por ahí medio desnudo como un orangután, con todos esos cuadraditos de tableta de chocolate al aire… Y se abalanza sobre ti, con la que solo ha intercambiado unas cuantas palabras, con la evidente intención de sacar la anaconda… No creo que esté buscando a su alma gemela.

—Más que un beso si sigues así voy a acabar teniendo la impresión de haber hecho un safari —le digo resoplando—. Además, no habría sido capaz de ir hasta el final.

—Gracias a Dios, Alice. Me alegro de que tuvieras un poco de sentido común y no sucediera nada irreparable.

«Lo irreparable», como lo llama ella, habría sido, como mucho, un simpático divertimento para mis partes bajas que, estando como están ya en prejubilación, no habrían hecho ascos a una vuelta en la noria o, para continuar con la metáfora de Tarzán y afines, a un vuelo en la liana.

—Sí, bueno, eso también, *abuelita.* Pero sobre todo porque aún debo sanear la zona. Mañana reservaré para depilarme todo el cuerpo. De forma que, si se pone otra vez a tiro, que se salve quien pueda —replico con evidente intención de provocarla.

Sé que lo desaprueba: Paola sigue la regla de la quinta cita, ni una más ni una menos. Pero al menos se echa a reír, y oigo que al fondo su hijo Sandrino se ríe también. Dado que Paola suele poner el manos libres para poder tener más libertad con su hijo, agradezco al cielo que este sea demasiado pequeño para entendernos.

—Compórtate como es debido, Alice, y espera a depilarte. —Por un instante me parece oír su voz algo más distante—. Sí, es Alice, mi amiga. ¿Me pasas ese tarro?

—¿N-no estás sola? —balbuceo.

—Mi madre está aquí, ha venido a ayudarme a preparar las papillas para congelar.

—¡Hola, Alice! —oigo con toda claridad a lo lejos—. Saluda a tu madre de mi parte.

—Por supuesto, señora. Esto, buenos días.

Por teléfono me resulta fácil darme aires con Paola, fingir que soy una mujer fatal y que los hombres caen a mis pies apenas chasqueo los dedos.

En cambio, jamás he logrado comprender cómo se chasquean los dedos, y quizá por ello me he visto obligada a inventarme un sinfín de estrategias para conseguir un novio cualquiera.

No obstante, dados los resultados, tal vez debería intentar con el chasquido.

El lunes por la mañana, mientras ficho en el trabajo, sigo restregando el corazón con el pulgar, tratando de producir un chasquido digno de ese nombre. Lo hago sobre todo para aliviar la tensión, pese a que el mensaje de Tío debería haberme puesto de buen humor:

Buenos días, pequeña libra, estás rebosante de energía y de alegría de vivir, y eso atrae como un imán a las personas que te rodean. Se lo debes a la Luna llena en Libra, pero también a la conjunción de Venus y Urano, que favorece las relaciones y las nuevas amistades.

No obstante, cuidado con la Luna Cuadrada, en tránsito negativo con Neptuno, que te empujará a abandonarte a la ilusión, a abandonar la realidad por el sueño. Urano, en conjunción con Venus, puede hacerte pelear con la persona amada o incluso hacer que seas impulsiva en las decisiones amorosas o a la hora de sacar conclusiones. No obstante, el sextil de Mercurio con Plutón y el trígono de Marte con la Luna te aseguran cierta severidad en tus decisiones, de manera que será difícil hacerte cambiar de idea. En cualquier caso, todo indica que estás en el buen camino para determinar tu personalidad y afirmar tu fuerza, sobre todo en el ámbito laboral, donde te apoya Saturno, favoreciendo la concentración y dejándote afrontar con tranquilidad tareas incluso estresantes.

En fin, que cierro los ojos e inspiro hondo para llenar los pulmones de fuerza y determinación. Por desgracia, al espirar dejo escapar también todos los buenos propósitos que Tío intenta inculcarme. A pesar de que me gustaría abandonarme a la fantasía de que soy una supermujer que nunca debe pedir nada, no puedo ignorar el hecho de que quizá no tarden en despedirme. Al igual que no puedo evitar encontrarme con João y gestionar el apuro causado por nuestro *magic moment* del miércoles por la noche. Y Davide.

Tendré que enfrentarme a Davide.

No sé cuándo, ni cómo. Pero sucederá, porque trabajamos juntos, como una de esas parejas de las series televisivas. Como en *Hart y Hart,* solo que nosotros no somos millonarios ni estamos casados, ni yo escribo *best sellers.* Como en *Expediente X...* Si bien creo que en este caso el único extraterrestre es mi sentido práctico. Bueno, debo rendirme a la evidencia, Davide y yo no nos parecemos en nada, como máximo somos como Superman y Supernanny.

Y, a propósito de *nannies* y *supernannies,* meto la cabeza en el despacho de Enrico para preguntarle cómo está, si su mujer ha vuelto, y si ayer encontró una farmacia de guardia para comprar bromuro para Riccardino. Pero no hay nadie, cosa extraña, dado que es lunes por la mañana.

También los cuartos del loft están desiertos. Veo solo a Svetlana, que está vaciando las papeleras, quitando el polvo a las mesas y regando las plantas. Si en otras ocasiones ya me ha dado por pensar que quizá sea la única que trabaja de verdad aquí dentro, en este momento tengo la certeza de que es así.

—Hola, Svetlana, ¿sabes dónde están los demás?

Se encoge de hombros y luego hace el gesto de llevarse una tacita invisible a los labios con el meñique levantado, como no podía ser menos.

—*Fietsa* —dice. Al ver que cabeceo, porque no la he entendido, añade algo más directo—: Bar.

Mientras avanzo por el pasillo en dirección al comedor oigo un murmullo creciente y cuando empujo las puertas batientes veo que se han congregado todos allí. Están brindando con café y zumos de fruta. La *fietsa* de Svetlana.

—¡Felicidades! —exclama Enrico dando palmaditas en la espalda a Carlo y zarandeándolo.

—¡Felicidades, Cristina! —dice, en cambio, Raffaella a la vez que le tiende un paquete enorme.

¿Por qué tengo la impresión de haber ido a parar a un *horror party* al estilo de *En los límites de la realidad*? Una de esas escenas un poco a los años cincuenta, en que todas las mujeres lucen unos cardados preciosos y unas faldas acampanadas, pero luego te ponen delante una tarta hecha con miembros humanos y llena de gusanos.

Cristina se pavonea mientras se acaricia la barriga, aún no muy pronunciada. No, no se trata de un simple brindis por un éxito laboral. No, he aterrizado en una *Baby Shower Party* en honor de la futura prole de Carlo.

—Gracias, amigos, sois un encanto —dice mi examiga con una sobredosis de azúcar.

Mientras abre el sobre que hay encima del paquete, Raffa me ve y, como en la moviola, alza las manos y se tapa con ellas la boca.

—¡Alice!

Todos se vuelven hacia mí. Carlo da un paso hacia delante, pero luego desiste, fulminado por la mirada de su casi consorte y casi madre de su hijo.

—Ven, Alice —dice Cristina—. Y gracias —añade señalando el paquete con el lazo.

Raffa se aproxima a mí, rodeada por las secretarias de Eastwick del piso de arriba.

—La verdad es que Alice no ha participado en el regalo —dice y a continuación se dirige a mí en tono condescendiente—: Me pareció más delicado no decirte nada.

Me acaba de confirmar que no he sido invitada a esta simpática fiestecita a propósito.

Lo peor es que todos han dejado de sonreír, como si hubiera llegado la malvada bruja del Oeste a dar el coñazo a Dorothy y compañía.

Lo único que alcanzo a decir es:

—Disculpad.

A pesar de que me gustaría hacerme pasar por un holograma o decir que solo soy fruto de una alucinación colectiva causada por los cortados.

Doy un paso hacia atrás, en un desesperado intento de llegar a la puerta, pero alguien me aferra un hombro.

—A decir verdad, Alice sabía que se iba a celebrar esta pequeña fiesta. Se lo dije yo cuando le pedí que me ayudara a elegir el regalo. —Davide me arrastra hacia delante—. Y, de hecho, al final decidimos hacerlo juntos. Aquí está. —Pone sobre el paquete enorme un paquetito más pequeño, pero bien envuelto y con elegante lazo de color crema—. Esto es de parte mía y de Alice.

A saber cómo su mano se ha deslizado por mi brazo y ahora sus dedos acarician los míos. Lo miro a los ojos, mientras un mosquito irritante sisea:

—Oh, gracias, sois encantadores. ¿Verdad que son encantadores, Carlo? Los dos. Davide *y Alice*.

Mi mirada desciende y se posa una fracción de segundo en nuestras manos. Davide aparta enseguida la suya y se la mete en el bolsillo.

—De nada, Cristina. Felicidades —le dice.

Evito el beso de Judas de Carlo inclinándome hacia las mejillas de Cristina, con la esperanza de salir de esta con la yugular entera.

—Gracias, Davide. Y Alice —añade a pesar de ello mi exnovio—. Gracias por habernos regalado una… miniguitarra acústica.

—Hum, imagino que Carletto Jr. hará nuestras delicias… en unos cuantos años —dice Cristina.

Veo que enrojece. Davide. Davide Nardi, el «despedidor» más rápido del Oeste, que tal vez acaba de escribir mi nombre a la cabeza de su interminable lista. Y un inciso: ahora que cuento con su apoyo las miradas de los demás no se han vuelto menos duras. Si naces siendo el Ángel de la Muerte no puedes convertirte de repente en sir Lancelot y jugar a ser el caballero más atento del reino. De hecho, Luciano y Ferruccio me fulminan con la mirada.

—No sé si has bebido ya uno, pero yo necesito un café —pido a Davide para sacarlo del apuro frente a Carlo y a Cristina. Me parece un gesto justo para agradecerle lo delicado que ha sido conmigo.

—Me tomo uno de buena gana —me responde abriéndome camino hacia la barra del bar.

Callamos mientras el camarero nos prepara el café. Realiza una serie de movimientos mecánicos, y nosotros lo escrutamos como si se estuviera exhibiendo en un número de funambulismo. No es que sea una visión agradable, dado que, tanto en invierno como en verano, tiene siempre en las axilas dos marcas de sudor tan grandes como chuletas, pero digamos que, en cuanto a movimiento, nos da la excusa que necesitamos para no mirarnos el uno al otro.

—Cómo fue…

—Te has enterado de…

Empezamos a hablar a la vez, a la señal de las tacitas posándose en los platos.

—Disculpa —digo.

—Dime tú. —Cabecea procurando no mirarme aún.

—Solo quería preguntarte si sabías cómo había ido el primer episodio de *Guía astrológica*.

—Oh, sí. Bueno, bien…, creo que bien. Pero verificaremos la audiencia más tarde, con el presidente.

Exhalo un suspiro y me trago el café, con la esperanza puesta en que así sea, porque, dado como están las cosas, esos dos podrían jugar a tirar al plato con los empleados por cada punto de audiencia perdido. Quizá fuera eso lo que quería decir Tio en el horóscopo que me mandó: «Atraerás como un imán a las personas que te rodean». Solo que no especificó que mis compañeros me iban a perseguir con los horcones.

Al ver que frunce el ceño y mira un punto por encima de mi hombro, no puedo evitar volverme y veo delante de mí a Svetlana, con el cepillo para el suelo en una mano y una rosa amarilla en la otra.

Es una visión desconcertante.

Sin vacilar le digo:

—No, gracias.

Porque cada vez que veo una rosa siempre está detrás el que intenta vendértela.

—No, *parrausté* —insiste Svetlana—. Traída *ahorra*. *Parrausté*.

—Parece que te la han traído a ti —comenta Davide—. Gracias, Svetlana.

Davide coge la flor de la mano de la mujer y me la tiende, pero yo me quedo quieta y lo miro a los ojos. Y me quedo quieta mirándolo a los ojos por un motivo.

En ese preciso momento, de hecho, un brazo rodea mi cintura y un par de labios suaves, cálidos y… *latinos* se posan sobre mi cuello a la vez que una voz susurra a mi espalda en portugués: «*Coração…*».

Si no fuera por las circunstancias, quizá me echaría a reír pensando en cómo me recuerda su acento a Gómez, el padre de la familia Addams. El pellizco que siento que me da en el trasero me hace sentir Morticia por un momento.

Pero no hay motivo para la risa. No miro a Davide, en cualquier caso, quien, si bien por un momento se queda plantado con la rosa en la mano, mirando a João, que baila la lambada contra mi cuerpo a las nueve de la mañana, un instante después deja la flor sobre la barra.

—Bueno, yo tengo que marcharme —dice entre dientes—. Buenos días, Alice.

12

LAS CHICAS DE LA LIBRA SON FÁCILES

En el pasado fui una gran admiradora de Agatha Christie, pero jamás habría imaginado que algo en mi vida podría, un día lejano, teñirse de misterio.

En cambio, es justo lo que me sucede. Me enfrento a *El misterio de la rosa amarilla*.

No muy original como título, lo reconozco, pero en esencia se trata de que no tengo la menor idea de quién me puede haber mandado la rosa.

He de admitir que, en un primer momento, y debido a cierta concomitancia de acontecimientos, di por supuesto que era obra de Mazinger abdominales de acero, dado que el hermoso João se había materializado casi a la vez que la rosa.

Él, sin embargo, lo desmintió de inmediato, recalcando que, de haber sido él me la habría regalado roja, como la *pashión*. Y apuesto a que me la habría ofrecido apretada entre los dientes.

—¿Sí? ¿Mamá? —digo al oír su voz al otro lado de la línea.

—Hola, cariño, ¿cómo estás?

—Esto, ¿por casualidad papá o tú me habéis enviado flores a la empresa?

—Espera, porque tu padre está en lo alto de la escalera. Hoy no para. Ha limpiado ya todos sus zapatos y ahora está jugando al hombre araña en el trastero. ¡Guido! ¡Baja de esa estantería, que se rompe!

—No se rompe, solo me he apoyado en ella, Ada. Ten un poco de confianza. Estoy jubilado, pero eso no significa que me haya vuelto idiota.

—Sí, sí, claro, con la historia de la jubilación ahora no sabe cómo demostrar que es un hombre de verdad. Ten cuidado, a ver si te caes. Si te rompes el fémur, ¿a quién le tocará empujar la silla de ruedas?

Mi padre refunfuña:

—Qué fémur ni qué ocho cuartos.

—En fin, que no me habéis mandado flores.

—Guido, Alice dice que ha recibido unas flores y que no sabe quién se las ha enviado —grita mi madre.

—¡Se habrán equivocado! —exclama mi padre, encantador, desde la otra punta de la casa.

—¿Por qué deberían haberse equivocado? ¿Acaso no puedo recibir flores? —exclamo, picada.

—La verdad es que sería una novedad, pajarito. Sabes bien qué hombres hay por ahí últimamente.

Oigo ahora que mi padre dice al fondo:

—Si alguien roba una flor para ti es porque no sabe qué hacer para que te acuestes con él.

Suspiro.

—Vale, tengo que colgar. Dale las gracias a papá por el toque lírico.

Cuando cuelgo siento un extraño escalofrío en la espalda. ¿Y si fuera el primer paso de un acosador? Después de todo, ser autora de un programa televisivo da una cierta fama, mi nombre ha aparecido incluso en un suelto de *City*.

Pero ya sería el colmo que esté yo aquí, sin el menor atisbo de un novio, y que alguien se enamorara de mí y empezara a acosarme enviándome rosas. En fin, que si el tipo en cuestión tuviese una pizca de valor y se presentase podría sopesar el asunto.

—A saber de qué signo es…

En la pausa de mediodía trato de distraer mi mente de la amenaza inminente comiendo con Tio.

—¡Vamos, has recibido una flor, no una oreja humana! —me dice tratando de quitar hierro al asunto.

—Ya, pero me gustaría saber de quién.

—Porque eres tan curiosa como un mono. —Recorre el comedor con la mirada, a la vez que vuelve a morder su bocadillo y rumia con la boca llena—. ¿Nardi? Lo veo como admirador secreto. Se hace el duro, pero en el fondo es un gran tímido.

Davide. Alzo la mirada hacia la zona elevada del comedor. Está sentado a una mesa con el sumo presidente y el director de personal, Franco Minora, conocido como Minority Report por las cartas de advertencia que parten de su despacho.

—No creo. Parecía sorprendido por la llegada de Svetlana.

—¿Por la llegada de Svetlana o por la de Abdominal Man?

Ya, no me he vuelto a cruzar con Davide desde esta mañana. Debería alegrarme de las efusiones de Abdominal Man —quiero decir, João— pero si pienso en ese momento siento cierta desazón.

—Hablas del rey de Roma y aparecen los bíceps.

Las palabras de Tio hacen que me vuelva hacia las puertas de vaivén por las que acaba de aparecer João, que está mirando alrededor como si fuera un pistolero en un *saloon*.

En la mesa de al lado la ayudante de *Mal de amor*, Mara, le hace un ademán con la mano, y él se acerca con sus andares de guepardo, fluidos, indolentes y llenos de *sex appeal*.

Solo que no se sienta en la silla que ella ha dejado libre quitando su bolso; no, cuando está a un paso de ella João sacude la crin y se desvía hacia a mí, mirando a Tio como si fuera un semental encolerizado.

—*Cara Alis,* aquí estás. —Me coge la mano, me quita con delicadeza de los dedos el tenedor con ensalada, y me da un beso en los nudillos—. Te he buscado *muito.* Te echaba de menos...

Exhalo un suspiro, mirándolo a los ojos, que son negros como la noche.

—Pero ¿no os habéis visto en el desayuno? —tercia Tio, salpicándonos con las migas de su bocadillo.

Le miro entrecerrando los ojos hasta dejarlos como una rendija y él se encoge de hombros.

No obstante, en lugar de soltar mi mano, João tira de ella hacia él y da un paso hacia atrás, invitándome a levantarme.

—Aún no ha terminado su ensalada —puntualiza Tio alzando los ojos con desgana.

—*Não é esta a comida* que *Alis* necesita —replica João—. Ven conmigo, *coração.*

Debido al timbre brasileño de su voz, yo también tengo la impresión de caminar con la fluidez de un guepardo mientras me dirijo hacia la salida.

—Propongo que lo votemos —exclamo alzando la mano, sentada a mi escritorio. Tio está delante de mí y mira con perplejidad el móvil con el altavoz activado que hay entre nosotros.

—Yo voto que NO, Alice. Absolutamente NO —dice Paola al otro lado de la línea.

—Así que, en tu opinión, ¿esta noche debo salir con João... sin *depilarme?*

—Me lo has preguntado y yo te he contestado. Si no te depilas no tendrás la menor tentación de tirártelo en la primera cita. Es una táctica, Alice. Con los hombres basta esbozar una leve sonrisa y te quedas sin bragas. ¡Espabila!

Resoplo y miro a Tio como un cachorro abandonado.

—NO —dice él cruzando los brazos. Cuando alargo el labio, en un último intento de enternecerlo, él se apoya en el respaldo de la silla para aumentar la distancia que nos separa—. Ya os habéis besado. Él ahora te ha invitado a salir. Y tú has cometido el error de decirle enseguida que sí. Hay que remediarlo de otra forma. João es sagitario, caramba, el hombre más erótico de todo el zodiaco. Debes saber que los sagitarios siempre están ocupados con el sexo: si no lo están practicando con alguien están pensando en hacerlo, o lo están haciendo solos. Claro que si acabas entre las sábanas con un sagitario descubrirás que es un amante excepcional, lleno de accesorios, el sueño prohibido de cualquier mujer, la experiencia mística por antonomasia...

—¡TIO! —oímos exclamar a Paola en el teléfono.

—Perdóname, Paola. Hablaba por hablar. Pero al final no son unos fanáticos de las relaciones duraderas. Por eso es mejor tratar de que aumente su interés antes de concederle el objetivo que va buscando.

—De acuerdo, así que nada, Alice. Estamos dos a uno: nada de depilación. Prohibida. NIET. ¿Has entendido? Al menos por... mira, te quito dos. Nada de depilación en las primeras tres citas.

—¿TRES? Tú estás loca. No, peor aún, ¡eres una sádica! —Entre otras cosas, eso significa que me tendré que vestir de forma seductora, pero escondiendo bien las zonas boscosas.

De esta forma, cuando João pasa a recogerme me las arreglo con un par de botas de tacón de aguja con la caña alta, unas trotadísimas medias ochenta den, y una minifalda.

Pese a que soy consciente de la estratagema, cuando me acerco a su coche me siento guapa, fascinante y sofisticada. En pocas palabras, la mujer ideal para un hombre que se apellida *SexAppeal*.

Con todo, João parece dispuesto a desmentir las conjeturas de los dos conspiradores a los que sigo llamando amigos. Para empezar, no se abalanza sobre mí como Paola dijo que debía esperar, dadas las premisas. Ni siquiera trata de palparme fugazmente mientras nos damos los besos de cortesía en las mejillas, como Tio dijo que debía esperar, dadas las premisas. Al contrario, se muestra sumamente amable, tanto que hasta me abre la puerta del coche, cosa que Carlo no se dignó a hacer en los cinco años de noviazgo.

Una vez en el interior del coche, me parece también un poco cohibido, sin saber muy bien qué hacer y, de hecho, me pregunta qué tipo de música quiero escuchar, si tengo frío o si prefiero bajar un poco la ventanilla para sentir el aire de la noche en las mejillas.

Durante el trayecto habla mucho, me cuenta cosas de sí mismo, de São Paulo, de Brasil, y me pregunta si he estado allí, qué pienso, qué me gustó. En fin, que me siento cada vez más propensa a creer que esos dos no han entendido nada de él, tanto que llego a pensar que quizá yo también he sido un poco injusta. Siempre me he quejado de que los hombres juzgan solo por las apariencias, de que se dejan impresionar por el aspecto físico, sin ir más allá. Pero ¿qué hecho yo? He visto este hermoso cuerpo y he pensado que no es sino un bocado suculento, con unos bíceps bronceados, muslos de acero y abdominales… Ah, no, no puedo pensar en sus abdominales, porque corro el riesgo de que se me caiga la baba.

¿Por dónde iba? Ah, sí: lo estoy escuchando.

—Por eso, sabes, *quando eu te vi na outra noite* en dirección y tú… *Eu quero me desculpar* contigo, porque no es mi manera de *fazer* las cosas. Pero es que me gustas, *Alis*. Y al final me aproveché de ti. Lo siento mucho. Y lo que quiero *fazer* esta noche, lo que me gustaría, es *desculparme* contigo.

Su manera de *desculparse* prevé un local que, según asegura, le gustará mucho a una chica «sencilla y espontánea» como yo.

Claro que con mis botas altas y tacón de aguja no me siento, lo que se dice, sencilla y espontánea, ni tampoco estable mientras camino por la hierba alta, en dirección a unas luces que se ven a lo lejos.

Evito la segunda torcedura parándome a contemplar las linternas de colores que ondean con la brisa.

—Qué bonitas son —digo mientras trato de recuperar el aliento.

—*Talvez* debería haberte dicho dónde pensaba traerte esta *noite* —dice él risueño—. No quiero que te hagas dolor. Espera… —Dobla una rodilla y, sin el menor esfuerzo (que quede bien claro, ¡sin el menor esfuerzo!), me coge en brazos y recorre los últimos metros de prado restantes.

Si describiera los latidos de su corazón y del mío, el aroma de su pelo, que ondea al viento y me acaricia la mejilla, el calor que emana de su cuerpo de macho alfa, y la turbación que ello me produce correría el riesgo de parecer una melindrosa heroína de novelitas al estilo Austen. Basta saber que estoy disfrutando de cada zancada bajo la luz de la luna y que, cuando me hace apoyar los pies en las tablas de madera sin pulir de esa especie de pista de baile al aire libre, me parece estar en un sueño.

Pese a que el local no está lleno, nos rodean varios bailarines con vestidos coloridos, que se mueven de forma sincronizada, como si estuvieran en una película de Baz Lurhmann.

—¿Y esto qué es? —le pregunto, contenta de que su brazo me siga sosteniendo.

—Aquí *dançamos*. Samba y bailes latinos… Las *coisas* que me gustan.

Ahora sí que tengo la impresión de no estar en Milán, sino en uno de los peores bares de Río de Janeiro.

Solo que yo no sé dar un paso, y no solo por las botas altas, que, con este tacón, seguro que se me quedan clavadas entre una tabla y otra en cuanto trate de moverme. No, es que siempre he sido un pedazo de madera. Bailar es un arte que no puedo permitirme, así que me gustaría poder decirle que tengo el nervio ciático inflamado, o que cuando era niña hice el voto sagrado de no bailar para obtener una gracia, pero él me tiende una mano.

—Tengo ganas de *abraçarte* desde que te vi… Quiero *dançar* contigo, *Alis*.

¿Cómo se puede decir que no a alguien que te lo pide así?

Me digo que si Jennifer Grey lo consiguió yo también puedo hacerlo. Me hago la señal de la cruz mentalmente y me lanzo.

João es un dios de la danza.

Yo, claro está, no. Así que tropiezo. Pero él no se enoja y me recupera, me corrige con dulzura, susurrándome al oído lo que debo hacer. Y yo lo hago. Bailo sin tener siquiera que esforzarme demasiado.

Acabamos acalorados, yo apoyada en su pecho jadeante. El corazón nos late enloquecido, y nos miramos a los ojos como si ya hubiéramos hecho el amor. Porque esa es la sensación que me ha producido bailar con él, rozarlo, sentir su abrazo firme. Hemos hecho el amor en el sentido más sublime y platónico del término.

—¿João? ¿Puedo invitarte a bailar?

¿Quién es esta tipa que se entromete ahora entre nosotros? La mirada fulminante no produce el menor efecto: la tipa pasa por completo y João, maldito sea, le sonríe y le coge una mano.

—Así descansas *um pouco* —me dice, a pesar de que yo estoy preparada para el segundo round, y no solo.

Me dirijo al borde de la pista tratando de asumir un aire de suficiencia y de no mirarles, pero no puedo por menos que inquietarme por la manera en que ella se mueve contra el cuerpo de mi sagitario. Espero que él ponga cierta distancia entre ellos, pero por lo visto el baile prevé todos esos frotamientos y, aunque João quisiera poder hacer algo para evitarlo, debe resignarse.

Sigo con mi estrategia de indiferencia, fingiendo que me interesan, por este orden: las luces de colores, los bailarines, la melodía, los músicos, el bar (donde me da tiempo a apurar un par de copas) y el campo que nos rodea, mientras los bailes se suceden y João parece haberse olvidado de que me ha traído aquí. Además, ningún otro hombre me invita a bailar.

Luego, vuelve de repente.

—*Você já descansou o suficiente* —dice atrayéndome de nuevo hacia él.

¡Así que no se había olvidado! Lo único que quería era que descansaran mis pies.

Volvemos a bailar, esta vez una música lenta y sensual. Y se repiten las caricias, sus labios rozan mi oreja, su aliento cálido lame mi cuello.

Y me besa.

Lo hace parándose de repente, en medio de la pista, en medio del baile. Estrecha la distancia que nos separa inclinando la cabeza unos segundos. A pesar de la música, oigo que suspira cuando alza los ojos, los clava en los míos, en una mirada que debería estar prohibida a los menores de dieciocho años. Después me coge la cara con las manos.

Será por la excitación del baile, por las bebidas o, sencillamente, porque él es sagitario hasta la médula, el caso es que pierdo la noción del tiempo y del espacio.

No, no me ha drogado con uno de esos polvitos que, según dicen, te echan en las copas, pero no sabría decir cómo es que ya no estamos en la pista, sino al lado de su coche. Seguimos besándonos, acariciándonos y susurrándonos palabras que, en efecto, carecen por completo de sentido y que, en buena parte, son más bien suspiros articulados.

—*Eu não sei quanto tempo* ha pasado desde la última vez que me sentí *assim*.

Froto una mejilla en la palma de su mano. ¿Puedo decir que jamás me he sentido tan feliz? ¿Qué jamás he vivido un momento más sublime?

Pero sus palabras me desmienten un instante después:

—*Alis*, *a minha vida* ha sido un camino así, imperfecto, he corrido, he corrido siempre, de un estado a *outro*, de un continente a *outro*. Como si fuera un hombre que busca desesperadamente algo, un náufrago que se muere de sed… e intenta beber agua salada cada vez. *Mas agora* creo que he encontrado mi fuente de agua pura. Tú, *Alis*. Eres tú, *coração*. *Faz* el amor conmigo…, por favor… Ayuda a un hombre moribundo.

¿Cómo puedo negar ayuda a un moribundo? Demonios, no sé lo que daría por estar ya en su cama…

Pero ¡no puedo! Por culpa de Tio, de Paola y del vello superfluo.

Sonrío con afabilidad y le beso la punta de la nariz.

—¿Me disculpas un segundo, querido?

—Claro, *meu amor*.

Me alejo a la chita callando, rebuscando en el bolso y marcando después el número de Tio. Al ver que no responde tecleo el de Paola, a la vez que me pongo a la cola en el bar.

—Dígame. ¿Alice? Pero ¿ya estás en casa? ¿Cómo ha ido?

—¡Paola, mierda! ¡Mierda!

—Me estás preocupando, tesoro. ¿Qué te ha hecho?

—¿Qué me ha hecho? ¡Pregunta más bien qué es lo que no me ha hecho! Qué es lo que no me puede hacer… Y, sobre todo, ¡qué te voy hacer mañana a ti! João es…, es simplemente divino…, estamos enamorados…, y no me puedo acostar con él porque me prohibiste depilarme. —Sonrío al bailarín que está delante de mí en la cola, que se ha vuelto y me ha mirado arqueando una ceja—. Creo que le toca a usted, por favor —le digo entrecerrando los ojos.

—Eso es justo lo que debes evitar, Alice. Aguanta, vamos. Habrá otras ocasiones. Después de todo…, si te quiere de verdad sabrá esperar.

—No lo has entendido: ¡soy yo la que no puede esperar! Mira lo que te digo, o encuentro una maquinilla de afeitar o me los arrancaré con los dientes uno a uno y te remorderá la conciencia.

—¡No, Alice! Te lo prohíbo. No te depiles.

—Sí que voy a hacerlo. Ahora mismo. —Y no volveré a hacer caso a esos dos en mi vida.

Por fin ha llegado mi turno en el bar, así que despego el auricular de la oreja, pero sin concluir la conversación.

—Disculpe, oiga, sé que le estoy pidiendo algo inusual…, pero ¿no tendría por casualidad una maquinilla de afeitar? Una de esas desechables, ¿sabe a qué me refiero?

13

LA LIBRA SOBRE EL TEJADO DE ZINC

Pasaré la noche en blanco. Y no por uno de un metro ochenta y cinco de estatura y unos abdominales de competición, por desgracia.

Sino por otra rosa amarilla.

Porque he descubierto que los peores bares de Caracas no prevén la distribución bajo mano de kits de aseo como en los hoteles y que, dado que me llevaría un poco de tiempo operar en cada folículo piloso con una sombrillita de cóctel, al final he tirado la toalla.

Claro que podría haber invitado a João a subir a mi casa y buscar una maquinilla en el cuarto de baño, el problema era que, siguiendo, para variar, las instrucciones de Paola y Tio, había dejado el piso como el set de una película sobre la realidad posatómica, así que al final me resigné y acepté que la única cosa hirviente de la noche fuera la taza de tila que me tomé para aplacar los ardores.

Al salir del ascensor en mi nubecita, después de un beso de los que te sacuden todos los huesos, la veo.

¡Houston, tenemos un problema!

En el felpudo, delante de mi puerta, hay una rosa idéntica a la que recibí en la oficina.

De acuerdo, que no cunda el pánico. ¿Podría ser un mensaje publicitario de los testigos de Jehová? Lo excluyo, y también que un vendedor ambulante la haya perdido al pasar por casualidad por mi rellano. Además, es amarilla, igual que la otra. Así pues, no es cosa del azar.

Me inclino para cogerla y apenas la levanto siento un escalofrío en la espalda. Esta vez hay una nota y en ella solo hay escrita una palabra: «¿Recuerdas?».

De acuerdo, que cunda el pánico. ¿Qué debo recordar?

Acabo de pagar los gastos de escalera, así que tampoco puede tratarse de una ocurrencia creativa del administrador.

Entro en casa a toda prisa y atranco la puerta.

Vamos, Alice, podría ser de verdad un admirador secreto. Además, ¿acaso no creo en las situaciones más improbables de las películas románticas? En fin, que si en mi opinión una cría con una nariz enorme puede ganar una competición de baile sin haber dado un solo paso antes, un librero tímido y torpe puede encontrarse en la puerta a una superestrella del cine que se enamora de él, dos personas que no se han visto en la vida pueden sentirse atraídas en dos estados diferentes y una prostituta se puede casar con un millonario…, ¿por qué no me podría ocurrir a mí algo similar?

El problema es que siempre he considerado mi vida una comedia romántica. ¿Y si, en cambio, fuera una película de suspense? Quizá pienso que soy Julia Roberts y en cambio solo soy una de esas comparsas que mueren en los primeros diez minutos de la película y a nadie le importa.

En resumen, que entre los ardores causados por João y la perspectiva de acabar como una estúpida animadora en una película de terror, tardo bastante en conciliar el sueño, hasta tal punto que ni siquiera mi querido y viejo equipo de supervivencia logra tener un efecto consolador.

Por eso al día siguiente, que libro, decido que necesito mimos, además de una esteticista que permita que me desnude sin que nadie crea haber encontrado el eslabón perdido entre el hombre y el mono.

Después de la depilación, que me hace sentir guapa, imberbe y, sobre todo, lista para las noches locas del doctor Testosterona, decido concederme un poco de relax con un masaje corporal al aroma de abedul.

Abedul. Qué nombre tan dulce y evocador. Pues sí, cuando me dispongo a entrar en la habitación donde me lo van a realizar me siento como una ninfa de los bosques.

En realidad, no me he dado cuenta de que estoy entrando en el túnel del horror.

La masajista, Marika, un par de brazos robados al cuerpo de agentes forestales, no tiene la menor intención de untarme con aceites perfumados de extraordinarios efectos benéficos. No, según me explica, el masaje te lo hace el mismo abedul, es decir, las ramas con las que Marika se descarga sobre mi carne ya desplumada durante cuarenta minutos.

Me pregunto si la patente no será del marqués de Sade.

Después del centro estético, por la tarde cruzo el parque Sempione en dirección a la parada del tranvía que me llevará a casa. No tengo prisa, porque he quedado tarde con João, así que disfruto del paseo por las avenidas arboladas, inmersa en mis sueños y en la tibieza primaveral.

Me concedo un momento de extravío pensando que ya no estoy soltera. Si bien mi historia con João no ha hecho más que empezar, esta tiene todas las premisas que permiten pensar que crecerá y se convertirá en algo maravilloso. Como ir de vacaciones a Brasil este verano. Decidir que nos casaremos allí. Una boda con samba y bossa nova, en la que yo podría lucir uno de esos vestidos de volantes y lentejuelas, pese a que odio las dos cosas.

¿Quién me iba a decir que acabaría casándome con un brasileño? Genial. Me siento como Gisele Bundchen, pese a que no soy rubia.

Cuando suena mi móvil y lo saco del bolsillo exhalo un suspiro. Es João. Llevamos todo el día mandándonos mensajitos dulces. Es normal, puesto que estamos enamorados.

Él escribe:

Qué puedo fazer para no pensarte?

Respondo:

Ríndete y piensa en mí.

Breve e incisivo. Muy bien, Alice. Le das una pequeña alegría sin demorarte demasiado y dejarle creer que estás pendiente de él.

Él insiste:

Trabalhar sin ti es un suplicio. Dónde está la luz de minha vida?

Suspiro y le contesto:

Está preparándose para abrazarte. Me he dado un baño caliente con pétalos de rosa…

De acuerdo, no es cierto, pero ¿cómo puedo decirle que una energúmena me ha azotado con unas ramas? Considerémoslo una licencia poética.

Otro aviso. Abro, expectante.

Esta vez es Tio. Uf.

¡No creas que no sé lo que estás haciendo! Tu Luna se opone a Neptuno y eso te impide ver las cosas de forma realista, además favorece que te abandones a los estados de ensoñación y a las ilusiones. Además, es el sextil de Mercurio, que incita la natural atracción que sientes por el misterio… Y no me has contestado desde esta mañana. En fin, no te hagas ilusiones: ¡sé que estás tramando algo! Recuerda que el sagitario es tan hábil en la seducción como en poner pies en polvorosa. No digo que no sea sincero cuando te dice que te quiere, pero mañana podría decírselo con la misma sinceridad a otra mujer. Además, ya te he dicho que hay que saber también el ascendente para ir sobre seguro. Descúbrelo y volvemos a hablar.

Caramba con Tío y su tercer ojo astrológico. Ahora que ha conocido a Paola estoy segura de que le chivará todo. Además, no creo que entienda bien a João.

Dijo que me ayudaría con los hombres, pero nada le parece bien. Entre otras cosas, creo que Sagitario es uno de mis signos compatibles. Me lo ha dicho en más de una ocasión, pero cuando me exalté porque por fin me había cruzado con uno conveniente, él salió con la historia de que es necesario saber también el ascendente. Qué demonios. Me cambia todas las fichas del tablero. ¿Qué sé yo del ascendente de João? Se lo pregunté, pero él me respondió con tres signos interrogativos, lo que significa que ni siquiera sabe lo que es.

Decido atajar por un prado y esta vez no me irrito cuando veo a un par de parejitas retozando en la hierba al atardecer. Ya no me siento al margen. Un día quizá sea yo la que hace arrumacos en este prado.

Pero, justo cuando estoy visualizando una imagen digna de una película de los años ochenta, en que las siluetas de João y la mía se besan al atardecer ante un sol encendido, suceden dos cosas.

La primera es que un meteorito me golpea la nuca y hace que me tambalee hacia delante.

La segunda es que un camión de carne, patas y baba se abalanza sobre mí tirándome al suelo y haciendo volar por los aires el móvil con el último mensajito de João:

Você es así, elegante y linda.

Por estos dos motivos acabo, linda y elegante, de bruces en el suelo.

El único consuelo, suponiendo que se pueda considerar un consuelo, es que esta vez la culpa no es de mi torpeza.

En cuanto intento levantarme una lengua larga y caliente me lame una mejilla, echándome para atrás.

—¡Espere! —dice una voz tras de mí—. Tranquilo, Flash. Túmbate.

Me siento extraña, con la sensación que te producen los besos en el cuello, sobre todo cuando son inesperados. Dura un microsegundo, y no sabría decir si lo reconozco porque me vuelvo o si me vuelvo porque lo reconozco. Lo único que sé es que Davide está delante de mí.

Y que parece haberse convertido en un pitufo al lado de un perro del tamaño de un caballo.

Corre hacia mí.

—¿Estás bien, Alice? ¿Te has hecho daño? ¿A ver?

Puede que sea el golpe, el estrés del día o el efecto del perro de *Parque Jurásico*, el caso es que no entiendo nada. Cuando me levanta un brazo me limito a mirarlo sintiendo los latidos del corazón en la garganta.

—No, estoy bien, no es nada.

—Perdona, Flash se vuelve loco cuando jugamos a la pelota.

Entretanto, el teléfono vuelve a sonar, señal de que no se ha roto al caer. ¡Menos mal! Temía haber perdido el contacto con João. He rozado la tragedia.

—Ven, vamos a lavarnos.

Dejo que me arrastre, pero al mismo tiempo con la otra mano verifico el mensaje:

Preciosa, no veo la hora de saborar tus besos.

Suspiro y, cuando me vuelvo, veo el hocico de la fiera prácticamente de lado, con las fauces abiertas, la lengua colgante y el aliento apestoso, como cuando vuelves de vacaciones y descubres que se ha ido la luz y se ha podrido la comida que habías dejado en la nevera.

—No te desmayes. Solo es un poco de sangre —me dice Davide. ¿Sangre?

...

¡SANGRE!

Me miro el brazo. Tengo un corte que va de la muñeca al codo. Y estoy sangrando.

Me aferro a Davide haciendo acopio de todas mis fuerzas de mujer de verdad, porque no me gustaría que acabase cargándome a lomos de esa especie de caballo como una alforja.

Sin contar con que esa cosa podría confundir mi brazo con un filete.

—Muy bien, Cujo... Pórtate bien.

—Se llama Flash. No tengas miedo. Es más bueno que el pan.

No esperaba que a Davide le gustaran los perros de bolsillo modelo Paris Hilton, pero me pregunto cómo se le puede haber ocurrido comprar un chucho que requiere licencia de armas a alguien que viaja constantemente por motivos de trabajo.

El móvil emite un nuevo tilín que anuncia un nuevo mensaje. Echo una mirada rápida.

Qué haces? Por qué não me responde?

Dios mío, es cierto, no le he contestado. ¿Y si se preocupa por mí? ¿Y si piensa que no estoy pensando en él?

—Es un alano —me explica Davide a la vez que me mete el brazo bajo el chorro de la fuente—. Necesita correr y de vez en cuando venimos aquí a jugar a la pelota.

Para ser más exactos, con la pelota agujereada de cuero, tan dura como el cemento armado, que me ha golpeado a traición.

Con el brazo chorreando aún un agua rojiza (aunque, por suerte, el corte no es profundo) tecleo a toda prisa:

Estaba pensando en lo que me voy a poner para ti…

Vuelvo a concentrarme en Davide, que me está mirando con una ceja arqueada.

—No se ha roto, ¿verdad? —pregunta señalando el teléfono.

Cielos, pero ¿por qué me ruborizo?

—Estaba probándolo. No, no se ha roto, por suerte.

—Bien. Siento la caída —me dice desviando la mirada hacia el perro—. Ven, Flash y yo te invitamos a un aperitivo para que nos perdones.

Pedimos una tabla de fiambre y dos vasos de vino blanco. Davide insiste en pagar él, y se molesta cuando hago gesto de coger mi cartera.

—Ni lo intentes.

Bajo la mirada, adulada. Y cuando el móvil vuelve a sonar me siento también vagamente culpable.

Eu te imagino mientras te vistes para mim, mientras te pones las braguitas…

Me ruborizo y me llevo el vaso a los labios.

—Con todos estos encuentros casuales vas a acabar pensando que te sigo.

Las burbujitas me suben a la nariz y toso tapándome la boca con una mano.

En mi mente ha aparecido la imagen de la rosa amarilla. ¿Y si Tio tenía razón cuando dijo que veía a Davide en el papel de Cyrano de Bergerac? De hecho, sabe dónde vivo, ya que una vez me acompañó a casa.

—¿Eh…? —pregunto con voz entrecortada.

Flash, también conocido como el abominable alano de las nieves, ladra hinchando la quijada.

—Qué exagerada. No he dicho que lo haya hecho. He dicho que podrías pensarlo. Al final me he instalado aquí cerca, en el barrio Isola.

—Ah… —Ojalá pudiera articular también alguna palabra, en lugar de salpicar su monólogo con exclamaciones. Pero la verdad es que estoy confundida. Me pregunto por qué Davide me produce siempre este efecto alucinatorio, pese a que supongo que en este momento se ve agravado por el golpe en la cabeza, la euforia por João y sus mensajitos, y el mal aliento del perro, que sentado casi puede mirarme a los ojos.

—Me alegro. También por Flash —digo echando de nuevo una ojeada al teléfono, que ha vuelto a sonar.

—Ya. No podía seguir donde estaba —dice él desviando la mirada de mí al móvil—. De día le dejo abierta la terraza.

Mientras tanto, João se muestra cada vez más ardiente:

De qué color es tu ropa interior, coração? Déjame soñar hacia esta noche.

Dios mío. Miro al vacío un instante y veo en mi mente a João quitándose la camiseta. Solo que apenas se desprende de ella ya no es él sino…

Davide sigue delante de mí.

—¿Estás bien?

Bebo otro sorbo de vino y me fuerzo a responder mientras tecleo algo para João.

—Por supuesto…, sí… ¿Qué hacías aquí?

Frunce el ceño sin dejar de mirarme.

—Te lo acabo de decir, Alice. ¿Seguro que no quieres que vayamos a urgencias? Estás rara…

—No, no, estoy bien. Nada de hospitales. —No vaya a ser que se les ocurra tenerme en observación toda la noche.

Davide se encoge de hombros y da un sorbo de vino.

—En realidad, lo que quería decir es que me alegro de haber coincidido contigo, porque quiero explicarte algunas cosas, Alice.

El timbre del teléfono me distrae de nuevo. Suena dos, tres veces. João está excitado por mi descripción de la ropa interior. Cuando alzo los ojos veo que Davide resopla y cruza los brazos.

—Perdona. Dime. No tardo nada.

—En parte concierne al trabajo. Pero no, la verdad es que no, realmente no… Bueno, sí, el trabajo tiene que ver, pero en realidad necesito aclarar algo contigo. Se trata de algo que está sucediendo y me gustaría preguntarte…

A estas alturas los mensajes de mi semental latino son delirantes. Llega incluso a insinuar ciertas torturas a las que piensa someterme con la lengua. Demonios. ¿Qué le contesto ahora?

—Así que, ¿qué estabas diciendo del programa? —pregunto exhalando un suspiro después de haber enviado un emoticono, como si fuera una adolescente.

Pero Davide se está poniendo de pie.

—Nada —contesta secamente—. Perdona que te haya entretenido. Salta a la vista que estás ocupada. Hablaremos en el despacho.

14

PEQUEÑO GRAN SAGITARIO

No entiendo por qué Davide se ha marchado con tantas prisas.

Pero sobre todo no entiendo por qué sigo pensando en él ahora que estoy en casa de João. Algo falla en mí si no dejo de rumiar lo que dijo o no dijo mientras estoy con mi N-O-V-I-O.

En este sentido, con Davide siempre tengo la impresión de que se me escapa algo.

Pero no puedo pensar en eso ahora. *Ya lo pensaré mañana.* Ahora tengo que concentrarme en João.

Hoy ha trabajado hasta la noche, así pues, mal que les pese a Paola y Tio, me he reunido con él directamente en su casa, en el pequeño piso que ha alquilado no muy lejos de los estudios televisivos.

Antes he comido algo, como me dijo él, dado que sabía que iba a acabar tarde. Así no perderemos tiempo.

Mientras João se ducha me hago una rápida revisión. Piernas: depiladas. Me pongo un poco de crema hidratante. Axilas: sin un solo pelo, como corresponde, pero una rociada de desodorante de más siempre viene bien. Dientes: mmm... me he traído el hilo dental, porque nunca se sabe. Pelo: pongo un mechón en su sitio con un golpe de laca. Uñas: ¿y si me pusiese otra capa de esmalte? Labios: es evidente que la barra no durará mucho, pero ¿cómo renunciar al efecto que le producirá verme, cuando salga del baño, esbozando una sonrisa tímida que deja entrever los dientes (limpios, porque acabo de pasar el hilo) bajo los labios Rouge Passion?

Menos mal que me he traído la maleta de ruedas, porque todo no me habría cabido en el bolso.

—*Meu amor*.

Siento ya un escalofrío en la espalda. Siento su boca mojada en la nuca.

Me inclino hacia delante para dejar el rollito de hilo dental en el estante y poder dedicarme a él, a sus brazos, a su boca, a sus bíceps, a sus besos.

Escalofríos. Siento escalofríos por todas partes. La excitación me hace sentirme como la heroína de una de esas novelas pornográficas *soft* que siempre ocupan los primeros puestos de las clasificaciones. Solo que yo no quiero las sombras de gris, de blanco o de negro, quiero vivir cada instante en technicolor.

Así que me concentro en los abdominales de anuncio de papel satinado, acariciándolos como si fueran las teclas de un piano.

Do-re-mi-fa-sol-la-¡SI!-do.

Entre el «la» y el «do» acabo en la cama, lista para pasar nueve semanas y media en tres segundos y cuarto.

Las manos latinas de João se deslizan por mi cuerpo, me desnudan, me acarician, seguidas por su lengua caliente, por las gotas de agua fría de su pelo aún mojado, que caen en mis ojos.

Pero, en el fondo, puedo renunciar a ver.

Inspiro hondo, porque quiero embriagarme con su olor, buscando el aroma de cuero que aparece siempre en las descripciones de los libros románticos cuando un hombre se desnuda. Olor a macho. Pero solo huelo el aroma del gel de baño que, por si fuera poco, no es a pino silvestre, sino a frutas del bosque. Pero ¿qué más da, cuando estoy a punto de vivir la experiencia sexual más mística, estratosférica, satisfactoria en todos los sentidos y única en la historia? Si oliera a pan de jengibre me daría también igual.

En el concurso de Mister Zodiaco, Sagitario ha sido el primero, diferenciándose mucho de los demás signos por la *longitud*. Me lo dijo Tío. Los astros dicen que tendré tantos orgasmos como estrellas tiene la Osa Mayor. ¡Viva!

Me separa las piernas, después se yergue sobre mí y solo entonces se quita la toalla de la cintura.

Me mira. Lo miro.

Parpadeo con aire virginal, deslizando la mirada de su cuello poderoso, al pecho viril, la tableta de chocolate de desvanecimiento masivo... ¿Y luego?

Dios mío, puede que sea una ilusión óptica, después de tanto despliegue de músculos más arriba, pero el efecto es el mismo que produce un estornudo cuando te pica la nariz y parece que vas a tirar abajo una casa, y al final se ahoga en la garganta con un estertor.

Frunzo el ceño, pero solo un instante. Siempre me han dicho que no está bien mirar fijamente las cosas, así que me concentro en sus ojos a la vez que sonrío con garbo.

Quién sabe, quizá João es como Sting en su época dorada, cuando hacía el amor durante más de cinco horas y le bastaba una mirada para que su compañera se corriese. «Ojalá», pienso sin dejar de mirarlo mientras él se acerca.

Vamos, Alice, aunque no tenga las dimensiones de Rocco Siffredi, va a ser una experiencia fantástica. ¡Os queréis!

A nuestros hijos les contaré el cuento de Pulgarcito... y, como en cada cuento que se precie, el final inevitable será: y vivieron felices y comieron perdices.

LEO

No, quiero decir... ¡LEO!

¿Aún no lo entendéis? Os lo repito: ¡L-E-O!

¿Acaso sois unas almas simples? ¿O unas personas mezquinas y carentes de cualquier sentido estético, crítico o, cuando menos, realista, para no entender al vuelo que cuando uno dice LEO no necesita añadir nada más?

15

UN SAGITARIO A LOS POSTRES

Que conste en acta: si esto fuera un cuento mi historia habría concluido y habría atrancado ya la puerta de mi castillo dorado, como Cenicienta.

Mi idilio dura ya casi dos semanas. Cuando miro los ojos negros de João me pierdo, y él me puede hablar de lo que sea, porque yo escucho lo que dice sin respirar.

Hacemos también el amor, pese a que este no es el elemento más importante de nuestra relación. Hay miradas, palabras..., en definitiva, un intercambio espiritual que vale mucho más que unas simples horas de gimnasia en la cama.

Me siento sumamente enriquecida por lo que hay entre nosotros, tan feliz que he decidido anunciárselo esta noche a mis padres. Ya al teléfono, cuando les dije que iría a cenar a su casa, les adelanté que había grandes novedades.

El pretexto son las famosas cajas en que mis padres han embalado mis cosas antes de pintar la casa. Si bien les he dicho que iré con un amigo que me ayudará a transportarlas, estoy segura de que al ver nuestras miradas, nuestras sonrisas, la manera en que se buscan y se rozan nuestras manos comprenderán de inmediato que entre nosotros hay algo más.

Y Tio deberá cambiar de opinión sobre mi sagitario, dado que esta noche se ha poco menos que autoinvitado a cenar, de manera que también estará presente. He de reconocer que ha sido muy amable: ha pedido prestada una furgoneta Dobló a un amigo para poder cargar en ella mis cosas.

Con ese gesto ha hecho ya mella en el corazón de mi padre, que adora a las personas con espíritu organizativo.

Nada más cruzar el umbral Tio ha tenido que realizar un tour completo del piso, con las consiguientes explicaciones ilustradas sobre la reforma.

Mi astrólogo personal sigue a mi padre en el recorrido y se muestra interesado por las técnicas de enlucido, haciendo unas preguntas propias de todo un experto de arte frente a la inminente restauración de la Capilla Sixtina.

—Estoy seguro de que será un trabajo de primera categoría. Usted, Guido, es capricornio, y los capricornios han nacido para los trabajos prácticos.

Mi padre sonríe, atontado por el entusiasmo de los cumplidos de mi amigo. Tio es así, se gana la simpatía de las personas en un santiamén. Gracias a la astrología sabe leer en tu interior. Hasta tal punto que tienes la impresión de conocerlo desde siempre. O, mejor dicho, de que él te conoce desde siempre, porque la verdad es que no habla mucho de sí mismo.

Puede que sea también por mi culpa. En los últimos tiempos he estado muy obsesionada con mis problemas. Así pues, decido ser una buena amiga de ahora en adelante. Puede que desde esta misma noche. Después de todo, me gustaría devolverle el favor. Podría ayudarlo a encontrar una novia.

Tio se vuelve un instante hacia mí. Mi padre está sacando toda la colección de cachivaches que ha embalado ya, debe de pensar que Tio no podrá seguir viviendo si no la ve. Sonrío a mi amigo, y él me guiña un ojo. A continuación voy a la cocina a coger los platos y el mantel para poner la mesa.

Echo una ojeada al reloj y cojo un plato más. João está al caer. Qué excitante: después de Giorgio me prometí que la próxima vez que presentara un hombre a mis padres sería el adecuado.

Pero él es el adecuado. La otra noche, sin ir más lejos, le propuse ver una de mis películas preferidas, *Antes del amanecer*. Al cabo de media hora me rogó que le evitara el suplicio, porque, de hecho, era ya un poco tarde. No obstante, tuvo el detalle de prometerme que haría cualquier otra cosa que le pidiera. Por eso va a venir esta noche.

—Tu amigo es muy simpático —afirma mi madre delante de los fogones—. Y también muy guapo —añade señalando la sala.

Es muy raro que mi madre haga cumplidos a un hombre que no sea mi padre. Pero siempre me olvido de que, además de presentar mi programa, Tio es también un divo de las telenovelas, y, de hecho, mi madre lo ha llamado ya en tres ocasiones Marcus, como el personaje que interpreta.

Miro de nuevo hacia la puerta de forma instintiva. Bueno, he de reconocer que sin el dedo de maquillaje que le ponen para transformarlo en Marcus Álvarez a mi madre no le falta razón, porque tiene las piernas largas y es ancho de hombros. El tipo que aparece inevitablemente en las revistas que mi padre consulta durante los largos momentos de retiro espiritual en el cuarto de baño, uno de esos que saltan de una mujer a otra, como George Clooney. Pero Tio no es así. A decir verdad, ni siquiera parece interesarle el amor.

Mi amigo nota que lo estoy mirando otra vez furtivamente y frunce el ceño antes de mandarme un beso con la punta de los dedos.

Por unos segundos me pregunto si será él el que me envía las rosas amarillas. Pero no tendría sentido, dado que hablamos todos los días y hasta ahora ha hecho todo lo posible para ayudarme a encontrar al hombre de mi vida.

A propósito de rosas, no le he contado a João que ayer recibí otra por la mañana. A fin de cuentas, es un hombre latino, los celos forman parte de su ADN, al igual que los ojos negros, la piel ámbar, el pecho ancho y… se acabó, no se puede tener todo en la vida. Claro que, de haber podido elegir, habría preferido que ese fuera su rasgo dominante, pero ese detalle debe de haberse quedado entre los genes regresivos. Mala suerte.

Aunque, después de todo, la perfección asusta, ¿verdad? No, no, prefiero que haya (mejor dicho que no haya) algo que lo humaniza. Es mucho mejor…

Además, como ya he dicho, el sexo no es todo en la vida de una pareja. João y yo tenemos muchos otros intereses. No niego que, si por mí fuera, haría el amor más a menudo, porque he pasado por una abstinencia muy prolongada. Soy yo la que exagero: me gustaría compartir más caricias, más miradas, más besos. ¡Ves demasiadas películas románticas, Alice!

Es decir, los hombres son distintos de las mujeres en estas cosas; ya se sabe, son más rudos. Y es probable que los brasileños lo sean aún más. Pero eso no significa que no estemos enamorados.

Dado que es un poco tarde y que mi padre ha empezado servir el aperitivo, decido llamarlo y para ello me refugio en el pasillo. El teléfono suena cuatro o cinco veces antes de que me responda.

—Hola, queridito, ¿dónde estás? ¿Aquí abajo? —le pregunto esperanzada.

Tarda unos tres segundos en contestarme.

—Ejem, no. A *dizer* verdad… estoy en la autopista.

Frunzo el ceño.

—¿En qué sentido en la autopista?

—*Alis,* lo siento mucho, pero *não posso* ir esta noche. Me han llamado para un... trabajo fuera, voy camino de Vigevano.

—¿De Vigevano? Pero ¿cómo es posible?

—Lo siento, *Alis.* Otra vez será. *Desculpame,* tengo que colgar, debo buscar el dinero para peaje. *Beijos. Beijos.*

Y me cuelga sin que yo oponga resistencia. *Beijos.* Un cuerno *beijos.* Me ha echado a perder la sorpresa. Puedo decirles de todas formas a mis padres que salgo con alguien, es verdad, pero no será lo mismo. La aparición de João habría sellado un momento perfecto. Y ahora ¿qué hago?

—¿Ves como eres una libra de manual? —me dice Tio cuando hago un pequeño aparte con él para contarle el problema—. Eres una perfeccionista y cuando se te mete algo en la cabeza te molesta tener que corregir el tiro.

—Y yo que pensaba que padecía una especie de autismo. En cambio sufro una forma de libritis. Aguda.

—Eh, no la tomes conmigo por decirte las cosas. Además me tienes a mí. ¿No te basto? —Me rodea los hombros con un brazo para consolarme y me da un beso en la sien.

—¡El aperitivo, chicos! —Mi padre nos llama al orden alzando en el aire las bebidas sin alcohol.

Porque el problema no es siquiera que João no pueda venir esta noche, sino que cada vez que las cosas no salen como las he programado en mi cabeza se ponen en marcha unos extraños mecanismos. Y ya me estoy montando unas películas espantosas. Como que la otra noche no fui, lo que se dice, muy amable con él.

Había tenido un día complicado. Había visto a Davide, que ahora se comporta fríamente conmigo. El tercer episodio de la *Guía* había perdido mucha audiencia. Puede que por eso Davide esté tan nervioso; después de todo, fue él el que defendió mi programa ante el sumo presidente. Me he ganado solita entrar en la lista negra de la cadena.

En pocas palabras, sucedió que tenía ganas de que me mimaran, quería que João me estrechara entre sus brazos con más ternura que pasión. De acuerdo, quizá no ganaría un Oscar por las coreografías que ejecuto en el dormitorio, pero a veces tengo la impresión de ser una muñeca en sus manos, arrojada y volteada como una chuleta.

Hablo así porque ahora estoy enfadada con él, porque esta noche no puede venir a cenar. En caso contrario no sería tan cruel.

—¿Qué tal vas? ¿Mejor? —me pregunta Tio tras haberse comido unos cuantos canapés y haber parloteado un poco con mis padres. Los dos están ahora en la cocina, y él aprovecha el momento para cogerme del brazo y llevarme a la ventana.

Me encojo de hombros.

—Bueno, quizá prefiera no hacer el anuncio esta noche.

—¡El anuncio!

—Por decirlo de alguna forma.

Me mira un poco de soslayo.

—Alice, ¿de verdad estás bien? No digo ahora, porque João no vaya a venir a cenar, sino en general. ¿Estás segura de que con él estás bien?

—Por supuesto —respondo con vehemencia—. ¿No eras tú el que decía que Libra y Sagitario son dos signos compatibles? ¿Muy compatibles?

Él exhala un suspiro y se mete las manos en los bolsillos de los vaqueros, balanceándose hacia delante y hacia atrás. Indeciso.

—Sagitario es, sin lugar a dudas, un signo compatible y, en mi opinión, un buen signo…, pero suele ser individualista, incluso absorbente. Además, es por encima de todo un espíritu libre, al que le gusta conquistar cosas nuevas y que, por tanto, rehúye las uniones estables. Por si fuera poco, João es muy guapo, además de brasileño.

—No imaginaba que fueras racista, Tio. ¿Me explicas por qué un extranjero debe ser a la fuerza pérfido?

—No es eso lo que quiero decir. —Exhala un suspiro—. Es indudable que te has dejado subyugar por las inmensas cualidades del signo, que pueden hacer perder la cabeza. Sobre todo a una mujer. —Me guiña un ojo con complicidad, como si supiera muy bien de lo que habla.

Eh, no. Un momento. No tan inmensas, ¡caramba! Me muerdo la lengua, porque no quiero hablar de cosas tan íntimas. Después de todo, Tio es un hombre y mis padres no andan muy lejos.

Pero, si he de ser franca, esa cosa... ese pequeño detalle que Tio me dijo sobre Sagitario... Bueno, pequeño detalle... Pequeño es pequeño, desde luego. Pero creo que tiene su importancia en una relación.

—Quizá te dejas influir demasiado por los signos zodiacales y no juzgas bien a las personas. No todo corresponde con exactitud, te lo aseguro.

Él desvía la mirada hacia los edificios que se ven por la ventana.

—Por supuesto —comenta, mordiéndose el labio—. ¿Es una historia seria? Quiero decir, me parece un poco prematuro para anunciarlo..., para presentárselo a tus padres, ¿no crees?

No sé lo que daría por que él y Paola me comprendieran, porque, a fin de cuentas, son mis mejores amigos.

—Soy feliz, Tio. No siempre se alcanza a ver la felicidad cuando la tienes entre las manos. Yo trato de prestarle atención: cuando João me abraza, cuando me besa, cuando... En fin, que soy feliz. Quiero decir, pese a lo corta... —tengo un acceso de tos—, pese a lo corta que es aún nuestra historia...

¿Por qué sigo pensando en el sexo? Mira que eres absurda, Alice. Has encontrado un hombre guapísimo y dulce, no debería importarte nada más. Después de todo, el sexo tiene poca importancia. A la larga, lo que cuentan son los sentimientos, ¿no? Son los hombres los que hacen ciertas consideraciones sobre el volumen del seno o la calidad de la prestación sexual. No obstante, abreviando, no consigo dejar de pensar en ello.

Además, dados los comentarios de Tío sobre las capacidades desmesuradas de Sagitario, me gustaría preguntarle si esta especial excepción a la regla puede deberse a, qué sé yo…, ¿al ascendente?

—Bueno, sí, el ascendente tiene su importancia —me dice Tío cuando por fin le hago la pregunta, después de dar un buen rodeo—. Hasta cierto punto es la máscara con la que nos presentamos al mundo, que determina en buena medida la manera en que nos ven los demás, la primera impresión. Debido a su influjo, antes del siglo xx se le atribuía incluso más importancia que al signo solar.

Pienso en la manera en que João y yo hacemos el amor, porque apenas cruzamos el umbral del dormitorio él se transforma, tanto que me da la impresión de que, en lugar de acercarnos, el sexo nos aleja. Nos separa un foso que nuestros cuerpos no logran atravesar. ¿Cuál puede ser el demoniaco ascendente que pone las cosas tan difíciles?

—Bueno, uno no tiene que dejarse la piel en ello a la fuerza —replico—. En una relación lo que cuenta es el sentimiento que une a las personas. Es evidente que el aspecto físico es también importante, pero no lo es todo, al contrario, diría incluso que su papel es irrelevante, muy irrelevante.

—¡Anda ya! —exclama él dándome palmaditas en el hombro—. Te va a crecer la nariz. Eso no se lo cree nadie. El sexo tiene una importancia fundamental en la vida de pareja. Si funciona tienes ya una buena base para el futuro. En caso contrario…

¿En caso contrario?

—En caso contrario, ¿qué? ¿Piensas que una relación no puede funcionar sin sexo?

Me siento ya bastante culpable por haber abordado el tema, solo me faltaba tener que considerar también la hipótesis de que João no sea perfecto (en mi condición de mujer enamorada no debería hacerlo bajo ningún concepto) y ahora él me está diciendo que, dado que no me siento bien haciendo el amor con mi N-O-V-I-O, nuestra relación tiene los días contados. Soy una miserable.

—¡Hablas como un hombre! —estallo—. ¿Qué significa eso, que si uno la tiene pequeña y no logra satisfacer a una mujer no puede tener una relación seria y gratificante? Para tu información, soy muy, pero que muy feliz. Mucho. ¿Acaso tú puedes decir lo mismo? ¿Dónde están tus novias? ¡Eres tú el que escondes algo!

Veo que su expresión se ensombrece. La línea de la mandíbula se le endurece, entrecierra los ojos, que se tiñen de un color azul oscuro, parecido al acero, como el del mar embravecido.

Por suerte nos interrumpe mi madre, que aparece en el umbral de la cocina, tan risueña como un ama de casa de anuncio y con la sopera en las manos.

Mientras nos sentamos, miro con dureza a Tio, pese a que soy consciente de que no debo enfadarme con él sino conmigo misma, porque no tiene ninguna culpa de lo que me está pasando.

—Sé que solo lo hago por Navidad —anuncia mi madre ufana—, pero esta noche tenemos un invitado y, si lo he entendido bien, hay algo que celebrar, ¿verdad? Por eso he hecho un plato típico de mi familia, que era originaria de las playas de Comacchio: anguila. —Sonríe afectuosamente a mi padre—. Guido me ha encontrado una enorme.

Cierro los ojos, preguntándome si no estaré siendo víctima de una conjura. Sin duda, si no estuviese obsesionada con ese pequeño gran dilema, no me daría ni cuenta. Y no habría tenido esa salida tan desafortunada con Tio. Al fin y al cabo, no sé nada de su vida amorosa.

Lo cierto es que me siento devorada por el sentimiento de culpa. Sí, porque, en realidad, con João..., bueno, si no es un absoluto desastre es porque, en un momento dado, me doy por vencida. Y pienso en otro hombre.

La primera vez sucedió por casualidad. Por error. Absolutamente por error.

Había visto a Davide esa tarde y, mientras estaba en la cama con João, de improviso me vino a la mente el momento en que lo había mirado a los ojos imaginando que se quitaba la camiseta. No sé qué me ocurrió. El caso es que esa simple imagen me hizo ver las estrellas.

Ya está, lo he dicho. Mea culpa.

Oficialmente, era la primera vez que estando con João pensaba en otro.

La segunda vez fue por exasperación. Me esforcé, me esforcé de verdad por concentrarme en João. Cuando lo estaba consiguiendo mi mente empezó a vagar, pensando en qué podía haberme querido decir Davide en el parque. Y bastó un segundo de distracción. Demonios.

—¿Estás contenta, Alice? A ti te gusta mucho la anguila —me dice mi madre cuando le paso mi plato.

—Pues sí —repito yo—. Me gusta mucho…

—¿Y qué me dices de tu novio? —Al oír esta pregunta, me vuelvo de golpe hacia mi padre, que añade—: ¿Come anguila?

Sigue un momento gélido de incomodidad, en que Tio y yo nos miramos. Y comprendo.

Para mis padres, el protagonista de *Adivina quién viene a cenar esta noche* es Tio, no João, del que no saben nada.

—¡Eres un aguafiestas, Guido! Deberías haber esperado a que lo dijeran ellos, ¿no?

—Oh, a mí la anguila me gusta, mucho —contesta Tio apretando los dientes—. Quizá sea una especie de sublimación —añade fulminándome con la mirada—. En cuanto al amor, me temo que se ha producido un malentendido, porque Alice solo me considera un buen amigo. A fin de cuentas, es libra y, al igual que todos los de su signo, sueña con un amor absoluto y perfecto.

—Ah, Alice siempre ha sido una perfeccionista —dice mi madre con acritud, sacudiendo la cabeza—. Debería aprender que la felicidad está en las cosas pequeñas.

Tío arquea una ceja mientras me mira con el aire taimado y cruel de quien lo ha entendido todo, pero no por ello está dispuesto a perdonar.

—Ya. Es lo que dice siempre su novio.

16

¿POR QUÉ LO LLAMAN AMOR CUANDO QUIEREN DECIR HORÓSCOPO?

Hace varios días que no recibo mi horóscopo, y la verdad es que en este momento me ayudaría a comprender mi situación, dado que João y yo no logramos encontrar un momento para vernos. He mirado la carpeta de spam del teléfono y he comprobado que no es ese el motivo de que no estén entrando sus mensajes. Se trata de un error humano. Tio está enfadado conmigo. No, yo estoy enfadada con él. Paola dice que somos idiotas, que este jueguecito del silencio es una majadería.

Sea como sea, hoy uno de los dos deberá dar su brazo a torcer, porque es el día de grabación del programa y debemos comportarnos como los profesionales serios que somos y dejar a un lado las cuestiones personales.

—Tenemos un problema, Alice —me dice un compañero entrando en dirección, donde estoy revisando vídeos.

—¿Qué pasa?

—A Marlin no le gusta el guion.

—¿Qué significa que no le gusta? ¿Lo quería impreso en papel perfumado?

—Qué graciosa. Quiere ser ella quien entreviste al invitado escéptico, al geólogo.

Sabía que llegaría ese momento. El momento en que me vería obligada a cruzar el umbral del camerino y encontrarme cara a cara con Tio. O, mejor dicho, con su cara reflejada en el espejo, porque me da la espalda.

Estoy segura de que me ha visto, y de que por eso se ha escondido detrás de su ejemplar de *TodoHoróscopo*, fingiendo un gran interés por la lectura. Marlin, que está sentada en el otro sillón, considera el gesto una ofensa personal, coge el tarro del desmaquillador y, parpadeando, trata de leer el texto en japonés que aparece en la parte posterior.

—¿Y bien? —pregunto desviando la mirada de uno a otro, pero ninguno de los dos me responde.

La única que se vuelve hacia mí es Erika, la maquilladora, que niega con la cabeza y se encoge de hombros. Pobre, no me gustaría estar en su lugar y tener que vérmelas con esos dos.

Tio sigue mirando la revista. Tiene los ojos clavados en el anuncio de una agencia de pompas fúnebres que presta servicios en línea y, a menos que esté urdiendo una estratagema para eliminarme, juraría que está leyendo de verdad lo que tiene delante. Marlin aprovecha la ocasión y golpea la mesa con el tarro, a la manera de un juez del tribunal supremo.

—He presentado *Buenos días, Milán, Vacaciones juntos, El salón del jueves...* ¿Y ahora? Hago entrar a los invitados y luego debo quedarme sentada en el taburete todo el tiempo. ¿Qué se supone que soy? ¡Soy una azafata! ¿Creéis que soy medio lela? Ah, si es eso lo que piensas, Alice, ¡te equivocas de medio a medio! Sé de sobra cómo hay que entrevistar al gilipollas del teólogo.

—Geólogo.

—Da igual.

Es evidente que no puedo dejar a Andrea Magni, el famoso geólogo, en las garras esmaltadas de Marlin, porque solo Dios sabe lo que me costó convencerlo para que participara en el programa.

Tio se dirige a Erika sin bajar la revista.

—Encanto, ¿podrías decirle a nuestra autora que no puede consentir de ninguna manera que alguien que piensa que la tectónica de placas es una enfermedad de origen germánico entreviste a un eminente geólogo?

Marlin abre y cierra la boca, indignada, y acto seguido empieza a golpear la pantalla táctil del móvil con sus uñas afiladas.

—Tetona lo será tu hermana. Ya verás lo que te dice Giampy —mascula tecleando el número privado del sumo presidente a la vez que desaparece en el pasillo para lloriquear a sus anchas.

Erika se vuelve hacia mí con una mirada extraviada.

—Alice, Tio me ha pedido que te diga…

Eh, no. Un momento. Alzo la mano.

—Disculpa, Erika, ¿podrías decirle a Tio que debería ser más educado con sus compañeros?

Erika me mira atónica, luego se vuelve hacia Tio, que, iracundo, pasa una página de la revista.

—Perdóname, Erika —dice con afectación—. ¿Puedes decirle a nuestra insigne autora estas palabras? —Me mira a través del espejo y gruñe—: ¡Mira quién habla! —Cuando ve que aprieto los párpados, pensando que no debo ponerme a su altura, añade—: Y dile que si hace eso le saldrán arrugas.

¡Eh, no, arrugas no! ¿Pero dónde estamos, en una guardería?

—Erika —digo haciendo caso omiso de la mirada de desesperación de la pobre—. ¿Puedes recordar al señor Tiziano Falcetti que si no hubiera sido el primero en emitir juicios sobre la vida de los demás no habría ocurrido nada?

Tio tira la revista a la repisa que hay delante del espejo. Odia que lo llame por su auténtico nombre.

—Erika, querida —replica haciendo una pausa teatral, como si estuviese tirando de la cuerda de un arco mientras apunta al blanco—. Respóndele que si ella no hubiera venido a verme para lloriquear sobre la miserable vida sexual que comparte con su novio, no habría osado darle mi opinión. Si no le gustan mis consejos que deje de marearme y diga lo que quiere oír delante de un espejo.

Erika guarda a toda prisa en su bolsa los tarros de maquillaje que hay diseminados sobre la repisa.

—Yo he terminado —dice mientras se dirige a toda velocidad hacia la puerta.

—¡Erika! —digo, con una voz tan chillona que no la reconozco. No me vuelvo, pero la veo reflejada. Miro a Tio a los ojos—. Por favor, dile a Marlin que quiero hablar con ella, tenemos que discutir sobre lo que quiero que le pregunte a Andrea Magni en la entrevista.

«La suerte está echada», pienso, con la satisfacción propia del que acaba de tirar piedras contra su propio tejado. Pero no podía permitir que Tio se saliera con la suya. ¿Quién se cree que es? No tiene ningún derecho a emitir juicios sobre mi vida. Sobre todo ahora, que soy feliz. Una servidora no necesita nada ni a nadie.

Lástima, porque así no sabrá cuál es el ascendente de João, y estoy segura de que se muere de curiosidad. El ascendente de João es Capricornio. Lo sé porque el otro día le pregunté a mi suegra por teléfono a qué hora había nacido. Es decir, a su madre. Bueno, si he de ser franca, no hablé con ella, lo hizo él. En todo caso me habría gustado hacerlo.

Dicho y hecho, he averiguado el ascendente. No es tan difícil, ¿sabes cuántos programas de astrología hay en la red? Miles, por no decir millones.

Tio no es indispensable. En absoluto, nadie lo es en este mundo.

Así pues, ya que de ahora en adelante he decidido que si quiero ser bien servida me he de servir a mí misma, descargo una bonita aplicación en el teléfono. Por menos de seis euros a la semana (5,99, para ser exactos) tengo noticias en tiempo real, actualizaciones sobre el mapa del cielo, cuadros astrológicos, décadas, casas, signos lunares, sinastrías, efemérides... que a saber qué son. Bueno, digo yo que no será tan complicado si logra entenderlo alguien que se deja poner extensiones por oficio. Veamos. En cuanto la abro suena un arpeo metálico al estilo New Age y, unos segundos después de introducir los datos, aparece en la pantalla el mensaje de mi nuevo servicio astrológico de confianza: CARACTERÍSTICAS DEL SAGITARIO CON ASCENDENTE CAPRICORNIO.

El título es, desde luego, un poco farragoso, pero, a fin de cuentas, lo que importa es la sustancia. El texto es largo, por lo que supongo que será también detallado. Empiezo a leerlo.

> Sujetos alegres, honesto, llenos de energía, atléticos y amante de los viajes y de la libertad.

Pese a que la redacción deja un poco que desear (no se puede pedir a una base de datos que escriba como Umberto Eco), me parece una definición adecuada. Qué maravilla. ¿Por qué no me lo dijo Tío?

> Buena salud hereditaria. Sus padres podrían tener una influencia benéfica en su situación financiera. Terrenos o legados en herencia.

También esto me encanta. No pretendo llevarle las cuentas, desde luego, pero sería fantástico tener una hacienda en Brasil.

Dotado de una emotividad fluctuante, son a menudo inestabilidad, sombríos, perezosos y con crearse una doble vida. En los peores casos dependencia del alcohol y droga.

No entiendo, ¿será posible que en unas líneas se haya transformado de doctor Jekyll en Mr. Hyde? Y además... ¿droga? ¡Dios mío!

Persona serena y tranquilizadoras.

Ahora me siento muy tranquila, desde luego.

Escasas probabilidades de heredar.

Adiós a la hacienda en Brasil. Dios da y Dios quita a los que estamos bajo la misma estrella. Resoplo alzando la cabeza y oigo que alguien tose a mi espalda. Al volverme veo que tengo delante un hombre. Enseguida noto que algo desentona. Lleva una chaqueta de color castaño con unas coderas más claras, gafitas doradas y un chaleco abotonado, una indumentaria poco apropiada para un estudio de dirección tan lleno de palancas y botones luminosos como el puente de mandos de *Star Trek*.

—Permita que me presente, soy Andrea Magni —me dice tendiéndome la mano—. Supongo que es usted la señora Bassi.

Por un pelo no le hago una reverencia, ni que estuviéramos en un libro de Jane Austen.

—Encantada, Alice Bassi. Bueno, Alice. —¿Cómo se supone que debo dirigirme a alguien que ha publicado más de diez libros sobre la geología de los planetas y ha ganado varios premios?

—Mi más sincero agradecimiento por haberme invitado al programa —me dice inclinando la cabeza y descomponiendo fugazmente sus facciones para esbozar una sonrisa muy *british*.

—Oh, bueno. No hay de qué, mejor dicho, somos nosotros los que le agradecemos... esto, sinceramente, que haya aceptado venir. Por favor. —Le señalo una de las sillas para que cumplimente el permiso de emisión.

Él aparta la silla de la que me acabo de levantar.

—Las damas primero.

Lo observo mientras rellena la ficha con sus datos. Me sorprende un poco que no tenga una caligrafía decimonónica llena de florituras, además de su fecha de nacimiento, porque nació el mismo año que yo. Este hombre, que parece salido de un baúl olvidado en el desván, y yo éramos niños en la misma época, puede que incluso viéramos los mismos dibujos animados y se nos cayera la baba con las sorpresas que aparecían en los bollos de la merienda. Lo escruto tan atontada que casi parece que me esté explicando la escisión del átomo.

—Así que su programa trata de astrología —me dice él dejando el bolígrafo.

Asiento con la cabeza, sintiendo un escalofrío en la espalda. Soy consciente de que hablar de astrología con un científico es como agitar un trapo rojo delante de un toro, y no estoy muy segura de que el mayordomo de *Lo que queda del día* no tenga espíritu combativo. Después de todo, la fecha de nacimiento indica que es tauro.

Y yo acabo de autorizar a Marlin a entrevistarlo. Dios mío, la cosa puede acabar en tragedia.

—Sí, bueno, nuestro programa se dirige a un público muy amplio, no especializado en cuestiones científicas —digo para justificarme—. Por encima de todo buscamos el entretenimiento, pero, en cualquier caso, nos interesa mucho tener invitados con una opinión contraria. No obstante, me gustaría que en su entrevista abordáramos sus temas preferidos, doctor Magni, que nos explique cómo es su trabajo, en fin, la investigación que está realizando... —Espero amansarlo un poco, porque Tauro también está bajo el dominio de Venus, ¿no? Así pues, debería ser un poco narciso, como Libra. Como se ve, he hecho los deberes en casa.

—Por supuesto —corrobora él—. Por lo general a la televisión no le interesa la difusión de las cuestiones científicas. Si lo hiciera tendríamos unas mentes más despiertas y conscientes, pero es irremediable, los programas son siempre una auténtica basura.

—Bueno, nosotros pretendemos informar también. Hablar del horóscopo de forma más seria de lo habitual.

—No se pueden unir términos como «seriedad» y «horóscopo», señorita. Aunque he de añadir que no me parece mal que se consulte el horóscopo, siempre y cuando se haga de manera lúdica, como se lee una obra de ficción, para entendernos. Como una forma de distracción. Pero, claro está, usted y yo sabemos que son tonterías dirigidas a embaucar a mentes miserables.

Hum…, sí, lo sabemos. Procurando que no me vea, alargo una mano hacia mi móvil y me lo meto en el bolsillo, pensando en João y en su carácter abierto y sombrío.

—Por eso solo le pediré que aluda de pasada a su aversión por las teorías astrológicas; en cambio, me gustaría dejar más espacio a la ciencia, dado que, como usted afirma justamente, aún se habla demasiado poco de ella —concluyo conteniendo la respiración.

En redacción discutimos mucho sobre la conveniencia de invitarlo, pero sé que con él en el estudio la audiencia aumentará de forma vertiginosa, dado que, además de ser un científico famoso, Magni es joven y bastante atractivo.

—Se lo agradezco. Me encantaría que el público comprendiera que, además de los enredos típicos del horóscopo, hay muchas otras cuestiones en las que convendría profundizar. Seguro que a la gente le interesará saber algo más sobre las emisiones de dióxido de carbono que emite el cometa ISON, o se entusiasmará por las supertierras que se han descubierto en el sistema de Tau Ceti, a solo doce mil millones de años luz de nosotros. La geología astronómica es una ciencia «rompedora», como diría la juventud actual. —Se ríe satisfecho de su ocurrencia a la vez que se levanta, y yo hago lo mismo para acompañarlo a la sala de maquillaje. Solo que cuando nos volvemos…

—Hola —dice con afabilidad el geólogo tendiendo la mano al recién llegado—. Andrea Magni, ¿y usted?

—Soy el profesor Tiziano Falcetti —contesta Tio entre dientes—. El «charlatán» que dirige el chiringuito.

Gracias al cielo (en este caso es más que oportuno decirlo), Magni encaja la impertinencia con aplomo inglés. Tio entrecierra los párpados, pero, con toda probabilidad, reserva los posibles zarpazos para el programa y, en mi caso, para después.

—¿Profesor? —balbuceo mientras paso por delante de él, pero él no se digna siquiera a mirarme.

—¡Doctor Mangi! —En la puerta del camerino aparece Marlin, enfundada en un mono de látex que no deja espacio a la imaginación.

—Por Júpiter —exclama el geólogo, porque puede que, debajo de su corteza terrestre, haya un núcleo en que pulsan pasiones físicas, además de astrofísicas.

—Buenas noches, doctor Mangi. Soy Marlin y me ocuparé de usted… en la entrevista. —Lo coge del brazo, y él no opone resistencia, ni siquiera intenta corregir el apellido—. Venga, venga conmigo, hablaremos de las balsas mientras lo ponen guapo. ¿O son placas? Las de los continentes. Las que se mueven. ¿Lo sabía usted? Bah, a mi manera siempre lo he sospechado. Las tetónicas siempre funcionan, pero hay que saber usarlas.

No, no necesitamos un mago para presagiar el desastre.

Consciente de la inminente derrota, solo me resta jugarme el todo por el todo con la única persona que puede salvarme. Estoy dispuesta a enmendarme, a pagar una prenda, a jurar por lo más sagrado que jamás osaré volver a contradecirlo.

—Tío —digo abriendo mucho los ojos y mirándolo con aire lánguido, como si fuera un cachorro que suplica auxilio.

Pero él se vuelve, alza una mano como para decirme que me calle, sacude la cabeza y se marcha.

Por primera vez en varios meses me siento realmente sola.

—Ahora sí que me cabreo —dice Ferruccio, el técnico de iluminación enjugándose la frente—. ¿Se puede saber dónde demonios se ha metido el guapo fascinante, tu brasileño?

—¡No es mi brasileño! —insisto, pese a que nadie me cree; en un ambiente como este es imposible mantener secreta una relación. Pero Ferruccio tiene razón: esta noche João está de turno con nosotros y debería estar aquí para echarle una mano.

Cosa que me alegra, porque, al menos, podremos vernos. A pesar de que aún no hemos hablado, doy por supuesto que después del programa volveré a casa con él, por eso esta mañana vine a trabajar en autobús. Así podremos hablar, de nosotros y de nuestro futuro.

Angustiada por el trabajo y por mi vida sentimental, me refugio detrás de una columna del pasillo para leer lo que dice al respecto la aplicación en el móvil.

Dificultad familiares, o padre severo y educación espartana. Madre psíquicamente enferma.

Dios mío, ¿y si fuera por esto por lo que lo noto distante? De hecho, después de hablar por teléfono con su madre me pareció triste. Quizá por eso no me dejó hablar con ella. Tiene miedo de que lo juzgue mal debido a su familia. Es frecuente caer en una dependencia después de una infancia difícil.

Tienden a tener un concepto muy suyo de honestidad. Posibles problemas en los pies y con la justicia.

Frunzo el ceño. Comprendo que, con tanto baile, le duelan los pies. Pero ¿problemas con la justicia? ¿Será por la droga de antes?

Respetan mucho la ética y la moral.

En este momento arqueo una ceja y aparto por un instante los ojos de la pantalla para asomar la cabeza en el estudio de *Mal de amor* con la intención de buscarlo. Necesito respuestas, porque, en lugar de resolver mis dudas, este horóscopo me las está creando.

El individuo necesita estabilidad afectiva.

Esto es precioso. Bueno, puede que, después de haber tenido problemas con la policía y dolor de pies por abusar de la capoeira, haya venido a Italia para dejar atrás una infancia difícil y haya visto en mí la posibilidad de construir algo duradero. Sigo adelante y doy un respingo al leer:

Propensos a enamorarse de una persona extranjera.

Aquí está. ¡NEGRO SOBRE BLANCO! Casi, casi, le escribo un mensaje a Tio. Pero no, es mejor que no.

—¡Disculpa! —exclamo llamando la atención de la ayudante del director de *Mal de amor*.

Ella se vuelve y aprieta los labios en una mueca que pretende ser una sonrisa.

—Mara, ¿verdad? —le digo tratando de ser amable—. ¿Sabes dónde puedo encontrar a João, el de las luces?

—¡Ah! —exclama ella parpadeando y sonriendo de forma más abierta—. Bienvenida al club.

—¿Qué quieres decir? —le pregunto. Sé que no le caigo bien, porque cada vez que nos cruzamos me evita como si yo fuera una apestada.

—Es justo lo que nos preguntamos un poco todos, dónde se ha metido João —responde ella.

¿Ha dicho «un poco todos» o «un poco todas»? Porque el significado cambia. Pero supongo que estará celosa. He notado cómo lo mira. Será mejor que se vaya haciendo a la idea, me digo encogiéndome de hombros. Con todos los problemas que tuvo en el pasado, João necesitaba estabilidad afectiva, una historia seria que le hiciera sentirse seguro. Y la ha encontrado. Conmigo.

Me vuelvo unos segundos, justo antes de salir, y veo que me observa con una mirada vacía, abre la boca, pero luego se muerde el labio y se concentra de nuevo en el guion que estaba revisando.

Aprovecho la ocasión para ir al baño, donde sigo leyendo mientras hago pipí.

Existencia marcada por pruebas de carácter crónico. Operaciones, hospitalizaciones. Muerte a causa de enfermedad intestinal.

—¡Oh, no! —exclamo.

—Eh, ¿todo bien? —oigo decir en la cabina de al lado—. Si quieres tengo compresas.

Es una de las telefonistas. Me apresuro a contestarle que no necesito nada.

Calla por un instante y tira de la cisterna.

—Mira que no siempre te puedes fiar. Me refiero al test de embarazo. Prueba a repetirlo. —Y, sin añadir nada más, sale del baño.

Yo sigo mirando las palabras que aparecen en la pequeña pantalla del móvil, preguntándome cómo pudo gustarme *Ghost*. No querría estar en el lugar de Demi Moore por nada del mundo, pero si pensara en dejar a João porque me asustan sus problemas de salud me sentiría una canalla.

Me lavo a toda prisa las manos y salgo. Nada más hacerlo tropiezo justo con él, con mi huidizo brasileño que, de hecho, da un paso hacia atrás y se asegura de que la puerta del baño de caballeros queda bien cerrada.

—¿Estás bien? —le pregunto.

—*Desde logo*. Estaba en el baño, eso es todo.

Miro por unos segundos la puerta cerrada, luego a él. Me parece más pálido de lo habitual. ¿Me estará escondiendo algo? Puede que todo empiece así. Me refiero a sus problemas intestinales.

—¿Necesitas algo? ¿Puedo hacer algo? —Siempre tengo alguna medicina en el cajón de mi escritorio. Puede que tenga alguna pastilla de Imodium.

—No, *Alis*. *Não* necesito nada. No te preocupes.

Trato de llevarle el paso mientras nos encaminamos hacia el estudio, pero João tiene las piernas más largas que yo y anda rápido. Lo cojo del brazo como último recurso.

—*Desculpa*, pero tengo muchísimo *travalho* con Ferruccio. No puedo hacerte caso ahora —dice desasiéndose, tras lo cual me deja plantada allí, en el pasillo, y veo alejarse su espalda musculosa.

No, todo esto no es fruto de mi imaginación. Algo no encaja y debo comprender qué es.

El recuerdo de su infancia serena suscita en ellos cierta melancolía.

Así que tiene nostalgia de casa, me digo, leyendo otro párrafo de la descripción de Sagitario con ascendente Capricornio. Puede que esté muy unido a sus padres, a pesar de que su padre le pegaba y su madre estaba quizá encerrada en un psiquiátrico.

Óptimas capacidades de organización y de toma de decisiones. Situación financiera confusa; falta de sagacidad y de espíritu organizativo con el dinero.

No entiendo nada, pero ¡si hace nada decía que era hábil para los negocios! Y que conste que no me mueve la codicia. Quiero decir, de acuerdo, el dinero no da la felicidad, pero podría servirnos para las visitas al especialista y las operaciones de intestino, pies o estómago. Pero no lo sé, no puedo saberlo, pobre amorcito mío. Daría lo que fuese por ayudarlo.

Casi parece un pelotón de ejecución.

En primera fila está Tio, que en esta ocasión ha decidido no quedarse en el estudio sino en dirección, y resopla a mi espalda, apoyado en el marco de la puerta. Luego está el sumo presidente. Ha venido por Marlin, por mí no, desde luego, pero será el primero en devorarme viva si su protegida da algún patinazo de más que pueda ir en detrimento de su imagen, del programa y del canal en general.

Además está Davide, apoyado en la pared de cartón piedra, con las manos a la espalda y los labios apretados, formando una línea oscura.

Siento que algo no va bien, que algo lo turba, pese a que parece completamente dueño de sí mismo, como siempre. No se trata de la distancia que nos separa desde hace un mes, al menos esta noche no. Su mirada me atraviesa sin verme. No está concentrado, no está aquí, ahora.

Me doy cuenta de que no lo conozco en absoluto. Porque, además de que tiene un perro que se llama Flash, ¿qué otra cosa sé de su vida? Nada.

Así que busco a João con la esperanza de que al menos él me apoye en la prueba que debo afrontar. Lo encuentro en dirección, pero está de espaldas a mí, hablando en voz baja con Raffaella. Ella se aparta el pelo acariciándose el cuello.

Los de emisión chillan por el intercomunicador que faltan treinta segundos para que empecemos a grabar en directo. Cojo el micrófono, pulso el botón que me permite hablar con el estudio y pido a todos que vayan a su sitio.

Los ojos grandes y verdes de nuestra estrella perforan la pantalla mientras sonríe amistosamente a la cámara y se dirige contoneándose con parsimonia hasta el taburete.

Al menos la presentación es impecable: por milagro pronuncia bien el nombre y la profesión, puede que, en ambos casos, gracias al libro del exogeólogo, que tiene en una mano.

No obstante, los problemas empiezan en cuanto hace la primera pregunta. «¿Por qué estudiar la composición de los planetas?».

Una preguntita que no puede ser más fácil, en fin, una de esas que solo requieren una respuesta escueta. Pero los proyectos didácticos de Magni son más vastos, y veo que Marlin vacila ante la retahíla de palabras tan imponentes como geomorfología, petrografía, magnetosfera, hidrocarburos, campos magnéticos, parámetros orbitales...

Por un momento pienso que la pobre se va a desmayar. Yo, quizá, lo haría en su lugar. Pero luego parece recuperarse de golpe, al oír la palabra «universo», que logra encontrar espacio incluso en su reducido vocabulario (pese a que en la mayoría de los casos aparece asociado a la palabra «Miss»), parpadea y afirma que la inmensidad del firmamento siempre la abruma, que, precisamente porque es infinito e insondable, le parece muy romántico.

Sí, dice de verdad «insondable», lo que me sorprende, pero Magni no se deja impresionar por las proezas léxicas de Marlin; regodeándose, hincha el pecho y sonríe antes de lanzarse a la enésima explicación: «Así pues, querida, la variante de Hubble, es decir, $v = H \times d$, nos indica la velocidad de desplazamiento de una galaxia respecto a las demás, siendo v la velocidad de alejamiento de la misma siguiendo la dirección de nuestra línea visual; d, en cambio, expresa la distancia que hay entre la galaxia y la Tierra; y H es una constante de proporcionalidad cuyo valor, desgraciadamente, aún es bastante incierto, si bien debería ser de unos sesenta y cinco kilómetros por segundo para cada megapársec de distancia. A estas alturas, creo que a todos nos queda claro que la constante nos da la tasa de expansión del universo, que por tanto, en cierta medida, se puede medir a la perfección».

—¡Disparadle a una rodilla, os lo ruego! —exclama Luciano desde la mesa de mezclas de vídeo a la vez que inicia una panorámica, que arranca en el tobillo de Marlin y sube hasta su escote. Un intento desesperado de despertar a la audiencia que se puede haber quedado dormida en su casa.

El sumo presidente le da una palmada en el hombro a modo de agradecimiento.

—A este paso solo cabe esperar que la gente se duerma delante de la televisión antes de cambiar de canal.

—Pobre Marlin —comenta Raffaella—. La hemos dejado en las fauces del lobo. ¿Por qué le hemos hecho algo así? —Cabecea, con expresión de madraza preocupada, y después mira de reojo al sumo presidente—. Yo nunca lo habría permitido —comenta, a la vez que su mirada se desvía hacia mí un nanosegundo.

Me concentro de nuevo en el monitor de control, donde tanto Magni como Marlin aparecen totalmente encuadrados.

—La física de la materia degenerada impone a la enana blanca una masa límite, denominado límite de Chandrasekhar. En el tipo más común, es decir, las de carbono-oxígeno, la superación de dicho límite, que, por lo general, se produce por la transferencia de masa en un sistema binario, puede provocar su explosión en una nova o supernova.

Marlin se aparta un mechón de pelo del pecho.

—Pobre, ¡además de enana, obesa!

Me tapo los ojos con una mano, aunque no sirva de nada.

—Pasad a publicidad —oigo a mi espalda—. Algo que sea largo, ¿es posible?

Davide se ha separado de la pared y, de pie al lado de mi silla, hojea el guion enfurruñado.

—Adelantemos el telediario —dice a continuación, apuntando el papel con el índice.

—Pero habrá que saltar dos bloques. Falta una media hora —farfullo acercándome a él para leer, después de lo cual alzo la mirada.

—Necesitamos tiempo para organizarnos —me dice mirándome con sus ojos, tan oscuros como el chocolate negro, que de repente se estrechan, dibujando unas líneas sutiles en los rabillos, porque me está sonriendo—. Podemos conseguirlo, Alice. Tú y yo, juntos.

Parpadeo y tengo la impresión de que la sangre sube y baja por mi cuerpo, como en caída libre.

—Y Tio —añade Davide dirigiéndose a él, que aún está apoyado en la puerta con los brazos cruzados—. Ven.

Mientras hablo por los auriculares con el ayudante de estudio para decirle que pase a publicidad, los dos desaparecen en la sala de redacción contigua. Por el cristal veo que Davide se sienta al ordenador y que Tio le dice algo al mismo tiempo que se sienta a su lado.

No tengo la menor idea de lo que le pasa por la cabeza, pero apenas puedo pensar en ello, porque en ese momento oigo los improperios de nuestra enana roja, que taconea por dirección con sus zancos de quince centímetros.

—¿Se puede saber qué demonios sucede? ¡La cuenta atrás marcaba siete minutos más! ¿Por qué habéis entrado en publicidad?

—Ya —corrobora Magni a la vez que se ajusta la corbata verde, que resalta sobre el chaleco rojo—. ¿Tendría la amabilidad de explicárnoslo?

—Bueno, verá... —¿Qué le digo, que su entrevista ha sido horrible y que no se entendía nada? ¿Que Marlin se estaba poniendo en ridículo con sus comentarios disparatados? Si, al menos, pudiera invocar la quinta enmienda, como hacen en las películas norteamericanas.

—Todo iba de maravilla, querida. Y, permíteme que te lo diga, esta noche estás guapísima —tercia el sumo presidente—. Pero el telediario nos ha pedido la línea. Le ruego que me disculpe, señor Magni, reiniciaremos lo antes posible.

—Oh, diantre, ¿qué más puede haber sucedido? —exclama el astrofísico.

El sumo presidente hace ondear una mano.

—Nada grave. Venga, le invito a un café.

—Se lo agradezco. —Magni saca su móvil del bolsillo y lo enciende—. Perdone un instante, varios amigos me están viendo y mi madre está grabando el programa. Divulgo *urbi et orbi* el cambio y enseguida estoy con ustedes.

Los observo mientras se alejan, y mientras busco a João con la mirada oigo que Marlin comenta:

—Qué nombre tan extraño, Urbi... ¿Su madre es alemana?

Faltan menos de cinco minutos para que finalice el telediario, y yo estoy rezando para que el público haya tenido la paciencia de esperarnos.

João pasa por delante de mí como una exhalación, tirando de un cable.

—¿Qué haces? —le pregunto.

—Ferruccio me ha pedido que ponga *uma outra* luz sobre Marlin —dice alejándose un paso de mí sin alzar los ojos.

—¿Te ayudo? —Hago ademán de coger el cable, pero él se vuelve.

—Raffaella me está *ajudando* ya.

De hecho, ella pasa por mi lado sujetando un trozo de cable con dos dedos para no ensuciarse demasiado su preciosa manita.

Los miro estupefacta. Raffaella lo adelanta y él apoya una mano en su espalda. De improviso, oigo una voz a mi espalda.

—Alice…

Davide. Tan cerca de mí que debo alzar la barbilla para mirarlo a los ojos.

Una de las comisuras de su boca se dobla levemente hacia arriba, un movimiento que derretiría por sí solo los casquetes polares. Dado que João me acaba de liquidar con dos palabras, es normal que me sienta desorientada si otro hombre me mira de esa forma. Además, está muy cerca. ¿No se da cuenta de que está invadiendo mi espacio vital? Aunque no puedo decir que me moleste. Huele bien, y el calor que emana de su pecho me sosiega.

—¿Qué pasa? —farfullo.

No dice nada. Me vuelve a mirar sin abandonar su sonrisa magnética, luego coge el par de cascos que ha dejado sobre la mesa de mando de dirección y me los pone.

En mi cabeza empiezan a sonar enseguida unas notas, una música, una canción. Esa canción.

Reality.

En el caos de esta noche absurda, no puedo creer que me sienta como si estuviera en una fiesta de adolescentes. Miro a Davide a los ojos, esperando que apoye las manos en mis costados para bailar.

Sin embargo, no lo hace. En lugar de eso, da un paso hacia atrás y se lleva un transmisor a los labios.

—¿Me oyes? Probando, probando. Hola… hola, uno, dos… Alice, ¿me oyes bien?

Le oigo a la perfección.

No hay ninguna música, salvo en mi imaginación, y el motivo por el que Davide me ha encasquetado los auriculares no tiene nada que ver con Sophie Marceau ni con su primer beso.

Asiento, pero él no me hace caso y entra en la cabina de redacción. Me saluda desde detrás del cristal.

—¿Me oyes también ahora, encanto?

Doy un par de pasos hacia el cristal. Luego veo que los cascos tienen también un micrófono con dos botones. Al apretar uno Davide da un brinco y se quita los suyos. Al encenderlo ha emitido un pitido que debe de haber sido más fuerte para él que para mí.

—Perdona —le digo—. ¿Me oyes?

—Sí, Alice. Escucha. La idea es hacer un puente: le pondremos un auricular inalámbrico a Marlin, escondido detrás de una oreja, en la frecuencia de tu intercomunicador; así podrá repetir lo que tú le digas para entrevistar a Magni sin meter la pata.

A ver si lo entiendo, ¿se supone que ella tiene que decir lo que le sople yo?

—¡No soy astrofísica! Si piensas que repitiendo lo que yo le diga no hará el ridículo te equivocas.

Él alza una mano para pedirme silencio.

—Tú repetirás lo que yo te diga.

—En ese caso, ¿por qué no se lo dices tú directamente? —objeto, porque la idea del puente me parece un poco retorcida: si sucede como en el teléfono inalámbrico a saber qué horrores pueden producirse.

—Necesito tiempo para buscar en internet si es necesario. Yo tampoco soy experto en astrofísica, Alice. Tendrás que estar atenta por si cambia de tema de repente y yo estoy demasiado concentrado leyendo para darme cuenta. Dos mentes son mejor que una.

No estoy muy segura de que la frase valga cuando una de dichas mentes es la mía, pero él es el jefe.

—¡Todos preparados! —exclama Ferruccio moviendo su silla en el puesto de mando—. ¡Falta un minuto! Al estudio, gente. ¡Todos a sus puestos, Alice!

Con cierta dificultad, aparto la mirada de Davide para contestar al director.

—Estoy preparada.

—¿De verdad? —La voz de Davide resbala, densa y cálida, por mi oído.

Me vuelvo de nuevo para mirarlo.

—Debes ser mi mujer... detrás de la mujer. ¿Estás lista, Alice? —Levanta una mano y la apoya en el cristal, como si quisiera tocarme.

No es un estremecimiento ni un revoltijo en el estómago, ni un ardor en el vientre. Mirarlo es como un terremoto en una quietud perfecta. No soy capaz de decir una palabra. De manera que me quedo plantada donde estoy, mientras las notas de *Reality,* de Richard Sanderson, vuelven a sonar como por arte de magia en mi cabeza.

Pero luego recupero el uso de mis extremidades. Mi mano se separa del costado para alargarse hacia el cristal. Mientras me acerco a él no puedo por menos que pensar en lo mágico que es este instante, pese a que soy consciente de que no tiene ningún significado. O, al menos, no el que le daría yo.

—¡Diez segundos, Alice!

Mis yemas resbalan levemente por el cristal en el preciso momento en que Davide aparta la mano y se vuelve para sentarse al ordenador.

—Bienvenidos de nuevo al estudio —exclama Marlin radiante en cuanto se enciende la lucecita roja de la cámara que la está apuntando.

Pulso el botón del auricular que me permite hablar.

—Les pedimos disculpas por los inconvenientes técnicos.

—Les pedimos disculpas por los inconvenientes técnicos —repite ella con su sonrisa amistosa y luego prosigue ciñéndose a mis instrucciones—: Pero, para los que han decidido quedarse con nosotros, ahora continuaremos con la interesante entrevista que estábamos realizando a Andrea Magni.

—El famoso astrofísico —le sugiero en el auricular.

—Que, bien mirado, debería ser también famoso por su físico, y no solo por ser astrofísico —añade antes de pasar a la pregunta que le sugiero.

Oigo un bip en el auricular, seguido de la voz de Davide.

—¿Le has dicho que diga eso? ¿Te gusta ese tipo?

—¡Por supuesto que no! —exclamo.

—¡Por supuesto que no! —repite Marlin sonriendo a Magni.

Me apresuro a cerrar la comunicación con ella, mientras Magni arquea una ceja.

—Lianta —me susurra Davide en tono risueño.

—¡Eres tú el que me distraes! —replico yo irritada. Por suerte esta vez pulso el botón correcto. Me vuelvo y lo veo detrás del cristal. Me mira bebiendo café en un vasito de plástico, luego vuelve al ordenador.

Cuando Magni manifiesta sus dudas científicas sobre la eficacia efectiva de la astrología, Marlin (esto es, Davide, yo y luego Marlin) le pide a Tio, que por suerte ha aceptado volver al estudio, que exprese su punto de vista.

—Menos mal —digo a Davide en el auricular—. Hemos sabido matar dos pájaros de un tiro.

—Déjame adivinar si había también una gallina clueca… —replica él.

Ahora le ha dado incluso por bromear. Me parece extrañamente exaltado, como si el juego le encantara, no queda ni rastro de la antigua apatía.

—Usted, señor Nardi, no me lo cuenta todo —digo en son de burla—. Dime la verdad, te divierte jugar a *El show de Truman.*

Oigo que se ríe. Pienso que no lo hace muy a menudo, porque me parece un sonido nuevo, extraño en su caso.

—Ah, Alice, la divertida eres tú, no *El show de Truman.*

Me pregunto si me encuentra divertida como Buster Keaton y, por tanto, irremediablemente torpe. O como Meg Ryan, un poco neurótica, desde luego, pero también tierna y seductora.

Entretanto, Magni asegura que si la astrología precedió a la astronomía solo fue porque la primera nació en una época, a decir poco, oscura en todo lo concerniente a la ciencia.

—Venus es un planeta desierto, envuelto en una masa de nubes y ardiente como un horno. Esta es la verdad, pese a que comprendo que es mucho más romántico creer que puede informarnos sobre nuestro futuro sentimental. —Esboza una sonrisa condescendiente y mira a Marlin.

Nos estamos adentrando en un terreno peligroso. Por la pantalla veo que Tío está piafando, de manera que tomo la iniciativa para llevar la conversación al terreno adecuado, y propongo a Marlin que pregunte a Magni por su trabajo sin que Davide me sugiera nada.

—Bien hecho —me comenta él en el auricular—. Muy bien. ¿Ves como formamos un buen equipo?

Me ruborizo, pero, por suerte, estoy de espaldas a él y no puede verme.

—Te da vergüenza que te hagan cumplidos, ¿verdad?

Reactivo la comunicación con él.

—¿Por qué lo dices?

Esa es una de las cosas que más me fascinan y asustan de él, que siempre parece saber todo sobre mí, aunque yo no le diga nada. Es como si llevara puestas unas de esas gafitas con infrarrojos que te venden con la promesa de que con ellas podrás ver a través de la ropa.

—Siempre tienes la respuesta a punto, pero si algo te desconcierta no sabes qué decir. Es normal. En cualquier caso, lo que de verdad quería preguntarte es: ¿por qué te cuesta tanto aceptar un cumplido?

No sé si me está mirando, pero yergo los hombros para no volverme y trato de concentrarme en lo que está ocurriendo en el estudio. A pesar del hormigueo que siento en la nuca.

—Siempre me he preguntado —dice Magni para provocar— por qué, a la hora de determinar el signo zodiacal y, por tanto, el carácter de la persona, los astrólogos tienen en cuenta el momento del nacimiento y no el de la concepción. Después de todo, el origen de la vida está ahí. ¿Los astros no influyen en el feto? ¿Están protegidos por la envoltura materna?

Mientras Tio responde que es la separación de la madre la que crea la individualidad, oigo un nuevo bip en el auricular y me preparo para anotar mentalmente las sugerencias de Davide, que luego deberé comunicar a Marlin.

—O también, porque para muchos de ellos sería difícil determinar el momento exacto de la concepción, ¿no crees? Los astrólogos son astutos —dice Davide, con una voz más vacilante, como si estuviera tanteando el terreno, dado que hace un momento no le contesté.

Aprieto el botón para hablar con él y replico:

—Pero ¿tú de qué parte estás? ¿De verdad tengo que decirle eso?

—¡Claro que no! Te lo decía a ti. Menuda tontería lo del horóscopo, ¿no?

Resoplo y cierro la comunicación, pero enseguida cambio de idea y pulso de nuevo para contestar:

—Tontería o no, yo encuentro cierta correspondencia entre las características del signo y el carácter de las personas. Luego, claro está, las experiencias de cada uno son diferentes. ¿De qué signo eres tú? ¡Veamos!

Por desgracia, me he vuelto a equivocar de botón, de manera que Marlin repite mis palabras.

«Dios mío…».

—Esto…, soy Tauro —dice Andrea Magni en el estudio.

—Lo has hecho de nuevo, ¿verdad? —Davide se ríe en el auricular—. ¡Te has vuelto a equivocar de botón! Ah, Alice, eres tan…, eres lo más divertido que he encontrado en este sitio. Eres única.

Parpadeo, sintiendo la necesidad impelente de volverme hacia el cristal. Es como si su mirada me perforara la espalda.

Otro bip, seguido de su voz:

—Esto no se lo digas a Marlin, por descontado.

Cuando me quito los cascos, en la sintonía final, los oídos me zumban y mi cerebro tiene la consistencia de un chicle masticado. En dirección se oyen gritos de júbilo, tanto porque hemos finalizado otro episodio como por el resultado positivo de la velada, que podría haber terminado con otra derrota como la de la Armada Invencible.

—Muy bien, todos habéis estado muy bien —nos dice el sumo presidente acercándose a Davide. Pese a que sus ojos delatan también el cansancio, no se retrae cuando el presidente le apoya una mano en un hombro y se lo lleva de allí para hablar con él en privado.

El destino quiere que el misterio nos separe a ese hombre y a mí, me digo.

Sea como sea, no dejo de repetirme que no vale la pena darse contra la pared. Davide está fuera de mi alcance, y no solo por la posición que ocupa en la empresa. En más de una ocasión ha demostrado que no quiere darse a conocer. Se escabulle cada vez que le hacen una pregunta personal, rehúye las conversaciones que puedan revelar algo sobre su pasado, o incluso sobre su presente, más allá de las cuatro paredes de la empresa. Y yo le haría alguna que otra pregunta, solo que se me traba siempre la lengua.

¿Cómo podría estar con un hombre así?

Además, no puedo olvidarme de João. No voy a negar que tenemos nuestros problemas, pero en cualquier caso hacemos buena pareja.

Mientras Luciano apaga los aparatos de dirección, me asomo al estudio, donde hace un calor sofocante, debido a las lámparas. Los técnicos han abierto las puertas de hierro de la nave para dejar entrar el aire fresco de la noche.

Tio está fumándose un cigarrillo con Andrea Magni, y oigo que se ríen afablemente. Qué pareja tan extraña.

Ferruccio está trajinando con las lámparas y los cables, y João se ha quitado la camiseta dejando a la vista el tórax, que resplandece con el sudor. Erika, Raffaella y Marlin están sentadas en unos taburetes y lo miran con aire extraviado. Al verlas soñar con los ojos abiertos, por un instante no siento celos sino una mezcla de envidia y piedad.

Los casi cinco metros que nos separan parecen alargarse como en una de esas pesadillas donde nunca logras alcanzar la meta. Incluso cuando llego a su lado tengo la impresión de estar observando la escena a través de unos prismáticos, desde un planeta lejano, que se encuentra a millones de años luz de distancia.

—¿Vamos juntos a casa? —digo.

Sus hombros se aflojan y, al cabo de unos segundos, me dice:

—*Não posso, Alis. Desculpa.* Otra vez, ¿eh? —Ni siquiera ha dejado por un momento lo que está haciendo. Sigue enrollando el cable infinito alrededor de un brazo. No me mira.

—¿Tienes algo que hacer?

—Sí…, no… Es que estoy *muito* cansado…

—¿Pasa algo? ¡Nunca nos vemos! O estás cansado o tienes otra cosa que hacer. —Odio cuando chillo implorante y mi voz se alza en un tono, como la de las niñas caprichosas. Una mosca golpea el cristal para salir.

João me mira con una expresión transparente, en la que reboto sin obtener respuestas.

—Nada, *Alis*. Yo te llamo.

En el baño me enjuago la cara con agua fría y cuando miro mi reflejo en el espejo siento una especie de *déjà vu*. Es algo en mis ojos, que brillan extraviados, en mi boca rígida, en mi tez pálida.

Luego me viene a la mente Mara, la ayudante de *Mal de amor*, sus ojos, su expresión dura y vacía. Decepcionada.

«Es justo lo que nos preguntamos un poco todos, dónde se ha metido João».

El móvil yace en el lavabo; en la pantalla aún iluminada se entrevé la última frase que he leído en el perfil de su signo.

Sexualidad fuerte. Bloqueos psicológicos en la esfera sexual. Coqueteo incesante y falta de apego sincero. Escaso interés sexual.

—Un euro por tus pensamientos.

Estas palabras me sacan del torpor en que me he hundido. No sé cuánto tiempo llevo mirando fijamente la máquina expendedora de bebidas. Tampoco sabría decir cómo o cuándo he llegado allí.

Davide mete una moneda en la máquina.

—Has tenido suerte, no tengo monedas más pequeñas.

Me esfuerzo por sonreírle.

—Gracias —digo seleccionando una botellita de agua mineral.

En este preciso instante me doy cuenta de que mi garganta es un desierto. Me pego a la botella con desesperación, con la esperanza de lograr un efecto milagroso, como si fuera una planta que alguien se ha olvidado de regar.

—Tenías sed —comenta Davide frunciendo el ceño al verme tragar medio litro de agua en un solo sorbo—. ¿Estás bien?

—Estoy bien —repito, como si me estuviera dirigiendo la pregunta a mí misma.

—No te preocupes por el programa, todo ha ido sobre ruedas. El presidente está muy contento. Incluso las meteduras de pata de Marlin…, bueno, todo contribuye a aumentar la audiencia.

El programa, el *share*, Marlin, Tio, que ya se ha ido sin siquiera despedirse de mí, João, que ya no tiene ningún motivo para hacerlo. Me siento vacía.

—¿Quieres que hablemos? —dice él quedamente, titubeando. Lo miro a los ojos y veo que esboza una leve sonrisa.

—Siempre te interesas por los demás, pero nunca hablas de ti mismo —replico, y mis palabras parecen casi una acusación.

Él se sorprende y parpadea.

—Se ve que soy poco interesante. No hay cosas relevantes en mi vida, salvo un perro grande, alguna que otra casa de alquiler y los continuos viajes.

—¿Por qué tienes un perro tan grande?

Davide reflexiona unos segundos, como si no supiera qué decirme.

—Lo encontré… durante un trabajo.

—¿Eso es todo?

—¿Qué?

—Si eso es todo lo que me puedes decir. Lo encontraste. Me gustaría que me contases lo que ocurrió.

Él alza el brazo para mirar el reloj.

—Es más de medianoche, Alice. Quizá en otra ocasión, ¿eh? Te acompaño al coche.

Si no me puede contar lo del perro ¡no quiero ni imaginar el resto!

—No te preocupes. Esta noche no tengo el coche, llamaré un taxi.

—¿Por qué no tienes el coche?

—Es más de medianoche, Davide. Quizá te lo explique en otra ocasión —le digo echando la botella vacía en el cubo del plástico.

—En ese caso te llevaré a casa.

—¿Por qué? —gruño a la vez que las lágrimas se me saltan a los ojos. No sé si estoy más enfadada con él y con el muro que alza entre los dos, o con João y la puerta que acaba de cerrar. Sea como sea, odio las barreras arquitectónicas.

Davide, sin embargo, no ha dejado de observarme.

—Porque nunca se deja sola a una mujer en apuros —dice al final.

—¿Yo estoy en apuros? No me lo parece. —Saco la cartera para que vea que tengo setenta euros en efectivo—. Puedo pagarme un taxi, incluso ir y venir a mi casa tres o cuatro veces.

Él levanta las manos.

—Me gustaría llevarte a casa, Alice. Me gustaría hacerlo para agradecerte lo de esta noche.

Pero yo sigo sin responder.

—Me gustaría hablar contigo.

Cuando su coche se detiene debajo de mi casa sé que Flash era el perro de uno de sus últimos jefes y que, al morir este, su esposa quiso deshacerse de él.

—Preferí quedármelo, para que no lo mataran. Me había encariñado con él —me explica apagando el motor.

—Qué persona tan espantosa. ¿A quién se le ocurre matar a un perro perfectamente sano?

—Te equivocas, no es mala, solo que Flash siempre le había dado miedo. Además, entre los hijos y el resto, no tenía tiempo para ocuparse de él. En fin, es justo poder elegir, ¿no?

No me parece justo que uno pueda decidir una muerte de manera tan indiscriminada, pero me callo. Además me alegro de que Flash haya encontrado otro dueño.

—Me alegro de que sea una historia con final feliz.

—A ti te gustan mucho. Me refiero a las historias con final feliz. Tus películas románticas.

Me encojo de hombros.

—La vida, en cambio, es diferente. El final feliz no está asegurado.

Davide me coge una mano y me aprieta los dedos. Me vuelvo en la penumbra azulada del habitáculo y veo que me está mirando.

—No, el final feliz nunca está asegurado.

—El amor es siempre mucho más complicado que en las películas. En ellas se suele adivinar enseguida dónde y con quién acabará la protagonista, no hay dudas, solo algún que otro malentendido.

—Y no hay traiciones —dice Davide suspirando y volviendo a mirar el volante—. ¿Has traicionado a alguien alguna vez?

La pregunta llega directa como una flecha, y no entiendo si se refiere a João, del que no le he dicho nada, por descontado, o a un pasado en que él mismo podría haber sufrido los tormentos del engaño. Me pregunto si, además, no estará tratando de medir mi integridad moral.

—No. Jamás lo he hecho —respondo, pero luego, apurada, intento desdramatizar con las trivialidades habituales—: Ya es bastante complicado llevar el paso a un hombre, no digamos a dos al mismo tiempo.

Él asiente con la cabeza sin replicar, y nos miramos unos segundos. La luz de la farola traza con ligereza el contorno de nuestras caras, distinguiéndolas del resto.

El abismo de preguntas, de palabras invisibles es tal que el espacio que nos separa se condensa hasta resultar infranqueable.

Su cuerpo se mueve con dificultad hacia mí, como si fuera un astronauta en el espacio, hasta que su cara se queda tan cerca de la mía que me parece irreal.

—Buenas noches, Alice —susurra antes de posar sus labios en mi mejilla.

VIRGO

Si estáis enamoradas de un hombre virgo es probable que tengáis serios problemas psicológicos. Ah, ¿no? ¿Habéis visto *Psicosis*? ¿Habéis leído una de esas novelas en que se descubre que el asesino es un tipo anodino, en apariencia apacible y equilibrado, obsesionado por los detalles y al que le priva repetir la misma tarea alienante todos los días, a todas horas? Ah..., ¡veo que ahora sí que os recuerda a alguien!

17

LAS NORMAS DE LA CASA
DE LA CÁNCER

Es una lástima que no estemos en invierno.

El invierno está hecho adrede para las penas de amor, porque te puedes guarecer bajo las mantas y fingir que ya no existe nada, ni siquiera tú. Sobre todo tú.

En cambio, la primavera acaba de empezar y ya hace demasiado calor para el edredón. Así pues, debo estar fuera de las sábanas, expuesta a la tortura de la luz y de los objetos, que me gritan que aún no me he recuperado del todo, por extraño que me pueda parecer. Me arrastro por la casa apretándome la nariz con un pañuelo y la mirada vacía.

En el sofá vimos juntos la televisión. En la cocina él se sentaba siempre en esa silla. En el cuarto de baño está el cepillo de dientes que le compré. Qué afilados resultan los objetos cotidianos con la ausencia.

Estoy sola.

La astrología no sirve, jamás encontraré a alguien que desee construir conmigo algo más que un castillo de naipes. Es absolutamente desalentador: he vuelto a creer y a caer en la trampa.

Solo pasa en las películas que alguien te diga: «Me gustas muchísimo, Bridget. Tal y como eres».

Me dejo caer en el suelo con la espalda apoyada en el sofá. Pedí la baja y llevo tres días sin poner el pie fuera de casa, sin hacer la cama, jugando a la ruleta rusa para alimentarme, ya que abro la nevera y pillo lo primero que encuentro (ayer fue un tarro de pepinillos). No respondo al teléfono y, atontada, lo miro fijamente cuando aparece un nombre de forma obsesiva: Paola.

Quiero morir. Dejadme morir. Estoy fatal. No puedo seguir así, no lo consigo. ¿Debería avisar a alguien? Es decir, empieza a hacer calor: si me muero de verdad y encuentran mi cuerpo dentro de varios días este podría estar en unas condiciones lamentables.

El timbre del telefonillo casi consigue que me dé de verdad un infarto, poniendo así fin a mi desesperación.

Lo descuelgo sin decir una palabra.

—Ábreme, subnormal.

Es lo que sucede cuando la ignoras.

Más veloz que un avión, más letal que un misil, más arrogante que Superman, treinta segundos más tarde veo a Paola cruzando el umbral de casa y avanzando por el pasillo con el cochecito.

Sin más preámbulo entra en la cocina y lanza un gemido al verla llena de platos sucios, tarros vacíos, botellas y servilletas abandonadas.

—Ah, conozco a mi rebaño —dice sacando un arsenal de productos de limpieza y transformándose en la versión rubia y rizada de Mister Proper.

Atado al asiento del cochecito, Sandrino mira a su madre con indiferencia y se pone a hacer burbujas con la boca. Es acuario, así que es normal que se muestre superior y desinteresado.

—Lo sé de sobra —prosigue ella—. Sé lo que nos sucede cuando nos dejan: descuidamos todo y acabamos embruteciéndonos delante de la televisión, atiborrándonos de comida basura y dejando la casa a la deriva.

La miro desde la puerta, incapaz de poner en acción un solo músculo para ayudarla, pararla o incluso responderle.

—Por lo general, cuando estamos deprimidos acabamos engullendo entre dos mil y tres mil calorías más de las que necesitamos al día. Lo decían en el programa aquel. Has visto lo gordos que están los americanos, ¿no? Es porque la mayoría están deprimidos. Espero que no quieras acabar como ellos. —Abre la nevera y lanza un grito, después empieza a vaciarla mascullando—: ¡Nada de verdura! —Recoge la cocina en menos de tres minutos, llenando una de las enormes bolsas de plástico que lleva consigo—. ¿Sabes lo peligrosos que pueden ser los gérmenes? ¿Sabes cuántas especies distintas anidan en las ranuras, en las alfombras, en los intersticios? Podrías contraer una enfermedad mortal.

Para los nativos de Cáncer el mundo está siempre lleno de peligros, y Paola, sobre todo cuando es víctima de uno de sus ataques de mamitis aguda, es el exponente de su signo por antonomasia. También porque está dotada de un enorme talento para hacer sentirse queridos y comprendidos a los que la rodean, unido a una lealtad que impregna hasta el último de sus cabellos rubios a lo Marilyn Monroe.

Con todo, entre las demás características zodiacales, es asimismo dueña de una sensibilidad que no es de este mundo, y de una memoria fotográfica similar a la del hombre biónico. Estos dos rasgos la inmunizan contra las mentiras. Ella sabe la verdad, sin más.

Mientras trajina en el dormitorio, quejándose de todo («Pero ¿duermes en una caseta de perro? ¡Cielos, estas sábanas andan solas! ¿Desde cuándo no abres la ventana para ventilar la habitación? Deberías cuidar más tus cosas…»), yo me dejo caer en el sofá con el mando en una mano y la televisión apagada. Sandrino me mira perplejo sin abandonar su ocupación preferida: hacer gorgoritos. Feliz él.

El telefonillo suena un par de veces.

—¿Esperas a alguien? —me pregunta Paola asomándose a la salita.

Solo a Joe Black, me gustaría responderle.

Me limito a alzar un hombro.

Al cabo de unos minutos oigo que la puerta se abre y que Paola habla en voz baja. Víctima de una apatía absoluta, ni siquiera muevo la cabeza.

Unos segundos después Tio se materializa delante de mí, abrazado a una bolsa de la compra.

—¿Y bien, sabihonda? ¿Has acabado de darte aires? —me dice agachándose y dándome un abrazo.

Querría decirle que lo siento, pero no puedo, tengo la garganta obstruida.

—Vamos, vamos. Te advierto que es típico de la mujer libra creerse en posesión de la verdad. —Rebusca en la bolsa y saca una barrita de chocolate—. Aquí tienes. Apuesto a que no has hecho una comida decente en, al menos, tres días. Además, el chocolate pone de buen humor. Come. —Se levanta y mira alrededor negando con la cabeza.

Paola ha alineado sobre la mesa varias camisetas masculinas que ha encontrado en mi habitación, al igual que las fotos de João y las rosas amarillas secas.

—¿Sabes que estas cosas son propias de los asesinos en serie? Esta especie de museos santuarios.

Me encojo de hombros.

Con un solo gesto Tio tira todo al suelo, rompe una foto y me da otra para que lo imite.

—Sé que cuando está deprimida una de las reacciones típicas de la libra es querer ordenar a toda costa. Por eso se lava y lava todo hasta caer extenuada. En cambio, deberías cabrearte, romperlo todo, jugar a los dardos con su fotografía. ¡Vamos, hazlo! Es liberador. —Tira los pedacitos de foto al suelo y salta encima de ellos, luego me deja para ir al cuarto de baño.

Miro la fotografía de João titubeando.

—¿Y eso? —exclama Paola desde la puerta apuntando con un dedo a la barrita de chocolate—. Demonios, Alice, ¿quieres ponerte como Moby Dick? —Dicho esto la coge y la tira al cubo de la basura, disgustada—. Además... pero ¿qué estás haciendo? —Mira el suelo, donde yacen esparcidos las camisetas de João y los pedacitos de la fotografía—. ¿Yo limpio y tú tiras las cosas al suelo? Romper sus fotografías no sirve de nada. Ya no tienes dieciséis años, ¿verdad?

¿Por qué no me dejan en paz? ¿Por qué no se limitan a sentarse aquí conmigo y me dejan llorar mis penas? Uf.

Tio sale del cuarto de baño. Él y Paola me escrutan y a continuación se lanzan una mirada desconsolada y cómplice, sacudiendo la cabeza, antes de que ella desaparezca de nuevo para desinfectar un recoveco cualquiera de mi casa.

—¿Por qué no ves una película, corazoncito? —me dice Tio quitándome el mando a distancia de la mano—. Vamos, te pondré algo alegre. —Pesca la primera película del montón y mete *Cumbres borrascosas* en el reproductor de DVD—. Ahí tienes. Voy a prepararte un té con galletas, ¿eh? No hay nada que no pueda arreglarse con un poco de buen té caliente y unas cuantas galletas de mantequilla. —Me guiña un ojo, y yo me quedo donde estoy, mirando a Ralph Fiennes, que se arrancaría el corazón por Juliette Binoche.

—¿Qué tengo que hacer contigo? —exclama Paola arrebatándome el mando de la mano y poniéndolo en pausa—. ¿Cuántas veces la has visto? Porque te conozco. Te atiborras de estos DVD. Y te montas un montón de películas absurdas en la cabeza. ¡Esta es la vida real, Alice!

—Es una cabezota —corrobora Tio volviendo a entrar con una taza de té humeante en las manos—. ¿Cuántas veces crees que le dije que no se fiara? De acuerdo, João era sagitario, pero deberíamos haber evaluado el ascendente. Y, seguramente, su cuadro astrológico debía hacer agua por todas partes. —Me mira agitando el dedo índice en el aire—. Es hora de que tú y yo hablemos, señorita.

Cierro los ojos mientras ellos siguen trajinando por la casa, como si fueran los padres de una adolescente en crisis. ¡Cuando Catherine Earnshaw sufría por Heathcliff no tenía que soportar a dos pelmazos de este calibre, caramba!

—Tal vez deberíamos llamar a un médico —dice Paola en un momento dado, apoyando una mano en mi frente—. No ha dicho una palabra desde que hemos llegado.

Ah, se han dado cuenta. Las palabras son inútiles. Están sobrevaloradas. Basta pensar en todo lo que me dijo João. Querida, mi amor... Que si patatín, que si patatán. Memeces. No volveré a hablar en toda mi vida en señal de protesta.

No obstante, quizá debería decírselo para que no se preocupen.

—¿Alice? ¿Me oyes? ¿Puedes volver con los vivos, por favor? —refunfuña Paola.

—Alice, cariño —dice Tio.

¿Cómo es posible que no lo entiendan? Nunca será lo mismo. Basta. Se ha terminado. Se acabó. Estoy derrotada.

Debajo de mi trasero, mi móvil empieza a vibrar con insistencia y luego a emitir la musiquita que corresponde a los números del trabajo. Lo que faltaba. ¿Debo escribir con mayúsculas que quiero que me dejen en paz?

Realizo el esfuerzo de meter la mano bajo mi cuerpo para cogerlo, con la intención de arrojarlo después contra la pared, así Paola podrá quejarse después de que debe recoger los pedacitos, y Tio repetirá una y otra vez que la mujer libra padece fuertes momentos de desequilibrio.

—¡Dígame! —Me pongo de pie de un salto a la vez que me paso la mano que me queda libre por el pelo—. Estoy en casa. Sí, de baja... Nada... —Toso—. Nada grave, solo un poco de gripe.

Tio y Paolo me observan con los brazos cruzados y una idéntica expresión de escepticismo en la cara.

—No, no me molestas, dime, Davide...

18

NO ES PAÍS PARA LIBRAS

Que nos abandonen no es, desde luego, el final del mundo. He pasado ya por ello, no es la primera vez. Pensándolo bien, la insignificante historia con João no merece siquiera ser tenida en consideración.

Con demasiada frecuencia, nosotras, las que solemos padecer el abandono, tendemos a escondernos, a mirar al suelo, a considerarnos indignas de que nos dirijan una palabra amable. Pero ¿quién ha dicho que somos unas apestadas carentes de dignidad? Deberían ser ellos los que se avergüencen: los rompecorazones impenitentes, los turistas del amor, los profesionales de los descuentos sentimentales.

En cambio, yo he optado por imitar al ave fénix y renacer de mis cenizas. A ver cómo va.

Cuando entro por la puerta del canal Mi-A-Mi como una funámbula, con un par de tacones vertiginosos, lo hago de la forma más ruidosa posible, saludando y besando a las personas con las que me voy cruzando con una sonrisa radiante.

—¡Hola, Vale! —exclamo, toda corazoncitos y cursilerías, dando la vuelta al mostrador para besar y abrazar a la recepcionista con la misma vehemencia que tendría a la vuelta de un viaje de dos meses a Burkina Faso.

—Cariño, ¿cómo estás? —me dice ella dándome un caluroso abrazo—. ¿Te has recuperado?

Pero ¿estos cotillas no tienen una vida propia? Seguro que mientras he estado ausente han diseccionado mi relación con João mejor que en CSI.

—Sí, aunque no ha sido nada, ¿eh? Al contrario, de no haber sido así, habría tomado yo la decisión. Solo fue una cuestión de oportunidad.

—¿De verdad? No sabía que uno podía decidir el momento de contraer el sarampión. Pero ¿por qué quisiste tenerlo?

Oh, mierda. Claro, he estado de baja y estamos hablando de eso.

—Bueno, ya sabes —contesto agitando una mano—. Dicen que las toxinas que eliminas son increíblemente purificadoras. Mejor que un estiramiento de piel.

Me alejo, pensando que quizá se me ha ido la mano con las cápsulas de hipérico, pero no quería que mi vuelta al trabajo pareciese la repatriación de mis restos mortales. En cualquier caso, cuando llego a mi escritorio, me pongo blanca como un cadáver y temo pasar de verdad a ese estadio. Esta vez no hay una rosa amarilla. Hay un ramo lujuriante.

—¿Quién las ha traído? —grito cogiendo la nota. De nuevo, se trata de una sola frase.

Te echo de menos.

Sin firma.

El problema es que, en un momento como este, me huele a tomadura de pelo.

Mi querida víctima crónica del abandono, como premio de consolación recibirá un ramo de rosas amarillas y el juego de mesa de nuestro programa.

Eh, no, esta vez rechazo al maniaco de la rosa y acojo a la Alice que no se deja adular con fáciles cumplidos. Cojo el ramo y lo tiro a la papelera.

Qué bien me siento ahora. Soy una mujer nueva. Libre y despreocupada.

—Ah —me dice Enrico acercándose a mí—. Hola, Alice. Davide ha pasado antes por aquí, te estaba buscando.

Haciendo caso omiso de las espinas (¡ay!) meto las manos en la papelera para recuperar el ramo de rosas y ponerlo sobre el escritorio. Luego las miro, perpleja.

De nada sirve que siga negándomelo. Ese hombre me gusta. Mucho.

Recupero el aliento al llegar a su despacho. Es cierto que, profesionalmente hablando, esta debería ser una zona de caza prohibida, pero la historia está llena de ejemplos como este. Tipo…, tipo *Mystic Pizza* o *Tienes un e-mail…* o *Cenicienta*.

—Hola, Davide, Enrico me ha dicho que querías verme.

Él se levanta del escritorio.

—Alice —dice con los ojos bailarines, casi cerrados, porque está sonriendo—. Has vuelto. Tienes buen aspecto.

—Hum. —Me aliso el vestido esperando que no le parezca demasiado descarado para venir a trabajar—. Gracias. Y gracias…, sí, por todo. Por haberme llamado, por haberme acompañado a casa el otro día. Es decir, por haberte interesado… y por haberme contado… En fin, espero que Flash esté bien. —Dios mío, tengo que poner punto final a esta retahíla. Párate, Alice. Párate. Me paro.

Él se limita a asentir.

Caramba, podría esforzarse un poco más. Quiero decir, se supone que la torpe soy yo, pero la verdad es que él no se queda a la zaga.

Tengo que armarme de valor y romper el hielo, porque Davide me parece muy indeciso, diría incluso que inquieto.

—¿Me has llamado para hablar sobre la audiencia del programa? —le pregunto, preocupada.

—Sí..., mejor dicho, no. La audiencia fue muy bien. Magni logró el pico, sobre todo en los rifirrafes con Tio. Diría que nuestro experimento funcionó de maravilla.

—¿De verdad? —Nuestro experimento... Nos miramos y veo que su expresión va cambiando poco a poco. La sonrisa se debilita y sus ojos se velan, marcando una distancia que me gustaría salvar acercándome a él. Pero es como si estuviéramos bloqueados.

—¿Eso es todo? —logro preguntarle a la vez que apoyo una mano en el picaporte.

Te lo ruego, Davide, habla. Dime algo. Detenme.

Cada vez que nos vemos, cada vez que hablamos, tengo la impresión de que el aire se electriza, de que los colores son más vivos, los sonidos más cristalinos, las formas más definidas. ¿Significará algo?

—¿De... de qué signo eres? —murmuro, pero en voz tan baja que no creo que me haya oído.

Él me mira frunciendo aún más el ceño.

—Alice, espera. —Suspira y se muerde un labio mientras rodea el escritorio y se aproxima a mí—. Quería decirte otra cosa. —Cuando me coge la mano siento que la suya está fría. Además tiene el pulso acelerado y el mío no tarda en seguir su ritmo.

—Sí —susurro, convencida de que podría perderme en sus ojos.

—Alice..., debo pedirte disculpas.

Los violines dejan de sonar, los pajaritos de piar y de trenzarme el pelo. Ya no me siento protagonista de un cuento. No entiendo lo que está ocurriendo. ¿Por qué se disculpa conmigo?

—¿Tiene que ver con el trabajo? —pregunto, temiendo que me diga que he ganado unas vacaciones por tiempo indeterminado. Lo sabía, ¡sabía que no debía fiarme de él!

Pero Davide sacude la cabeza. Reculo poco a poco, hasta quedarme con la espalda apoyada en la puerta, una mano en la suya y el corazón que amenaza con salir por mis orejas.

—Quería… Tengo que pedirte disculpas por mi comportamiento. —Creo que le cuesta lo suyo pronunciar cada palabra—. Debo decirte una cosa. Es decir, digamos que siento que me he comportado mal contigo… Eres una mujer muy guapa, simpática, inteligente. Es imposible no sentirse atraído por ti.

«¿Qué demonios estás diciendo, Davide?», pienso, aunque en realidad ya solo puedo mover los párpados.

—La otra noche, cuando te acompañé a casa, por un instante… Estuve a punto de perder el control. Y no sería justo. Tú no quieres eso. Estabas destrozada. En fin…, quería pedirte perdón, si es que te he dado una impresión…, bueno, equivocada. Porque trabajamos juntos y porque hay otras cosas… En fin, lo siento.

Cuando cierro la puerta tras de mí esta emite solo un débil clic, pero a mí me parece la deflagración de un edificio de ocho pisos.

Me encamino hacia la escalera pensando en el rayo que se ensaña con una persona que ya ha sido agredida y abandonada en el suelo moribunda.

Cristina sale de uno de los despachos en ese momento y casi chocamos. Su barriga es cada vez más evidente.

—Perdona —dice acariciándosela—. Empiezo a ser voluminosa.

Hoy su sonrisa es tímida, forzada. Serán las hormonas. Dicen que el humor varía mucho durante el embarazo. Será… No creo que la cuestión llegue a afectarme un día.

—¿Has hablado con Carlo últimamente? —me pregunta mientras me alejo de ella. Me vuelvo de nuevo.

—No —contesto. Tengo tantas ganas de charlar con ella como de darme martillazos en un dedo.

—Ah... Creía que vosotros dos os lo contabais todo.

Es cierto. Era cierto. Era así, pero Cristina y, sobre todo, el niño cambiaron todo.

Mientras bajo la escalera me pregunto por qué. En el fondo, Carlo no tiene la culpa de haber rehecho su vida antes que yo. Lo mío es solo envidia, porque él tiene algo que yo no tengo.

Y pienso de nuevo en João, en Davide... ¿Es posible sufrir dos decepciones en tan poco tiempo? Claro que con Davide no ha ocurrido nada. Tengo que resignarme. Pero estoy enfadada.

Tengo la impresión de estar pisando unos peldaños impregnados de rencor, porque a cada paso que doy me siento más tensa.

Cuando vuelvo a mi escritorio veo que las rosas amarillas siguen allí, solo que los capullos parecen un poco más ajados que antes, igual que yo.

Cuando me dispongo a tirarlo a la papelera entran Ferruccio y João. João parece el de siempre: lleva una de sus camisetas ceñidas y sonríe de forma fascinante, solo que en esta ocasión no es por una mujer. Así que, en lugar de tirar las rosas a la papelera que hay bajo el escritorio, emito un gemido de placer tan intenso que haría palidecer a Meg Ryan, y me las acerco a la nariz, fingiendo una extrema complacencia.

—Quién sabe —añado. Me siento idiota, pero consigo disimularlo gracias a mis dotes de actriz consumada.

Con todo, he de reconocer que João sabe actuar mucho mejor que yo, porque no mueve un solo músculo que pueda demostrar que la cosa le interesa o siquiera que me ha oído.

Apenas desaparecen de mi campo visual el ramo va a parar de nuevo a la papelera.

—¡Bah!

—Te estás haciendo muy popular, ¿de qué te quejas?

—Por supuesto, *Cosmopolitan* quiere hacer una entrevista a las diez mujeres del planeta que han sido abandonadas más veces y cuenta conmigo —digo a Tio esbozando una sonrisa forzada.

—Si te refieres al paleto endomingado, te advierto que debes considerarte afortunada. Ese hombre no te convenía. ¿Cuándo empezarás a hacerme caso?

—¿Y dónde está el hombre que me conviene, Tio? ¿Dónde está escrito que existe de verdad? ¿Sabes cuántas veces me han repetido que cuando se cierra una puerta se abre una ventana? Puede que se abra, el problema es que yo nunca estoy delante. Ni siquiera me ha servido la astrología. Soy un caso desesperado. Mi media naranja debe de habérsela comido otro. —Me siento y golpeo la mesa con la cabeza un par de veces, luego exhalo un suspiro. No tengo ganas de hablarle de Davide. Me parece demasiado complicado de explicar y, sobre todo, no tengo ganas de que me diga, una vez más, que me he equivocado de persona, que ese hombre no es para mí.

—Oye —me dice Tio dándome palmaditas en un hombro—. Es cierto, eres un poco desafortunada en amores, pero...

—¿Un poco? —pregunto lanzando un gemido y alzando la cabeza unos centímetros antes de volver a golpear con ella la mesa—. Eso es como decir que la bomba atómica causó unas cuantas víctimas. Tio, en cuestión de noviazgos parezco un cojo en una carrera de obstáculos.

Pero Tio no se deja desanimar por mis protestas.

—Con todo, aún no se ha dicho la última palabra. —Sacudo la cabeza para decirle que me deje morir en paz, pero él prosigue impertérrito—: Hasta ahora hemos subestimado el problema. Pero ¿qué sucede cuando el juego se vuelve duro?

—A ver si lo adivino... ¿Se elige uno más fácil?

—¡Te equivocas! Los duros empiezan a jugar.

19

EN BUSCA DEL TAURO PERDIDO

Tio sigue observándome con aire burlón delante de mi escritorio, luego se vuelve hacia la bolsa que lleva en bandolera y saca un rollo, que abre ante mis ojos. No sé por qué tengo la impresión de que nos disponemos a entrar en combate.

—¿Y eso qué demonios es? —le pregunto mirando los dibujos alambicados, las líneas y los símbolos de distintos colores.

—Esto, querida —dice él con el énfasis que pondría un actor al interpretar al mago Merlín—, es tu carta astral.

—¿Mi qué…?

—¡Tu carta astral! —Poco falta para que dé un toque de trompeta. Pero yo sigo sin saber de qué demonios está hablando—. ¿Recuerdas cuando me dijiste tu fecha de nacimiento, con la hora y todo lo demás? Pues bien, eso me ha permitido realizar tu cuadro astrológico. —Al ver que parpadeo perpleja, exhala un suspiro—. Es la reproducción del cielo el día de tu nacimiento, caramba. En él aparecen las estrellas tal y como estaban entonces, en el día y a la hora precisa en que respiraste por primera vez en esta tierra.

Ahora sí que miro estupefacta la hoja enorme que ha extendido entre nosotros.

—Uau —murmuro acariciando las líneas con la punta de los dedos, como si pudieran emanar energía y comunicarme algo con el simple tacto—. Caray, dicho así impresiona. Parece algo serio.

Él cruza los brazos.

—Señora mía, ¿cree que estamos bromeando?

Me apresuro a negar con la cabeza.

—Ah, bueno. Porque la carta astral no es algo que se pueda desdeñar, entre otras cosas porque no es fácil leerla. Has visto la estúpida aplicación que ayer te descargaste con João, ¿no? Cada carta está llena de detalles con diferentes significados, y ponerlos en común es todo un arte. —Continúa desplegando el folio que ha puesto delante de mí—. Los tres elementos clave para comprender una carta astral son las casas, los signos y los planetas. ¿Ves estos quesitos que dividen el círculo? Son las doce casas de la astrología, cada una de ellas representa un área de la vida: el dinero, el amor, la comunicación, la creatividad, la salud, la muerte, los amigos… Escúchame bien y deja de torcer el hocico.

—Pero es complicado —replico rascándome la sien.

—¿Acaso la vida no lo es?

Resoplo y vuelvo a mirar con atención el mapa.

Él, entonces, prosigue:

—Se parte de aquí para ver en qué casas se encuentran los planetas en el momento del nacimiento. Cuando una casa contiene más de un planeta, por ejemplo, resulta dominante. Si el planeta está además en el signo que rige su influencia es aún más fuerte.

—Uy, veamos —digo tratando de esforzarme—. ¿Cuál es mi casa del amor?

—El amor está en la casa VII. Se llama casa del matrimonio y de la colaboración —contesta él apuntando la tabla con el índice.

Miro la hoja. Luego a él. Luego de nuevo la hoja. Y otra vez a él.

—¿Me estás tomando el pelo?

—¿Por qué?

—Pues porque está vacía —contesto cruzando los brazos—. ¿Qué ha pasado con los planetas? ¿Por qué no hay ninguno dentro?

Tio se encoge de hombros.

—Bueno, puede suceder. No es tan... grave... —Esboza una leve sonrisa.

—No es tan grave, claro. Mi casa del amor está tan vacía como un agujero negro en el espacio profundo, pero da igual. ¡Todos tranquilos! —Alzo las manos exasperada.

—Cálmate, te aseguro que no es terrible. El hecho de no tener ningún planeta en la casa del matrimonio... no significa que estés destinada a sufrir por amor... Solo que la boda puede retrasarse o incluso que desconfías de las uniones.

—Bueno, a estas alturas no me sorprende —replico irritada cruzando los brazos—. ¿Dónde están? ¿Dónde demonios está Venus, por ejemplo? —Veo unos cuantos en un quesito que se encuentra en la parte superior izquierda del círculo.

—Tienes muchos en la casa de la carrera. Y también a Venus cerca del ascendente. Eso significa que eres una persona fascinante, además de diplomática, dotada para los trabajos artísticos... También puede significar alguna desilusión en el terreno amoroso, pero debemos ser optimistas.

Hago una mueca. Sabía que había algo que no funcionaba en la base. Y ahora resulta que tengo los planetas confusos, que mi retrato astrológico se parece a un cuadro de Picasso.

—¿Ves cómo tengo razón? Soy una gafe astroplanetaria. ¿Qué se hace en estos casos? Supongo que ni siquiera la virgen de Lourdes funciona en situaciones cósmicas como esta.

Tio me rodea los hombros con un brazo para consolarme.

—No hay que desanimarse nunca. La astrología nos explica lo que somos, pero luego somos nosotros los que debemos actuar, ya te lo he dicho. Eres una mujer guapa, simpática, inteligente. No veo por qué no puedes encontrar a alguien. Solo que, te repito, eliges siempre a hombres que no te van. Quizá porque te parecen fascinantes, misteriosos. Típico, dado tu cuadro astrológico. Procura pensar en otro tipo de hombres, en alguno que te parezca justo lo contrario, quizá. Analizaremos su cuadro astral y, quién sabe, podrías llevarte una sorpresa.

Suspiro y lo abrazo fuerte. ¿Por qué no logro encontrar una persona que me serene tanto como él? Sería estupendo tener un hombre que me tratase como Tio, con sabiduría y ternura.

Me da un beso en la frente y me murmura al oído:

—¡Eres una cabezota, a saber cuándo lo entenderás!

—Siento interrumpirles —dice una voz detrás de él.

Cuando Tio se separa de mí a toda prisa veo a Andrea Magni delante de mi mesa.

—Buenos días —digo, consciente de que mi tono es interrogativo. ¿Qué hace aquí?

—Hola, Andrea —lo saluda Tio con aire grave y a continuación se pasa una mano por la cara, molesto. Es comprensible: sus posiciones son diametralmente opuestas, así que en el estudio se dieron un buen vapuleo.

—Tiziano. —Magni le sonríe con su placidez habitual.

—¿Necesita algo, señor Magni? ¿Puedo hacer algo por usted? —le pregunto.

—Oh, pasaba por aquí. Quería saludarles y reiterarles mi agradecimiento por su cordialidad.

—¿Quieres un café? —le pregunta Tio, comportándose como un santo y poniendo la otra mejilla. Menos mal. No se ha inmutado, ni siquiera cuando Magni lo ha llamado por su nombre de pila, cosa que, por lo general, lo saca de sus casillas.

—Bueno, por Júpiter, no puedo rechazarlo.

—Sígame —le digo mientras me dirijo a la puerta.

—Tuteémonos. Alice, ¿verdad? Debemos de tener más o menos la misma edad.

—Justo la misma —corroboro de golpe, recordando que miré su año de nacimiento cuando rellenó el permiso de emisión.

—Por favor. —Deja abierta la puerta para cederme el paso—. Las damas primero.

No puedo por menos que reconocer que es un auténtico caballero, un hombre de otra época, que trata a las mujeres con guantes de terciopelo, como si fueran de porcelana.

Y también es afable con Tío, pese a que sus ideas son contrapuestas. Insiste en invitarnos al café y nos hace unas cuantas preguntas sobre el programa.

—He podido ver la grabación —dice Andrea—. Discutimos animadamente, pero sin caer en la vulgaridad. Pese a todo supiste argumentar tu punto de vista, Tiziano.

Ay, ay, ay… El «pese a todo» no me gusta un pelo. Miro a Tío esperando una de sus estocadas, pero él se limita a decir:

—Gracias, eres muy amable. —Se apoya en la máquina del café y le sonríe—. Tú, en cambio, eres muy telegénico, ¿te lo han dicho alguna vez? —Tose y me mira—. ¿No es cierto, Alice? Lo hemos comentado esta mañana, ¿verdad? Que Andrea sale muy bien en el vídeo… Además, creo que la audiencia fue enorme. ¿No deberíamos invitarlo otra vez?

Dios mío, la verdad es que no hemos comentado nada al respecto, pero no me cuesta nada seguirle la corriente.

—Por supuesto.

—Tu propuesta es, cuando menos, halagadora, Tiziano, al igual que tus cumplidos.

—Bueno, podríamos pensar en algo interesante, como intercambiarnos los papeles, esto… el análisis de tu signo zodiacal y de tu cuadro astrológico. Eres tauro, ¿verdad? —Me vuelve a mirar, como si quisiera que se lo confirmara, y luego prosigue—: Tauro tiene una visión más bien serena de la vida, es altruista, disponible, entre otras cosas, le gusta observar la naturaleza. —Se ríe y me mira guiñándome un ojo—. Es altruista, sosegado y tendencialmente... fiel.

—¡Oh! —Desvío la mirada de Tio a Magni, luego en sentido contrario. Y lo entiendo. Me está sugiriendo que tome en consideración a alguien como Andrea, un tipo tranquilo, rutinario, poco propenso a hacer locuras. Suspiro y lo miro. Bueno, he de reconocer que es guapo.

Claro que dudo que esté dotado del *sex appeal* de João. O que me haga sentir que la tierra desaparece bajo mis pies como cada vez que hablo con Davide, pero podría darle una oportunidad.

—Me parece una idea estupenda, valdría la pena discutir sobre ello. —Miro el reloj—. Pero ahora debo ocuparme de otras cosas. —Inspiro hondo. No es propio de mí, lo sé. No es propio de mí, pero aun así digo—: Podríamos hablar de ello durante la cena.

La cabeza de Tio se vuelve de golpe hacia mí.

—¿Durante la... cena?

Haciendo caso omiso de su gesto, miro a Andrea. Tengo la impresión de que ha palidecido un poco. Puede que lo haya asustado tomando la iniciativa, pero qué otra cosa podía hacer: si esperas a que este tipo de personas den el primer paso puedes acabar olvidando el asunto por un ataque de demencia senil. Además, equivaldría a una cita de trabajo.

—Bueno, claro, me encantaría... ¿Tú también vienes, Tiziano?

Tio abre la boca para hablar, pero lo atajo:

—Oh, es cierto... —Chasqueo los dedos—. Por desgracia Tio tiene ya un compromiso esta noche, pero dado que se trata del programa del miércoles es urgente que nos veamos para hablar de él —concluyo mordiéndome los labios.

Andrea se acaricia la perilla y mira a Tio.

—Bueno, siendo así…, sería menester…

—Alice, deberíamos pensarlo mejor… —murmura Tio mirándome con los ojos muy abiertos.

¿Y ahora qué quiere? Él fue el que me sugirió que lo intentara con personas que no corresponden a mis estándares. Puedo probar, ¿no?

—Alice, escucha, ¿de verdad no quieres que vaya yo también? —Será la séptima llamada de Tio en menos de dos horas—. Podría decir que mi cita ha sido cancelada, no es grave.

—No veo por qué tendrías que hacerlo —resoplo echando una ojeada a la pantalla del teléfono. No, no es la séptima. Es la undécima—. Sé que temes que me lleve otro chasco, pero te aseguro que no puede ocurrir nada irreparable. Solo será una velada para conocernos mejor —le digo cerrando la puerta del coche y poniéndome los auriculares para conducir hasta el lugar donde he quedado con Andrea para tomar el aperitivo—. Después de todo, me lo sugeriste tú. Dijiste que siempre elijo tipos demasiado tenebrosos y complicados. Andrea me parece justo lo contrario. No es, desde luego, el tipo de hombre que me interesa.

—¡Justo por eso! ¡Olvídalo! —grita directamente en mi tímpano.

—Pero ¿has visto su cuadro astrológico? Claro que lo has visto, lo has hecho tú esta tarde. —Y yo me lo he aprendido casi de memoria. Por otra parte, a estas alturas empiezo a hacer mis pinitos en el mundo de la astrología—. ¿Debo recordarte la… qué era? ¿El trópico Luna-Urano?

—El trígono.

—Eso es, el trígono Luna-Urano, que asegura que podemos alcanzar un gran entendimiento físico. Pero no solo, también el sextil de Marte-Júpiter, lo he marcado. Pese a no tener los mismos intereses, nos complementamos y nos comprendemos muy bien.

Oigo que resopla y que trajina con algo al otro lado de la línea, probablemente unos folios.

—Sí, bueno, pero no es solo eso. Además está…, está… la oposición entre las lunas de nacimiento, ¡aquí la tengo! Tendréis desequilibrios emocionales toda la vida.

—¡Vaya una novedad! Además has pescado justo las pocas líneas que se oponen a lo nuestro. Malvado.

—Alice, escúchame, de verdad, además de la astrología hay que tener en cuenta otros factores.

Ahora sí que podría perder los estribos.

—A ver si lo entiendo, hace meses que te quejas de que debería hacer caso de lo que dice la astrología y ahora que, negro sobre blanco, aparece un hombre que podría irme como anillo al dedo, ¿dices que no es lo único que tener en cuenta? —gruño. Un segundo después veo a Andrea en la puerta, tieso como un palo. Esbozo una sonrisa tranquilizadora y me apresuro a poner punto final a la conversación con Tío diciendo—: Le mantendremos al corriente de la evolución, no se preocupe. Tenga usted buenas noches.

Miro el reloj, son las 21.02. Casi puntual, pero en cualquier caso me disculpo por haberlo hecho esperar.

—¿Hace mucho que llegaste?

—Desde un punto de vista analítico solo los dos minutos que te has retrasado, pero gracias a ello he podido meditar sobre la manera en que Einstein explicaba irónicamente la teoría de la relatividad: si una hora pasada con una joven atractiva puede parecer un minuto, un minuto sentado en una estufa puede parecer más largo que una hora.

Aferro al brazo que me tiende antes de entrar a la vez que trato de decidirme entre las palabras «estufa» y «joven atractiva». ¿Será una especie de cumplido? Bueno, la conjunción de nuestras lunas así parece indicarlo.

—Yo también me alegro de verte —contesto optando por una respuesta diplomática e inconcreta a más no poder.

Mientras subimos al local en el ascensor casi me da una tortícolis de tanto mirarlo. Vamos, Alice, no es nada feo. No me disgustan los hombres con el pelo rizado. Dios mío, ¿eso que tiene en el lóbulo de la oreja es un pelo?

Él me felicita de nuevo por el programa, diciendo que se divirtió mucho y que Tío le parece muy simpático. Me pregunta si lo conozco desde hace mucho. Le cuento que solo hace unos meses que nos frecuentamos.

—Ah, os frecuentáis —repite él.

—No, en el sentido de que nos conocemos, de que hace pocos meses que somos amigos. Nosotros no nos frecuentamos en ese sentido.

Caramba, el astro-playboy va directo al grano, ¡eh! Seguro que es obra del trópico de Tauro..., del trígono Luna-Urano que por lo visto nos atrae.

A saber si la depilación láser se podrá aplicar también a los lóbulos.

El local está bastante lleno, pero, gracias a su estatura periscópica, Andrea encuentra una mesita libre en la terraza. ¡Qué romántico!

—La temperatura ronda los veintiún grados esta noche, así que no deberías sufrir una variación térmica que te haga sentir síntomas de frío —me dice ofreciéndome educadamente una silla.

—Lástima que en la ciudad haya demasiada luz y no se vean las estrellas —digo suspirando mientras me siento.

Lo miro a los ojos y me esfuerzo por imaginar cómo podría ser la vida con él. ¡Podría declararse bajo un cielo estrellado! El cielo que nos trae tanta suerte, dado que Marte y Urano favorecen las uniones duraderas. Además, en nuestro primer aniversario tendrá a Venus en Géminis y eso lo animará a darme una sorpresa: iluminará nuestro dormitorio con un pequeño planetario doméstico. Admiraremos el brillo de los astros abrazándonos bajo las sábanas y él me dirá...

—Técnicamente, el motivo por el que no podemos divisar las estrellas de día no es la presencia de fuentes luminosas sino la atmósfera terrestre. —El Andrea que tengo delante, completamente distinto a mi marido imaginario, abre los brazos. Que son realmente largos, tanto que impresionan un poco—. La atmósfera no es del todo transparente a la luz debido a las partículas sólidas, de vapor acuoso y de aire, que funcionan como microprismas y reflejan la luz en todas las direcciones.

Me despido de mi fantasía y asiento respetuosamente con la cabeza hasta que Copérnico, aquí presente, concluye su romántica explicación sobre el firmamento. Acto seguido exhalo un suspiro y me sumerjo en el menú. Supongo que tendremos que afinar un poco nuestra relación, dado que tiene a Mercurio en Tauro y debido a eso resulta un poco duro de mollera.

—El bufé es magnífico, ¿sabes? Hay de todo, casi desde el primero al postre.

—Ya, la verdad es que no acabo de entender por qué lo llaman aperitivo, dado que por lo general tiene lugar a un horario más propio de una cena y prevé que nos atiborremos como en un banquete de boda.

Río por la ocurrencia y apoyo una mano en la suya. Bueno, he de reconocer que, a su manera, es simpático.

Él me suelta la mano para coger el menú.

—Dijiste que podría volver al programa para discutir con Tio, ¿a qué te referías en concreto? —pregunta tras haberse apoyado en el respaldo.

Pedimos las bebidas: yo el spritz de siempre y él zumo de pomelo.

Tiene a Quirón en Tauro, así que es respetuoso con su cuerpo, atento a las dietas, y eso es de agradecer. Dios mío, ¿cómo es posible que un hombre de casi cuarenta años beba zumo de pomelo con una pajita? Además, un trago animaría un poco la conversación; me gustaría decirle algo tras haber pasado un cuarto de hora intentando seguir sus divagaciones, pero, sea porque me faltan las bases de estudio, sea porque la única base a la que puedo recurrir en este momento es el alcohol, el caso es que empiezan a cerrárseme los ojos y tengo que contener los bostezos.

—¿Crees que no le gustaría al público? ¿No lo has entendido? —me pregunta de repente.

—¿Cómo dices?

—Es un juego de palabras de científicos. Sería divertido mostrar al público que tenemos también cierto sentido del humor. Te lo repito: ¿qué es un oso polar?

Puede que me haya perdido entre nuestros diferentes planetas y se me haya escapado algo en los últimos minutos de conversación, porque por lo visto es el no va más de los chistes.

—Es… ¿un animal?

—¡Ah! Para un matemático un oso polar es un oso rectangular después de la transformación de las coordenadas. —Y, por increíble que parezca, se echa a reír dándose palmadas en las rodillas.

Finjo que lo entiendo, pero mi garganta solo es capaz de emitir un desagradable gorjeo.

Dios mío. No, no es posible. Los cálculos de Tio deben de estar equivocados. Este hombre y yo no podemos ser la pareja perfecta. Cielos, casi perfecta. ¿No había algo…? La oposición entre las lunas, ¿será eso lo que ha hecho saltar todo? Pero ¿por qué a los demás les resulta tan sencillo salir con alguien y lo mío, en cambio, es una sucesión de personajes de dibujos animados?

—¿Puedes disculparme un momento? —Me levanto y voy al baño—. ¿Hola? ¡Tio, demonios! —grito.

—Cálmate, ¿qué pasa? —me responde él con indolencia al otro lado de la línea.

—¡Dime que es una broma! No puedo estar destinada a un hombre…, a un hombre que tiene el sentido del humor de un ordenador de primera generación. Quiero calor, pasión, miradas de amor… ¡No me interesa saber que Einstein se sentaba en una estufa o que los osos son bipolares!

—Tranquila, yo me encargo de todo.

—Pero ¿cómo? ¿Piensas rehacer los cálculos? Vamos, intentaré llegar al final de la velada sin dormirme y meterme por error una pajita en la nariz.

—Yo me encargo. Te…

No, no podré soportarlo.

—Te lo ruego, no me digas «te lo dije», no te soporto cuando lo haces.

—Y yo no soporto habértelo dicho, encanto.

—Mmm, te adoro.

—Yo también.

Concluyo la conversación. Me mojo el cuello y las muñecas con un poco de agua fría para despabilarme un poco. Se acabó el alcohol por esta noche, necesito todas mis energías para evitar que la cabeza se me caiga en el plato.

En la puerta del baño me pellizco las mejillas, yergo los hombros y exhalo un largo suspiro. De acuerdo, Don Sabihondo, va por nosotros.

Vuelvo a la sala y me dirijo a la terraza, pero cuando llego a la cristalera me detengo boquiabierta. Andrea sigue allí, sentado a la mesa, pero ahora se está riendo y charlando animadamente con alguien. Tío se vuelve hacia mí y me saluda con la mano.

20

LA LIBRA DE ROSA

Hay días en que pensamos que estamos acabados, que todo ha terminado, que somos como un cucurucho de papel arrugado que hay que tirar a la basura. Pensamos que algún diseñador de moda debería idear el modelo saco de yuta en la cabeza, y añoramos la época en que las familias organizaban los matrimonios y había que aceptarlo sin rechistar o, como mucho, retirarse a un convento si las cosas se torcían demasiado.

Luego, sin embargo, están los días como hoy.

Hoy es el momento del mes que prefiero. Paola y yo lo hemos llamado el Día Sacrosanto.

Es sacrosanto porque ninguna guerra, inundación, misil tierra-aire, improvisación de la suegra, invasión marciana o evento catastrófico puede arrebatárnoslo. Lo han intentado, sin conseguirlo. Lo intentó mi dolor de muelas nocturno, una tubería rota en el sótano de Paola e incluso una invasión de hormigas aladas. Cuando la naturaleza se rebela vacilamos, pero al final la respuesta es invariablemente la misma: Día Sacrosanto. Así pues, por ahora nada ha logrado detenernos.

Como diría Mel Gibson, «pueden quitarnos la vida, pero ¡jamás nos quitarán nuestro Día Sacrosanto!».

Hoy es el día en que vamos a hacernos la manicura al centro de belleza de Karin. Cosas fútiles de mujeres tontas, diría alguien. Y ese alguien forma a buen seguro parte de la mitad del cielo que cree que las mujeres dedicamos al hombre cada respiración, que nos despertamos por la mañana exclusivamente solo por él, igual que cuando nos peinamos, nos maquillamos... ¡Hombres, ah! Una de las especies más mezquinas, que asocia la palabra «autogratificación» de forma automática con ciertos sitios web prohibidos a los menores y no entiende la poesía que subyace en la elección de un esmalte, pero, sobre todo, el infinito poder terapéutico de dedicar un poco de tiempo al cuidado de uno mismo.

El Día Sacrosanto es un día de mujeres, entre mujeres y para mujeres, consagrado a la belleza, al relax, a las compras y la charla... Un paréntesis sin hombres de por medio, para hablar de nuestros auténticos problemas e intereses.

—¿Y bien? —me pregunta Karin tras dar el último retoque a la uña del meñique.

—Pues que él era tan aburrido que se me cerraban los ojos —digo metiendo la mano bajo la lámpara—. Menos mal que llegó Tio dispuesto a inmolarse por la causa y se pasó el resto de la velada hablando con Andrea sobre el programa. Es un cielo.

—Esto tiene que acabar, Alice —me reprocha mi amiga manicura—. Pero ¿es que vas a dar solo con tipos extraños? ¿Qué tienes, un imán? Recuerdo cuando me hablabas de ese, del cretino...

—¿João?

—No, el otro.

—¿Luca?

—¿Luca? Ese me falta, ¿quién es?

—Como si no hubiera existido, pasemos a otra cosa. ¿Te refieres a Carlo?

—¡No, eso es prehistoria! Me refiero al tipo con el que salías el año pasado.

—¡Ah, Giorgio!

—Por el amor de Dios —exclama Paola desde detrás del sofá.

—Sí, sí, él. —Karin sonríe burlona, porque sabe que el tema me escuece—. ¿El que saltó como una rana de la cama de su mujer a la tuya?

—Ex —corrijo—. Exmujer.

—Pero si ni siquiera habían firmado la separación —puntualiza Paola, que en modo multitarea, a la vez escucha la conversación, lee un artículo de *Vanity Fair*, mastica un pastelito y elige el color del esmalte para sus uñas.

Nunca tragó a Giorgio. Le parecía demasiado exagerado en sus manifestaciones, demasiado fuera de tono para ser sincero. Y, en efecto, no le faltaba razón.

—Te recuerdo además que tenía graves problemas de memoria, en especial cuando debía acordarse de que erais novios y que, por tanto, no podía bajarse los calzoncillos delante de cualquiera. —Paola se limpia las manos, deja la revista y suspira—. Alice, basta con los problemáticos, los indecisos, los niños de cuarenta años, las sanguijuelas y los manipuladores. Ya te lo he dicho, tienes que quererte, porque, si no lo haces, seguirás mendigando atención y no te sentirás digna de tener lo que te corresponde de verdad: el amor. El auténtico, no el que queda al sur de la cintura. En eso todos son buenos, o casi…

Tuerzo la nariz, porque sé que lo dice por João.

—De acuerdo, de acuerdo —digo sacudiendo la mano—. ¡En tu opinión estoy para que me ingresen! D.C., después de Carlo, ha sido un periodo borrascoso, lo reconozco, pero, caramba, me estoy asentando tras una historia complicada.

—Alice, llevas dos años asentándote. Ni los seísmos de magnitud ocho tardan tanto en hacerlo.

A los cánceres les encanta sentar cátedra.

—¿Y ese Tío? —pregunta Karin—. Debe de quererte mucho.

Paola cabecea conteniendo una carcajada.

—¿Qué pasa? —le pregunto.

—Nada. Es cierto que te quiere mucho.

Resoplo y me concentro de nuevo en mis uñas, esperando que el tono de rosa y, sobre todo, la brillantina me ayuden a estar de buen humor en los próximos días.

—Qué poco cuesta hablar, Paola. Para ti es sencillo, ahora que has encontrado a Giacomo, pero no es nada fácil. Piensa en Andrea: cuadro astrológico perfecto, signo zodiacal, ascendente, disposición planetaria y afinidad de pareja… ¿Y luego? Luego nada. No salta la chispa. No demuestra el menor interés.

—¡Por supuesto! —dice ella.

—¿Crees que no soy bastante inteligente para un astrofísico?

—Creo que eres tú la que no puede estar interesada en un tipo como él —explica, a la vez que pasa la enésima página y descubre que el flequillo volverá a ponerse de moda el próximo otoño—. La chispa no salta siempre, aunque todo sea perfecto.

—Ya verás cómo con estas superuñas tumbarás a más de uno —dice Karin para darme ánimos—. Uno por dedo.

Me miro las manos, que resplandecen, y me pregunto si alguno las notará. Si Davide las notará… Aunque, dado lo último que me dijo, la idea no tiene mucho sentido. ¿Podría ser una tentación con esta brillantina en las uñas? ¡Bah! En cualquier caso, no quiero ser una tentación para él.

—¿Quieres salir con un amigo de Federico, mi novio? —pregunta Karin interrumpiendo mis tristes elucubraciones—. Me acaba de hablar de un tipo interesante que frecuenta su bar. Si no me equivoco es una especie de artista, uno guay, vaya. Si quieres…

—¿De qué signo es? —pregunto, y ella coge el móvil.

—Alice, basta —me regaña Paola—. Así no encontrarás al hombre de tu vida.

—¿Cómo si no, Paola? ¿Dónde lo encontraré, en las bolsas de patatas fritas? —Me dirijo de nuevo a Karin, que está ya hablando con Federico—. Por favor, pregúntale la fecha de nacimiento completa: la hora, el lugar... —susurro levantándome y dándole la espalda a mi mejor amiga, que, por descontado, ha puesto cara de pocos amigos—. No podré encontrarlo si no salgo, Paola. ¿Qué debo hacer, quedarme en casa y no reaccionar después de que João me haya dejado? ¿Te parece justo?

Ella cierra la revista y me mira.

—¿Y Davide? ¿Qué ha sido de él?

Eh, bonita pregunta, ¿qué ha sido de Davide? Pese a que no sabe nada, el comentario de Paola es un golpe bajo.

—Creo que lo podemos añadir a la larga, larguísima lista titulada «Hombres que descartan a Alice».

—¿Por qué no haces una llamada «Hombres que Alice ha descartado»? Creo que suena un poco mejor. Y ya va siendo hora de que la empieces.

Sé que tiene razón, pero no logro quitarme de encima la sensación de rechazo que percibo cada vez que me va mal con un hombre. Debería decirme que si no iba bien es mejor que hayamos roto así, sin más, pero en lugar de eso me machaco tratando de comprender qué puede haber en mí que él ha considerado que no está a su altura.

—¿Davide? —pregunta Karin tras concluir la llamada—. Quiero saber todo. ¿Quién es? ¿Qué hace? ¿De qué signo es?

Paola suelta la revista.

—Ya. ¿De qué signo es Davide?

Admito la derrota sacudiendo la cabeza.

—No tengo la menor idea.

—¿Años?

—¡Bah!

—¡Caramba, así nos perdemos también el horóscopo chino! —exclama Paola blandiendo el esmalte que ha elegido.

—Deja de tomarme el pelo.

—Lo único que me sorprende es que Alice la detective aún no haya entrado en acción. Podrías robarle la cartera y echar un vistazo a su carné de identidad.

—Dile simplemente que en secretaría necesitan sus datos —sugiere Karin, un poco menos irónica que mi mejor amiga.

—Quién sabe —prosigue, en cambio, Paola—, Davide podría ser el primer hombre sin horóscopo de la lista.

Suspiro.

—No me convence mucho.

LIBRA

Ser o no ser…, esa es la cuestión. Pero ¡eso no es todo! Sí, porque las dudas existenciales de Hamlet no son las únicas que atormentan al pobre hombre libra, sino también cada arriesgada decisión que debe tomar a diario. ¿La camisa celeste o la de cuadros? ¿Los espaguetis con tomate o el filete a la parrilla? Por desgracia, toda elección excluye algo y el libra no puede soportar la idea de equivocarse en sus decisiones. Porque un error turbaría el mundo perfecto y armonioso que constituye su hábitat natural. Un hábitat que vosotras podríais desestabilizar de alguna forma, en caso de que un buen día se decida a invitaros a salir…

21

EL AMOR EN LOS TIEMPOS DE ACUARIO

Me siento realmente orgullosa de mí misma.

Hoy, en lugar de sucumbir a un tedioso domingo en solitario, esclava de las sobras de comida y mirando la televisión con los ojos cargados, he tomado una decisión y he hecho algo por primera vez en mi vida.

He ido al cine. Sola.

¿Por qué el cine debe ser prerrogativa de las parejitas y de las familias? Soy cinéfila, así que debo sentirme libre de ir cómo y cuándo me parezca, sin perderme las películas que me apetece ver porque no encuentro a nadie que me acompañe.

Antes de ir llamé a Tío, eso sí, pero ya había quedado.

Y a Paola, pero tenía una comida en casa de su suegra y, en cierto sentido, no la envidié.

Además, mis padres me dieron la sorpresa de no estar siquiera en Milán. Se han escapado eufóricos a la playa, dado que el fin de semana es casi veraniego.

Sea como sea, no ha sido tan terrible sentarse en un cine sola. Me puse las gafas y... fingí que tomaba apuntes mientras las luces estaban encendidas y en el intermedio para hacer creer a los demás que era una especie de crítico de un periódico.

Feliz de habérmelas arreglado también en esta ocasión, a la salida decido concederme un rato de compras a modo de recompensa. Mientras voy de un escaparate a otro veo una escena demasiado absurda para escribirla en el guion de una película.

Me quedo parada delante del peldaño del bar, vacilando entre si entrar o no, porque, en efecto, no sé cómo presentarme.

Dentro está Carlo, solo, sentado a una mesita, llorando.

No sé qué hacer, porque, pese a lo unidos que estábamos en los últimos años, hace tiempo que nos separa una barrera.

Me gustaría solucionarlo ahora, pero, por desgracia, nunca he sido muy hábil para estas cosas.

Lo que, en cambio, forma realmente parte de mi ADN es la índole propia de una hermanita de la caridad, una patología bastante habitual en las mujeres de mi generación, que han engullido como ocas de foie gras dibujos animados tan lacrimógenos como *Remi, el niño de nadie, Ana de las tejas verdes* o la serie por antonomasia, *Candy Candy.*

—¿Quiere o no ese café? —dice alguien a mi espalda una vez dentro—. Tiene cola detrás.

¡Qué mal carácter! Luego los milaneses nos quejamos de que se burlan de nosotros porque corremos siempre, pero es que en Milán hasta los ancianos parecen tener prisa, como esta señora, que me acaba de dar un codazo en el costado para que la deje pasar.

Carlo está a pocos pasos de mí, girando entre las manos la taza que tiene delante, mirándola como si pudiese leer en ella el futuro. Se ha enjugado las lágrimas, pero aún tiene los ojos enrojecidos. Es como si estuviera en una burbuja intemporal. La verdad es que me da un poco de miedo acercarme a él.

De repente levanta la cabeza, como si hubiera percibido algo. Solo que no se vuelve hacia mí. Su mirada se posa en la puerta del baño, que acaba de abrir una joven de colores claros: la blusa, los pantalones y los ojos tienen la misma tonalidad de azul apagado de la nomeolvides.

Cuando hago amago de acercarme a Carlo, ella se adelanta, se sienta delante de él y le coge una mano.

Tengo la sensación de encontrarme en una escena ajena, en la vida de alguien para el que he perdido toda importancia.

Veo que sus labios se mueven, la mano de Carlo aprieta el brazo de ella, pero hablan demasiado bajo, de manera que no puedo oír lo que están diciendo.

Después la joven se levanta y Carlo también. Hace ademán de pasar por delante de él, pero él la detiene rodeándole la cintura con un brazo. Si estuviéramos envueltos en la niebla podría ser el final de *Casablanca*.

Se miran a los ojos, y todo desaparece a su alrededor, antes de que Carlo salve la distancia que los separa con un beso dulce y desesperado. Las rodillas me flaquean al verlo.

¡Un momento!

Pero ¿ese no es Carlo, también conocido como Carlo mi-exnovio-que-en-un-abrir-y-cerrar-de-ojos-dejó-embarazada-a-otra-y-anunció-su-boda-en-Facebook? No, no puede ser, porque en este preciso instante no parece un futuro papá, pero, sobre todo, porque la mujer que está besando no está embarazada.

Movida por el instinto, trato de esconderme detrás de la primera cosa que pillo, que, a falta de columnas, es la anciana de antes.

—¡Suélteme, socorro! —grita ella apretándose el bolso contra el pecho, porque quizá piensa que quiero robarla.

Los amantes se separan y la joven mira intensamente a Carlo, luego da media vuelta y sale del establecimiento. Cosa que hace pasando a menos de medio metro de mí lo que, por desgracia, induce a mi exnovio a mirar primero a la abuelita-escudo y luego a una servidora, que arde en el fuego de la vergüenza.

¿Por qué, por qué, por qué me he metido en este lío?

Solución A: fingir que soy una persona que se parece a mí de forma increíble, pero que en realidad no soy yo, imitar un acento extranjero cualquiera y hacerme pasar por la cuidadora de la viejecita.

Solución B: fingir un ataque de amnesia, hablarle de usted y, por qué no, preguntarle qué hora es.

Solución C: demostrar que tengo arrestos e ir a hablar con él.

Pero Carlo no dice nada, me da la espalda y se sienta de nuevo delante de la taza de café, ya vacía.

—Hum, hola...

Ni siquiera alza la mirada cuando me planto delante de él, pero noto un leve temblor en sus hombros.

Me siento.

—¿Qué haces aquí? —pregunta en una voz tan baja que tardo unos segundos en estructurar la pregunta.

—Yo... te vi..., es decir, estaba fuera..., estabas solo y entré para saludarte.

—En ese caso adiós —dice secamente, pero tampoco ahora alza los ojos.

Jamás te echa una mano. ¿No era él el que hasta hace unas semanas me buscaba para hablar conmigo? Bueno, ¡pues que haga un esfuerzo ahora!

—¿Quieres decirme qué está sucediendo?

—¿Por qué debería hacerlo? Pero ¿es que no piensas dejar de meterte en mis asuntos nunca? Además, ¿no tienes ojos en la cara? Dime, ¿qué te ha parecido? —Alza los ojos y me mira iracundo.

—Te aseguro que no tenía la menor intención de espiarte. De verdad, pasaba por aquí por casualidad, he ido al cine...

Carlo aprieta aún más los párpados y después clava los ojos en un punto a mi espalda.

—¿Así que estás con alguien? ¿Con Paola?

Y luego soy yo la que se mete en la vida de los demás. Claro.

—Tranquilo. He ido sola —exclamo, con cierta dosis de arrogancia.

—¡No! ¡Eres incapaz! Imagínate. No podrías hacerlo jamás.

—¿Crees que soy incapaz de ir sola al cine? Te advierto que no hace falta tener un máster en física cuántica.

—En los cinco años que estuvimos juntos nunca moviste un músculo si no lo hacía yo. Así pues, habrás ido con Paola o con otra amiga. Por favor.

—¿Y tú qué sabes? Hace dos años que rompimos, puedo haber cambiado. He cambiado.

—Las personas no cambian. Tú no cambias. Esa es la terrible verdad.

He de reconocer que, cuando se empeña, Carlo tiene un sentido de la tragedia que, comparado con él, Hamlet parece un cómico de cabaré.

—No puedes saberlo, ya no nos frecuentamos.

—Sé lo que ven mis ojos. Una mujer que aspira a hacer carrera, que se pone *push up* y tacones altos.

—¿Te molesta que me vista de forma femenina?

—Antes te importaba un comino.

—No, Carlo. A ti te importaba un comino. Yo me adaptaba. Me adaptaba cuando decías que solo las estúpidas se maquillaban para ir al despacho, o cuidaban su aspecto. En cambio he comprendido que maquillarse significa sentirse bien con una misma, por eso ahora voy todos los meses a hacerme la manicura, ¿ves? —Le enseño las manos, mis uñas resplandecientes de color rosa. Pero, a saber por qué, me siento enseguida estúpida por haberlo hecho. Por estar ahí, en ese bar, discutiendo con él sobre nuestra relación, que ya está bien muerta y enterrada, después de haberlo visto besándose con una desconocida.

—Ah, las uñas. Ese sí que es un problema. Supongo que por eso no te queda tiempo para los amigos.

Ignoro su estocada: estoy acostumbrada a sus brusquedades, sobre todo cuando está enfadado.

—Después de todo, cada uno tiene la vida que elige.

—¿En serio? ¿Crees que siempre se puede elegir?

De improviso, tengo la impresión de que el aire que nos rodea tiene la consistencia espesa y dura de la gelatina. Estamos aprisionados dentro de ella, las palabras salen a duras penas de nuestras bocas, para pronunciarlas debemos hacer un esfuerzo inhumano.

—¿No quieres tener ese hijo? ¿No quieres a Cristina?

—No finjas que no has visto lo que has visto, Alice. ¿Cómo podría besar a otra mujer si quisiera a Cristina? —susurra enfervorecido—. Es que no lo entiendes, no puedes entenderlo. Yo... la quiero.

Me vuelvo un instante hacia la puerta, como si la joven aún estuviera allí, el eco de ella, cuando menos, que reverbera todavía en el aire, al igual que la estela que ha dejado de su perfume.

—¿No será que te asusta el compromiso que vas a contraer? Quiero decir, un hijo no es cualquier cosa.

—¿Y tú qué sabes? Tú no sabes nada. No me preguntaste nada. Simplemente desapareciste cuando más necesitaba tu consejo, tu apoyo.

Bajo la mirada y la poso en mis manos, pero el esmalte rosa con brillantina me hace sentirme aún más incómoda.

—Yo me sentí... engañada. —Es lo único que logro murmurar, pese a saber que no tiene mucho sentido.

Recuerdo muy bien el desaliento que sentí cuando me enteré de la noticia, pensé que él seguía con su vida en tanto que yo aún no era capaz. Me sentí como un tarro de conserva que casi ha alcanzado la fecha de caducidad y que, por eso, nadie compra ya.

—Vamos, Alice. Hacía mucho que ya no estábamos juntos. E hicimos bien al romper, porque no nos queríamos de verdad.

Lo miro otra vez, con más intensidad que antes.

—¿Qué estás diciendo?

—Que ahora sé qué es el amor. Lo que siento por Sonia es auténtico amor. Jamás lo había experimentado antes, ni por ti ni por Cristina.

Si hubiera cogido la cucharita del café y me la hubiera clavado en el pecho habríamos acabado antes.

Pasé cinco años con este hombre, cinco de los mejores años de mi vida, durante los cuales pensé que había encontrado a la persona perfecta para mí, aquella con la que me casaría y tendría hijos. Y él ha conseguido ahora barrerlo todo de un plumazo con una sola frase. Ha frustrado la historia más importante de mi vida reduciéndola a una simple broma.

—Sonia es…, bueno, es una historia complicada —empieza a explicarme él como si nada—. Para empezar no acaba de fiarse de mí. El niño es un problema para ella.

—¿No me digas? ¡Lista, la chica!

¿Qué se esperaba?

«Querida, te quiero, pero voy a casarme con otra. Ah, a propósito, además está embarazada».

«Oh, qué noticia tan estupenda, amor mío, te felicito, ¡no faltaré al bautizo!».

Si le hubiera contestado así habría empezado a pensar que lo de los genes recesivos de las rubias es cierto.

Carlo me mira con aire despectivo.

—No pretendo que me entiendas. Siempre has sido bastante superficial. Como el resto del mundo.

—Oh, claro, ¡en cambio tú eres una persona tan sensible! —estallo, recordando de repente lo que me dijo Tío sobre su horóscopo y sobre la razón por la que es imposible que una libra con la Luna en Piscis como yo esté con un acuario con ascendente Géminis como él. Los acuarios son, por definición, los contestatarios del zodiaco. ¿Dices blanco? Puedes estar seguro de que te dirá negro, aunque fuese también blanco para él hasta hace un minuto. Odia confundirse con la masa. He de reconocer que con este doble salto mortal con tirabuzón en su vida amorosa, Carlo ha quedado al margen de cualquier esquema. Si, además, pensamos que tiene la Luna en Aries…

—El hecho de tener la Luna en Aries te vuelve impulsivo e inconstante, ¿sabes? Con toda probabilidad, contribuye a que, en cierta medida, seas como Peter Pan, a que te asfixie el yugo que supone la unión inminente con Cristina.

—Pero ¿qué coño estás diciendo? —Da un puñetazo a la mesa haciendo saltar la tacita—. ¿Te has vuelto idiota? ¿Aries, Luna, horóscopo? ¡Te digo que mi vida está destrozada y tú me sales con esas chorradas!

—Ah, claro, porque el inteligente eres tú, que vas por ahí jugando al Inseminator y luego lloriqueas como un niño porque tu destino es infame.

—Creía que eras un poco más inteligente, Alice. Me equivoqué. Igual que sobre nosotros dos. Pero si entonces tardé cinco años en comprender que no eras apropiada para mí, ahora me han bastado cinco minutos.

Claro. Si uno no está de acuerdo con él lo acusa de falta de inteligencia. ¡Conozco muy bien este jueguecito! Es un viejo *leitmotiv*. Una de las cosas que no soportaba de él. Igual que los calcetines ordenados de forma obsesiva en el cajón, porque cada vez que debía guardarlos me volvía loca preguntándome si el azul oscuro iba antes o después del gris en la escala cromática.

—Por lo visto soy un poco dura de mollera. —Me levanto y lo miro a los ojos, recordando lo que vivimos juntos, el amor del que ha renegado con la misma indiferencia con la que se tira un chicle que ha perdido el sabor. Y me siento inútil, porque si él, que es el hombre con el que he vivido mi historia más seria, piensa que nunca me ha querido de verdad, entonces nadie lo ha hecho jamás.

—Necesitaba tu amistad —murmura.

¿Cómo puede tener el valor de hablar aún de amistad, él, que usa las palabras como si fueran cuchillos?

En este momento comprendo que siempre lo idealicé y tengo la impresión de verlo por primera vez. No es el hombre fuerte, inteligente y carismático que era cuando me cortejaba. Ahora veo a un niño caprichoso, que se niega a crecer, al que le asustan las responsabilidades.

—No sé qué hacer —repite sujetándose la cabeza con las manos.

La rabia me invade como una marea repentina. Comprendo que nunca fui especial para él, pero no me duele, porque me doy cuenta de que él tampoco lo es para mí. Ya no.

Es una de esas ocasiones en que lamento no tener bigote, cejas vibrantes y voz ronca. Pero la respuesta está ahí, preparada para mí desde 1939.

Lo miro a los ojos, llenos de rabia, me muerdo los labios, vacilando solo un instante, y a continuación lo suelto:

—Francamente, querido, me importa un bledo.

22

PAN, AMOR Y... ASTROLOGÍA

P

ero ¿cómo te consiguieron, con los puntos de la cerveza?
Vamos, João, ¿dónde demonios has puesto la bolsa con
los focos? —Ferruccio está fuera de sí y ruge gesticulando delante del maletero de la furgoneta.

—No sé. La puse aquí. —También los músculos de João
parecen agarrotados, tal es la contrición que siente.

—¿Y ahora cómo demonios hacemos?

—Te juro, Ferruccio, que los cargué todos, no entiendo
cómo es posible que ahora no estén.

—Y luego dicen que hay que dar trabajo a los extranjeros...
¡Alice! ¡Ven aquí de inmediato!

Me acerco a ellos entrecerrando los ojos y frunciendo la
nariz, como la señorita Rottermeier.

—Mira esto. —Ferruccio señala las bolsas que acaban de
descargar—. Falta la número cuatro. Dentro estaban los focos
para iluminar los calabozos en la prueba de los signos de fuego.
¿Qué hacemos?

Gracias a la audiencia que tiene el dúo Tio/Magni hemos
conseguido un nuevo patrocinador, al igual que un sinfín de

críticas halagadoras que apuntan a un posible viraje cualitativo del programa. Además nos hemos ganado un viaje estupendo a un castillo medieval para grabar parte del próximo episodio. Dios mío, casi me siento como si estuviera en Hollywood, así que, para que quede bien claro mi estatus de brillante autora/productora de televisión, luzco un traje de chaqueta azul oscuro estilo Armani, además de una expresión profesional, eficiente y severa, aunque no por ello menos femenina. Adoro este trabajo.

—¿Qué sucede?

Una voz a nuestras espaldas hace que nos volvamos de golpe.

El único punto negro del día es este: Carlo supervisa las producciones en el exterior. Verme obligada a tratar con él después de lo que nos dijimos el otro día en el bar es tan agradable como pillarse varias veces el dedo con una puerta.

Pero yo soy una profesional, lo que significa que afrontaré el problema con calma, dignidad y clase, dejando a un lado nuestras diferencias personales.

—A João se le ha ocurrido rodar a oscuras la prueba de los calabozos —resoplo señalando con desgana mi exnovio a mi ex-exnovio—. Por lo visto, los hombres olvidáis con cierta facilidad que tenéis ciertas responsabilidades —añado a continuación mirando a Carlo con dureza.

Él entrecierra los ojos.

—No veo qué necesidad tenemos de recordarlo, dado que a vosotras, las mujeres, os encanta repetírnoslo hasta la saciedad.

Y luego dice que soy yo la belicosa.

Mientras abro la boca para contestarle, João se adelanta:

—*Eu* juro que estaba allí, *Alis.* Recuerdo poner en el maletero —lloriquea acariciándose la tableta de chocolate con una mano, como si eso lo tranquilizara.

Eh, no, querido, eso ya no te sirve.

—Me da igual que la hayas visto o no. El pasado, pasado es. Remoto. ¿Qué me dices del presente? ¿Dónde está la bolsa con las luces? —replico, porque si quiere tengo también una buena ración para él, basta con que me la pida.

—Ya está bien —tercia Carlo—. El rodaje de esa escena está previsto para esta tarde. Ya aparecerá. Concentrémonos, en cambio, en lo que debemos hacer ahora. ¿No, Alice? Presente. Como dices tú. ¿Dónde está el orden del día?

—Sí, sí —lo atajo con un gesto de la mano. Como era de esperar, el infiel no se come al infiel. ¿Esperaba acaso que Carlo me echase una mano? ¿Desde cuándo? Saco el reloj de la manga de mi chaqueta de falso Armani—. Ahora te doy todo, no te preocupes —le digo mientras se aleja. A continuación añado, dirigiéndome a João—: ¿Y bien?

—Hum, quizá me la haya dejado… No está en ningún *carro*.

—De acuerdo —le digo representando el papel de poli bueno—. Es cierto que grabaremos esta tarde, así que puedes volver a cogerla con toda tranquilidad.

—Pero ¡tardaré más de *dois* horas en *fazer tudo!*

—Lo siento, necesitamos los focos…

—Bueno, voy. —Cabeceando, João hace amago de encaminarse a uno de los coches.

—Hum, no, perdona, *coração*. Ferruccio te necesita ahora aquí para montar la primera escena, la de los signos de tierra. Irás durante la pausa para comer.

—Pero…

Alzo una mano pensando, complacida, en la manera en que los emperadores romanos giraban el pulgar hacia abajo para ordenar la muerte de un gladiador. ¿Si me siento culpable mientras lo veo alejarse con los hombros encorvados, pensando en el hotel rural donde vamos a comer los demás? Veamos… No, para nada.

Una vez a solas, gozo de la paz del campo. Hace dos o tres grados menos que en la ciudad, el aire está limpio, y el sol resplandece en un cielo tan azul que casi parece que lo hayan retocado con Photoshop.

Respiro a pleno pulmón. De vez en cuando la vida da unas vueltas realmente divertidas, me digo, desentumeciéndome, mientras echo un vistazo al maletero de mi coche, lo cierro, y a continuación cojo los guiones y el orden del día de la bolsa de tela que está en el asiento del pasajero.

Podría acostumbrarme a este silencio.

—¡No pienso ponerme esos cuernos en la cabeza!

Un silencio que nosotros, los urbanitas, rompemos sin el menor miramiento.

—¿Qué pasa ahora?

Mientras alzo la mirada al cielo, aún límpido y luminoso, Marlin sale del castillo envuelta en un magnífico vestido de terciopelo y brocado, con sus ojos verdes encendidos, lanzando llamas, que resplandecen como su pelo cobrizo.

—¡No permitiré que me graben con esa cosa en la cabeza, parece un par de cuernos! —exclama con voz chillona apuntando con un dedo a la moto de la que Davide está desmontando en ese preciso momento.

¡Dios mío, qué bueno está! A diferencia de João, que es objetivamente guapo y escultural, ni los rasgos ni el cuerpo de Davide son de modelo; sin embargo, emana un magnetismo que más le valdría a João jubilarse.

Cuando Davide se desentumece el cuello mis entrañas entran en modo montaña rusa. Aprieto los dientes y me esfuerzo para mantenerme fiel al personaje que me he impuesto. ¡Vamos! No vacilaré ante su sonrisa sesgada y su mirada, que parece decir te-desnudo-pero-no-te-quiero.

La discusión con Carlo de hace un par de semanas me ha hecho pensar que, de una vez por todas, debo cambiar de registro para que no me vuelvan a tomar el pelo. He crecido, he mejorado, soy más decidida. En pocas palabras, una versión ALICE 2.0 en que A corresponde a álgida, L a letal, e I-C-E a inhibición (a las) caídas emocionales.

—Hola, Alice.

Davide pasa de inmediato a la ofensiva lanzándome una de sus miradas magnéticas, pero yo lo esquivo con más habilidad que en *Matrix* y me vuelvo hacia Marlin.

—Bienvenido. Nos estamos preparando para la primera toma. Los signos están en maquillaje y Marlin se está probando los vestidos que..., oh, querida, estás deslumbrante —exclamo fingiendo que acabo de verla—. Estás divina. ¡Menuda cinturita te hace este vestido! ¿Has perdido algún kilo?

Ella se derrite al oír mis palabras y por un instante olvida el tocado, francamente ridículo, que debe ponerse.

—¿Tú crees? Es el corte, estiliza la figura.

Dado que no deben reducir demasiado sus fotos para incorporarlas a las guías de televisión, Marlin es muy sensible a los cumplidos sobre la estatura, así que decido ser aún más directa:

—¿Sabes qué es lo que te hará parecer también más esbelta? Sé que puede parecer extraño, pero en el pasado lo lucían las damas más importantes. —Le quito de la mano el bicornio y se lo encasqueto en la cabeza—. *Voilà!* Maravillosa. Así pareces altísima.

Suspiro mientras ella se aleja toda contenta, mascullando que, a fin de cuentas, puede ponérselo durante el programa y —¿por qué no?— lanzar quizá una nueva tendencia de moda.

Pero apenas me da tiempo a felicitarme por la magnífica demostración de agilidad mental, porque un brazo rodea mi cintura de repente. Siento que los labios de Davide me acarician una mejilla.

—Has estado fantástica. Yo no habría sabido hacerlo mejor.

Sus palabras penetran mi piel. ¡De manera que lo hace adrede! Esta especie de «lanzo piedrecita con retracción posterior de la mano» se está convirtiendo en un *leitmotiv* de nuestra relación. ¡Bah, relación! Mejor dicho, de esta cosa incomprensible que hay entre nosotros.

Con todo, la nueva Alice 2.0 me ordena que retroceda un paso para demostrarle que ya no soy víctima (¡en caso de que lo haya sido alguna vez!) de sus encantos.

—Entonces..., ¿qué haces por aquí? —le pregunto.

Eso es, Alice: indiferente, profesional.

Ahora es él quien desvía la mirada, quizá atemorizado por la mía en versión Alice Revisada y Corregida.

—Conozco a los propietarios —me explica lacónicamente abriéndose la cazadora de piel.

No me sorprende no haber sabido nada hasta ahora. Con Davide siempre es así, debes sacarle las cosas con el fórceps y el parto es en cualquier caso podálico; además, poco importa que se trate de la lista de la compra o de la fórmula alquímica de la piedra filosofal.

¿Te imaginas qué agotador debe de ser tener al lado uno así toda la vida?

Davide se revuelve el pelo con la mano otra vez y se aleja de mí. Los vaqueros negros le ciñen los muslos y el trasero.

—Mmm... —suspiro. Pues sí..., qué agotador.

Hoy debemos rodar algo parecido a *Juegos sin fronteras,* uno de esos queridos y viejos juegos con premio final en que los concursantes, divididos en equipos, deben realizar pruebas de fuerza, habilidad e ingenio, a ser posible ofreciendo además un pésimo espectáculo de sí mismos y del género humano en general.

Por este motivo hemos dividido a los representantes de los signos zodiacales en cuatro equipos.

Una de las primeras cosas que he aprendido como nueva adepta a la astrología es que cada uno de los doce signos está protegido, no solo por el planeta que lo domina, sino también por uno de los cuatro elementos: tierra, aire, fuego y agua. Libra, sin ir más lejos, es un signo de aire y eso significa que, al igual que Géminis y Acuario, está dominado por la esfera del intelecto y de la creatividad. Así pues, somos personas curiosas, independientes y de mente abierta.

De esta forma, en función del elemento al que pertenecen, los concursantes deberán realizar unas pruebas que concuerdan más o menos con su equipo, ganando puntos en caso de victoria o perdiéndolos en caso de derrota.

—Así pues, empezaremos con la presentación de Tío y luego seguiremos el juego con las cámaras —explica Carlo dando instrucciones sobre el tipo de tomas que quiere realizar.

Con la coleta, los pantalones de ante y la camisa amplia Tío recuerda mucho a un pirata, y él lo sabe.

—En guardia —dice levantando una espada falsa y cogiéndome por la cintura, como si pretendiese secuestrarme.

—Vamos, no seas idiota —le dice Alice 2.0 tratando de permanecer seria, solo que con él es muy difícil. Hace unos días que emana una energía poco menos que irrefrenable.

Me da un beso en un hombro y me suelta.

—Encanto, debes mandar a todo el mundo a hacer puñetas y divertirte más.

No es tan fácil, dado que debo trabajar con Carlo, alias Renegade, el renegador de relaciones; João, la bragueta más rápida del Oeste; y Davide, también llamado Paso de Cangrejo, uno adelante y tres atrás. No puedo. Es como recibir la visita de los fantasmas del pasado, del presente y del futuro a la vez.

—Vosotros dos, si habéis terminado de arrullaros os recuerdo que las personas sin sentido de la responsabilidad estamos preparadas para correr —grita Carlo cuando acaba de atarse las zapatillas de deporte a poca distancia de nosotros.

—Uau, por lo visto hoy alguien ha desayunado pan con limón —dice Tío.

Haciéndome la sorda, respondo a Carlo a voz en grito:

—Supongo que cuando se trata de poner pies en polvorosa estáis siempre preparados, vosotros.

Recibo una mirada de Fulminator. No obstante, la prueba consiste precisamente en una especie de carrera, que él, los operadores de toma y los ayudantes deberán seguir de cerca.

Como no podía ser menos, no se trata de una simple carrera de velocidad, ya que, para condimentar la cosa, la hemos combinado con una búsqueda del tesoro que incluye varias pruebas prácticas, como un extraño tiro con arco en que un miembro del equipo debe hacer de arquero y subir a un pedestal basculante, al mismo tiempo que sus dos compañeros indican la trayectoria del tiro.

Tratándose de la prueba en que se privilegia el elemento tierra, se requieren especialmente dotes como la racionalidad, la disponibilidad y el razonamiento. En teoría Tauro, Capricornio y Virgo, los signos dominados por este elemento, tienen una ventaja caracterial, sobre todo respecto a Leo, Sagitario y Aries, los signos de fuego que, al ser más pasionales y prepotentes, están peleando ya para ver quién parte en primer lugar y lidera el grupo.

Libra, Géminis y Acuario, los signos de aire, piden una pausa para discutir sobre la estrategia, mientras los signos de agua, Cáncer y Piscis, capitaneados por Escorpio, van cada uno por su lado, dándole vueltas al recorrido, lanzándose miradas de desconfianza y suspirando desanimados.

Cuando me reúno con Carlo para la toma, él me coge del brazo y hace un aparte.

—¿Paras ya? Pareces una novia celosa. Estamos aquí para trabajar, no hemos venido de excursión.

—¡Mira quién habla! —replico apartando su mano—. Por si no lo has notado, mi nombre figura en este programa. Es como un hijo para mí. Y sé cómo se saca adelante un trabajo que ya he empezado. No creo que tú puedas decir lo mismo.

Él está en un tris de responderme en consonancia, estoy segura, porque parece un volcán unos segundos antes de entrar en erupción, pero alzo un índice para pedirle un momento de silencio a la vez que saco del bolsillo el móvil, que vibra y se ilumina de forma intermitente.

En la pantalla aparece la palabra DESCONOCIDO, así que imagino que es una centralita de llamadas que se pone en contacto conmigo porque soy la afortunada ganadora de una increíble promoción. Vuelvo a meter el teléfono en el bolsillo y saco el cronómetro para iniciar la prueba.

—Sea como sea, olvídalo ya —prosigue Carlo—. Ya has hecho bastante pidiéndole a Cristina que nos acompañara. En su estado no debería someterse a ningún estrés, lo sabes de sobra. No sé cómo se ha dejado convencer.

—Ah, ¿así que la he convencido yo de que venga? —Precisamente me estaba preguntando por qué había venido con ella. Entre otras cosas, porque desde que llegamos se ha pegado a mí como una lapa.

De hecho, apenas empieza la competición se posa a mi espalda al acecho como un cóndor.

—¿Sabes que eres la primera persona que conocí en la cadena? —dice en un momento dado—. ¿Te acuerdas? Nos conocimos el día en que hice la entrevista. Me pareciste muy segura de ti misma. Y fuiste muy amable conmigo.

Le dedico apenas el tiempo de una sonrisa y me llevo una mano a la oreja que tengo tapada con el auricular para darle a entender que no le puedo hacer caso, porque estoy trabajando.

Miro el pequeño monitor que tengo delante por el que pasan las imágenes que Carlo, João y el resto del equipo están grabando.

Detrás de mí, sin embargo, Cristina sigue obsesionada con *Amarcord.*

—Pensé… Entonces pensé que esa chica tan amable y yo nos convertiríamos en grandes amigas.

Suspiro tratando de ahogar su voz, mientras Tauro se hace con el primer puesto, escrupulosamente ayudado por Capricornio, que estaría dispuesto a vender a su madre con tal de alcanzar su objetivo, en tanto que Virgo se está preparando ya para la etapa sucesiva.

Virgo es así, siempre adelante, en permanente lucha para ordenar el caos.

Me vuelvo un instante hacia Cristina, recordando que cumple años el 6 de septiembre, así pues es Virgo. Una mujer ambiciosa y perfecta.

—La culpa es de Carlo —masculla—. De no haber sido por él ahora seríamos buenas amigas.

Es cierto.

Lo reconozco, hubo una época en la que la mosquita muerta y yo nos llevábamos bien. Pero luego ella se abalanzó sobre Carlo, y yo me convertí en el incómodo esqueleto en el armario de su hombre. Ella, por su parte, pasó a ser la incómoda relación seria de mi mejor amigo. En fin, que no quedaba mucho espacio para la amistad.

Vuelvo a mirar el juego. El equipo del agua es el que peor va, se ha empantanado en la primera vuelta, pero es que, además, sus miembros pierden demasiado tiempo echándose la culpa unos a otros en lugar de comunicarse. Nada sorprendente, por otro lado, ya que el elemento agua domina el inconsciente, de forma que sus signos son taciturnos e introspectivos…, o dicho llanamente, unos seres asociales y egocéntricos.

Escorpio lanza truenos, rayos y flechas en dirección a Piscis, que lloriquea, consolado por Cáncer.

—A saber, podría haber pasado de todo —le respondo.

Sea como sea, no puedo permitir que sea justo Cristina la que resquebraje mi coraza, dado el esfuerzo que estoy haciendo ya con Carlo, João y Davide. Pero al oír un sollozo no puedo por menos que volverme.

—Es que estoy tan emotiva… —dice llorosa agarrándome un brazo—. El niño…, tengo continuos cambios de humor y me obsesiono con unos pensamientos…, creo… Estoy muy cansada.

Se masajea la espalda, y yo le indico una de las sillas plegables que están a nuestra disposición.

—Al menos, siéntate.

Ella asiente con la cabeza y se acomoda haciendo pucheros como una niña.

—La culpa ha sido sobre todo mía. Me sentía amenazada por ti, Alice. En el fondo, siempre me has dado miedo. Cuando empecé a salir con Carlo todas nuestras compañeras me dijeron que debía mandarlo a la porra, porque, a pesar de que habíais roto, volvía siempre contigo, una y otra vez. Qué idiota fui de tener tantos celos, ¿eh? Porque tú no estás enamorada de Carlo. Y él se va a casar conmigo.

Lo admito, habría hecho lo que fuera por separarlos, porque…, porque soy idiota y me tomé su relación y el hijo como una afrenta personal. Pero solo era un pensamiento absurdo, estúpido y egoísta, al menos eso debo reconocerlo. Sentí celos de lo que Carlo había logrado, pero ni él ni Cristina tienen la culpa de que hasta la fecha solo haya encontrado personas que no me convenían.

Entretanto, gracias a su ímpetu, los signos de fuego se han hecho con la segunda posición, pero al llegar al tiro con arco se quedan estancados, se pelean por subir a la peana y tirar la flecha, en lugar de estabilizar el pedestal y colaborar para apuntar como se debe.

—No te preocupes —le digo a Cristina—. No estoy enfadada contigo.

—Siempre he sabido que eres una buena persona. Que…, que nunca te interpondrías entre Carlo y yo, sabiendo, además, que él va a tener un hijo. ¿Quién sería capaz de hacerlo?

La miro de nuevo a los ojos y leo en ellos una súplica. Entonces comprendo. Por mucho que me pueda parecer sosegada y granítica, como buena virgo, Cristina no lo está en absoluto; bajo su piel vibra la ansiedad propia de quien se ha dado cuenta de que las cosas ya no están en su sitio. Es esto lo que me está diciendo en realidad, que sospecha que Carlo y yo nos vemos aún a sus espaldas.

Veo que se acaricia la barriga, que es ya pronunciada, y que suspira, sentada allí, sola, en la única sillita del prado, mientras los demás están concentrados en el juego.

Los gritos de júbilo de los signos de aire me dan a entender que se están recuperando: habían perdido un montón de tiempo, porque Géminis iba haciendo planes sobre la marcha, Acuario disentía y Libra intentaba mediar entre ellos, pero ahora parece que no ha sido tiempo perdido, ya que gracias a su estrategia superan a los signos de fuego, que, por desgracia, siguen peleando por el arco.

¿Y si me hubiera ocurrido a mí lo que le está ocurriendo a Cristina? Estoy casi en el umbral de una edad en que, como mucho, podré ejercer de tía, pero habría sido peor tener hijos con Carlo, el Señor de la Inconstancia.

Me gustaría zarandearlo y decirle que crezca de una vez por todas. Que no se traen hijos al mundo como se escupen los huesos de cereza, jugando a ver quién los tira más lejos.

Mientras tanto, los cuatro grupos casi han llegado ya a la meta y se disputan la llave del cofre al final del recorrido, rebuscando como locos en el barro y ensuciando a João, que se ha agachado allí para la toma. Cuando una gota le resbala de un ojo a los labios veo que se tensa y que contiene una mueca. Yo, en cambio, contengo una sonrisa.

—Carlo solo está preocupado por el futuro —digo dirigiéndome a Cristina—. Es su primer hijo y le gustaría poder ofrecerle el mundo entero, igual que a ti, pero ya sabes que estamos en crisis y…, bueno, esto lo estresa mucho. Ten un poco de paciencia con él.

Suena el silbido que anuncia el final de la competición. Sus palabras de agradecimiento se confunden con los gritos de júbilo del equipo de los signos de aire y las protestas de João, que está cubierto de barro de pies a cabeza.

Raffaella le sale al encuentro corriendo con un paquete de pañuelos de papel, pero él la aparta y se encamina hacia mí.

—*E que faço agora?* ¿eh? —me grita iracundo—. No tengo nada para cambiarme.

Lo miro, en este momento soy la encarnación del candor.

—Bueno, puedes quitarte la camiseta… como haces siempre.

23

DESDE GÉMINIS CON AMOR

Encuentro a Tio en el camino que hay delante de la puerta, braceando agitado a un Alfa Romeo que avanza a toda velocidad por la avenida.

—¿Esperábamos a alguien más? —pregunto al llegar a su lado.

Él se recoge un mechón de pelo que se le ha soltado de la coleta detrás de una oreja.

—Andrea —me contesta llamando al mismo tiempo al conductor del coche, que frena a nuestro lado y baja la ventanilla.

Andrea Magni levanta las gafas de sol y nos saluda.

—Entra aquí —le explica Tio—. Un poco más adelante verás nuestros coches. Puedes aparcar al lado.

—¿Qué hace aquí Andrea Magni? —Estoy atónita. Es cierto que hace unos días firmó un contrato de colaboración con nosotros, pero hoy no estaba previsto que viniera.

—Esta mañana tenía una conferencia aquí al lado, y le dije que viniera a comer con nosotros —me explica Tio.

Este set se está convirtiendo en un burdel. Primero Cristina y ahora Magni, aunque la verdad es que sus maneras anticuadas no desentonan con las extensiones de césped a la inglesa de este lugar.

Pero yo quería hablar con Tio de Carlo, y ahora lo veo correr hacia Andrea, que se ha apeado del coche y está desentumeciendo sus largos brazos, levantándolos por encima de su cabeza.

—¡Espera, Tio!

Mi amigo se detiene y me sonríe.

—Esperaba poder hablar contigo antes de comer.

—Estoy aquí —me dice, pero yo miro a Andrea, que nos está esperando a unos cincuenta metros.

—Sí, pero… —Ya no estoy tan segura de que sea correcto revelar a terceros los problemas de Carlo y Cristina y, por descontado, no quiero contárselos a un tipo que podría transformarlos en ecuaciones matemáticas confundiéndome aún más las ideas—. Tengo un problema ético… —empiezo a decir sujetándolo por un brazo—. ¿Qué harías si siempre hubieras creído que conocías a una persona, si la hubieras querido (¡como amigo, que conste!) y hubieras descubierto recientemente que su comportamiento es…, bueno…, digamos…, promiscuo? En fin, que creías que ese amigo iba en una dirección, que había tomado una decisión, y ahora descubres que no es así. —Miro a Andrea, que se está acercando a nosotros, y empiezo a hablar más deprisa, porque no quiero que llegue a nuestro lado antes de que yo haya dicho todo lo que tengo que decir—. Es decir, por mucho que lo quieras, no puedes aceptar su comportamiento y no sabes si haces bien hablando sobre ello con otros, que podrían tomar ciertas medidas en relación con él al saber cómo es en realidad.

Bueno, ahora que lo he soltado me siento aliviada. Me he quitado un peso de encima y además he sabido ser imprecisa, respetando la intimidad de Cristina y Carlo.

No obstante, cuando me vuelvo veo que Tio se ha parado unos pasos detrás de mí. En lugar de su bonita sonrisa, tiene una expresión que parece tallada en la madera, y sus ojos se han estrechado tanto como las aspilleras del castillo medieval que estamos poniendo patas arriba.

—¿Y bien?

—Bueno, me parece bastante hipócrita por tu parte —contesta él.

—¿Qué?

—Deberías intentar comprender a tu amigo, en lugar de condenarlo. ¿Acaso te crees portadora del cetro de la justicia y la verdad? Pero ¿quién eres tú para juzgar los sentimientos de los demás? Quizá por eso nunca te habló abiertamente, porque tenía miedo de que no lo comprendieras, de que lo rechazaras y lo apartaras de tu lado. Y eso le habría hecho mucho, mucho más daño que seguir permaneciendo en la sombra, pero, al menos, seguro de poder contar con tu amistad.

Lo miro atónita, acto seguido me vuelvo un momento hacia Magni, quien debe de haber comprendido que algo va mal y se ha parado a mitad de camino.

Pero ¿de qué está hablando? Su ataque sin sentido me ha aturdido tanto que no logro siquiera abrir la boca. Mejor dicho, en realidad tengo la boca abierta, pero lo único que consigo hacer es boquear como un pez que se asfixia.

Andrea trata de detener a Tio apoyando una mano en su brazo, pero él lo aparta de mala manera y echa a andar.

Me gustaría seguirlo y tratar de aclarar no sé muy bien qué, pero un grito aterrador me obliga a correr como una exhalación hacia el bosque.

—Tiene vértigo, pobrecito —comenta Raffaella acariciando la espalda de João, que jadea aferrando la hierba con las dos manos.

—Lo único que debe hacer es seguir el movimiento de los concursantes en la polea —explica Carlo.

Al ver que no ha ocurrido nada grave, freno el paso.

—*A culpa é tua!* —grita João dirigiéndose a mí—. *Tua e* de este maldito programa! Ya he tenido que ponerme estos —dice señalando los pantalones ceñidos a cuadros que le di en lugar de los suyos, que estaban cubiertos de barro—. ¡Me niego a que me aten en lo alto *dessa coisa* suspendida en la nada!

Observo el precipicio sobre el que estamos montando el set para el juego de los signos de aire.

—Lo siento, João, pero es tu trabajo —le respondo sin vacilar.

—Además, es totalmente seguro —replica Mara, la ayudante de *Mal de amor,* que hoy he tomado prestada para poder disponer de una secretaria de edición—. El presidente no puede permitirse el escándalo de que alguien muera durante el trabajo.

Con todo, nuestras palabras no parecen tranquilizar a João, cuya tez olivácea tiene en estos momentos el tono grisáceo de la arena mojada.

A continuación todos empiezan a opinar sobre la cuestión. Carlo, en calidad de director-realizador; Raffaella, en el papel poco creíble de ángel de la guardia; Mara, cáustica e implacablemente concentrada en el trabajo; Marlin («¿Por qué protesta tanto, es que tienen que filmarle también? ¿Dónde está la maquilladora?»), cáustica e implacablemente concentrada en sí misma.

Yo, en cambio, no dejo de pensar en Tio, me pregunto dónde puede haberse metido y por qué se habrá enfadado tanto.

Me vienen a la mente las palabras de Karin, cuando me dijo que Tio me quiere mucho...; luego las insinuaciones de mi madre, el afecto que me demuestra y el empeño que pone siempre para buscarme un novio, aunque la verdad es que luego desmonta siempre mis expectativas asegurando que no es el indicado.

Por un instante tengo la impresión de oír la voz de Paola.

Y es que, valga este inciso, cuando tengo alguna revelación más bien juiciosa oigo siempre la voz de Paola, pero como si fuera un eco, un espíritu guía o un tótem animal.

En cualquier caso, lo esencial es que mi voz, que se confunde con la de Paola por el eco, me ilumina con estas sencillas palabras: «Tío está enamorado de ti, Alice».

Demonios, ¿y ahora qué?

Porque si Tío está de verdad enamorado de mí, el problema es serio, muy serio. Terriblemente serio.

Me doy cuenta nada más entrar en el vestíbulo del castillo y ver a una persona de pie, observando el cuadro de un caballero tocado con una gran peluca.

Podría ser la escena de una película de época como *Orgullo y prejuicio,* con Mr. Darcy contemplando el retrato de un antepasado mientras Elizabeth entra por error en la habitación e interrumpe sus elucubraciones. Solo que los guantes que aprieta a la espalda son de piel, sí, pero de motociclista, y además lleva un par de vaqueros negros y arrugados al estilo *bad boy.*

No es una película de época, porque, además, mi móvil ha empezado a vibrar de nuevo.

Irritada, respondo al desconocido que ha llamado antes.

—¿Dígame?

Davide se gira sobresaltado, y del susto se le cae un guante al suelo.

—¿Alice? Karin me ha dado su número. Soy un amigo… —Su voz zumba de forma molesta en el teléfono.

No le hago el menor caso y cuelgo mirando a Davide a los ojos.

Después de todo, no puedes mantener una conversación telefónica educada mientras eres víctima del síndrome de Stendhal. Y con ello no me refiero al retrato que cuelga de la pared.

Hay algo. Davide tiene algo. De nuevo. Diría que es estupor, o quizá ansia, también melancolía. Puede que sean esos los tres vértices del Triángulo de las Bermudas que me atrae hacia él.

No obstante, me mira agitado, como siempre, y no dice una palabra.

—La *fogmula*, *doctog* Jones... —le digo, presa de un gran nerviosismo—. Entrégueme la *fogmula* y *podgá irgze*. —Me río como una idiota—. Perdona, pero ¡estás tan serio! Te has vuelto hacia mí y has palidecido como si hubieras visto un fantasma.

—¿Yo? Bueno... Es que me había imaginado justo eso.

—¿Que haría la parodia de *Indiana Jones y la última cruzada*?

—Que entrarías por esa puerta.

—Oh... —Mis labios esbozan una sonrisa, pese a que no sé muy bien lo que significa—. Mira que eres extraño. ¿Te lo han dicho alguna vez?

—Constantemente. ¿Y a ti?

—Constantemente. He pensado en escribirlo incluso en el carné de identidad.

Nos reímos.

—¿Ves cómo no puedo estar sin ti? —dice de repente—. Eres muy brillante. Eres guapa, simpática, inteligente...

De acuerdo. Quietos todos. Decir que en este momento me siento un poco confusa es un eufemismo.

—Me refería a que estaba esperando que llegases, porque debo decirte algo.

Le sonrío.

—Dímelo.

Sus labios se abren, su lengua los humedece y sus dientes los mordisquean un instante... Que se insinúa como un virus en el sistema de Alice 2.0 desinstalando el archivo de actualización y restableciendo la vieja y querida versión, más insegura y vulnerable que nunca.

Por esto debo aclarar las cosas con Tio.

En caso de que, por desgracia, estuviera colgado por mí como creo, cosa que me produce terror, no puedo, la verdad es que no puedo… Igual que no podía funcionar con Andrea ni con João, ni con Carlo, nunca podrá funcionar con él. Y no porque nuestros horóscopos no sean correctos, ni debido al signo, al ascendente o a un planeta bailarín cualquiera, que pudo cruzarse caprichosamente en el momento en que nacimos.

No puede funcionar porque ya estoy enamorada de otro.

Me he dado cuenta ahora, al entrar por la puerta y ver a Davide de espaldas.

Lo tengo tan claro como si estuviera escrito aquí, delante de mí. Estoy enamorada de Davide.

Y me muero de miedo.

Me doy cuenta de que adoro sentir su fuerza vibrando bajo su apariencia sosegada. Adoro todo aquello sobre lo que se posan sus ojos, porque su mirada lo envuelve y lo mece con dulzura; y adoro cada palabra que sale de sus labios, con esa voz suavemente áspera, que es como una caricia íntima.

—Soy gilipollas —suelta de buenas a primeras.

—¿Cómo dices? —En ocasiones su voz es, desde luego, menos acariciadora, todo hay que decirlo. Frunzo el ceño a la vez que le pregunto—: ¿Es esta la gran revelación?

Pero la broma no logra aplacar su mal humor. Me coge una mano.

—Traerte aquí fue un error. ¿Cómo narices se me pudo ocurrir? —Mientras me arrastra hacia la puerta oigo que repite (con voz suave, pero firme)—: ¡Gilipollas, gilipollas, gilipollas!

—¿Quieres parar un momento? No podemos marcharnos. Yo no puedo marcharme. Tengo que trabajar. Tengo que buscar a Tío… —A pesar de que me encantaría irme con él, subir a su moto y abrazarlo con fuerza, apoyando una mejilla en su espalda, no puedo abandonar el set ni dejar a Tío así, sin haber arreglado antes las cosas o, al menos haberlo intentado.

Sin embargo, Davide no me escucha y se abrocha el casco, diría incluso que de forma frenética, decidido a no mirarme a los ojos mientras abre el maletero de la moto, saca un segundo casco y me lo encasqueta.

—Espera, te lo ajustaré yo, este tiene la hebilla un poco dura —dice trajinando con los dedos bajo mi barbilla—. Tengo que hablar contigo, Alice. Pero debo hacerlo lejos de aquí. Y enseguida. Ven conmigo, por favor. Ahora.

El tsunami de sus ojos me arrolla. Jadeo, arrastrada por el flujo desordenado de las palabras y las emociones, de lo que es lógico y justo, y de lo que siento y deseo.

Y asiento con la cabeza.

Él me mira de nuevo a los ojos, terriblemente serio, respirando hondo como para darse ánimos. Hace amago de ponerse los guantes, pero se da cuenta de que solo tiene uno.

—Espera, se te cayó en el vestíbulo, lo vi. —Corro hacia la puerta. El casco hace bailar mi cabeza como si fuera uno de esos perritos con muelle, tengo los oídos tapados y siento retumbar los latidos de mi corazón al ritmo de mi respiración.

Cuando vuelvo a salir agitando el guante, victoriosa, veo que Davide ya no está solo.

Vuelvo a disfrutar de la visión de su bonito trasero, pero esta vez no me pierdo en él, porque mi atención se dirige a la mujer con la que está hablando, que, por decirlo de alguna forma, ha aparcado el caballo del que acaba de bajarse al lado de la moto de él.

Una combinación un tanto extraña, la de una moto y un caballo. Pero, por otra parte, ella, etérea con su traje beis de amazona, y Davide, rudo en un su *total black*, se acoplan como el día y la noche.

Mientras lo miro pienso en lo cruel que es la vida, porque, por mucho que uno se empeñe, la elegancia es de verdad algo innato. Y yo soy el ejemplo evidente: a pesar de que en estos momentos luzco un traje de chaqueta casi-Armani, voy por ahí como un ovni robot con un casco en la cabeza y siento que mis mejillas están hinchadas, lo que, a buen seguro, no me confiere una expresión más inteligente. Ella, en cambio, acaba de hacer deporte galopando por los bosques, enfrentándose al viento, las ramas y el sudor equino. Nosotros, los comunes mortales, tendríamos, como poco, la camiseta con un estampado de manchas similar a la deriva de los continentes, el pelo como un ramo de alcachofas y un rubor no demasiado discreto en la cara. Ella no. No manifiesta la mínima alteración de sus funciones vitales. Como una vulcaniana de *Star Trek*.

Me gustaría quitarme este armatoste de la cabeza, me ayudaría a sentirme un poco menos imbécil y fuera de lugar, pero la hebilla se niega a abrirse. Confío en que Davide pueda resolverlo, porque, en caso contrario, habrá que llamar a los artificieros.

Pero, cuando llego a su lado, él parece no darse cuenta, al contrario, apenas me mira. En lugar de eso, clava los ojos en el suelo antes de desviarlos de nuevo hacia la mujer.

—Barbara, te presento a Alice… Alice Bassi. Una colega. Hum…, la autora del programa, a decir verdad. Alice, ella es Barbara Buchneim-Wessler Ricci Pastori…, que ha tenido la amabilidad de abrirnos hoy las puertas de su casa.

—Encantada, señora Bu-ka-inen… —Imposible no atascarse con ese apellido, y ya es buena señal que el caballo no relinche—. Si es usted la propietaria de este magnífico lugar la felicito. Mucho gusto.

—Y yo estoy encantada de conocer a alguien que trabaja con Davide. —Parece Grace Kelly en una de esas viejas películas en que incluso cuando se despertaban parecían tener los labios recién pintados. Mientras me estrecha la mano su mirada se posa en Davide, y sonríe dejando a la vista una hilera de dientes irisados como un iceberg.

¿Será cosa del apellido? Porque no puedes llamarte Bluchervete-tú-a-saber y no ir por ahí como si tuvieras un palo metido por ahí mismo. Trato de imaginar cómo sería presentarme con un nombre similar: encantada, Alice Fritzalgoimpronunciable como Supercalifragilisticoespialidoso etcétera, etcétera. Cuando acabas de decirlo te falta oxígeno durante, al menos, cinco minutos.

Dios mío, la detesto. Es demasiado perfecta para no hacer que me sienta defectuosa. Al mirarla me doy cuenta de cada poro que tengo obstruido en la piel, del pelo pegado bajo el dichoso casco, de la ampolla en el dedo gordo del pie izquierdo, de los hombros, que debería erguir más a menudo. ¿Cómo se puede competir con Barbie Frau Blucher-Fritz-Rica? Y luego, por si fuera poco, está la mirada que lanza a Davide mientras le apoya una mano en el brazo, con la misma gracia de una geisha realizando un ikebana. Debería tener más cuidado con sus manitas llenas de dedos si quiere conservarlas.

—Así que os conocíais ya —digo imitándola y apoyando una mano en Davide.

—Oh, bueno…, sí. Nos conocemos hace tiempo… —Le sonríe y lo coge de un brazo para recalcar, quizá, la confianza que existe entre ellos.

—Oh, ¿de verdad? —Me acerco un poco a él, y ella hace lo mismo.

—Trabajé con el marido de Barbara antes de que el canal Mi-A-Mi me contratara —tercia Davide dando un paso hacia la moto y dejándonos atrás a las dos.

¡Oh!

MARIDO.

Señoría, que conste en acta que se ha pronunciado la palabra «marido», y que una servidora la ha oído con toda claridad.

—¿En serio? Pero eso es fantástico —exclamo, sonriendo a la mujer. Bueno, me parece muy mezquino detestar a alguien por el mero hecho de que sea guapo, elegante, rico e impronunciable a más no poder. ¿Quién soy yo para juzgar?—. Quiero decir, me parece estupendo que hayáis mantenido el contacto una vez terminada la relación laboral. Se ve que Davide lo hizo bien.

—Mucho. Y también nos ayudó mucho en un periodo bastante difícil —dice Barbara con afecto.

Él carraspea.

—Barbara ha tenido la amabilidad de invitarnos a rodar aquí, en su casa.

—Sí, ya lo has dicho —replico yo.

—Oh, no es molestia —tercia ella—. Cuando Davide me lo propuso me sentí feliz de poder ayudarlo. Aunque en parte lo hice por interés, dado que lo veo muy poco. El trabajo me lo roba. A propósito, ¿cómo está Flash?

—Está bien. Parece feliz en la nueva casa.

Lo de Flash me suena extraño, es como si debiese acordarme de algo, que por el momento se me escapa.

Y no es solo una cuestión de memoria, sino también de distracción, porque la *troupe* se dirige hacia la casa gritando para llegar a los coches y las furgonetas y poder salir, por fin, a comer.

João me lanza una mirada cargada de rencor, imaginando, con toda probabilidad, el montón de comida buena y genuina que nos espera a los demás en el hotel rural. Entretanto, Raffaella le da una palmadita en un hombro y le entrega la bolsita con los bocadillos, que él tira al asiento del Peugeot con el que volverá a la empresa para buscar la famosa bolsa de las luces.

Mara me lanza una mirada de complicidad desde lejos, acto seguido se acerca a los dos, recuerda a João el plan de trabajo para la tarde, y se aleja con ellos mientras se lo ilustra.

A mi pesar, separo la mano del brazo de Davide. Por mucho que lamente tener que dejarlo, tengo cosas que hacer. Nuestra minifuga tendrá que esperar, al igual que lo que se disponía a decirme.

Cuando me meto entre los coches aparcados veo a Cristina deambulando como un alma en pena, acariciándose la barriga.

—¿Estás bien? —le pregunto cuando se reúne conmigo cerca del Peugeot.

—Me encuentro fatal —responde ella con su mirada de cordero degollado—. Me...

—¿Qué?

—¡Voy a vomitar!

¡Mierda! Se inclina hacia delante, conteniendo a duras penas una arcada, a la vez que yo abro a toda prisa la puerta del coche, cojo del asiento la bolsa que he ido a buscar y se la pongo delante de la boca, justo a tiempo, porque acto seguido ella vierte dentro los jugos gástricos y hasta la primera papilla.

—¡Perdona! —me dice—. Qué asco.

—No te preocupes —contesto. De hecho, ahora que caigo—. Es más, muchas gracias.

Al mismo tiempo que ella se encamina hacia la fuente para enjuagarse las manos y la boca, cierro la bolsita y la tiro de nuevo al asiento, después intento quitarme el casco de nuevo, pero lo único que consigo es hacerme daño en una uña.

—¿Algo va mal? —me pregunta Carlo.

—Deberías preguntárselo a ella —contesto señalando a Cristina, que se ha sentado en el borde de la pila y ha hundido las manos hasta las muñecas en el agua—. Está muy cansada.

—Debería haberse quedado en casa.

—Quería estar contigo.

Carlo se muerde el labio y mira el reloj.

—Vamos bien con el trabajo, pero no debemos distraernos.

Lo miro, luego a Cristina. Será un milagro que logre comer algo en el hotel rural.

—Quítame esta cosa —digo refiriéndome al casco.

Carlo mueve los dedos bajo mi barbilla.

—En una cosa tienes razón —añado pensativa mirando a Cristina—. No debemos dejar que nos distraigan.

Él comprende que no estoy hablando del trabajo y aparta las manos.

—Vamos, desengánchalo —le exhorto.

—No puedo y, en cualquier caso, no te mereces que te haga un favor. En lugar de seguir metiendo el dedo en la llaga, ¿no podrías ocuparte de tu Golden Boy e ir a buscarlo dondequiera que se haya metido?

—¿Tio? —Por descontado, no le digo que he reñido con él, pese a que la culpa es sobre todo suya—. Ha llegado Andrea Magni. Estarán charlando en alguna parte.

—No creo. Andrea está ahí.

Sigo su mirada y veo a Magni apoyado de espaldas a un árbol con los brazos cruzados en el pecho y una expresión atormentada.

Carlo me escruta y luego desvía la mirada hacia Davide y Barbara esbozando una sonrisita.

—No debemos dejar que nos distraigan...

De nada sirve que lo mande a hacer puñetas: Carlo conoce el camino de sobra. Así pues, me alejo haciendo un vago ademán con la mano, en dirección a Andrea Magni.

Cuando me ve yergue los hombros y trata de sonreírme, pero no lo consigue. Algo lo turba y no puede disimularlo.

—Disculpa, Andrea, ¿sabes dónde puedo encontrar a Tio..., a Tiziano? —pregunto tratando aún de abrir la correa del casco, aunque lo único que consigo es apretarla aún más.

Magni ha perdido su aire de simplón afable y me mira enfurruñado.

—Cuando nos acercábamos al lugar donde haréis las tomas me comunicó su necesidad de estar solo —explica en tono seco.

—Ah, comprendo... —Lo dejo enseguida, después de despedirme de él con una inclinación de cabeza, que con el casco debe de haberle parecido exagerada, y me adentro en el bosque pensando en la manera de abordar el tema con Tio sin herirlo aún más. No más de lo debido, en pocas palabras.

Pero no será fácil, demonios. Sé de sobra cómo funcionan ciertas cosas, cuánto se puede sufrir por amor. Cuando João me dejó hubo momentos en que solo deseaba morir.

Oh, Dios mío. Me paro un instante para reordenar mis pensamientos.

El set que estamos preparando se asoma a un precipicio de, al menos, quince metros.

¿Y si hubiera tenido una idea peregrina?

Vamos, venga, no hay que ser melodramáticos.

Es decir, yo puedo pensar ciertas cosas, pero Tio nunca lo haría.

Sea como sea, aunque solo sea para quitarme la idea de la cabeza, cuando llego al borde del abismo me asomo un poco para ver lo que hay abajo. ¡Qué vértigo, Dios mío! Mi cabeza bascula hacia delante debido al peso del casco, se me encoge el estómago.

—Yo en tu lugar no lo haría. Ni siquiera con el casco —me advierte una voz a mi espalda, antes de que alguien me sujete por los brazos.

—¡Estás vivo! —Me vuelvo y me abalanzo sobre él, embistiendo su pecho como si fuera un jugador de rugby.

—Ay, sí… ¡por ahora! —Él no me abraza y, al cabo de unos instantes de turbación, se desase de mí—. ¿Qué has venido a hacer aquí? —me dice enojado.

—Bueno, para empezar estamos yendo a comer —balbuceo dando un rodeo.

—No voy. No tengo hambre.

—Vamos, no hagas eso.

—No. Yo contigo no como.

Dios mío, cuánto lo odio cuando tiene una de sus rabietas infantiles.

—Has comido un montón de veces conmigo. Vamos. Tenemos que hablar.

—No creo.

—Pero debes dejarme que te lo explique. Comprendo lo que sientes, pero… te equivocas. Y si estoy aquí es porque te quiero y me gustaría que razonáramos juntos.

Él se suelta la coleta y vuelve a hacérsela con unos movimientos nerviosos.

—Alice, de verdad, olvídalo. Así nadie se hará daño. Yo pensaba que quería hablar contigo de eso, pero quizá siempre me pareció difícil porque sentía que no me ibas a entender. —Patea una piedrecita, que cae rebotando al precipicio—. El problema es que te quiero mucho y no quería seguir mintiéndote para poder estar contigo. Paola también me sugirió más de una vez que te lo dijera, pero…

—¿Paola? —Vamos a ver: ¿Paola, mi Paola, lo sabía y no me dijo nada? Pase que es una especie de oráculo de Delfos, un venerable Yoda con falda y rizos rubios, pero, dado que la he registrado en el papel de mejor amiga, ¿no debería tenerme al tanto de ciertas cuestiones como hace, al menos, con las evoluciones esofágicas de su prole?

Tio asiente con la cabeza.

—Ella lo intuyó enseguida, pero le supliqué que me guardara el secreto.

Vaya, resulta que hacemos camarilla a espaldas de Alice. Bueno, Paola estaba entre la espada y la pared, porque se lo había jurado, pero ¿no podía haberme lanzado alguna señal? Qué sé yo, olvidar una nota en el sillón cuando estaba en su casa o tamborilearlo en la mesita en código morse…

—Lo siento —digo a media voz—. Me habría gustado que las cosas siguieran siendo como eran.

—Yo también. Pero llega un momento en que es imposible seguir ocultando la verdad. Y, créeme, me resulta muy difícil, nunca se lo he dicho a nadie hasta ahora… Pero entre nosotros, Alice… Contigo es distinto. Quiero decir, era distinto.

—Tio, por favor, trata de entenderlo. Tampoco es fácil para mí. Nunca sospeché nada. Si al menos hubiera podido prepararme un poco antes, qué sé yo. —Cabeceo; a estas alturas, con este armatoste en la cabeza, tengo garantizada la laberintitis—. No quería que llegáramos a esto. Tuve algunas dudas, quizá, pero es probable que, en mi fuero interno, no quisiera verlo. Tío, estoy segura de que en el fondo sabes que no puede funcionar. Sé que te estoy hiriendo, pero no puedo…, no puedo aceptarlo.

—¡Ah, con razón decía Andrea que no podía fiarme! Joder, ¿estamos o no en el siglo XXI?

Parpadeo, estupefacta. ¡Ahora resulta que Andrea lo sabía también! ¿Qué os parece si añadimos a alguien más? ¿Mis padres? ¿La asistenta?

—¿Qué tiene que ver Andrea con todo esto? Además, te advierto que ciertas cosas no cambian nunca. No hay mucha diferencia con lo que sucedía en la Edad Media…

—¡Ah, te felicito! —exclama pasándose una mano por el pelo—. Tengo que darte una noticia: la gente ha evolucionado. Eres tú la que razonas como una vieja beata.

Lo miro boquiabierta.

—¿Beata yo? —«Pues sí, y además te ha llamado vieja», me sugiere la voz de Paola (la del eco) en mi conciencia—. ¡Solo soy una persona con moral! —Por eso no quería herirlo, pero ahora, desde luego, ¡me importa un comino!

Puede que sea vieja, pero aún soy bastante ágil para darle una patada en una espinilla.

Es evidente que la conversación está degenerando.

Mientras él me tiene sujeta por las muñecas, tratando de mantenerme apartada, dice:

—Esta es tu manera de resolver las cosas, ¿verdad? Como una buena cavernícola. Por otra parte, ¿qué podía esperar de alguien que considera promiscuos los sentimientos de un amigo y amenaza con decírselo a los demás para que lo marginen?

Mi segunda patada da en el aire. Igual que la tercera. Y la cuarta. Tío es bastante fuerte, y me duelen las muñecas.

—Entonces, ¿te parece mal que trate de defender a una mujer embarazada? —grito rabiosa—. ¿No tengo razón si me enfado porque Carlo quiere pasar de todo y mandar a la porra la boda? Justifícalo, anda, a fin de cuentas, tú también eres hombre. Pero ¿cómo es posible que uno se pueda enamorar de otra a menos de cinco meses de la boda? ¿Soy demasiado anticuada, demasiado ruin por pensar así? Si ser moderno significa pisotear a los demás me niego a serlo. No tengo una mentalidad tan abierta. Carlo se está equivocando y Cristina…, Cristina ahora necesita una amiga más que nunca, pero yo no sé si el hecho de contarle lo que de verdad está sucediendo mejoraría la situación. Por eso quise hablar antes contigo, quería que me aconsejaras, siento que me malinterpretaras. Y siento herir tus sentimientos…, pero yo he entendido cuáles son los míos, Tio. Y no puedo…, no puedo quererte. Te considero un amigo muy especial, pero no puedo ofrecerte nada más. Y me aterroriza perderte, créeme, me aterroriza esa posibilidad. Pero ¿qué puedo hacer si no te quiero? Quizá todo sería más fácil si compartiera tus sentimientos, pero no puedes echarme la culpa por eso. Puede que nuestros horóscopos vayan de maravilla juntos, pero…

—Me he quedado sin aliento, las palabras me salen a borbotones de la boca, tengo los ojos anegados en lágrimas. Ya no veo nada, no oigo nada, por culpa del maldito trasto que llevo en la cabeza, con el que, a estas alturas, supongo que me enterrarán.

—Para. ¡Basta, Alice! ¡Basta! —Sus manos golpean el casco produciendo un ruido sordo que retumba en mi cabeza.

Cuando abro los ojos de nuevo veo a Tio delante de mí, con la cara a un palmo de mi nariz.

Sus dedos trajinan con la hebilla maléfica y al cabo de unos segundos consiguen abrirla.

Estoy libre. Apenas me levanta el casco de la cabeza tengo la impresión de que vuelvo a respirar, como cuando se te destapan los oídos después de viajar en avión, y te zumban y te parece oír el mar.

Tío me coge la cara con sus manos y esboza una sonrisa.

Me mira a los ojos. Los suyos son azules, límpidos y más sinceros que nunca.

—Alice, soy gay.

El ruido del mar en los oídos recién destapados puede producir a veces alucinaciones auditivas.

—¿Qué?

—Soy gay. Es lo que llevo media hora tratando de decirte. Hacía tiempo que quería decírtelo. También cuando antes has querido hablar conmigo, pero luego me soltaste ese discurso sobre la promiscuidad, aseguraste que no podías aceptarme…

—Me refería a Carlo.

—Lo sé. Ahora lo sé. —Suspira y alza los ojos al cielo. No hay una sola nube—. Soy gay —repite en voz baja, como si se lo estuviera diciendo a sí mismo, absorbiéndolo hasta los huesos—. Eso era lo que quería decirte. —Se encoge de hombros y me mira de nuevo—. No sé qué piensas sobre esa cuestión, pero no debes preocuparte por que no me quieras. Yo tampoco te quiero. No de esa forma, al menos. Pero te adoro, cabezota.

—¡Oh, Tío! —exclamo entre lágrimas, esta vez de alegría—. Tampoco yo te quiero.

No nos queremos. Viva.

Pero nos abrazamos muy fuerte.

Tío ha ido a cambiarse para ir a comer. En el aparcamiento, al lado de mi coche solo queda el utilitario de Mara, que me espera apoyada en el capó con los brazos cruzados.

Al verme se levanta y se mete una mano en el bolsillo.

—Ten, Nardi me pidió que te diera esto, porque debía marcharse.

Frunzo el ceño y cojo la nota doblada en cuatro en la que veo unas palabras garabateadas a toda prisa con un bolígrafo.

Volveré el martes al despacho. Paso a recogerte esa noche a las ocho. No es una pregunta, Alice.

A saber por qué no me ha mandado un mensaje al móvil.

—¿Todo bien? —me pregunta Mara.

Sé que no la ha leído. Si Davide le ha dado el mensaje a ella es porque le parece la más fiable de todos. Y tiene razón.

En las últimas semanas he tenido ocasión de conocer mejor a Mara y de apreciarla tanto por la forma en que trabaja como por la persona que es. Entre otras cosas, hemos descubierto que tenemos muchas cosas en común: además de un antiguo escarceo con João, las dos somos libra, por ejemplo. Saberlo me ha empujado a quererla como a una hermana, pese a que tiene el ascendente en Escorpio y todos los planetas en el lugar que corresponde de la casa del cielo para ser un hueso duro de roer.

De hecho, Mara es más o menos como podría ser yo si llevara una vida más loca.

—Sí —murmuro pensativa.

Ella estira los brazos detrás de la espalda a la vez que rodea el coche hasta llegar al maletero.

—¿Le has tirado la comida? —pregunta según introduce las llaves del coche en la cerradura.

Doblo de nuevo el folio y me lo guardo en un bolsillo.

—He hecho algo mejor —respondo.

A continuación sonrío, pensando en el momento en que João meta la mano en la bolsita de los bocadillos y encuentre el relleno que Cristina ha tenido la amabilidad de ofrecerme. ¡Ah, lo que daría por tener instalada una microcámara en su coche!

Mara abre el maletero.

—¿Qué hacemos con esta?

Ahí está la bolsa número cuatro, la de los focos que buscaba Ferruccio. Suspiro mirando el reloj.

—Esperemos un poco más. Debe de haber entrado ahora en la autopista. —Cojo una de las asas de la bolsa. Ella aferra la otra y juntas la levantamos para llevarla al cobertizo donde hemos metido el equipo.

—Lo llamaremos dentro de diez minutos para decirle que la hemos encontrado y que debe volver.

Nada más cerrar la puerta vemos que Tio camina hacia nosotras y le sonreímos. Inocentes… como Thelma y Louise.

ESCORPIO

El hombre escorpio debe su inmensa fortuna a las colecciones baratas de novelitas románticas. Guapo, tenebroso y de pocas, poquísimas palabras, el escorpio encarna a la perfección el ideal del héroe capaz de torturar a la protagonista durante toda la trama para después resolverlo todo gruñendo una declaración amorosa y arqueando una ceja. Para poder estar a su lado deberéis ser una amante enigmática, porque tiene un lado oscuro que ríete tú de Darth Vader. Pero incluso así, preparaos para un futuro hecho de sesiones interminables en el psicólogo, porque su pasatiempo preferido será convertiros en una larva humana sometida a su poder.

24

CONFESIONES DE UNA (LIBRA) COMPRADORA COMPULSIVA

Los gurús también tienen sus defectos y Paola, mi gurú personal, flaquea precisamente en la cuestión de las compras.

Sí, porque ella y Giacomo se quieren y se respetan tanto que jamás de los jamases Paola le infligiría una tarde dedicada al trote, así que soy yo la que debo acompañarla. Él le ha hecho creer que es alérgico a un producto fantasmagórico que pulverizan en los escaparates, sobre todo en las tiendas de ropa, de manera que ahora hacen incluso la compra en internet.

Así pues, la pobrecita, que como cualquier mujer tiene el número de la tarjeta de crédito impreso en lugar del código del ADN, de vez en cuando sufre una crisis de abstinencia y me llama por teléfono susurrando en el auricular, alterando la voz, como las espías rusas:

—¿Tienes algo que hacer esta tarde? No aguanto más encerrada en casa. La baja por maternidad está bien, pero... he dejado a Sandrino con mi madre, ¿damos una vuelta por la avenida Buenos Aires?

Y dado que, mira tú por dónde, tengo el día libre, pese a que es martes, nos damos las coordenadas y sincronizamos los relojes.

Voilà. El resultado es que llevo tres cuartos de hora en el interior de una tienda de bisutería mirando pendientes. Todos los pendientes.

—Paola... —digo tratando de llamarla al orden a la vez que tamborileo en la repisa.

Ella se vuelve con una sonrisa luminosa en los labios y los ojos enfebrecidos.

—¿Mejor estos con las piedrecitas azules y el colgante, o estos con el colgante y las piedrecitas azules?

Finjo que sopeso la situación como una auténtica experta en piedras preciosas o similares.

—Mmm, los dos son preciosos, pero quizá estos son más luminosos.

Ella me escruta, vacilante, y luego se mira de nuevo al espejo.

—No sé... ¿No son mejores estos otros? —Saca un tercer par, esta vez de color rojo encendido y sin colgante.

—Esos. Esos son de tu estilo, sin lugar a dudas.

Pero no funciona, y ella empieza a rebuscar de nuevo en las estanterías.

Por instinto de supervivencia empiezo a mirar las pulseras. Debo detenerla como sea. Debe de haber una manera de sedarla, aunque sea a costa de tener que llevarla luego a casa cargada a la espalda.

Y no porque no me guste ir de compras, el problema es que hoy tengo las horas contadas.

Pero Paola no lo sabe.

—Perdone...

La dependienta me tiende una emboscada detrás del espejo.

—Solo estoy mirando, gracias. —Me irrita la injerencia de los dependientes. Nos ha preguntado ya si necesitamos ayuda, que lo haga por segunda vez me parece acoso.

—Por supuesto. Pero antes ha entrado un señor... Es extraño, pero ha dejado cincuenta euros de regalo para usted, para que se los gaste como quiera.

Miro alrededor sin comprender muy bien si estoy buscando al más misterioso de los admiradores o las cámaras ocultas de un programa de televisión.

—Oh, se marchó enseguida —me explica la joven dependienta—, pero aquí los tiene. —Saca el billete y me lo enseña. En él aparece escrito: «Reúnete conmigo. Estoy en el bar de enfrente».

Siento el corazón en la garganta, porque pienso enseguida en Davide y, para comprobarlo, saco el mensaje que me dejó en el castillo (y que conservo con sumo celo en la cartera). No. La caligrafía no puede ser más diferente. Por un lado, me alegro incluso. Dejar cincuenta euros como bono de compra..., bueno, es, cuando menos, vulgar. Por mucho que pretenda ser un gesto afectuoso, es exagerado. Sin duda fuera de lugar.

Suspiro quedamente, a diferencia de la joven dependienta, que parece estar en ascuas. No puedo reprochárselo, dado que alguien la ha catapultado sin preámbulos al mundo de *Serendipity*.

Parpadeo tratando de mirar el bar, pero la cristalera es ahumada y solo deja entrever las sombras, mientras que fuera, en la terraza, solo hay una parejita acosada por el inevitable vendedor de rosas.

«Rosas...».

—¿Cómo era? Quiero decir, ¿puede describírmelo? —pregunto sintiendo la sangre fluir a mi cara.

Podría ser un amor secreto, por supuesto, pero, ¿qué probabilidades hay de que no sea el maniaco de la rosa amarilla? Porque no es posible ser acosado por más de una persona a la vez, ¿verdad? A este paso acabaré entrando en el libro *Guinness de los récords*.

—Mmm, veamos, no muy alto, diría que de estatura media—empieza a decir la dependienta—. Melena larga media, complexión media, ojos...

—Dentro de la media —concluyo yo en su lugar.

—¿Quién? —pregunta Paola acercándose con las manos llenas de baratijas.

—Un tipo que nos ha dejado cincuenta euros para que los gastemos aquí dentro —le explico lanzándole una mirada significativa, porque no quiero hablar de mi acosador personal en la tienda.

Pero ella no capta el mensaje, al contrario, veo que le brillan los ojos de la excitación.

—¡Uau! ¿De verdad? —pregunta relamiéndose.

—¿Edad? ¿Qué le ha parecido? ¿Un tipo como Dios manda? —insisto a la vez que arrojo el botín de Paola al mostrador—. Nos llevamos esto.

—No sé decirle. Normal. Un poco huidizo, quizá.

—Bueno, ya me lo imagino. —Porque, de no haber sido así, habría podido acercarse a mí. En cambio, hizo todo lo que pudo para que no lo viéramos, y ahora quiere que me reúna con él en el bar de enfrente.

—¿Y en su opinión de qué signo era? —pregunta Paola irónicamente.

—Cretina. Muévete —mascullo, mientras la arrastro fuera de ahí.

—Eh, calma, me duelen los pies.

—Ah, así que eres humana. Después de diez kilómetros de escaparates no es de extrañar. —Entro impetuosamente en el bar, abriendo la puerta como un pistolero en un *saloon*, pero el local está desierto—. Oiga, disculpe —pregunto acercándome al mostrador del tabaco—. Hemos quedado aquí con un hombre... que no conocemos.

El tipo de la caja, una especie de Vin Diesel de los estanqueros, musculoso y tatuado, me mira desconcertado y luego pasa a concentrarse en el pecho de Paola, varias tallas más abundante que el mío.

—Ah, ¿en serio? ¿Las dos? —dice arqueando una ceja.

—Oiga, ¿ha entrado un hombre solo en el bar sí o no? —insisto, a la vez que lo fulmino con la mirada.

—Bueno, sí, en efecto. Hace unos minutos entró un tipo y pidió un café. Pero no me pareció que estuviera esperando a alguien. Se lo bebió y se marchó.

—Lo hemos perdido —exclamo con acritud a Paola, tras haber salido con ella del bar y haber corrido hasta la esquina con la esperanza de encontrar algo o a alguien.

La calle está llena de gente y mi psicópata benefactor podría ser cualquiera.

Miro con suspicacia varios hombres de complexión mediana que pasan por nuestro lado.

—Bueno —dice Paola parándose y masajeándose un pie, apoyada en la pared—. ¿Quieres tranquilizarte un poco? Quizá se haya dado cuenta de que ha cometido una estupidez y se haya asustado. No puedes correr detrás, esta vez literalmente, de cada hombre que muestra un poco de interés por ti, ¡vamos!

—Pero ¿no lo has entendido, Paola? —La escruto despechada, además de sorprendida al comprobar que las compras le producen el mismo efecto que la kryptonita, ofuscando su natural perspicacia. Luego le explico que nuestro misterioso banquero no debe de ser ni Papá Piernas Largas ni el Príncipe de la Colina, sino, sencillamente, el enigmático hombre de las rosas amarillas.

—¡Joder!

Que Paola suelte una palabrota así es poco menos que una revelación que denota una profunda confusión interior.

Dada la enorme turbación que experimentamos las dos, no nos queda más remedio que sumergirnos en el mundo de la ropa interior. Recuperamos el aliento entre bragas de encaje y sujetadores de aros, y el gusanillo del ignoto admirador queda relegado por otras preguntas mucho más apremiantes de orden existencial.

—¿Mejor tanga o brasileña?

Creo que un conjunto nuevo es justo lo que necesito para iniciar la velada con Davide con los mejores auspicios.

Aunque no quiero llegar a tanto, ¡que conste! Pero nunca se sabe... Bueno, si sucede...

—Si mal no recuerdo después de romper con João dijiste que no volverías a comprarte nada sexy hasta el próximo noviazgo consolidado.

¡Caramba, está recuperando la memoria!

—¡Mira ese corsé azul! Giacomo se volvería loco, ¡te apuesto lo que quieras!

Como obedeciendo a un mando subliminal, Paola coge el corsé. Acaricia el trenzado de los encajes en el sostén con relleno. Vacila. Parpadea y me mira.

—¿Me estás ocultando algo?

Me lanzo al probador a toda velocidad.

—¿Algo como que mi mejor amigo es gay y que mi supuesta mejor amiga lo sabía de sobra y no me dijo nada, debido a lo cual he hecho el más espantoso de los ridículos en más de una ocasión? —Tiro con determinación de la cortina para esconderme en el probador.

La verdad es que no le he dicho a nadie que esta noche salgo con Davide. Ni ella ni Tío lo saben, y no tengo intención de decírselo a ninguno de los dos.

No sé muy bien por qué, quizá sea que quiero saborear sola este momento, tenérmelo para mí, solo para mí. No quiero oír palabras, juicios, consejos... Quiero que seamos solo él y yo. Davide y yo.

Oigo resoplar a Paola al otro lado de la cortina.

—Ya te he dicho que lo siento, pero sigo pensando que es asunto suyo y que si quería decírtelo como, en efecto, ha hecho después, debía hacerlo él.

Descorro la cortina para enseñarle el primer conjunto.

Ella me mira de arriba abajo.

—¿Acabas de depilarte? —pregunta parpadeando.

Pongo los ojos en blanco.

—De vez en cuando también yo lo hago, Paola —digo volviendo al probador y masajeándome los muslos, que aún están enrojecidos. Tengo que ponerme una crema calmante, no vaya a ser que esta noche siga teniendo los capilares enrojecidos. Y no porque deba suceder algo, ¡eh! Digamos que lo hago a modo de conjuro.

—Mmm… —Oigo de nuevo a Paola fuera del probador—. En cualquier caso, ¿qué habrías pensado de mí si te hubiera contado cosas de otra persona?

Esta vez solo asomo la cabeza.

—Somos mujeres, Paola. Nosotras nos contamos siempre las cosas de los demás, es inevitable. Como respirar. —Le muestro la segunda versión del conjunto.

—Muy sexy. Te queda bien —aprueba con una inclinación de cabeza—. Pero ahora cuéntame, Miss cincuenta sombras de salidas por la tangente, ¿con quién has quedado esta noche?

Me hago la sorda y, mientras me visto de nuevo, me apresuro a pensar en una mentira plausible.

—Que me haya depilado no significa necesariamente que tenga una cita. Me quiero y me cuido, aunque solo sea para mí misma.

—Claro, y yo mañana salgo a cenar con Brad Pitt.

Arrugo la nariz mientras paso por delante de ella para ir a pagar.

—A Giacomo y a Angelina no les va a gustar nada.

—Alice, no me estoy metiendo en tus asuntos porque sí, no quiero preocuparme por ti. No quiero pasar la noche inquieta, imaginando que estás por ahí, dejando que uno cualquiera te rompa el corazón.

—Mmm, ¿si supieras el nombre estarías más tranquila? Vamos, no voy a salir con nadie. ¿Quieres saberlo? Me he depilado porque tengo que ir al ginecólogo. ¿Contenta?

Ella me mira de reojo.

—¿Y has ido a la peluquería con vistas al reconocimiento cerebral?

De acuerdo. No envidiaré a Sandrino cuando tenga que vérselas con ella para explicarle por qué no ha vuelto a casa a la hora del toque de queda. Le cojo las manos y la miro a los ojos.

—No estoy enfadada contigo porque no me dijeras lo de Tío. Me habría gustado que lo hicieras, desde luego, me habrías ahorrado unos cuantos líos, pero comprendo que lo hiciste con la mejor intención. —Ahora viene la parte más difícil—. Pero quiero hacer esto sola. Él es…, es demasiado importante para mí y no quiero estropearlo todo dándole demasiadas vueltas. Quiero disfrutar de la velada. Ver cómo va. Tomar mis propias decisiones, en pocas palabras.

Tras mirarme con perplejidad unos segundos, Paola me da un abrazo, aplastando al hacerlo las perchas de plástico y los rellenos bordados.

—Oh, cariño, ¡estoy tan orgullosa de ti! Me basta con que procures estar atenta.

Dios mío, debo de estar muy mal si mi mejor amiga se preocupa por mí como si fuera una cría de ocho años. Claro que es cáncer, de manera que en su caso la atencionitis aguda es congénita, pero las compras han sido ya una emoción fuerte y no quiero que ahora rompa a llorar como en una crisis posparto.

Sonrío a la dependienta y paso la tarjeta de crédito con desenvoltura bajo la mirada dulce y orgullosa de mi amiga.

—Un momento.

Cuando estamos ya en el umbral la dependienta nos llama. Levanto el paquete hacia ella, suponiendo que se habrá olvidado de quitar la alarma antirrobo.

—Cuando estaban en el piso de arriba entró un señor y me pidió que se las diera —me dice, en cambio, la joven a la vez que saca tres magníficas rosas amarillas de debajo del mostrador.

25

A PROPÓSITO DE LEO

Pensaba que esta vez iba a ser más fácil y que la velada se desarrollaría de forma lineal, pero me equivocaba de medio a medio.

En su nota Davide decía que nos viéramos a las ocho, pero ya llevo más de veinte minutos sentada en el borde del sofá, con el bolso en las rodillas. Escruto el televisor. Que, ahora me doy cuenta, está apagado.

Echo una mirada al móvil, pero no he recibido ninguna llamada ni mensaje.

Me miro por enésima vez al espejo del dormitorio considerando la posibilidad de llamarlo. Vacilando entre hacerlo o no. No, qué horror. Creería que estoy aquí sin hacer otra cosa que esperarlo. Lo que, por otra parte, es lógico, dado que habíamos quedado en vernos hace veinte, no, mejor dicho, veinticinco minutos... Sin embargo, es mejor que piense que yo, una mujer ocupada y, sobre todo, sentimentalmente independiente, me he olvidado.

Cuando salgo al balcón para regar las plantas por tercera vez en media hora lanzo una mirada furtiva a la calle y lo veo.

Ha aparcado en doble fila, al otro lado de la calle, y va y viene del coche a la entrada de mi casa. La primera vez pienso que debe de haberse olvidado algo, porque abre la puerta del coche y hace amago de entrar. La segunda que quizá no haya cerrado, porque se detiene con la mano apoyada en la manija. La tercera, en cambio, se para a medio camino, y entonces sí que me pregunto qué demonios está haciendo.

Veo que se queda plantado allí hasta que un coche toca el claxon. Él entonces se rasca la cabeza y alza la mirada. Apenas me da tiempo a esconderme entre la mísera albahaca y los restos de mi enésimo intento de hacer crecer la salvia.

Habría podido hacerle un ademán para obligarlo a interrumpir sus absurdas maniobras y llamarme por el telefonillo. Pero jamás permitiría que me viera en la ventana como la mujer del teniente francés, que esperaba en la escollera. Además, confieso que siento cierta curiosidad por saber adónde quiere ir a parar.

A través de las hojas veo que saca el móvil. Al oír sonar el mío me dirijo como un marine a la puerta acristalada para cogerlo de la mesita que hay en la sala.

—¿Dígame?

—Hola..., ¿Alice?

No reconozco la voz que me habla al otro lado de la línea. Esperaba que fuera Davide, diantre. Me aventuro a asomar la cabeza por la cortina y veo que sigue abajo, en la calle, ocupado también con el móvil. Pero ¿qué está haciendo? ¿A quién demonios ha llamado en lugar de decirme que baje?

—¿Con quién hablo?

—Soy..., me llamo Daniele, soy un amigo de Karin. Soy Piscis, ascendente Virgo.

—¿Qué? —Karin debió de tomarse al pie de la letra mis palabras cuando le pedí que se enterara de las coordenadas astrológicas de este tipo—. Oh, bueno.

¿Y ahora? Desde la ventana veo que Davide va de un lado a otro con el teléfono pegado a la oreja. Quizá esté intentando llamarme y vea que mi número está siempre ocupado.

—¿Y tú? —pregunta Daniele Piscis con ascendente Virgo.

—¿Yo qué?

—Bueno, tu signo.

—Libra.

Entretanto, en la calle Davide alza la mirada hacia mi ventana.

—Daniele, te ruego que me disculpes, pero has llamado en un momento muy delicado para mí.

—Oh, dijiste lo mismo el domingo.

—Hum, lo sé. Perdona. Tengo una vida complicada. ¿Quieres que hablemos mañana?

Tras una rápida despedida logro colgar. ¿Y ahora qué hago? Debería haberlo interrumpido enseguida, pero me sentía culpable. Si Davide supiera que ando metida en estos líos con otro no le gustaría.

Corro al telefonillo apenas lo oigo sonar.

—¿Estás en casa, Alice?

En su opinión, ¿dónde debería estar, dado que he contestado?

—Sí, claro —digo en tono voluntariamente ligero. Despistar. Despistar siempre—. ¿Has llegado? —Ya que, según parece, esto es una competición para ver quién hace la pregunta más estúpida, me pongo a su nivel.

Se produce una pausa. Como si la comunicación se hubiera interrumpido. Luego oigo un suspiro.

—Sí, estoy aquí abajo.

El beso que me da en la mejilla es apresurado, pero cuando me dispongo a cruzar la calle en dirección a su coche, Davide me apoya una mano en la espalda, y alarga el otro brazo, como si quisiera detener el tráfico y hacerme de escudo. No sé muy bien por qué, pero ese pequeño gesto produce un efecto balsámico sobre mí que en parte compensa la distracción que me parece leer en su cara. Kevin Costner no se habría mostrado más protector y cuando alzo los ojos y lo miro, un instante antes de que cierre la puerta, pienso como Whitney que yo también «I will always love you...».

Aparcamos cerca de los jardines de Porta Venezia, es una de las primeras veladas realmente cálidas de la ciudad, de manera que mientras paseamos entre los estanques y los arbustos casi parece que no estemos en Milán.

Deambulamos sin rumbo fijo. Por suerte me he puesto un par de botas cómodas, aunque, en todo caso, los pies serían el último de mis problemas, dado que tengo la impresión caminar sobre la proverbial nubecita por el mero hecho de estar a su lado.

Pero lo que más me hace sospechar que esto es de verdad un sueño es que, por primera vez, él habla por los codos.

—Sé que he sido un poco huraño contigo, pero prefiero reflexionar a fondo sobre las situaciones, comprender cuáles pueden ser las consecuencias de mis actos. Eso también me ha ayudado mucho en el trabajo. El razonamiento es determinante para poder controlarnos.

De hecho, esa es una de las cosas que me gustan de él, que hacen que me parezca un hombre concreto, sólido y protector. Uno que, cuando ha tomado una decisión, no suele vacilar ni darte sorpresas.

Sin querer, lo miro de reojo, a la vez que me pregunto de qué signo puede ser y cómo será su cuadro astrológico... quizá respecto al mío.

Tengo la pregunta en la punta de la lengua, pero me la trago.

¿Por qué?

Porque, al igual que no he querido decirle nada a Paola, he decidido que con él no quiero saber nada de signos zodiacales, planetas y demás cosas por el estilo.

—Siempre he pensado que lo que nos hace hombres, lo que nos diferencia de los animales, es saber reaccionar frente a los instintos. La posibilidad de razonar frente a una elección —prosigue.

—Estoy de acuerdo. El razonamiento ayuda a encuadrar las cosas. Pero, en el fondo, los sentimientos nos completan y hacen que nos sintamos realmente vivos —replico tratando de animarlo. Después de todo, para un hombre tan circunspecto como él, un hombre que debe de haber sufrido mucho por amor, no debe de ser fácil confesar sus emociones ni entablar una nueva relación.

—Sí, ya... Pero las cosas nunca son tan sencillas. Con frecuencia las implicaciones externas complican mucho las cosas. Hacen que resulten incluso imposibles.

Eh, no. Imposibles no, ¡qué demonios! Comprendo que esté de por medio mi puesto de trabajo y que su posición, digamos, se encuentre en este momento en ligero conflicto de intereses con lo que siente, pero no permitiré que el canal Mi-A-Mi, el sumo presidente y el resto de la compañía me arruinen la vida.

—Por mucho que podamos renegar de lo que sentimos y comportarnos como si nada, no es posible eliminar un sentimiento negándolo.

Una bicicleta pasa como un rayo a menos de medio metro de distancia de nosotros y, de forma instintiva, Davide me aparta, rodeándome la cintura con un brazo. El calor de sus dedos quema mi piel a través de la ropa, sube hasta mi vientre y se propaga por todo el cuerpo. Quiero sentir esas manos por todas partes, pienso. Y, por unos segundos, temo haberlo dicho, porque él me mira abriendo mucho los ojos, con aire cohibido.

Su mano hace ademán de soltarme.

La detengo.

Sin dejar de mirarnos, nuestros dedos se entrelazan.

—No hagas esto... —oigo que susurra de forma casi imperceptible, pero estamos muy cerca el uno del otro.

Se humedece los labios con la punta de la lengua, pero después retrocede.

—¿Qué es eso? —me pregunta cambiando de tema con brusquedad.

Apenas me giro.

—El planetario.

—¡Caramba! Podríamos… ¿Quieres que vayamos? Podría servirnos para el programa.

El programa. Otra vez. Siempre en medio.

Pero no me ha soltado la mano. No, no la ha soltado.

Nos sentamos en los bancos que hay al fondo, mientras las luces empiezan a atenuarse y la gente guarda silencio al oír sonar una música.

—Davide, la verdad es que no te entiendo… —susurro a la vez que da inicio la conferencia.

Su mano estrecha con más fuerza la mía.

—Es precioso —murmura. Veo que su perfil se alza hacia la cúpula, donde, poco a poco, el cielo se va iluminando con una extensión infinita de planetas y luego se anima con las estrellas fugaces.

La mano de Davide se mueve, transmitiéndome el estremecimiento que acaba de sentir.

—Las llamadas estrellas fugaces no son, en realidad, auténticas estrellas. Se llaman Perseidas y son únicamente polvo que se incendia debido a la velocidad, como cuando encendemos una cerilla —explica el conferenciante—. Por eso, sí, reconozco que la idea de expresar un deseo al verlas es muy romántica, pero jamás he oído a nadie decir que dicho deseo se haya cumplido. Sea como sea, si quieren podrán ver muchas aquí, en el planetario, y siempre es bonito expresar deseos.

Me vuelvo de nuevo hacia Davide, me gustaría decirle que él es lo único que deseo, pero me he quedado sin aliento.

Es como si nos hubiéramos perdido en el espacio, en un hechizo hecho de planetas y estrellas fugaces (¡perdón, Perseidas!), que se mueve alrededor de nosotros al ritmo dulce de la música de fondo.

—Tampoco tienen mucho sentido los signos zodiacales y la llamada astrología —prosigue el conferenciante—. Las constelaciones han sido diseñadas por el hombre en un recorrido bidimensional, pero, si miramos el cielo desde otra perspectiva, veremos que las figuras cambian de forma geométrica, y que ciertas estrellas, a las que separa una gran distancia, han sido agrupadas en la misma constelación.

Davide se ríe entre dientes a mi lado.

—Andrea aún no ha sacado a colación este argumento con Tío.

—Mmm, creo que ha sacado otros.

—¿Qué?

—Nada… Quiero decir, se pueden decir tantas cosas contra la astrología…, pero la verdad es que no se puede confiar demasiado en ella.

—¿Te estás pasando al bando contrario? Y pensar que, en cambio, yo empiezo a creer un poco en ella. Por ejemplo, yo soy Leo.

Dios mío. No. Esto no está sucediendo. No me lo está diciendo de verdad.

Justo cuando había decidido que no quería volver a saber nada de los signos.

Tápate los oídos, me digo. Que si patatín que si patatán. No quiero oírlo. No quiero saber nada de nada.

—El 22 de agosto de 1978, a las once y veinte de la mañana. Tengo que decir que desde que empezamos tu programa he encontrado algunas correspondencias, al menos en relación con el carácter.

La ha dicho. Por mucho que me esfuerce por olvidarla, mi vocecita interior sigue repitiendo de manera obsesiva su fecha de nacimiento.

—Además, hay que hacer una ulterior especificación sobre las constelaciones de los signos zodiacales —dice entretanto el conferenciante—, una especificación que frustra el montaje sobre el que los sedicentes astrólogos fundamentan sus teorías: las estrellas no son fijas y las constelaciones se transforman, con suma lentitud, es cierto, como las piezas de un caleidoscopio. Por eso el cielo que vemos ahora no es el mismo que el de hace dos mil años.

En la cúpula del planetario aparece una especie de anillo que muestra los movimientos de las constelaciones zodiacales, destacando las que ya no coinciden con las anteriores, las que existían cuando se creó la astrología.

—Así pues, todos podríamos tener un signo de reserva. Si no nos gusta lo que nos dice el horóscopo podemos mirar el del otro —me dice Davide al oído sonriendo.

—Memeces —replico en tono seco, más por mí misma que por él. Y en voz más alta, porque sigo tratando de acallar la vocecita interior que me repite de forma obsesiva la fecha.

22 de agosto de 1978, 11.20 horas.

22 de agosto de 1978, 11.20 horas.

22 de agosto de 1978, 11.20 horas.

22 de agosto de 1978, 11.20 horas.

Jack Torrence se sentiría orgulloso de mí.

Intento distraerme mirando el cielo del planetario. También Davide parece más relajado.

En un momento dado, para observar mejor la constelación de Orión, debemos inclinarnos hacia delante (está justo encima de nosotros, de forma que resulta difícil verla desde los bancos) y al final nos acurrucamos en el suelo.

—Sería precioso poder observar el cielo así —digo—. Quizá en la montaña, donde la oscuridad es muy profunda.

—Sería precioso… —recalca él, y oigo que suspira.

Haciendo acopio de valor y con la excusa de ver mejor las estrellas me tumbo apoyando la cabeza en sus rodillas.

Su mano me aparta un mechón de pelo de los labios, acariciándome.

—Sería de verdad precioso —oigo que repite—. Si fuera posible.

Al igual que todos los sueños, la magia del planetario no dura eternamente, por desgracia, de forma que las luces se encienden en el mejor momento, haciéndonos sentir un gran apuro. Me levanto a regañadientes del cómodo refugio de sus rodillas. Davide me suelta la mano.

Salimos por separado, rodeados por la multitud de personas (pero ¿dónde se habían metido?) que han asistido a la conferencia. Él enciende de nuevo el móvil y se dirige a un rincón para hacer una llamada.

—Sí… No, perdona, no había cobertura… —le oigo decir. Le sonrío, pero él me da la espalda—. Es que estoy fuera…

Lo miro. Luego escruto mi teléfono, que está apagado.

22 de agosto de 1978. 11.20 horas.

También Paola podría haberme intentado localizar. Es posible, dado lo preocupada que estaba esta tarde. Tengo que volver a encenderlo. A la fuerza. No es una excusa. Lo juro.

Cuando acaba de cargar las aplicaciones veo que he recibido un mensaje. Pero no es de Paola, sino de Tio.

¿Todo bien?

Quizá sea una señal.

Sí, dije que no debía hacerlo… Pero Davide sigue en ese rincón hablando por teléfono. Y yo estoy aquí sola, atormentándome con mi destino.

Además, pese a que antes dije que no hay horóscopo fiable, Tio siempre ha atinado sobre los tipos con los que he salido, por lo que debe de haber un fondo de verdad en todo ello.

Alzo de nuevo la mirada en dirección a Davide.

—Con amigos… —oigo que dice.

Quizá me sentiría más tranquila si supiera que tengo alguna esperanza. Viviría esta velada de forma más serena.

Además, me siento también culpable con Tio, por no haberle dicho nada antes. Podría interpretarlo como una revancha porque él no me habló enseguida de Andrea, así que es la ocasión perfecta para remediarlo.

Tecleo a toda prisa en la pantalla:

22 de agosto de 1978, 11.20.

Envía.

Sin un comentario, sin un nombre. Sé que Tio lo comprenderá al vuelo.

—¿Te apetece que vayamos a comer algo? —me dice Davide guardando el móvil—. Perdona, pero era importante —añade refiriéndose a la llamada.

Con todo, no puedo negar que la velada es perfecta.

Caminando por las calles del barrio Isola, que están llenas de locales íntimos con sabor a la vieja Milán, hasta el punto de que de vez en cuando tienes incluso la impresión de estar en París, llegamos a un pequeño bistró y pedimos unas copas de vino y una tabla de fiambres. Davide me sonríe, apoyando la cara en los nudillos de las manos para mirarme a los ojos y hacerme muchas pequeñas preguntas sobre mi vida.

Mis gustos en lo tocante a la comida (exceptuando el hecho de que no puedo digerir los pimientos, soy casi omnívora), o si leo (pues bien, sí, es uno de mis muchos talentos), si me gusta bailar (hago trampas y me lanzo a hablarle de la samba por las tres veces que la bailé con João, pero no creo que Davide me lleve nunca a una disco latina), si he ido alguna vez en moto (en este punto conviene ceñirse a la realidad, pero es como si lo hubiera hecho, dado que he visto varias veces *Top Gun* y en ella Tom Cruise iba mucho en moto).

Cuando el camarero se acerca y enciende una vela en la mesa para poner «un toque de romanticismo», como dice él, le sonrío pensando que a estas alturas saben cómo engatusar a la clientela, mientras Davide se inclina hacia atrás y cruza los brazos.

—Gracias —dice. Luego, cuando el tipo nos deja de nuevo a solas, me escruta, diría incluso que con suspicacia—. Casi tengo la impresión de que todo esto no es real —murmura.

—¿De verdad? —Que él piense como yo, que esté viviendo esto como si fuera un momento auténticamente mágico, es mucho más de lo que esperaba.

Dios mío, pero ahora queda la segunda parte de la velada… Y para esa no me contentaré, desde luego, con los sueños y la luz de las velas. En cualquier caso, por ahora no me quejo, todo está yendo sobre ruedas, como nunca había sucedido entre nosotros. Pero ¿por qué digo «entre nosotros»? Jamás he vivido un idilio como este con ninguno de los hombres con los que he salido.

«Es porque estás enamorada, Alice» (Paola, la del eco).

Es porque (lo miro)… porque es «Don Perfecto».

Parpadeo para ver si oigo alguna campanita en mi interior, si se produce una toma de conciencia, un cambio, un desplazamiento del eje terrestre, en pocas palabras, una señal del momento histórico que estoy viviendo.

Mi estómago ruge.

—Me alegro de que me pidieras que saliéramos —digo rápido para tapar el ruido—. Lo cierto es que hacía tiempo que pensaba en ello, aunque, después de lo que dijiste la semana pasada en la oficina, pensé que me había hecho una idea equivocada. —Suspiro y esbozo una sonrisa trémula, en busca de confirmación.

Davide se muerde el labio, y él también tiene una expresión un poco perdida cuando me coge la mano.

—Alice, escucha...

Ahora sé lo que sucede cuando El Adecuado está a punto de declararse. No se produce ningún desbarajuste, ni un terremoto. Solo se oye una canción. Arranca quedamente, las primeras notas son muy dulces. Davide me mira y siento un escalofrío en la espalda.

«Now I've had the time of my life».

Patrick Swayze estaba buenísimo en esa película.

«No, I never felt this way before».

Frente a mí, Davide permanece con los labios entreabiertos, salta a la vista que la emoción le impide hablar.

«Yes, I swear, it's the truth and I owe it all to you».

Me pregunto si también él estará oyendo una canción que selle este momento, y cuál será.

—Alice...

—Dime...

—Creo..., creo... ¿Es tu móvil?

Me vuelvo hacia el bolso. Claro que estoy oyendo la canción de *Dirty Dancing,* no hace mucho la vinculé al número de Tío.

De hecho, veo su nombre y su foto parpadeando en la pantalla.

La música suena tan fuerte que varias personas de las mesas contiguas se han vuelto y me miran con aire de reproche.

Cojo el teléfono y rechazo la llamada. Perdona, Tío, pero no es el momento.

—¿No contestas? —me pregunta Davide perplejo.

—No, no... No es importante.

Por supuesto que no es importante. En el orden de mis prioridades pocas, poquísimas cosas, van por delante de la declaración del hombre de mi vida.

—¿Qué estábamos diciendo?

«Now I've had the time of my life...».

A Julia Roberts nunca le ocurren estas cosas.

—Puede que sea urgente —me dice Davide soltándome la mano y apoyándose en el respaldo para dar un sorbo a su vino.

¡No, no, no! Tio, ¿no has visto que en mi horóscopo de hoy estaba escrito NO MOLESTAR?

Espero de verdad que se trate de una cuestión de vida o muerte.

Me esfuerzo para sonreír a Davide sin perder un ápice de mi aplomo.

—¿Dígame...?

—Ven. Enseguida. Sal. De. Ahí.

—¿Qué?

—¿Me has oído? Alice, busca una excusa. Despídete. Dale las gracias. Y sal de ahí.

—Pero... —Alzo la mirada hacia Davide y veo que sigue delante de mí, mirando absorto la copa de Nebbiolo que nos han servido—. No puedo.

—Escúchame bien, Alice. —Al otro lado de la línea Tio me habla con el mismo tono que usan los policías cuando tratan de convencerte de que no te tires al vacío—. Ese hombre, sea quien sea, tiene encanto para dar y tomar, de acuerdo. Pero es terriblemente peligroso para ti. ¿Me entiendes? Terriblemente.

Es de cajón, dado que el efecto que me produce el mero hecho de mirarlo tiene la potencia de un camión con remolque.

—No, te he entendido, pero no —replico, testaruda.

—¿Te he engañado alguna vez? Escucha, encanto. Para empezar Leo es de por sí el signo más egocéntrico de todo el zodiaco. —Habla a toda velocidad, porque tiene miedo de que le cuelgue en cualquier momento (cosa que se merece)—. Virgo, con el que este tipo está en la cima, lo cuadra, exaltando sus encantos y aumentando su determinación. Por eso, si se le ha metido en la cabeza conquistarte lo hará.

—Así es. Punto final.

—¡No, no, escucha! Justo porque le priva ser el centro de la atención, se enamora con facilidad, pero es inconstante. Y eso no solo lo dice su signo sino también su cuadro astrológico: tiene a Mercurio en Leo y a Venus en Libra, y eso dificulta su estabilidad afectiva.

—Eh, espera, yo también tengo… —Bajo la voz, porque estoy gritando, y para evitar que ni siquiera Davide me oiga, me tapo la boca con una mano—. Yo también tengo a Venus en Libra. ¿Y qué?

—De hecho, querida, ¿recuerdas con cuántas personas has salido últimamente?

Juro que lo estrangulo.

—No sería así si Joã… —Me muerdo la lengua—. ¿Has terminado?

—¡Ojalá! Tiene a Urano en Escorpio en cuadratura con el Sol, de manera que resulta poco menos que indescifrable.

Esta vez parpadeo y miro de nuevo a Davide, que gira el tenedor con las manos, observando los dientes. «Touché», pienso, porque la verdad es que este hombre es como el tercer misterio de Fátima.

—Es capaz de sonsacarte lo que sea y utilizarlo después en su provecho. Apuesto a que te ha hecho un montón de preguntas. A ver si te atreves a decir que no.

—Esto, no… —Uf—. Sí, en efecto… —Pero ¿acaso no lo hacen todos en la primera cita? ¿Por qué debo pensar que Davide es una especie de espía surgido del frío?

—Además, Venus está en la casa XII. ¿Sabes lo que significa eso? ¿Lo sabes? Yo te diré lo que significa: no tiene la menor intención de casarse o de fundar una familia. Es muy, pero que muy independiente y no quiere vínculos estables. Pregúntale si quiere tener hijos, siento curiosidad por saber lo que dice —exclama Tio con el descaro de un niño caprichoso. Oigo que su voz retumba, como si estuviese tronando.

—¿Dónde estás? —le pregunto.

—Da igual, da igual. Lo que debes hacer tú es salir cuanto antes de ahí. Dile que te encuentras mal. Que te duele la barriga, que te acaba de bajar la regla. Basta con que salgas de ahí.

—Pero ¿estás loco? —Como si fuera capaz de reconocer ante un hombre, mejor dicho, ante el Hombre, que también soy víctima de las funciones corporales más mezquinas—. Oye, no puedo. Y no quiero. Es más, ahora tengo que dejarte, estoy cenando fuera y no es de buena educación que me dedique a hablar contigo por teléfono.

Cuelgo y vuelvo a meter con discreción el teléfono en el bolso, a la vez que pido disculpas a Davide por la interrupción.

—No te preocupes —me dice él con afabilidad, pero luego entrecierra los ojos—. Parecía algo importante.

—Oh…, bueno…, sí…, ¡era una amiga! —¿Por qué ha entrecerrado los ojos? Parece que esté intentando leerme en lo más profundo, mientras él es indescifrable… porque tiene a Neptuno en Escorpio. Mierda—. Hum, sí, era una amiga que tiene problemas con su… novio…, están en crisis, porque ella quiere tener hijos y él no quiere ni oír hablar del tema. —Me callo para observar su reacción. ¿Su mirada es aún más penetrante? ¿La línea de su boca se endurece?

—Bueno, no se lo reprocho —dice al cabo de unos segundos—. Traer hijos al mundo hoy en día es una inconsciencia.

¿Tendrán bolsas para los ataques de ansiedad en este sitio?

Mi móvil vuelve a sonar, y ahora estoy tan agitada que respondo sin vacilar.

—¿Qué pasa? —grito.

Oigo ruidos al otro lado, como si alguien estuviera restregando algo contra el micrófono.

—¡Alice! —Es Tio de nuevo, pero esta vez su voz parece más lejana.

—Basta, cuelga —lo riñe una segunda voz, que no reconozco al principio.

—Alice, ¿has salido ya de ahí?

—No —contesto yo lacónica, además de un poco cansada de sus cuidados, que me están arruinando la velada.

—¡Te advierto que he verificado también la afinidad y es una porquería! —exclama Tio, pero una serie de ruidos ahogan cada vez más su voz.

—Basta, Tiziano. Te estás pasando —dice la otra persona. Ahora lo reconozco. Es Andrea. Solo él lo llama Tiziano.

—Sí, solo una cosa más. Entre vuestros dos cuadros astrológicos... ¡está la oposición Luna-Medio Cielo! —Pronuncia las últimas palabras casi sollozando.

—¡Tiziano, por el amor de Dios, jamás he oído una sarta de tonterías semejante!

—No lo entiendes, Andrea, esta unión no es solo imposible porque no hay comunicación, debido a la oposición Luna-Júpiter o, como si no bastase, a la oposición Luna-Saturno, que habla de ilusiones e inestabilidad... ¡La oposición Luna-Plutón predice violencia y agresividad!

—Pero, por favor, como si no te hubiera explicado ya mil veces que es muy poco probable que exista cualquier tipo de relación entre los planetas y el destino. Vamos. Compórtate como es debido y salgamos de este baño, ¿eh? Despídete de Alice y cuelga. Alice, por favor, no le hagas caso y pasa una agradable velada.

—Sí... —Observo a Davide, que esta vez, para matar el tiempo, acaricia el dorso del cuchillo—. Las oposiciones, ¿eh? —balbuceo.

Tio retoma la palabra, excitado y esperanzado:

—Exacto. Recuerda que también Barba Azul debía de tener sus encantos si se casó ocho veces.

—Oh, Dios mío...

—¿Pasa algo? —pregunta Davide preocupado. Cuando se inclina hacia delante para coger mi mano salto como un muelle.

—¡Ah!

—¿Qué ha ocurrido? ¿Qué te ha hecho? —grita Tio.

—Nada…, no es nada. Estaba distraída. —Esto es una pesadilla. Lo sabía, sabía que no debía haberle mandado la dichosa fecha, soy una idiota.

Pero ¿las víctimas del monstruo de Milwaukee no habrían agradecido que alguien les hubiera dicho con qué tipo de persona estaban saliendo?

—Basta, los dos —tercia una vez más Andrea—. Sé razonable, Tiziano, piensa en nosotros. No podemos ser más diferentes.

—Ah, muy bien, ¿crees que antes no verifiqué nuestros cuadros astrológicos?

A continuación oigo que la línea se interrumpe y aparto el teléfono de la oreja, mirándolo desconcertada.

Davide me lo quita de la mano con delicadeza.

—¿Qué te parece si lo apagamos?

Lo único que logro hacer es asentir con la cabeza.

—¿Estás bien? Pareces un poco turbada. —Sin esperar mi respuesta Davide hace una señal al camarero para que nos traiga agua fresca—. Te has puesto pálida. ¿Te encuentras mal? —Cuando apoya una mano en mi mejilla siento todo su calor, un fluido tibio que atraviesa mi cuerpo hasta llegar al corazón.

No puede ser cierto.

Tio debe de haber cometido un error en esta ocasión. En caso contrario, esta es, sin lugar a dudas, la excepción que confirma la regla. O la que revela que la regla es errónea.

Porque yo quiero a este hombre, sigo deseándolo con cada fibra de mi cuerpo, y leo lo mismo en sus ojos. También ahora, mientras levanta mi mano y se la lleva a los labios.

¡Oh, al infierno!

Al infierno Tio y la astrología. Seguro que tiene razón Andrea, que dice que debo pasar de todo. Al fin y al cabo, tiene un título universitario, ¿no?

—Quería decirte… —prosigue Davide—. En realidad quería decirte que lamento cómo está yendo esta noche. Quería hablar contigo. Decirte… Decirte cosas importantes, pero me resulta muy difícil, porque…, porque soy un egoísta y tengo miedo de estropearlo todo. Perdona…

Le apoyo el índice en los labios.

—No hay nada que perdonar.

Él mira alrededor.

—¿Podemos salir de aquí? Me estoy ahogando.

De hecho, el local se ha llenado bastante, en estos momentos carece de la intimidad que me gustaría tener en una declaración.

Fuera, una llovizna ligera nos hace correr abrazados hacia un portal.

—Cuando antes te dije que esta noche me parecía algo irreal no te mentía, Alice. Estoy bien contigo, y eso es un problema, un verdadero problema.

Le sonrío con descaro, alzando la cara hacia él, dejando que la lluvia moje mis pestañas.

—Esta velada ha sido un sueño, Davide. —Poco importa que hace unos minutos rayara la pesadilla debido a la interferencia de mi EX mejor amigo—. ¿No podríamos olvidar la lógica solo por una vez?

Él cierra los ojos y exhala un suspiro, a la vez que alza la cara hacia el cielo.

Apoya una mano en mi nuca y me atrae hacia él, hacia su pecho.

Siento que su corazón late con fuerza, con muchísima fuerza, contra mi frente. Me da un beso en la cabeza.

—No sabes lo que me estás pidiendo —murmura.

Trato de levantar la cara hacia él, abriéndome paso entre los botones de su camisa, la tela del cuello, la piel suave de su chaqueta. Lo primero que encuentro es su barbilla, y mis labios la acarician levemente, demasiado temerosos para darle un auténtico beso.

Sus dedos se hunden en mi pelo y echan mi cabeza hacia atrás. Siento sus labios en los míos, su boca, que me busca con dulce ferocidad para abrirme, para saborearme, mientras nuestras respiraciones se confunden con el repiqueteo de la lluvia.

Le amo.

Vaya si le amo.

Tio puede decir lo que quiera. Presentarme incluso su cuadro astrológico sellado con lacre por el Papa en persona. Yo le amo.

Los labios de Davide se separan un milímetro de los míos.

—Alice, esto es un error. Tú no deseas esto. No puedes desear esto...

La cabeza me da vueltas, siento que me flaquean las piernas. Ya no entiendo nada. No entiendo lo que está diciendo.

—Yo solo quiero esto.

—No..., no..., no... —También él sigue besándome, sus labios buscan los míos, su lengua me acaricia con desesperación—. Tú no lo sabes. —Jadea contra mi piel, su mano aparta la tela de mi blusa, el calor de sus palabras calienta mi cuello...—. No lo sabes porque nunca me has preguntado nada.

Aturdida por sus besos no comprendo el sentido de lo que me está diciendo. Tengo la impresión de haberle preguntado muchas cosas, sobre todo esta noche.

Me separo de él, pero solo los centímetros necesarios para poder hablar, sin despegar mi frente de la suya, con los ojos cerrados, porque me parece que nuestra piel podría desgarrarse si nos alejáramos bruscamente.

—Davide, comparado con tu capacidad para eludir las preguntas, Houdini era un don nadie. Yo siempre te he preguntado cosas. Siempre he deseado saberlo todo sobre ti.

Sus labios se abren, cerca de los míos.

—Nunca me has preguntado si estaba disponible.

Sus palabras son como un disparo demasiado próximo al corazón. La deflagración las ahoga y hace que resulten incomprensibles. No he oído bien. No puedo haber oído bien.

—Eh… —Tengo la voz ronca, como si estuviera trepando por unas rocas para poder salir—. ¿No lo estás?

Cuando despega su frente de la mía siento frío, porque se aleja y apoya la espalda en la pared del edificio.

—No, no lo estoy —admite restregándose la cara, hasta que la mano se detiene en su boca mientras me mira. Quizá por la vergüenza que le produce lo que acaba de decir, o para enjaular los besos que le gustaría seguir dándome.

Sé muy bien lo que debería hacer ahora. Sé que debería dar media vuelta, sé que debería cruzar de nuevo esta calle, sé que debería marcharme.

Sé que no debería quedarme aquí parada mirándolo, pensando que le amo, pero no puedo dejar de hacerlo.

—Me gustas mucho, Alice. —Alarga una mano sin moverse de la zona franca de la pared y me acaricia la cara.

Mi mente grita que me aparte, que, después de todo, Tío tenía razón, que esto es un suplicio, que es demasiado fuerte haber rozado la felicidad para descubrir acto seguido que había, que hay, muchas mentiras entre nosotros.

Pero en lugar de apartarme inclino la cara hacia él y froto mi mejilla contra la palma de su mano.

—¿Qué crees que debería hacer? —me pregunta él, suplicante.

Levanto la cabeza y lo miro a los ojos, los ojos que pensaba conocer ya tan bien, que pensaba que ocultaban a un hombre herido por la vida, por una mujer, por una traición, y que por ese motivo guardaba las distancias conmigo. Ahora me parece leerlos con más claridad, y la pregunta que me hizo hace tiempo adquiere un significado distinto: «¿Has traicionado a alguien alguna vez?». No me la hizo para saber si yo era fiel o si podía herirlo como había hecho ya otra mujer, sino para saber si podría aceptar ser «la otra».

—En mi opinión es muy sencillo —digo con una dureza que es fruto de la desesperación—. Déjala a ella y quédate conmigo. —Soy directa, cortante, puede que incluso injusta con la otra mujer, que, al igual que yo, no es culpable de nada.

Sus párpados se cierran poco a poco.

—No es posible —dice quedamente, con un hilo de voz—. Ahora no… Las cosas entre nosotros no van muy bien, pero Barbara es vulnerable, sobre todo desde que murió su marido.

Barbara.

¿Como Barbara, Barbie Grace Kelly, Impronunciablemente Guapa, Rica y Sofisticada?

—¿*Esa* Barbara?

Davide se muerde el labio y asiente con la cabeza.

—La conociste en el castillo —me confirma—. Cuando le pedí que nos dejara rodar el programa allí pensé que sería más fácil mostrarte la realidad de los hechos. Procurar no hablarte de ella y presentártela como mi compañera. Pero luego…, cuando te vi entrar, comprendí que eso te haría daño y que no te lo merecías. Que yo era un egoísta que no asumía sus responsabilidades.

Por eso quería que nos fuéramos de allí.

Por eso, al ver que no podíamos hacerlo, que yo debía trabajar, se marchó con ella al final y luego me pidió que nos viéramos esta noche.

Barbara Buchneim-Wessler Ricci Pastori. Basta contar las letras de su nombre y compararlas con las mías para comprender que no puedo competir con ella. ¿Cómo se puede rivalizar con la perfección?

—Soy un cabrón, Alice.

Cierro los ojos y me obligo a respirar.

—Sí, lo eres.

—Te acompaño a casa.

Levanto una mano para que se detenga.

—Prefiero llamar a un taxi.

26

GÉMINIS POR SORPRESA

A estas alturas se puede decir que he criado callos y me he acostumbrado a que me rechacen. Sé cómo afrontar la situación. Es pura cuestión de cajones. De cajones mentales, quiero decir: cojo las cosas que no quiero ver, las situaciones a las que no puedo enfrentarme, y guardo todo en un compartimento estanco. Un cajón que no se debe abrir, al menos durante un tiempo. Durante mucho tiempo.

Prohibido rascarse las heridas y echar sal en ellas, así pues, prohibido quedarse en casa rumiando, pensando en lo que podía haber sido, en las miradas, las palabras aterciopeladas, los besos, en fin, en todos los recuerdos y demás.

En cambio, bienvenida sea la diversión, el apiñamiento de cuerpos en la discoteca, por ejemplo, o las veladas con las amigas como la de esta noche, que me hacen sentir joven y con las pilas cargadas.

Y cargada también de alcohol. Bueno, no se puede decir que esté borracha, como mucho un poco achispada. Pero me mantengo de pie sin mayor problema. Incluso puedo tocarme la punta de la nariz estando a la pata coja, ¿no? Puede que al taxista que me está esperando con la puerta abierta le dé igual, pero para mí es importante.

Me he divertido mucho. He bailado, cantado…, creo que en un momento determinado incluso he besado a un tipo, pero no me acuerdo, porque da igual.

He sacado a Davide de mi vida.

Mira hacia delante, Alice, me ordeno a mí misma. Hacia delante, como has hecho siempre.

No ha pasado nada. Eres la misma persona de siempre. Él no te ha dado nada ni te ha privado de lo que eres. Me lo repito. Una y otra vez.

El maldito taxi parece no llegar nunca a su destino y la vieja melodía de jazz que transmite la radio destroza mis defensas.

Estoy cansada. Cansada de creérmelo. Cansada de sufrir decepciones. Cansada de tener que rehacerme cada vez desde el principio. Cansada de recomponerme para alguien que luego preferirá a otra. Cansada de ser fuerte. Cansada de que me digan que soy fuerte, como si con eso les diera una coartada para tratarme mal. No puedo más. Ya no me lo creo.

Si el amor fuera una glándula juro que me la extirparía. Una angina inflamada. Las vegetaciones. Las hemorroides del amor.

Pago a toda prisa el taxi para poder escapar y me apresuro a coger las llaves para abrir la puerta.

No veo la hora de encerrarme en casa y meterme en la cama. Cuando bajan las defensas lo único sano que puedes hacer es dormir. Mañana estaré recuperada y preparada para enterrarlo todo en el olvido.

La luz de la escalera aún está estropeada, el neón parpadea sin acabar de encenderse por completo. Menudo coñazo.

Llamo al ascensor, pero algún vecino no muy cuidadoso debe de haber dejado las puertas abiertas, porque cuando aprieto el botón no se conecta.

—De acuerdo, quiero hablar con un responsable —farfullo dirigiéndome a la nada, porque si de verdad existe un Dios me encantaría hablar con él en este momento, me contentaría incluso con uno de sus subordinados.

Empiezo a subir a pie y no puedo por menos que recordar el día en que Davide subió por ella conmigo cargada al hombro, la noche en que salí con el amigo de Paola.

Esta es una de las cosas en que no debo pensar. Puf. La hago desaparecer en el cajón impenetrable. Fuera.

Salto por encima de una rosa amarilla que alguien debe de haber perdido.

Acaricio el pasamanos, distraída. Me niego categóricamente a llorar.

El último tramo está cubierto de pétalos esparcidos, que el neón ilumina como un flash mientras sigo subiendo.

Solo ahora caigo en la cuenta.

¿Por qué hay pétalos de rosa en la escalera?

De repente, siento a Davide a miles de kilómetros de distancia. Yo en cambio estoy aquí, en el presente, fuera de mi cabeza y de mis problemas amorosos, totalmente consciente de lo que me rodea.

Está oscuro. O casi.

Es de noche. Y estoy sola.

Quizá.

Busco frenéticamente el móvil en el bolso, pero estoy demasiado nerviosa y mis dedos solo tropiezan con la cartera, la agenda y el paquete de pañuelos de papel que antes, en el taxi, no pude encontrar de ninguna manera.

Me paro, aplastándome contra la pared, procurando no respirar para poder aguzar la oreja y oír si hay algún ruido.

Y oigo algo. Parece un paso.

Otro tramo más y habré llegado a mi destino.

Veo que el neón intermitente ilumina la puerta de mi piso.

Pienso en una de esas películas en que unos idiotas bajan a unos sótanos oscuros con unas lamparitas que tiemblan antes de apagarse por completo, justo antes de que los maten. Y todo porque no han llamado al electricista.

Pero, me digo, yo estoy subiendo, en lugar de bajar. Jamás cometería la idiotez de bajar al sótano a estas horas de la noche con una luz así.

No obstante, ahí están las rosas, las rosas amarillas que alguien sigue mandándome.

De repente, la luz parece estabilizarse. Sigue temblando, pero permanece encendida.

En ese momento echo a correr. Subo como una exhalación los peldaños con la llave bien apretada en la mano, lista para meterla en la cerradura a toda velocidad.

En cualquier caso, logro ver la sombra que se separa del otro tramo de escalera unos segundos antes de que la luz vuelva a apagarse.

—Por fin has llegado.

Me vuelvo y lanzo un grito con el que podría conseguir un contrato para doblar a Tarzán.

Luego una mano me tapa la boca.

—¡Chss, calla! ¿Quieres despertar a los vecinos?

Intento desasirme, pero el hombre no me suelta.

—Cálmate, Alice. Cálmate, Pantuflita.

Me pego a la puerta de casa mientras mis ojos logran enfocarlo, pese al terror y a la luz, que sigue temblando.

Él asiente con la cabeza y, poco a poco, me suelta, a la vez que en sus labios se dibuja una sonrisa.

—He vuelto —canturrea regodeándose—. ¿No te alegras de verme, *pichoncito*? ¿No has recibido mis flores?

Detrás de él, apoyado en los escalones del tramo que sube al cuarto piso, hay un ramo enorme de rosas amarillas.

—Como en esa película que te gustaba tanto, ¿te acuerdas? *La edad de la inconsciencia.*

—*La edad de la inocencia* —murmuro tratando de hacerme una composición de lugar de lo que está sucediendo.

Me cuesta creer lo que estoy viendo, de manera que parpadeo sin cesar, porque, después de una velada como esta, quizá haya perdido un par de tornillos.

Luego tomo aliento y le pregunto:

—¿Qué haces aquí, Giorgio?

SAGITARIO

Afirmar que el hombre sagitario es poco fiel es como decir que en Hiroshima hubo algunas víctimas. Ahora bien, no lo hace por maldad, no, él es genéticamente proclive a la traición, dado que ha nacido sin el común sentido de la moralidad y carece casi por completo de conexiones neuronales, por lo que es incapaz de pensar antes de actuar. No obstante, si algo le gusta es descargar la culpa del «malentendido» en ti, la mujer a quien quería y que lo obligó a dar el terrible paso de acostarse con otra.

27

FULL METAL GÉMINIS

Por fin se ha resuelto el misterio. Detrás de cada rosa amarilla, detrás de cada pétalo y, por encima de todo, detrás de cada espina, estaba siempre Giorgio, el hombre que me partió el corazón. Está bien, *uno* de los hombres que me han partido el corazón, pero él fue el primero de la larga serie. Si bien por aquel entonces Paola estigmatizó el suceso con la siguiente frase:

—Deberías pensar que te ha tocado la lotería y cambiar la cerradura de casa.

Pero yo creía de verdad en nuestra historia. Duró casi un año, lo que para mí, que después de Carlo no había logrado salir con nadie más de dos semanas seguidas, significaba poco menos que haber encontrado al hombre de mi vida.

—¿Qué haces aquí, Giorgio?

Es que de todos, realmente de todos los que han entrado y salido de mi vida, Giorgio es, con toda probabilidad, el último que me esperaba volver a ver. O que deseaba volver a ver.

—He pasado a verte, *pichurrina*.

—¿A las dos de la madrugada? ¿Qué te pasa, estás en la franja horaria de Shanghái?

No soy nada amable con él, lo sé, y por un instante creo que no debería ser tan ácida. Pero solo es un instante, porque, si recuerdo solo una de las cosas que hizo, ponerle la zancadilla y tirarlo por la escalera sería, en todo caso, un acto de piedad.

—Ja, ja, ja, tú y tu sentido del humor… —contesta él rascándose la cabeza—. Tengo que hablar contigo como sea.

—¿No podías haber llamado por teléfono?

—Lo intenté, pero quizá hayas cambiado de número.

Me doy una palmada en la frente.

—¡Ah, no, es verdad! Bloqueé tu número como no deseado.

Él me mira con aire pesaroso.

—¿Por qué?

Exhalo un suspiro. ¿Puedo hacerle una lista?

—Porque sí…

—Siempre has sido tan impulsiva —dice con aire engreído—. Mi Pantuflita fogosa.

Eso sí que no, Pantuflita fogosa no.

—Estoy bastante cansada, Giorgio. ¿Podemos posponerlo para mejor ocasión? —¿Como otra vida? ¿O, mejor aún, un par de vidas?—. Dame tu dirección y tu número, yo te llamaré.

—Ese es justo el problema. No tengo dirección. Ambra me ha echado de casa.

Una extraña mezcla de triunfo y pena me impide comentar la revelación con otra cosa que no sea:

—¡Oh!

En cambio, a él no le faltan las palabras.

—Esa cabrona aprovechada. Quiere el divorcio, la muy ingrata. Y los hijos, por supuesto. Mis hijos, ¿te das cuenta?

—Supongo. Bueno, también son suyos. Si quisiera los hijos de otro sí que me preocuparía. Además, ¿cuántas veces te ha echado ya de casa? —Cuando nos conocimos la cantilena era similar.

Giorgio sacude la cabeza.

—Esta vez va en serio. Y quiere todo el dinero. Esa condenada me ha bloqueado las cuentas y…

Entretanto, abro la puerta de casa. No estoy, lo que se dice, de humor para pasar el resto de la noche en el rellano haciendo de kleenex a mi ex, que llora por su ex (por la que, entre otras cosas, me dejó).

—Así que no tengo adónde ir —concluye Giorgio haciéndome un guiño en dirección a la puerta. Mi puerta.

—¿Perdona?

—Verás, Alice…, sé que entre nosotros hay algo muy profundo, sé que en tu fuero interno me has perdonado, eres así. Solo te pido que me dejes quedarme unas cuantas noches. Mis abogados se han puesto ya manos a la obra para desbloquear la situación, de manera que no te molest…

—No.

—¡Solo una noche! Lo justo para darme una tregua. Ayer dormí en el parque… ¡No sabes qué gente deambula por el parque!

—¿Mala?

—¡Con el perro! ¡Te sueltan los excrementos a menos de un metro! —dice estremeciéndose.

Exhalo un suspiro.

—Giorgio, razona, esto no es un libro de ciencia ficción. No puedo dejar entrar en mi casa a una persona que me trató a patadas, que me engañó, que me usó para poner celosa a su mujer… —¡Exmujer!, decía—. ¿Acaso tengo cara de idiota?

Entorna los párpados y me observa la cara unos segundos.

Dios mío, dame fuerzas.

—Yo… no sé qué hacer, de verdad… —murmura quedamente, luego su voz se crispa con la nota desentonada del llanto—. Estoy solo… Completamente solo…

Entro en casa y me apresuro a cerrar la puerta tras de mí, temiendo que pueda entrar por las rendijas. El corazón me late a mil por hora, porque me siento culpable.

Menudo final, pienso con un poco de tristeza: él, que me llenaba la casa con las flores más exóticas y caras, ahora debe comprar las rosas al por mayor a los vendedores callejeros, con la absurda idea de causarme una buena impresión y mendigar un sitio para dormir.

Decido prepararme una infusión, porque este encuentro me ha turbado tanto que a buen seguro tardaré bastante en conciliar el sueño. Y mientras espero a que silbe el hervidor trato de aplacar el sentimiento de culpa mordisqueando galletas de chocolate.

Entretanto, Giorgio sigue en la escalera. Ha apoyado la cabeza en la pared y se ha echado la chaqueta a los hombros a modo de manta. Lo sé porque lo veo por la mirilla, mientras voy y vengo del recibidor a la cocina.

¿Cómo puedo echarlo?

Aún no lo sé, pero esta es la pregunta que más me acuciará en las próximas semanas.

28

FIEBRE DEL SÁBADO LIBRA

Tengo un dolor de cabeza monstruoso, síntoma del resfriado que me está destrozando, y que manifiesta, al igual que la punta del iceberg del *Titanic*, cómo me siento: soy un cúmulo de residuos a la espera de ser eliminados.

(«Claro que si fueras un poco más ordenada, Pantuflita, habrías encontrado los pañuelos y no te verías obligada a llenarte los bolsillos de papel higiénico»).

Si bien era la excusa ideal para quedarme acurrucada en la cama viendo todas las películas de mi equipo de supervivencia, he venido a trabajar.

—¿Alice? ¿Estás ahí dentro, Alice? ¡Respóndeme, por favor! ¡Alice!

La voz de Cristina me sobresalta, y el móvil no se me cae dentro del váter por un pelo.

Pues bien, sí, ahora «somos amigas». O, al menos, eso ha decretado ella, en virtud del asomo de simpatía que dejamos en suspenso hace un año, cuando el canal la contrató. No obstante, por el momento su concepto de amistad se basa en la necesidad, expresada de forma extraordinaria, de encontrar una aliada, un apoyo, un consuelo. Y puede que, sobre todo, en la necesidad de una confrontación en que ella pueda salir ganadora, dadas mis condiciones en los últimos tiempos.

(«¿Has visto? Te lo he desatascado. Ni siquiera te habías dado cuenta, eh, que el agua no corría bien… Las mujeres no se preocupan de estas cosas»).

—Sí, edtoy aquí. Dibe.

—Hum, ¿molesto? ¿Te encuentras mal?

Tiro de la cisterna para dar un sentido a mi salida, pese a que me habría quedado en el retrete de buena gana, en estéril meditación.

—De lo agradezco, pero solo dengo un resfriado espandoso. He vedido a por un poco de papel. —Suspiro—. Tenía que pillar jusdo un resfriado ahora, en bayo… —comento sonándome de forma respetuosa la nariz.

—Sí. Mayo… —repite Cristina. La miro a través del espejo del baño. Mira al suelo con los puños apretados en los costados.

—¿Esdás lista? —le digo, tratando de despabilarme. Tenemos una reunión dentro de poco y debo tratar de estar más atenta.

(«Cómete al menos los huevos y el bacon. Tienen sustancia. ¿No quieres un vaso de leche con whisky? La leche con whisky mata todo, figúrate si no matará también a esos germencitos malvados que te han puesto enferma»).

Ni siquiera he bebido un café, la mera idea de tragar algo me revuelve el estómago.

—¿Cómo quieres que esté lista? —Detrás de mí, Cristina sacude mis pensamientos con unas notas agudas que perforan la barrera de mis mucosas—. Pero ¿me has visto? La boda se acerca. El sábado debo probarme el vestido y estoy terriblemente gorda. Estoy gorda. Un pez bola. Una foca. Una ballena. Un globo aerostático. Un dirigible…

—Creo que puedes parar antes de llegar a los pladetas y las galaxias. Cristina: estás endbadazada.

Pero al oír esta palabra ella redobla los sollozos.

—Y estoy monstruosa. ¡Debo casarme y la gente podría confundirme con una tarta de merengue de tres pisos!

—Vedga, eres bás alta que uda tarta de berengue de tres pisos.

No, puede que esta no sea la estrategia justa, porque ahora solloza aún más fuerte. Puede que en el neceser que llevo en el bolso tenga aún los tapones que usaba para la piscina.

—Pero eres bucho bás bona que una tarta de berengue de tres pisos. Cristina, no hagas eso. Te casas, estás en uda posiciód edvidiable…

(«Esta noche no conseguía encontrar una posición. Tu sofá es muy incómodo, ¿lo sabías, Pantuflita?»).

—¡Estoy feísima! Doy asco, hasta la cara se he me ha hinchado. ¿Cómo puedo sorprenderme de que Carlo ya no me mire? Además tengo que ponerme esa cosa…, esa ridícula cosa blanca llena de brillantitos. Pareceré una bola de nieve enorme. Rodaré por la nave de la iglesia como una pelota de bolos blanca. Seré la novia más fea y gorda del universo.

Intento consolarla y me gustaría decirle que el hecho de que Carlo no la mire no tiene nada que ver con sus kilos.

Buena amiga. Sí, pero en ciertos casos es preferible no decir nada que usar las palabras a modo de excavadora. Por ejemplo, no puedo dejarme devorar por el sentimiento de culpa por no haber contestado a Paola las seis veces que me ha llamado en los últimos quince días…

Apoyo la cabeza en el escritorio con el único deseo de perderme en el olvido del conglomerado. Desaparecer como un globo en el horizonte.

(«¿Sabes? Deberías dejar de decir que estás hinchada por culpa de la regla y reconocer que has engordado. Deberías hacer un poco de deporte, gordi»).

—¿Entonces? Tierra llamando a Alice. Empiezo las maniobras de aterrizaje. Tuuuu…, tuuuu…

La voz de Tío me alcanza en el más allá, donde me he refugiado, y algo me levanta la cabeza tirándome del pelo. Es su mano.

—¡Ay!

Me ha mirado a los ojos sacudiendo la cabeza antes de soltarme. Mi frente ha vuelto a golpear el escritorio.

—Le he dado muchas vueltas. Dime solo una cosa, ¿viejo o nuevo? ¿Viejo o nuevo?

—¿Qué, Tío? ¿Quién? —Solo me faltaba un tipo gritando con el megáfono en la cabeza: «¡Coge la cola! ¡El que coge la cola gana otra vuelta en el tiovivo!». Pero yo lo único que quiero es bajar.

—El misterioso leo. Vamos.

—¿Dodavía cob eso? Basda. —No tengo ganas, no tengo ningunas ganas de hablar del leo. El león duerme esta noche, *a-wimoweh*…—. ¿Cuántos días llevas atormentándome?

—Para ser exactos quince días, siete horas y veintitrés minutos.

A-wimoweh.

—Ya te he dicho que do diene ibportancia. Ya do diene ibportancia, dado que ha acabado adtes de ebpezar. Y tú deberías estar codtento, ¿do? Do hiciste otra cosa que gritar que debía poder pies en bolvorosa. Denías razón. Pubto final.

—Sí, pero soy curioso.

—Eres ud cotilla.

—Soy cotilla, soy curioso, y estoy preocupado por ti. —Coge un puñado de semillas del cuenco que tengo sobre el escritorio, las observa y se mete algunas en la boca.

—Es un podpurri. Do se come —le advierto, pese a que un principio de envenenamiento le daría otra cosa en qué pensar.

Hace una mueca y deja el resto en el cuenco.

—No tiene ningún futuro como tentempié, desde luego. En cualquier caso, eres extraña.

Yo, que no como popurrí, soy extraña, lo que hay que oír…

—Esdoy cobstipada.

—Cuando digo que eres extraña no me refiero a tu acento de hoy, *tovarich*. Pero no deberías haber dormido con la ventana abierta.

—¡Y tú cóbo lo sabes! —Tapo el teléfono con una mano, como si me hubiera olvidado de ponerle las bragas. Pero, a decir verdad, un móvil no necesita bragas. Más bien soy yo la que me siento con mala conciencia, y no solo con Paola, sino también con Tio, dado que me he callado como una muerta y no les he contado los últimos acontecimientos de mi vida.

—He probado a adivinar, hermana. Tranquila.

(«Se ve que falta la mano de un hombre, querida. Ya era hora de que alguien pensase en ti. Ah, caramba, yo habría debido tener los hijos contigo, no con esa capulla…»).

—¿Ves cómo hago bien en preocuparme? En mi opinión estás nerviosa por ese tipo.

—¿Qué dipo? ¡Do hay dingún dipo! —exclamo, pensando preocupada que quizá se haya enterado de algo gracias a sus poderes astrológicos.

Tio alza los ojos al techo.

—Hola, buscaba a Alice… Ah, ¿sigue en el país de las maravillas? ¡Me refiero al leo!

—Basta cod esa historia. —Hago un gesto con la mano para restarle importancia al asunto, pese a saber que me estoy agarrando a un clavo ardiendo—. Te estás volviebdo peor que Paola. ¿Cuábdas veces tebgo que decirte que do hay nadie? Estoy sola. Vivo sola —chillo.

A pesar de que es mentira.

Veamos, no es exactamente una mentira, dado que desde un punto de vista legal soy la única ocupante de mi piso.

Pero tengo un huésped. Y desde hace más de los clásicos tres días... Puesto que Giorgio lleva más de dos semanas instalado en mi casa.

Al principio era solo por una noche, pero después quise creer que había cambiado y no me pareció justo echarlo sin darle una oportunidad. Además, si he de ser franca, en casa empieza a ser de cierta utilidad... En pocas palabras, que es agradable tener un amigo/sirviente que te lleve el desayuno a la cama y haga que te encuentres la casa limpia y la cena en los fogones.

Pese a que es absolutamente imprevisible, entre las múltiples personalidades que presenta, dado que es la quintaesencia de Géminis, se encuentra también la del perfecto «geisho», cuando quiere. Y yo necesitaba un poco de compañía servicial.

Delante de mí, Tio se lleva una mano a la frente y sacude la cabeza.

—Ten cuidado, Alice. Te advierto que tu horóscopo no dice nada bueno en este momento. Estás viviendo una fase crítica, como la crisálida que se ha encerrado en el capullo para convertirse en una mariposa. La Luna rema contra la oposición de Marte, que está en tránsito negativo con Urano, lo que sugiere que debes poner las cartas boca arriba con las personas... O el cuadrado del Sol, en tránsito negativo con la Luna de nacimiento, que te hace sentir como si te hubieras echado el mundo sobre las espaldas, demasiadas cosas en que pensar.

¿El mundo sobre las espaldas? A juzgar por lo que me está diciendo no hay un solo planeta que no haya decidido usarme como bola para jugar una partida de bolos intergaláctica.

—Es que me gustaría que me abrieras tu corazón como solías hacer... —dice la voz de Tio, y yo estoy tan ofuscada por el resfriado que tengo la impresión de que está hablando por un telefonillo en dimensiones paralelas—. Si no, ¿cómo puedo hacerlo yo?

—¿Puedo recordarde que le condasde antes a Paola que a mí du hisdoria con Abdrea? ¿Y se supobe que yo soy tu bejor abiga? —respondo, a la vez que me sueno la nariz.

—Bueno, pero ella es tu mejor amiga…, así que en cierta manera es como si te lo hubiera dicho a ti. Por ósmosis.

Tiro el pedazo de papel a la papelera y aprieto el par de lanchas hinchables que tengo en lugar de párpados en este momento para que comprenda que, pese a que jadeo como un carlino, aún soy capaz de razonar. Al menos en parte.

—¿Sabes que ahora, con los ojos hinchados, me recuerdas a Marlon Brando en *El padrino*? La verdad es que estoy muy preocupado. Andrea y yo vamos a comer a casa de su madre este fin de semana.

—Pod lo gederal se lleva una bodella de vino.

—¿Te parezco elegante? Quiero decir, ¿crees que soy una persona elegante? Porque soy un hombre del mundo del espectáculo, soy llamativo, egocéntrico…, oxigenado. ¿Crees que tengo el pelo demasiado oxigenado? Puede que a su madre no le guste. Son tan sobrios… En fin, que aún no sé qué ponerme.

Jadeo con la boca abierta, tratando de alinear unas cuantas palabras coherentes.

—Bienvedido al club… La verdad es que dudca hay dada perfecto que poderse.

—No me refiero solo a la ropa o al pelo, sabes… —dice él hundiendo los hombros.

—¿Ah, do?

—¡Claro que no!

—Ah, ya decía yo. Digo, no seré la údica que se ha quedado ud poco, cóbo puedo decirlo, adónida al edterarse…

—Vaya, una de las palabras que usa él: «adónida».

—Atónita. Significa asombrada.

—Exacto. Es que a veces no entiendo a Andrea cuando habla. Lo quiero, pero no lo entiendo.

Suspiro.

—Cariño, tambiéd esto forba parte de la cobdición hubana… ¿Desde cuábdo se edtiended las parejas?

—Sí, pero si su madre habla también así me confundirá. ¿Y si interpreto mal alguna palabra y quedo como un gilip…, como un idiota? ¿Lo ves? Corro un riesgo mortal.

—Tio, ¿la madre de Abdrea sabe ya… que sois pareja?

—Bueno, claro que no.

Le doy una palmadita en la mano.

—Lo sabía, yo dradaría de drabajar sobre este problema.

—¡Trabajar! Menuda palabra, viniendo de una que está tumbada en el escritorio.

Raffaella, la prueba viviente de que también las capullas, en parte como los relojes averiados, pueden equivocarse dos veces al año al combinar los zapatos, está detrás de mí, lívida e iracunda.

—El abarillo ácido se llevaba el año basado —digo entre dientes, porque el hecho de que tenga la nariz tapada y estar en las nubes de Vicks VapoRub no obstruye mi memoria sobre todo lo demás—. Solo estoy resfriada.

—¡Ah! Es lo mínimo que esperaba en respuesta a mis oraciones —exclama ella en un acceso de religiosidad.

—¡Ay! —Tio esboza una sonrisa y canturrea—: Cuando Sagitario se va deja que se marche…

Ella lo fulminaría con su mirada inyectada en sangre. Nos fulminaría a los dos, pero por suerte debe de haber mordido ya a alguien y ha descargado su veneno.

—Eres una capulla egoísta, eso es lo que eres. João era antes tu novio, de acuerdo, pero las cosas no funcionaban entre vosotros… En cambio, conmigo… Podía haber nacido algo especial si tú no te hubieras entrometido con todas esas llamadas, con los trabajos que le encontrabas a las horas más extrañas. Dios mío, lo llamabas a las tres de la madrugada y él corría… Porque, pobrecillo, necesita trabajar. Hiciste todo lo posible para separarnos. Para alejarlo de mí. Ya no teníamos tiempo libre para nosotros. No podía llevarme a bailar samba. ¡Con todos esos desplazamientos! Incluso los fines de semana. ¡Supongo que te alegrarás de que me haya dejado! ¿Nunca tienes bastante, Alice? Te apoderaste de mi trabajo y luego de João. Lo quieres todo. ¡Y no pongas esa cara! Eres una capulla intrigante y egoísta.

—Ya lo has dicho —observa Tio resoplando.

Raffaella lo mira trastornada.

Él se encoge de hombros.

—Capulla y egoísta. Detesto cuando la gente se repite: es indicador de pobreza intelectual.

Ella suelta entonces sobre el escritorio la pila de carpetas que contienen los documentos para la reunión.

Yo, sin embargo, me he quedado rezagada unos pasos, en las llamadas en mitad de la noche.

—¿Qué debodios estás diciebdo, Raffa?

Hace semanas que, tanto para Mara como para mí, João ha dejado de ir por ahí con una diana tatuada en la espalda. Además, nuestras bromas siempre fueron inocentes y las hicimos durante el horario de trabajo. Jamás se me ocurrió hacer extraordinarias con él, no digamos poner el despertador a las tres de la madrugada y arruinar también mi sueño, con el riesgo de que me salgan más arrugas de las que ya empiezan a aparecer.

—No te hagas la tonta. Hipócrita. Sé que eras tú. Él…, ¡él me lo dijo!

—¡Ah! —exclama de nuevo Tio—. ¡Qué imaginación! En una cosa te doy la razón: no debería haberte dejado, entre los dos podríais haber reunido media neurona.

Después de que haya salido, probablemente para reunirse con Cristina en el baño y fundar allí el club de las Vírgenes Suicidas, Tio exclama:

—Ah, los hombres… —Luego me mira de reojo, con el aire de quien está intentando pegar la hebra sobre mi enigmático leo, supongo.

Alzo los ojos al techo.

—Buedo, Andrea es distinto —digo centrando de nuevo la conversación.

—Y yo me alegro. Me alegro de que no sea uno de esos tipos que te prometen la luna y que luego te hacen ver las estrellas a bastonazos. Leos bajo piel de cordero…

Sé que se ha equivocado adrede al decir el proverbio.

—Ja, ja, qué risa. —He acabado el rollo de papel absorbente para las manos con el que me he sonado la nariz, de manera que me inclino hacia los cajones buscando desesperadamente un paquete de pañuelos. Mi reino por un pedazo de celulosa.

—Estoy hablando en serio. Puede que porque soy también un hombre. Fascinante a más no poder, por descontado —prosigue Tio—. Pero, llámalo sexto sentido astrológico o como quieras, reconozco a primera vista a los cretinos. El que acaba de entrar, sin ir más lejos. Es un imbécil, garantizado al cien por cien. Mira con qué presunción se mueve, con esa sonrisa de vendedor ambulante, para volverse después…, ahí está…, tan puntual como un grano en la primera cita, para mirar algo que recuerda vagamente un par de tetas. Daría lo que fuera por saber qué tipa lo pilla. Pobre idiota.

Tengo una suerte increíble, porque detrás de las compresas encuentro un pañuelo de papel aún intacto.

Emerjo de nuevo tocándome la nariz, que a estas alturas es ya de papel maché, con la esperanza de que no se me haya quedado nada pegado, y me vuelvo poco a poco.

—Oh, bierda…

—¿Lo has visto?

—Tio, debes prepararde para *Bal de abor*.

—Te advierto que esta mañana tengo una reunión contigo, y no en el set de *Mal de amor*.

—Sí… Pero… deberías prepararde de todas forbas. —Trato de empujarlo hacia la puerta, porque, a fin de cuentas, también el capitán del *Titanic* sabía que cuando chocaran con el maldito iceberg se produciría una tragedia—. ¿Quieres poderte las tredzas y el pañuelo de pirata? Quedarías de miedo y podrías…

Al otro lado del loft el hombre que acaba de entrar grita:

—¡Pantuflita!

29

LEOS POR GÉMINIS

Me quedo parada mientras Tio se vuelve hacia mí con una expresión que llamar severa equivaldría a decir que Nerón organizó un buen lío en Roma.

—Oh, Giorgio…, hola. ¿Qué haces aquí?

Como música de fondo podrían oírse las cuerdas chirriantes de *Psicosis.*

—He venido porque sabía que me necesitabas, *babe.* —Vacía la bolsa de la farmacia en la mesa de al lado—. Mujeres, ha llegado el afilador —exclama con un falsete jovial—. Pañuelos, pulverizadores, termómetros, caramelos para la garganta y…, ¡oh!, tampones… —juega con ellos como un malabarista, improvisando un pequeño espectáculo para mis compañeros—, para sentirte siempre libre y segura. He echado un vistazo a tu agenda y no nos queda mucho, Pantu.

—Qué previsor… —comenta Tio cruzando los brazos.

Giorgio se encoge de hombros y me da un beso en la mejilla.

—Do lo hagas —le digo entre dientes cuándo trata de aferrarme la cintura—. Do quiero contagiarde…

Para confirmar que mi karma astrológico debe parecerse a un cuadro de Picasso, las puertas acristaladas se abren y lanzan también a escena a Nardi (he decidido que de ahora en adelante solo lo llamaré «Nardi»), que se dirige directamente hacia mí sin mirar a nada ni a nadie.

—¿Cómo estás? —me pregunta tras cogerme de un codo para hacer un aparte conmigo.

Miro alrededor preocupada y veo que en mi ausencia Giorgio se ha pegado a Tio.

—Estoy resfriada —contesto de forma vaga.

—Lo siento, Alice.

—Pasará.

—Sí, no me refería al constipado.

—Yo tabpoco. Pasará. —Me pregunto qué quiere aún este hombre, porque esta conversación no debería estar teniendo lugar. Es desagradable e inoportuna. Inoportuna por el lugar y el momento, pero, por encima de todo, es inútil.

—Me he dado cuenta de que me he comportado como un…, un canalla. No debería haber salido siquiera contigo, fue como dejarse llevar por algo bonito…, pero imposible. Tú quieres un novio, quieres el sueño de un futuro en común, y yo estoy con Barbara.

¡No, Barbara no! Me niego a escuchar la ceremonia de beatificación de su novia, que me hará sentirme aún más, si cabe, como la pequeña cerillera del amor.

—De agradezco que hayas querido hacerbe revivir el bagdífico disgusto de la últiba vez, pero de aseguro que no es necesario. Recuerdo perfectabente el resuben de los episodios anderiores.

—Solo quería decirte que si no me importaras, si no te estimara…, creo que me habría aprovechado de tus sentimientos.

Estas palabras me hacen perder realmente los estribos. Me hiere el orgullo oírlo hablar de emociones (¿de emociones solo mías?) que, por lo visto, no le conciernen en lo más mínimo.

—Be parece que estás exagerabdo un poco —le digo mirándolo a los ojos—. Solo fue ud beso. Do estabos en el siglo XII y do dos hebos comprobetido para siebpre. En lo que a bi codcierde, es agua pasada. He vedido para trabajar y, creo, tú tabbién.

Me alejo, con el corazón que, en un primer momento, se adentra en el mar en medio de una tormenta, pero que luego se arroja a los rápidos al ver que Giorgio sale corriendo al encuentro del sumo presidente con la mano tendida y una sonrisa rufiana digna de un consumado actor.

—¡Giorgio, por el abor del cielo! —le conmino agarrándolo por la camisa—. Do es el bobento.

—No te enfades conmigo, *babe,* ya sabes lo frágil que soy. Es solo que me preocupo por ti y por la manera en que te tratan aquí. ¡Deben comprender lo que vales!

—Eres ud edcanto, de verdad. Te lo agradezco, pero tedgo que trabajar, do puedes estar aquí.

Por toda respuesta, me mira con los ojos del Gato con Botas.

—Qué guapa estás cuando te comportas como una mánager, Pantuflita. Ah, debería haberme casado contigo, y no con esa cabrona.

Ahora o nunca, me digo, porque cuando Giorgio empieza a hablar de Esacabronademiex puede tirarse horas haciéndolo.

—¿Has visto que ed la tiedda de la esquida had rebajado los Rolex? —exclamo in extremis.

—¿De verdad?

Estoy fuera de peligro: los bienes de lujo son para Giorgio como la kryptonita para Superman. Tienen un efecto catalizador, de manera que el resto de sus pensamientos queda pulverizado. Esta es otra de las razones de que se haya arruinado. Además de haberse casado con una mujer que era idéntica a él y que está tratando de sacarle hasta el último calcetín para hacerle pagar las aventuras extraconyugales, el videopóquer y, por último, el club de striptease en que la cámara del detective privado lo grabó en el curso de una velada de *joie de vivre* con la que, en comparación, *Miedo y asco en Las Vegas* parece una peliculita de vacaciones.

Por si fuera poco, Davide pasa por mi lado, lanzándome de nuevo una de sus miradas magnéticas. Yo, sin embargo, finjo que no me doy cuenta, que no le doy ninguna importancia, que estoy en perfecta posesión de mis facultades, que soy una mujer completa, segura, sobria, capaz de entender y de querer, una cocinera excepcional, una campeona de lanzamiento de disco, una estrella a la que aplauden al finalizar *El lago de los cisnes*... En fin, que yo también lo miraría, por supuesto, así que, para no parecer la desgraciada que babea por el hombre que no le conviene, no me queda más remedio que sonarme la nariz.

—Pantuflita, toma al menos las medicinas —exclama Giorgio ensartándome con el vaporizador como si fuera un pincho—. Si no darás vueltas en la cama y roncarás como esta noche.

Por desgracia, Davide aún me está mirando. Habla con el sumo presidente, pero veo que de vez en cuando sus ojos se desvían hacia mí. Creo que me voy a morir, de tan vulnerable que me siento.

Tras mirar a Giorgio, Tio lanza una ojeada a Davide y al presidente. Luego desvía la mirada hacia mí. Cruza los brazos y me escruta como si me estuviera desafiando a soltar más gilipolleces. Cosa que no podría hacer aunque quisiera, dado que aún tengo el vaporizador clavado en el conducto nasal.

—¡Ahora lo entiendo! —me dice tras haberme destapado la nariz y haber devuelto el arma a Giorgio para alejarse unos pasos conmigo—. ¿Pensabas que podrías escondérmelo? ¿Qué no lo habría adivinado pese a saber el signo y todo lo demás?

Esta vez titubeo, trajinando con los folios que hay sobre el escritorio.

—Do, buedo, pero es una hisdoria acabada...

—Alice, no creas que me divierte decirte que los cuadros astrológicos de las personas se equivocan, pero es que en este caso es evidente. Os he observado y ahora estoy más convencido que nunca de lo que te dije sobre Leo. Mírate. Viéndoos juntos me convenzo cada vez más de que ese leo puede ser tu ruina. Te he observado y… estás destrozada. Y no puede sino empeorar.

Las lágrimas se me saltan a los ojos y mi garganta se cierra por completo.

—Do puedo hacer nada —admito, con la voz a punto de quebrarse. Davide está aquí, a pocos pasos de mí, y debo comportarme como si fuéramos dos extraños—. Tio, estoy edaborada de él. Es terrible, lo sé. Do sé cóbo lo he hecho. Do puedo dejar de pedsar ed él, de quererlo, a pesar de dodo lo que be ha hecho.

Tio pone los ojos en blanco y apoya una mano en mi frente.

—Debe de ser la fiebre. Creo que estás delirando. —Me apoya una mano en un hombro mientras nos dirigimos a la sala de reuniones—. ¡No dejaré que te hundas de esta forma! Yo… ¡yo te salvaré!

30

LEO A LA FUGA

Números. Números y palabras.

Por fin hemos entrado en la sala de reuniones y la atmósfera se ha hecho más formal, como si de repente hubiéramos cambiado de set y ya no trabajáramos en televisión sino en un banco, o como si estuviéramos planeando una batalla con las correspondientes cartas aeronáuticas y estrategias.

Ya no hay caras, no se discute sobre guiones, ocurrencias, creatividad; alrededor de la mesa oval mi programa es diseccionado de manera algebraica y se convierte en unos segmentos de ecuación correspondientes a franjas horarias, publicidad y audiencia.

Yo parezco estar en otro lugar, excluida de lo que sucede a mi alrededor, como si mi cuerpo fuera una coraza rellena de gomaespuma.

El parloteo es tan fuerte que puedo abstraerme de él como del ruido del viento. Solo me llegan de cuando en cuando palabras como «índice de aceptación», «aumento de los ingresos por publicidad» y «propuestas de fusión».

Mientras el sumo presidente habla, exponiendo con un puntero las maravillas del mundo televisivo, los ojos de Davide…, de Nardi, no dejan ni por un momento los míos.

Hago todo lo que puedo para no leer nada en ellos. Pesar. Lujuria. Ternura. Dolor.

Me digo que son espejos que reflejan lo que siento yo. Lo que solo siento yo.

Él no ha querido aprovecharse de mis sentimientos.

Solo puedo fiarme de mí misma. Puede que ni siquiera eso, dado que siempre me he equivocado al elegir, al juzgar a las personas, los hombres que he conocido.

En el folio que tengo delante de mí aparece escrito el nombre del programa que me inventé: *Guía astrológica para corazones rotos.*

¿Por qué elijo siempre el hombre equivocado? Quizá ahí fuera esté el que me conviene, más cerca de lo que creo, pero no hago otra cosa que alejarlo, no le doy ninguna posibilidad de que se acerque a mí.

Luego, en el silbido del viento me parece oír un nombre. Él se levanta, la silla raspa el suelo, como si lo desgarrara.

El sumo presidente sigue hablando:

—Dado que están presentes todos los que se ocupan de la *Guía astrológica,* creo que podemos hacer una breve digresión sobre el último episodio.

Davide baja los ojos un momento, como si estuviera buscando algo en los folios que tiene delante, aunque no se detiene lo suficiente para que resulte plausible.

—Sí, bueno, pensamos que el último episodio de la *Guía astrológica para corazones rotos* merece un evento especial. La audiencia está por los cielos…, hum…, aunque parezca un chiste.

Nadie se ríe, no obstante, y me regodeo viendo su apuro. Se merece hacer el ridículo ante un público difícil.

—Eh…, de manera que hay que concluir lo mejor posible, con un invitado realmente excepcional.

—El profesor Klauzen —lo interrumpe el sumo presidente con impaciencia—. De las clínicas Klauzen, famoso en todo el mundo por su método de programación de los nacimientos.

—¿El profesor Klauzen? ¿El del Klauzen Institute de Colonia? ¿El de la fundación Klauzen de Hamburgo? —pregunta Tio abriendo mucho los ojos, a todas luces eufórico con la noticia.

—El Klauzen de todas esas cosas y de algunas más, sí —confirma el sumo presidente.

—Caramba, no será sencillo hacerle una entrevista en el estudio.

—No será así. Klauzen es un tipo muy especial, además de un médico muy ocupado. Así que no vendrá aquí, sino que iremos nosotros a verlo. Marlin y Nardi viajarán a París y grabarán allí la entrevista.

—¿Y por qué yo no? —exclama Tio resentido.

—Porque tendrás que preparar muchas cosas aquí para el programa y porque gracias a Marlin podremos contar con un patrocinador de ropa femenina, que podrá filmarla mientras luce sus prendas por la ciudad.

Veo que mi amigo traga bilis por la envidia, pero aun así encaja el golpe con estilo. Por lo visto la compañía de Andrea tiene sus cosas buenas.

—Dado que Nardi conoce personalmente al profesor, acompañará a Marlin. —El sumo presidente sonríe satisfecho—. Considérelo un pequeño premio, Davide, ya que buena parte del éxito actual del canal es mérito suyo y de su amplitud de miras.

Davide asiente con la cabeza sin sonreír.

—Gracias, presidente —dice retomando la palabra—. Bien, volviendo a temas más generales… A la luz de los hechos, dada la propuesta de compra que ha presentado el grupo World, que está teniendo una gran expansión en el mercado televisivo, es evidente que no nos equivocamos al renovar la oferta. Los nuevos programas han despertado la curiosidad del público, lo que supone que Mi-A-Mi ha vuelto a llamar la atención del mundo publicitario, creando nuevos segmentos de mercado. Me alegro de que mi mandato finalice a las puertas de unas perspectivas tan buenas para la empresa.

El sumo presidente aplaude con una expresión socarrona, seguido de inmediato de Marlin y del resto de los presentes.

—Ha hecho un magnífico trabajo, Nardi. Le echaremos de menos.

Siento que la sangre abandona mi cuerpo, pese a que no tengo ninguna herida. Se encoge, comprimiéndose a saber dónde, antes de ponerse a gritar todo a la vez en mis venas.

Davide se va.

Davide se va. Su sonrisa torcida. Las discusiones. Los malentendidos. La vez que me acarició la mano. El sabor de sus besos.

Sabía que su mandato era por tiempo limitado, pero no tenía la menor idea de cuándo y cómo finalizaría, y solo ahora me doy cuenta de que, con toda probabilidad, no volveré a verlo después de que se vaya a París.

El hielo me envuelve y sé que es por culpa del agujero, de ese agujero que ocupa el centro de mi alma.

A continuación vienen los apretones de manos, los intercambios de sonrisas, de palmaditas en los hombros, alguna que otra risotada demasiado alta para no ser vulgar. Mientras recojo los folios del banco, siento un hormigueo en los brazos y en las manos.

Tengo la impresión de que todos van a doble velocidad, en tanto que yo intento permanecer con los pies bien plantados en el suelo, porque tengo la impresión de que incluso el movimiento terrestre podría ponerme patas arriba.

Hago un esfuerzo para levantarme, pero sucede algo. Es como si mis pies se hubieran hundido en el suelo y las paredes de escayola se cernieran sobre mí.

La mesa se aproxima.

Y, de repente, no hay nada a mi alrededor.

31

EL LEO DE LOS PUÑOS DE HIERRO

A mi alrededor hay una habitación en penumbra. Es mi dormitorio. Mi cuarto, con el escritorio, la cama puente y la vitrinita con mis juegos. De mis labios sale un lento suspiro, me siento aliviada.

Todo era un sueño. Solo un sueño extraño sobre mi vida futura, como en la serie *Dallas*, en la que Bobby no moría de verdad sino que simplemente se estaba dando una ducha. Me deleito con la tibieza que me procura el edredón ligero. Hoy es lunes y en el colegio me esperan dos horas de dibujo al natural. Por suerte nos dejan usar el walkman y, además, a mí me gusta dibujar con los auriculares puestos.

Siento una leve punzada, la punta de una extraña nostalgia.

Deben de ser los restos del sueño los que me humedecen aún los ojos y hacen que una lágrima resbale por mi mejilla, pero tengo la impresión de que algo se me escapa.

—Tienes una cara…

Mi compañera de pupitre, Giovanna, quiere ir al cine el miércoles por la tarde.

—Paola, cálmate. Comprendo que, como buena cáncer, te sientas una madraza y te preocupes, pero Alice se pondrá bien, solo tiene fiebre.

Pero yo estoy ahorrando de la paga para comprarme mi primer vídeo, el de la película que pusieron el mes pasado en la televisión, *Lady Halcón*.

—¡No es solo fiebre! ¡Primero la historia de los signos zodiacales y ahora él!

Quién sabe, puede que luego mi padre comprenda que estoy deseando tener una videograbadora y me la compre por Navidad.

—¡Te ruego que no saques a relucir ahora la astrología! Distingamos entre amigos y enemigos. Si me pones al mismo nivel que ese…, que ese tipo leo juro que cometeré una masacre.

—Tío, tú eres un recién llegado en la vida de Alice, no tienes la menor idea de la que lio este idiota.

—¡Eh, que estoy aquí! El idiota tiene un nombre: Giorgio. Y también un signo zodiacal: Géminis.

—¡No! ¡Tú…, tú eres leo!

—Géminis.

—¡Leo!

—Géminis.

—Tío, esta porquería de hombre es Géminis. Por si cuenta para algo. Aún recuerdo su superfiesta de cumpleaños en la piscina, era a principios de junio.

—La recuerdas, ¿eh? La fiesta hawaiana fue superguay. Con todas esas chicas en minifalda… ¡No hay quien me gane organizando fiestas!

—De hecho, eso es típico de Géminis.

—Vaya si me acuerdo, recuerdo a las dos tipas con las que te encontré en el baño turco. Que, por cierto, no llevaban faldita…

—Bueno, era un regalo de cumpleaños. No podía negarme…

—Basta ya.

—¿Puedo invitaros a un café? No, puede que sea mejor una tila. ¿Qué me dices, Guido?

—Por supuesto. Una jarra de tila para todos, Adalgisa. ¡Rápido!

La oleada llega con las voces de mis padres.

Dios mío, daría lo que fuera por estar todavía en los años noventa. Entonces todo era más sencillo. El colegio, los estudios, las vacaciones, el amor, el futuro, todo parecía posible y al alcance de la mano. La vida que soñaba estaba a la distancia de un soplo y el tiempo era un mar ilimitado e informe que ni siquiera lograban llenar todas las fantasías. Ahora, más que nunca, tengo la impresión de que el tiempo es una línea sumamente sutil por la que debo caminar de puntillas e incluso así me cuesta mantener el equilibrio.

En cambio, solo he perdido el conocimiento, porque no me encontraba bien; porque estaba en la sala de reuniones y hacía calor; porque Giorgio ha irrumpido de nuevo en mi vida; porque Carlo se casa con Cristina, pese a que está colado por otra; porque Tio me aconseja sobre los signos zodiacales que debo frecuentar, pese a que él es el primero que no entiende al hombre de su vida; porque no debería haberme enamorado de un leo con un cuadro astrológico tan espantoso.

Porque Davide se marcha.

—¡Pantuflita! ¿Estás despierta?

La puerta de mi habitación se ha abierto y la luz se filtra por el resquicio como una cuchilla.

Puede que si no contesto, si finjo que aún no me he repuesto, se vaya.

—¡*Baaabeee*, contesta!

Oídos sordos. Mis tímpanos lo agradecen. Pero solo cuando recibo una bofetada abro los ojos y la boca, y veo que está a menos de un palmo de mi cara.

—¡Por fin te has despertado, Pantuflita! —De repente le da un ataque de hiperactividad y sube la persiana brincando como uno de esos irritantes perros ratón.

—¡Cretino, la has despertado! —exclama Paola en la puerta.

Instintivamente, me tapo con la sábana hasta la nariz, porque, si bien ya no temo las broncas de mi madre, Paola me parece mucho más peligrosa.

Solo cuando ella le agarra un brazo noto que Giorgio tiene un ojo hinchado y rojo.

—Cuando uno tiene una conmoción cerebral no hay que dejarlo dormir, ¿no lo sabes, Paolotta?

—La conmoción cerebral la tienes tú desde que naciste. Y no te atrevas a llamarme Paolotta, Pantuflito, a menos que quieras que te clave una estaca en la yugular.

—Solo es un poco de gripe —tercia Tio, que, por suerte, parece tener intención de hacer de mediador—. Ya le dije esta mañana que el cuadrado del Sol, en tránsito negativo con la Luna de nacimiento, podía causar problemas.

—¡Basta con esas memeces! ¡No me sorprende que se le haya ablandado el cerebro, con todo lo que le has soltado estos meses!

Dicho y hecho. Cuando Paola blande la espada de Señora del Apocalipsis no hace prisioneros, de manera que Tio solo puede intentar parar los golpes.

—Lo único que quería era ayudarla, dado que su radar para los hombres funciona peor que un robot de cocina comprado en un bazar chino. Y te recuerdo que tú la empujaste a salir con ese colega tuyo, el aries, el tal Luca, que la dejó plantada en la primera cita, borracha como una cuba en medio de la calle.

—Oh, claro. Porque, en cambio, tú hiciste un magnífico trabajo con João. Te felicito.

—¿Y eso qué tiene que ver? Le dije que era una pésima idea salir con un latino tarambana. Nunca hay que fiarse de un sagitario sin haber verificado antes su cuadro astrológico. Y el del brasileño era pésimo.

—Cosa que, en cambio, no se puede decir de la carta astral de Andrea... que ahora es tu novio.

—¡Eso sí que es un golpe bajo, Paola! Se lo advertí...

—No, Tio. No es un golpe bajo, es simplemente la verdad: João no iba bien y su cuadro astrológico no encajaba con el de Alice. ¿Por qué? Pues porque son personas y no signos zodiacales. ¿Y qué me dices de Giorgio? ¿Es un pésimo elemento porque es Géminis? ¡Te recuerdo que tú también lo eres!

—Es evidente que tiene una carta astral horrible.

—Te advierto que a mí las cartas se me dan de miedo. Soy imbatible al póquer y podría daros una paliza incluso al tute —tercia Giorgio.

—¡Cállate! —le ordenan los dos apretando los dientes.

—¡Me tenéis harto! —estalla entonces mi exnovio—. Ahora estoy yo con Alicina. Mi querido gitano con tu bola de cristal, te recuerdo que no sabías por dónde empezar cuando Alice casi tuvo un infarto hace poco y que, además, lloriqueabas como una niña. Y la mantis religiosa aquí presente ni siquiera estaba. Llegó poco después para montar una buena.

—En cambio tú, mi querido géminis exleo, llegaste en el momento justo para recibir un puñetazo de Nardi. Lo único que lamento es no habértelo dado yo.

Reaparezco de debajo del edredón con las antenas puestas, como un tímido caracol. ¿He oído bien? ¿Por qué recibió Giorgio un puñetazo de Davide?

—Ejem, perdonad que me entrometa, pero...

—¡Viva! —Giorgio se abalanza sobre mí como si me acabaran de sacar de debajo de un montón de escombros milagrosamente ilesa.

—¡Déjala respirar! —Paola le da un puñetazo en un brazo.

—¡Vete tú, bruja!

—¡Basta!

He gritado tan fuerte que la voz me retumba en la cabeza. Pero al menos he conseguido que se callen un instante.

—¿Alguien quiere explicarme qué sucedió?

Desde el refugio de mi camita escruto a mis tres sospechosos habituales, que se miran torvamente. Sus relatos recuerdan a esas películas en que la verdad aparece siempre filtrada por un sólido y parcial punto de vista.

PAOLA: *Candy Candy llamada a las armas*

Estaba en casa de mi madre ayudándola a hacer lasaña. ¿Te acuerdas de la lasaña de mi madre? Sabes también cuánto tiempo llevo pidiéndole que me dé la receta. Pues bien, ahora, después de que le operaran el tendón de Aquiles la semana pasada, ha entendido que no es inmortal y que no puede llevarse el secreto a la tumba, de manera que ha decidido cantar. Así pues, comprenderás que cuando recibí la llamada de Tio tuve que renunciar a algo realmente importante para ir a sacarte del apuro.

Intenté calmarlo por teléfono.

—Tio, Tio, ¿qué pasa? Si lloras no entiendo lo que dices. Respira hondo. Muy bien. ¡Respira! —Tenía que hablarle como si fuera un niño.

—¡Se trata de Alice! Ven, está mal… Yo…, ¡yo ya no sé qué hacer! ¡Ayúdame, Paola! ¡Ayúdame! Eres la única que puede salvarla.

—Pero ¡estoy haciendo lasaña!

—¡La lasaña puede esperar! En cambio, para Alice podría ser demasiado tarde. —Después colgó el teléfono.

Solté de inmediato el rodillo y salí corriendo. Por suerte, siempre llevo el maletín para las emergencias en el coche. Hay que ser previsores…

Cuando llegué al canal Mi-A-Mi... Dios mío, me pregunté si iba a ser capaz de salvar sola a todos. Abracé mi maletín y me abrí paso en la multitud vociferante hasta que te encontré en brazos de Tio, que te zarandeaba llorando desesperado. «¡Háblame, Alice! ¡Háblame!», gritaba.

Estaba tan alterado que tuve que darle una bofetada.

—Ahora escúchame, debes soltarla. Estoy aquí. Yo me ocuparé de ella. ¿De acuerdo?

Ah, los hombres se vienen abajo cuando alguien está mal. Giacomo corre al bar cada vez que Sandrino tiene los primeros síntomas de cólico.

Me pregunto si una pérdida de conocimiento se puede comparar con el ataque de diarrea de un recién nacido. Pero la quiero mucho y comprendo lo feliz que le hace jugar a Operación, así que dejo que me toque la frente para ver si estoy caliente, que me abra el párpado inferior y examine el ojo con la misma determinación con la que una adivina observaría los posos de café.

—Luego, después de llamar a la ambulancia —prosigue mi mejor amiga—, lo vi, vi al imbécil de tu ex pegando a la gente por todo el salón. Un espectáculo vergonzoso.

—¡Vergonzoso, exacto! —la interrumpe Giorgio—. Hay gente que desconoce por completo las reglas básicas del combate cuerpo a cuerpo.

GIORGIO: *Rambo ¡Apocalipsis... now!*

Milán. Mierda. Estoy de nuevo en Milán. Cada vez pienso que volveré a despertarme en la jungla.

Olfateo el aire sintiendo en los huesos que algo no va. El silencio es excesivo. Demasiado irreal. Demasiado silencio irreal, en fin, para que mis sentidos no comprendan que está a punto de ocurrir algo. Y cuando mis sentidos me dicen que está a punto de ocurrir algo puedes apostar lo que sea a que está a punto de hacerlo.

Respiro de nuevo. Adoro el olor del napalm por la mañana. Me hace sentir el aroma de la victoria. A pesar de que son las 12.45 y quizá no sea muy apropiado decir que es aún por la mañana. Qué más da.

Hay dos mujeres, dos civiles, que me miran. Podrían ser espías, así que me acerco a ellas e intento distraerlas con la visión de mi cuerpo, de mis músculos tensos, mientras practico algunos movimientos de bajiquan.

—¿Recuerdas el bajiquan, Pantuflita?

—El baji ¿qué...? —pregunta el medio hombre pintado de marrón.

—Bajiquan —le repito—. Es un arte marcial chino. Modestamente, soy un maestro. Lo aprendí cuando estuve en China y peleaba en las jaulas.

—Lástima que luego las abrieran, las jaulas.

Paola. La miro con los ojos entrecerrados, como si pretendiera fulminarla, a ella y a sus tetas de competición. Parece que se niega a aceptar el hecho de que tiene delante a un experto en técnicas de guerrilla, un hombre que maneja como nadie los fusiles, los cuchillos, incluso el combate cuerpo a cuerpo...

A pesar de que las civiles tratan de obstruirme el campo visual, atisbo algo a las nueve. Se trata de un energúmeno de casi dos metros de estatura, y te está raptando.

Era mi misión. No volvería a tener otra.

Así que me abalanzo sobre él. Grito: «¡Dios perdona, yo no!». En chino, claro está. Para estimularme.

Te arranco de sus garras y luego trato de reanimarte con un frenesí desesperado. No respiras. Por suerte para ti tengo una especie de diploma en medicina de urgencia, así que sé lo que hay que hacer en caso de parada cardiaca. Y, pese a que no llevo encima mi navaja, con la que te habría practicado un orificio en la garganta para facilitarte la respiración, me aplico en cuerpo y alma para hacerte la respiración boca a boca, además de un masaje cardiaco.

—Con el que podría haberte roto las costillas, si no hubiera sido por que Nardi, que, en cambio, intentaba llevarte hasta el sofá que hay al lado de la ventana, no le hubiera dado un puñetazo.

—Cállate, hombre con rímel.

—¡Imbécil, solo se había desmayado y tú querías rajarle la garganta!

Trato de desasirme, pero me están sujetando entre ocho, intentando aplacar mi furia. Cuando me libero me abalanzo sobre el hombre que me ha dado el puñetazo y me ha impedido que te socorriera. No veo nada. El humo, la sangre.

—En la ciudad usted es la ley —le digo—, pero aquí la ley soy yo. Váyanse, váyanse, o se verán metidos en una guerra que no olvidarán. —Es una frase de *Rambo*. Me la sé de memoria.

—Como es obvio, se lo grito en chino, Pantuflita. Ya sabes que cuando me enfado me sale el chino.

Es cierto. Giorgio habla chino. Y lituano. Es experto en artes marciales. Está licenciado en Ciencias Políticas y en Historia de las Filosofías Orientales. Etcétera, etcétera. Es verdad, a primera vista puede parecer gilipollas, y en realidad lo es, pero, como si fuera un cruce entre Rain Man y el hombre de un millón de dólares, ha acumulado miles de nociones que, por excepcionales que sean, en él resultan del todo inútiles.

Según Paola habría que donar su cerebro a la ciencia, pero lo antes posible, para hacer un favor al mundo.

En el pasado me parecía excepcional debido a estas particularidades, más que un príncipe azul era mi príncipe resplandeciente multicolor. Pensaba que a su lado tendría una vida insólita, aventurera y jamás insignificante. Pero luego necesité meses de Paolaterapia para recobrar la cordura.

Pese a todo, hoy por hoy no puedo odiarle. Cuando estábamos juntos Giorgio me hacía sentir la mujer más guapa del mundo y me hacía saborear una vida que muchas Cenicientas contumaces se contentan con vivir en las novelitas o en los relatos de las revistas femeninas. La tímida secretaria que conoce al jeque. La camarera que se casa con el príncipe heredero de la casa tal de tal. La productora televisiva que se casa con el extravagante millonario con la triste historia de un matrimonio destrozado a su espalda. Lástima que el matrimonio lo haya destrozado él (en varias ocasiones, según parece), y que para ello se haya aplicado con cierta abnegación.

—Pero ¿cómo has podido? ¿Cómo has podido aceptar de nuevo a un hombre así? —suelta Tio señalando a Giorgio—. ¡Después de todo lo que te he enseñado!

TIO: *El espacio, la última frontera...*

Fecha juliana 2.456.402,92. Latitud 45. 28. Longitud -9.12. Planeta Tierra.

El comportamiento de la libra me había preocupado ya en las últimas semanas, y no solo porque su tránsito negativo entre Marte y Urano subrayaba la posibilidad de que estuviese tomando decisiones equivocadas, sino también y sobre todo porque ella misma había confesado que había salido con un leo con ascendente en Libra, un hombre con una carta astral que en combinación dinámica con la suya podía producir unos resultados potencialmente desastrosos.

Así pues, esta mañana, después de haber verificado escrupulosamente su horóscopo, decidí hacerle frente de forma directa, con la intención de aligerar su tránsito negativo con la Luna de nacimiento, haciéndole sentir mi apoyo, sin importar lo que estuviera sucediendo.

No es propio de mí errar de forma tan clamorosa el signo zodiacal de alguien, pero la libra había hecho todo lo posible para enturbiar las aguas, dándome a propósito una fecha equivocada, y mi Mercurio en Tauro debe de haber hecho el resto, cegándome por completo.

Dado que estaba furibundo con ella, me mantuve al margen al final de la reunión, en lugar de felicitarme por el éxito obtenido, tal y como había anunciado su trígono de Saturno. No había dado demasiada importancia a la carga excesiva del cuadrado del Sol, en tránsito negativo con la Luna de nacimiento, que, en cambio, la hizo desmayarse.

Por desgracia, tengo Neptuno en Sagitario, por lo que no puedo intervenir con rapidez en ciertas situaciones, pero cuando el otro géminis entabló una lucha sin cuartel contra…

Tio me mira boquiabierto.

—Con… Nardi —dice. A continuación sacude la cabeza en dirección a mí y murmura—: El leo. El leo intentó protegerte.

Me muerdo el labio y bajo la mirada.

—Sigue…

Pero no le da tiempo, porque mis padres irrumpen en mi habitación, presas de una gran agitación.

—¡Estás saliendo en televisión! —exclama mi madre pulsando el botón del mando a distancia del televisor que hay en mi cuarto.

No me lo puedo creer. En el telediario están hablando de la pelea que ha tenido lugar «en los estudios de un conocido canal local».

—Dios mío.

El reportaje recuerda a *Bowling for Columbine.* O a una película bélica dirigida por Lars von Trier, con la cámara al hombro y movimientos agitados. Uno de los periodistas explica a la cámara que estaba saliendo para hacer una entrevista a un futbolista cuando él y el operador oyeron los gritos procedentes del loft de los despachos de producción. A su espalda se atisban mis pies.

—Dios mío —repito a la vez que mi padre me da una palmada en un hombro para animarme—. ¡Me falta un zapato! Me graban, salgo en la televisión... ¡y me falta un zapato! —Además estoy blanca como la pared y tengo la boca abierta. Solo me falta un chorrito de baba resbalando de los labios: es un desastre. Miro a Tío iracunda, dado que era él el que me tenía en brazos—. Tengo el pelo en la cara. ¡Y ni siquiera me cerraste la boca!

Él se tapa la cara con las manos.

—¡Perdón! —dice y estalla en sollozos—. ¡Tenía tanto miedo!

Luego, rápida como una garduña, Paola aparece en la pantalla: con las coletitas rubias, el maletín de urgencias, y la chaqueta y las botas de piel parece Candy Candy en versión manga cyberpunk.

En una de las tomas del telediario se ve de pasada a Giorgio, que destaca en un grupo indeterminado de personas; subido a un escritorio, se tira de él gritando en medio de la pelea.

—¿Ves, ves, has oído, Pantuflita? *Shàngdì de kuānshù, wo bù zhīdào* —exclama—. Impresionante, ¿eh? Menuda lección les di.

Pero yo solo logro murmurar «Dios mío» por tercera vez, como si fuera un mantra. Luego me refugio bajo las sábanas deseando poder desaparecer de verdad.

Aún oigo sus voces. Siento que unas manos se apoyan en mí.

No. Aún tengo fiebre.

—Marchaos —digo—. Marchaos todos.

Aquí urge una solución. Una toma de posición. Una dirección. Una idea. Un cambio de identidad. Un programa de protección de testigos.

Solo logro pensar en el espantoso ridículo que acabo de hacer en mundovisión.

Y en Davide, abalanzándose sobre Giorgio para defenderme. ¿O solo lo hizo porque Giorgio lo había agredido?

Porque ahora no se trata de que si una se desmaya tiene licencia para pensar que su Príncipe de la Colina acudirá en persona para ayudarla a levantarse.

Tonterías, debería concentrarme en cosas más importantes, como la carta de amonestación que a buen seguro viaja ya rumbo a mi casa. Y eso si tengo suerte, porque, dado que en esa especie de pelea de *saloon* Giorgio puso también la zancadilla al sumo presidente, podrían considerar que tienen motivos más que suficientes para despedirme.

¿Cómo pudo ocurrir?

Paola tiene razón cuando dice que debo aprender a quererme, a no dejar que las personas se me echen encima invadiendo mi territorio. Pero, por otra parte, Tío también tiene razón cuando dice que la generosidad forma parte de mi cuadro astrológico. La Luna en Piscis hace que sea una persona sumamente amable y propensa a cuidar de los demás.

Por ejemplo, sería incapaz de echar a Giorgio a la calle incluso después de todo lo que ha hecho. Si hay algo que he aprendido de Tío y de sus enseñanzas sobre los signos zodiacales es que el germen de lo que somos está ya escrito en el momento en que nacemos. Pero, por desgracia, Giorgio queda por naturaleza al margen de cualquier esquema previamente configurado. En el fondo no es malo, solo es alguien que cree a pies juntillas en el hedonismo más extremo. Negarse un placer es para él como pegar a un niño o robar la pensión a una viejecita: un atentado contra la moral.

Pensándolo bien, todo está muy claro, es incluso obvio. Cuando miré el cuadro astrológico de Giorgio hace unos días encontré unas correspondencias que me pusieron la piel de gallina: la casa IV en Leo hablaba incluso de su amor por los bienes de lujo; y Marte en Cáncer es el que determina su actitud vagamente dictatorial y la posesividad tan tenaz en las relaciones. ¿Y Davide? Con Júpiter en la casa IX es obvio que vive una existencia hecha de desplazamientos constantes, en tanto que Venus en la casa XII explica con toda claridad que es alérgico a los vínculos demasiado estrechos. Barbara nunca lo obligará a convivir para no turbar el crecimiento de sus hijos y, por el mismo motivo, nunca le pedirá otros y dejará que piense que puede hacer lo que desea con su vida. La querida y vieja historia de la correa lo suficientemente larga. Sobre João no hay mucho que decir, las correspondencias, después de haber aprendido a leerlas, eran un faro en la noche: la casa VIII en Cáncer, unida a la Luna en III y Mercurio y Venus en I subrayaban como un intermitente el hecho de que tenga una desesperada necesidad de placer, que su autoestima esté completamente vinculada a su sexualidad, y que eso lo lleve a pasar de una mujer a otra.

¿Necesita más pruebas, señoría?

De ahora en adelante... o zodiaco, o muerte.

CAPRICORNIO

Dotado del sentido del humor de una secadora, el hombre capricornio, sin embargo, oculta la rara cualidad de la seriedad y la fidelidad. Él quiere sentar la cabeza. Con vosotras. Sobre todo si, después de haber verificado vuestra declaración de la renta, está seguro de que estáis a punto de heredar un ingente patrimonio de una tía octogenaria. Preparad el vestido blanco… y el documento del régimen de gananciales.

32

TODO LO QUE SIEMPRE QUISO SABER SOBRE EL HORÓSCOPO* (*Y NUNCA SE ATREVIÓ A PREGUNTAR)

Así pues, de su fecha de nacimiento deduzco que usted es... —Mordisqueo la punta del bolígrafo sin perderlo de vista.

—Piscis.

—Piscis... —Silabeo garabateando—. Me dice también la hora y el lugar, ¿por favor?

—Nací en Milán, a eso de las tres de la tarde, creo.

—Bien. —Tecleo de nuevo en mi tablet y me pierdo en la lectura.

El hombre que tengo delante exhala un suspiro.

—Señora, ¿entonces le corto los cien gramos de jamón o quiere saber también cuánto pesaba en mi primer vagido?

Alzo de golpe la cabeza y lo escruto con atención, entrecerrando los párpados. Me muerdo el labio.

—Mmm, no. Mejor no. —Y añadiendo solo un apresurado saludo, doy media vuelta y salgo a toda prisa de la tienda.

Con este van cinco. Quizá debería pensar en cambiar de casa o de barrio, porque empieza a resultarme un poco incómodo.

Porque el otro día descubrí que mi peluquero tiene la casa VIII en Piscis, lo que significa que podría incluso drogarse. De hecho, a juzgar por los peinados de ciertas clientas, es muy probable.

También he notado que el carnicero tiene un color entre el amarillo limón y el verde espárrago, y mis sospechas se han confirmado al saber que su conjunción Saturno-Plutón favorece las enfermedades raras. En resumen, no me gustaría tener que curarme de algo cuyo nombre no puedo siquiera pronunciar.

En consecuencia he tenido que pedir a la Seguridad Social que me cambien el médico de cabecera: tenía a Mercurio en Géminis y no hay que fiarse, porque es índice de superficialidad.

¡Y ahora resulta que el charcutero es Piscis! Todos saben que los piscis son de por sí mentirosos, y con Venus en Capricornio la frialdad y el cálculo se exacerban.

En fin, debo de haber caminado al menos cinco kilómetros a pie, de forma que cuando cruzo la puerta de casa estoy, a decir poco, exhausta y sumamente tentada de dejar sonar el teléfono en el bolso, pero he reconocido el tono de llamada de Paola y no quiero que piense que aún la estoy evitando.

—¿Por qué jadeas? —me pregunta cuando se me escapa un gemido.

—He dado toda la vuelta al barrio para hacer la compra.

—Pero ¿no tienes cerca un supermercado?

—Hum, sí, pero... ya sabes cuánta gente trabaja en los supermercados. No podría, tengo que verificar un montón de horóscopos, y luego están los turnos y demás.

—Alice, escucha, esa historia del zodiaco empieza a preocuparme.

—Es obvio.

—¿Cómo que es obvio?

—Es obvio. Es por culpa de tu Neptuno, que está en Escorpio y por ello enfatiza tu emotividad.

—¡Por favor!

—Sabía también que responderías así debido al aspecto negativo entre Mercurio y Plutón: estás llena de prejuicios.

—Oh, vete al infierno. Pareces poseída. ¡Tio, sal de ese cuerpo! ¿Puedo hablar con Alice? ¿Con *mi* Alice?

Me echo a reír. Tarde o temprano lograré explicar también a Paola que, por una vez en mi vida, siento que tengo entre las manos un instrumento que me da seguridad. Así todo es un poco más fácil. No digo que sea matemáticamente imposible que nos den gato por liebre, pero, sin lugar a dudas, es una manera de limitar los riesgos.

—Por supuesto, bromeaba —digo, sin embargo, en tono conciliador—. ¿Sabes que hoy me ha llamado ese tipo, el amigo de Karin..., el que quería salir conmigo?

Ella parece animarse.

—¿De verdad? Veo que el muchacho es tenaz, dado que le has colgado el teléfono tres veces.

—Bueno..., ocho. Pero no tengo la culpa de que llame siempre en el momento más inoportuno. Sea como sea, no tardaré en conocerlo. Hemos quedado mañana por la noche.

Al otro lado de la línea se hace el silencio.

—¿Paola?

—Sí, sí, aquí estoy. Esto... ¿Y qué opina Pantuflito? Porque *Babe, el cerdito pedorro* sigue instalado en tu sofá, ¿verdad?

—Tú lo has dicho, Paola, en mi *sofá*. No en la cama. —Apoyo las bolsas en el felpudo y, sujetando el teléfono con el hombro y la oreja, busco frenéticamente las llaves de casa.

—Giorgio y yo no estamos juntos. Lo estoy alojando en calidad de amiga. No tengo ninguna intención de volver con él.

—Gracias a Dios aún queda alguna señal de actividad cerebral en medio de todo ese caos astrológico.

—¿No has pensado ni por un momento que si razono es gracias precisamente al «caos astrológico», como lo llamas tú? ¡Tiene a Urano en la casa VII, por el amor de Dios! Los vínculos lo aterrorizan. Y ya he sufrido en mis carnes nuestro cuadrado Marte-Plutón… Jamás podrá existir una relación estable entre nosotros.

—De acuerdo, de acuerdo, basta con que lo mantengas alejado de ti; ya hablaremos en otro momento de los motivos.

Resoplo y, por fin, meto la llave en la cerradura.

—En cualquier caso, no eres generosa con él. Pobrecito, con lo que está pasando…

—¡Oh, no! De pobrecito nada. ¡Él no! Si no tienes cuidado acabará obligándote a hacer cabriolas con solo activar el mando.

Esta vez suelto una carcajada.

—Te advierto que en esta ocasión podría llorar incluso en chino, cosa que, por otra parte, ya le he oído hacer, y no me conmovería en lo más mínimo: estoy destrozada, lo único que quiero es darme un baño caliente y pasar el resto de la tarde en pijama. En cualquier caso, ha salido. Está buscando trabajo y he conseguido que le hagan una entrevista en un restaurante.

—Bien. Menos mal, así, en cuanto sea económicamente independiente, ya no le quedará ninguna excusa para vaciarte la nevera.

Exhalo un suspiro y entro en casa. Paola es imposible. Detesto su Marte en Cáncer, Pinochet era un poco más maleable.

Pero apenas meto un pie en casa un par de manos diligentes arrancan de las mías las bolsas de la compra, y la sorpresa hace que el móvil se me caiga al suelo.

—¿Qué ha pasado, Alice? ¿Todo bien? —oigo chillar a Paola.

—Sí, no es nada… Se me ha resbalado el teléfono. Giorgio me está ayudando con la compra…

—Pero ¿ese mentecato no iba a salir?

—Sí…, puede que haya vuelto ya.

Tras despedirme de Paola sigo como Pulgarcito el rastro de los limones, que se han caído de una de las bolsas, y llego a la cocina.

—¿Cómo ha ido la entrevista?

—No he ido. —Giorgio rompe las bolsas para sacar de ellas la compra.

—¡Eh, espera un momento, las uso para meter el papel para reciclar! ¿Qué significa que no has ido? ¿Por qué?

—Te he escrito una poesía.

—¿Una poesía? Pero ¡Giorgio!

—Chss. Escucha. —Rebusca en el bolsillo de los pantalones y saca un post-it—. «Sonríeme otra vez, estrechando mi corazón entre tus labios. Hiéreme con tu ironía coherente. Con tu corazón ligero. Ya no espero salir indemne. El espejo de tus ojos. La manicura francesa, entre tu sonrisa y mi melancolía».

Bonita es bonita, ¿eh? Parece salida de un generador automático de gilipolleces. Aún debo tener varios cajones llenos con sus exuberancias creativas. Me las escribía sobre todo cuando quería que lo perdonara por algo. Muda el lobo los dientes…

—Gracias, la enmarcaré —digo arrancándosela de la mano—. Pero dime, ¿por qué no has ido a la entrevista? En fin, me rogaste que te buscara trabajo.

—Bueno, sí… —dice él remoloneando con los huevos y el papel higiénico—. Pero ¡en un restaurante, como lavaplatos! No se puede decir que te hayas esforzado mucho, eh…

Gruño mientras saco la pasta de dientes del cajón de los cubiertos, donde la ha metido él.

—Giorgio Pifferetti no es un lavaplatos. Giorgio Pifferetti está destinado a hacer grandes cosas. ¿Crees que alguien como Giorgio Pifferetti puede dedicarse a lavar los platos en un restaurante? Con esta maravilla de cuerpo, con esta maravilla de cerebro…

Menos mal que no está Paola, porque estoy segura de que pondría en entredicho tanta maravilla.

—¿Lavar los platos? La verdad es que buscaban un sumiller y, dado que me dijiste que tenías el diploma de la Asociación Italiana Sumiller, pensaba que el vino te interesaba.

—Me interesa, para beberlo. Sobre todo cuando se trata de Cristal acompañado de ostras de Bretaña. Pero ¡sumiller! Es poco menos que un camarero.

—Dijiste que aceptarías cualquier trabajo, y ya sabes lo difícil que es encontrar algo en este momento.

—Pero ¿cómo? —me responde poniendo voz de falsete—. ¿No confías en tu Pantuflito, Pantuflita? Ya verás cómo encuentro algo mejor. —Me da un beso en la mejilla y se marcha dejando un huevo rodando por la mesa, que cojo al vuelo, antes de que acabe convirtiéndose en tortilla en el suelo.

¿Qué puedo decir? No es fácil razonar con alguien que tiene el Sol en la casa II, pero a la vez un aspecto negativo entre Saturno y Neptuno, es decir, alguien muy ambicioso desde el punto de vista financiero, pero a la vez totalmente ciego en lo relativo a las cuestiones prácticas.

Si he de ser franca, en este momento no tengo ningunas ganas de discutir. Tendré que llamar a Alfredo, mi amigo el restaurador, para disculparme, si bien no sea nada que no puedan remediar cuatro sonrisas y un poco de esfuerzo con las pestañas.

Cuando el agua de la bañera está preparada entro en el cuarto de baño y hago amago de cerrar la puerta.

—¿Qué haces, Superpantuflita?

Bueno, puedo considerarme realizada, ahora que por fin soy una zapatilla con superpoderes.

—Estoy agotada; me voy a dar un baño y luego pienso relajarme delante de la televisión.

—De eso nada —replica él con una sonrisa de oreja a oreja.

—¿Cómo que nada?

—Pues no, porque tu Pantuflito ha pensado en regalarte una velada inolvidable.

—¿Dónde?

—¡Ah, eso es una sorpresa!

Adoro las sorpresas. Es decir, las adoro en líneas generales. El nombre de Giorgio combinado con la palabra «sorpresa», en cambio, me estremece.

—No estoy segura de...

El agua azota el coche con tanta violencia que a los limpiaparabrisas no les da tiempo a apartarla para aclarar la visual de la carretera. Conduzco con la nariz poco menos que pegada al cristal cuando diviso, como un espejismo, el cartel ALTO PEAJE A 3000 METROS. Gracias a Dios, después de treinta kilómetros bajo un auténtico chaparrón, estamos por fin en Milán.

Giorgio no se ha dado cuenta de nada. Acurrucado en el asiento, está roncando desde que subimos al coche y estábamos a cinco metros de la salida del aparcamiento. Como un niño. O, mejor dicho, como un adulto que ha bebido cuatro cervezas, dos caipiroskas y ocho, sí, sí, ocho chupitos de sambuca.

—Creo que vas a tener que conducir tú, Pantu —me dijo mientras se tumbaba directamente en el asiento trasero.

—De acuerdo... —asentí exhalando un suspiro.

Pero aun así no estoy enojada con él en este momento.

Por mis venas fluye aún un río de adrenalina y me siento tan ligera que el único efecto que me produce este diluvio es pensar que estoy preparada para el rally París-Dakar. En fin, que si se pinchase una rueda sería incluso capaz de cambiarla sola.

Aunque mejor no tentar a la suerte sugiriéndole cosas.

Al principio de la velada torcí el gesto al ver el tugurio al que me había llevado Giorgio. Formábamos una pareja de lo más extraña, él todo pimpante y yo con la cara de pocos amigos propia del que ha ganado el premio de consolación. Me enfadé al comprender que mi «velada inolvidable» iba a tener lugar en uno de los locales de mala muerte de la autovía, uno de esos búnkeres psicodélicos llenos de macarras domingueros, con las luces de neón, camareros con patines y el chicle en la boca, y unos pinballs que emiten unos ruidos metálicos inverosímiles, que se funden con el chunda-chunda de la música.

Y no me sentí mejor cuando me arrastró a la caja, donde una tipa con un poco de pelusa sobre los labios nos lanzó a la cara una bocanada de humo de su cigarrillo electrónico, antes de decirnos:

—Seguidme.

Al sótano.

—¿Qué? ¿Cómo?

—Con esto apuntas y con esto disparas —me repitió la mujer bigotuda con cierta crispación—. Y debes correr, cariño. Porque, en caso contrario, los demás te pillan y mueres.

Lancé una mirada de preocupación a Giorgio, mientras ella me embutía en un corsé de plástico con unos sensores al estilo *Tron*.

—No te mueres de verdad, Pantuflita —me explicó él riéndose—. Solo que el fusil se bloquea y no puedes disparar en unos cinco o diez segundos.

La energúmena me lanzó a la cara otra bocanada de falso tabaco con aroma mentol y luego sonrió.

—No, Pantuflita. No te mueres, pero debes mover el culo.

En pocas palabras, al final resultó que Giorgio había quedado con unos cuarenta gallitos pertenecientes a un foro que frecuenta en la red.

Divididos en dos equipos corrimos como locos unos cuarenta y cinco minutos sin parar. Mejor que Jane Fonda, acabé empapada de sudor. Pero he de reconocer que me sentía más ligera que nunca.

Y, por si fuera poco, ganamos. Jamás habría imaginado que una persecución pudiera ser tan terapéutica.

Fue como volver a la infancia, lo admito. Giorgio es un auténtico maestro en ciertas cosas. Las ocurrencias como esta fueron las que me fascinaron cuando lo conocí. La capacidad de seguir jugando, de no tomarse nada demasiado en serio.

Así que, además de trabar amistad con buena parte del grupo, chocar los cinco y aprender a saludar como los raperos americanos gracias a una pandilla de chicos del barrio de Quarto Oggiaro, olvidé el desastre de mi vida amorosa durante una hora. No, qué estoy diciendo, durante toda la velada.

Como era de esperar, pagué yo, incluidos los ocho chupitos.

Paola diría que Giorgio se volvió a aprovechar de mí, pero yo digo que él me resulta útil de vez en cuando y que, en el fondo, me costó menos que una sesión de psicoanálisis. Y sobre esto ni siquiera Paola y su conjunción negativa entre Mercurio y Urano tendrían nada que objetar.

33

DESAYUNO CON HORÓSCOPOS

Frunzo la nariz al percibir un extraño olor a frito, que me desorienta. Trato de acurrucarme bajo las sábanas y de aferrarme al sueño que estoy teniendo, pero esta vez, cuando miro a Davide, que está en la orilla del mar, mientras el viento hincha mi vaporoso vestido, veo que se lleva a los labios una pinta de cerveza.

Viste un par de pantalones de peto cortos y un sombrero tirolés con una señora pluma.

Dado que estoy soñando, la cosa no me desconcierta en lo más mínimo, y si se pusiera a cantar *Edelweiss* me encantaría poder ofrecerle un pequeño coro como el de Julie Andrews. Él, sin embargo, me coge una mano, se la lleva a los labios y, mirándome a los ojos, dice:

—Cucú, Pantuflita.

Me besa.

Sus labios son tan ardientes y saben a... ¿salchicha de Frankfurt con mostaza?

Al infierno con todo. Lo besaría incluso si supiera a repelente para mosquitos, pero cuando noto algo metálico y puntiagudo no me queda más remedio que abrir los ojos.

—¡Ñaaammm, vamos! —Giorgio, en calzoncillos y a horcajadas sobre mí, trata de asesinarme apuntando un tenedor a mi cara.

Lanzo un grito, y el tenedor sale volando con un pedazo de salchicha, y la mostaza salpica el suelo.

—¡Te he preparado el desayuno, Pantu!

Hago una mueca.

—¿Salchichas de Frankfurt a las…? —Miro el teléfono que se está cargando en mi mesilla—. ¿A las seis y veinticinco del domingo por la mañana?

—*English breakfast* —explica él.

—*Spanish* que te den por culo —replico yo refugiándome como un gato bajo las sábanas.

Por desgracia, solo consigo dormitar media hora más, porque el ruido de sartenes que procede de la cocina me impide conciliar el sueño.

—Pero ¿qué estás haciendo? —pregunto cuando me levanto a Giorgio, que, ataviado con el delantal en que se puede leer la frase BESAD A LA COCINERA sobre los calzoncillos y la siempre agradable camiseta blanca de tirantes, tiene un brazo metido en el trasero de un ave de corral de dimensiones estratosféricas.

—Pavo relleno. Para el Día de Acción de Gracias —me responde como si fuera la cosa más natural del mundo. Pese a que estamos en Italia y en el mes de mayo.

—¿El Día de Acción de Gracias no es en noviembre?

—Sí, pero yo quiero darte las gracias ahora. Estoy haciendo pavo relleno.

No sé muy bien cómo decírselo, porque sé que le va a sentar como un tiro.

—Giorgio, he quedado para comer…

Su mano se detiene en el interior del pavo.

—¿Qué? ¿Sales? ¿Y yo?

¿Debo explicarle que me gustaría seguir teniendo una vida social? Lamento decepcionarlo, pero la realidad es que, después de haber pasado tres semanas en mi microapartamento con él, siento más que nunca la necesidad de estar un poco a mi aire, sola. Comer lo que quiero y a la hora que quiero, salir con mis amigos sin tener que anunciarlo dos días antes o ver una película sin más, sin tener que preguntar a nadie si le interesa (cosa que con él resulta difícil si la película en cuestión no incluye, al menos, un buen porcentaje de tiroteos, combates cuerpo a cuerpo, tecnología militar avanzada, a Bruce Willis o, por lo menos, a Steven Segal).

—Ya he hecho el relleno, he cortado las patatas y he aliñado la ensalada. Pensaba que pasaríamos juntos el domingo. ¿No te importa que me haya deslomado todo el santo día?

Si ahora sale con la frase: «Esto no es un hotel», juro que me pondré a gritar.

—¿Con quién sales? —pregunta a continuación cruzando los brazos en el pecho.

—Tengo un *brunch* con Tio y Andrea, quedamos hace varios días.

—Así que me abandonas para irte de juerga con tu club de fans —comenta él resentido.

—Pero ¡qué juerga ni que ocho cuartos! Y además, ¿qué club de fans? Es un *brunch* entre amigos, Giorgio.

—Hombres. Eso significa que pensarán todo el tiempo en el sexo.

Conociendo a Tio y a Andrea, puede que no ande muy desencaminado, pero en cualquier caso no pensarán en compartirlo conmigo. Ahora bien, me guardo muy mucho de decírselo a Giorgio.

Paso por su lado entrecerrando los ojos para entrar en la cocina. Antes de proseguir con esta conversación necesito:

A) una inyección intravenosa de café;

B) mi ordenador, para verificar las efemérides y las conjunciones planetarias de hoy.

Tengo varios tránsitos positivos, es increíble. Qué lástima que no sea un día laboral. Valdría la pena aprovechar que Saturno está positivo con Urano de nacimiento. Pero lo más interesante es el tránsito de Júpiter con Plutón, que predice unos inminentes cambios creativos en mi vida y que podría ayudarme a obtener el favor de alguien relevante.

—En fin, Pantuflita, ¿pasas de todo? ¿Y yo qué hago?

—Para empezar podrías salir a buscar trabajo.

Al oír esta palabra veo que palidece y, sí, puede que incluso se haya echado a temblar.

—Lo haré la semana que viene. Había organizado una tarde perfecta. Tú y yo aquí, en casita, con los juegos de mesa: Conecta 4, un par de manos de Rummy…

Uau, entro en la ducha sin dejar de preguntarme cómo puedo renunciar a todo eso. En cualquier caso, bromas fáciles aparte, la verdad es que me da un poco de pena que se haya molestado tanto para nada. De manera que cuando salgo, envuelta en el albornoz, voy a buscarlo para pedirle disculpas, pero lo encuentro en un rincón de la sala, confabulando con alguien en el teléfono. Al verme da un pequeño salto hacia atrás.

—Hola, Alice, ¿te marchas? —pregunta, apurado, presa de cierta agitación—. Adiós, eh. ¡Adiós!

—En realidad, acabo de salir de la ducha. —Pero si hasta llevo una toalla enrollada a la cabeza.

—Ah, sí…, como quieras. —Da media vuelta, abre la puerta acristalada y sale al balcón—. ¿Cómo decía, abogado?

Mientras me visto oigo que camina por el pasillo, inmerso en otras llamadas. Pero cuando de verdad me sorprende es cuando me despido de él desde la puerta.

Se vuelve hacia mí y me mira con aire grave.

—¿Últimamente ha llamado alguien preguntando por mí?

Me encojo de hombros.

—No.

—En ese caso, adiós. Que disfrutes de la comida.

—Se te ha metido en la cabeza que puedes hacerlo sola, pero no es así, monada. No es así. —Tio niega con el dedo índice en un gesto de gran dramatismo y resentimiento a la vez.

—¿Acaso no dices siempre que debo creer más en mí misma y en mis capacidades? —mascullo con la boca llena de tarta de queso con chocolate.

—¡Por el amor de Dios, eso lo dice Paola! —replica enseguida—. Yo estoy convencido de que eres incapaz de entender y querer.

Alzo los ojos al cielo.

—¡Vamos! Debes reconocer que he mejorado y que estoy más atenta: no me fío de nadie si antes no he echado un vistazo a su cuadro astrológico.

Andrea carraspea y tercia:

—Esto, querida, estoy convencido de que cuando Tiziano te acusa de padecer la vesania de la ingenuidad argumenta de forma hiperbólica… De hecho, es una perogrullada afirmar que el objeto de la contienda es una singularidad y no una pluralidad de comportamientos.

Desvío poco a poco la mirada hacia Tio, que parece vagamente aterrorizado de no haber comprendido una palabra de lo que acaba de decir su compañero. No obstante, asume un aire de superioridad y se encoge de hombros.

—Prueba a consultar tu superprograma astrológico de mano. Debería decir algo sobre Tauro.

Lo fulmino con la mirada, entre un vaso de zumo y los restos de *crêpe suzette*, mientras Andrea suspira y prosigue:

—En palabras llanas, a Tio le preocupa que frecuentes a ese individuo, el tal Giorgio, que perseveres en permitir que pernocte en el sofá de tu casa. Cree que te está manipulando.

—¡Eso no es cierto! —estallo, pero luego bajo la voz—. Giorgio no me está manipulando, ya no, pero no tiene a nadie que lo ayude, Andrea. ¿Qué otra cosa podía hacer, decirle que se pusiera a la cola para pedir un plato de sopa en el comedor social?

—Por otro lado, si hubiera tenido que enfrentarse a la realidad de la indigencia quizá se habría esforzado más en buscar trabajo, Alice. ¿Has considerado alguna vez la posibilidad de que el principal obstáculo de su éxito seas tú y tu comportamiento excesivamente protector?

—No… —¿O sí? Miro las cuatro mil quinientas calorías de tarta de queso que quedan en el plato—. Me ha jurado que la semana que viene se pondrá manos a la obra y buscará trabajo. El que sea.

—¡No me digas que te tomas en serio las palabras de un géminis! —masculla Tio en tono sarcástico.

—¡Tú también eres géminis! —replico—. Que, si he de ser franca, más que un signo doble, me parece un signo múltiple…, esquizofrénico. ¿Cuántas personalidades podéis llegar a tener? ¿Las has contado alguna vez?

—Pero ¿eso qué tiene que ver? Los cuadros astrológicos son muy distintos. Te advierto que él, por ejemplo, tiene a Marte en Cáncer. Y se nota en lo narciso, dictatorial e inconcluyente que es.

—Cosas que no tienen nada que ver contigo, en cambio.

—Dado que ahora te haces tanto la experta, deberías saber que tu Luna en Piscis hace que le muestres tu lado débil, porque, en caso contrario, lo habrías echado ya a patadas.

Ahora sí que me siento realmente ofendida e intento pagarle con la misma moneda.

—¿Estás seguro de que no es tu Venus en Leo la que habla? Porque me parece que cuando uno no se muestra zalamero contigo se la guardas como si hubieras sido víctima de alta traición.

Creo que he dado en el blanco, porque boquea sin poder decir una palabra. Durante diez segundos.

—Ah, ¡mira quién habla de necesidad de reconocimiento y afecto! —exclama en cuanto se recupera—. ¡Justo tú, que tienes Saturno en Libra!

—Al menos yo tengo a Plutón en la casa I —replico.

—¡Sí, pero tienes la XI en Escorpio!

—¡Y tú un aspecto negativo entre la Luna y el Medio Cielo! ¡Veleta!

—¡Saturno en Libra! —grita Tio rabioso.

—Moderad el tono —tercia Andrea—. ¿No os parece que sois un tanto raros?

—Pero ella me ha dicho que tengo a Plutón… para decirme que siempre quiero ser el centro de la atención.

—¿Y él? —gruño engullendo un tercio de la tarta sin siquiera saborearla—. ¡No es culpa mía si tengo a Saturno en Libra! Andrea, Saturno en Libra retrasa el matrimonio, y puede que incluso te fuerce a casarte con un viejo. ¿Quién es más pérfido: yo, por haberle dicho que es egocéntrico, o él, que desea que acabe cuidando ancianitos?

—Eh, pero Tiziano tampoco tiene la culpa de que tengas a Saturno en Libra… —Se produce un instante de silencio—. ¡Menudas idioteces me haces decir, Alice! ¿Os dais cuenta de las memeces que estáis soltando?

—¡No son memeces! —respondemos a coro Tio y yo.

—Vaya, ni siquiera mi novio me apoya —se queja Tio.

—¡Oh, no, cariño, no digas eso! —exclamo yo entonces—. ¡Aquí me tienes!

Y él:

—Te he pillado: ¡Luna en Piscis!

—¡No es justo! —Siempre me engaña, pero la verdad es que no estoy enfadada, al contrario, me estoy riendo.

Tio lanza un pequeño resoplido y se echa a reír también.

—Hablando ahora de cosas serias, sabes que ha llegado el momento de ponerse manos a la obra, ¿verdad?

—¿Te refieres al tránsito de Júpiter con Plutón?

Andrea alza los ojos al cielo. Con toda probabilidad nos considera unas «criaturas como mínimo extravagantes», pero eso no le impide querernos.

—Ni más ni menos. ¿No estás electrizada?

«Electrizada» es, en efecto, la palabra justa en el momento justo, porque acabo de dar un respingo en la silla al sentir vibrar el móvil en el bolsillo de los vaqueros.

—Disculpad —digo, a la vez que lo saco—. Una llamada.

Tio resopla, pero después parece notar mi expresión.

—No me digas: ¿el leo? No contestes.

—No, pero... ¿y si fuera algo importante?

—¿Tan importante como contraer la varicela? No contestes.

—¿Dígame? —Me levanto para evitar que Tio, que está braceando delante de a mí, me arranque el teléfono de la mano.

Al otro lado de la línea:

—¿Alice?

¿Por qué me tiemblan las rodillas cada vez que oigo su voz?

—Davide.

—¿Dónde estás?

Miro alrededor, como si lo hubiera olvidado por un instante.

—¿Por qué? Estoy... Estoy en la California Bakery.

—¿La de Puerta Romana?

—Sí.

—Perfecto. Voy enseguida.

—¿Qué?

Pero él ha colgado ya.

Sé que Tio está enfadado. Tiene una expresión torva y elude mi mirada.

Me muerdo el labio antes de decir:

—Viene ahora.

—Ha llegado ya —replica mi amigo.

Andrea se vuelve, haciendo ruido con la silla.

Cuando hago amago de volverme también su voz me bloquea, bloquea todo mi cuerpo. El cerebro, sí, pero también el corazón, el hígado y los riñones.

—¿Puedo sentarme?

—No, pero hazlo —exclama Tio señalándole la cuarta silla de nuestra mesa—. He de reconocer que tienes un sexto sentido. Debe de ser Saturno en Virgo. O le has metido un microchip a Alice.

Davide baja los ojos para leer el menú y pide un café al camarero, que se ha acercado a nosotros. Hace todo con una flema que irrita aún más a Tio.

—Estaba en la zona —se limita a explicarnos—. ¿Sabéis si la tarta Tatin está buena?

La aparición de Davide, inesperada y fuera de contexto, ha desconcertado incluso a Tio, que está acostumbrado a la improvisación teatral. Así que soy yo la que esta vez intenta explicarle el comportamiento de Davide fingiendo cierta superioridad.

—Te advierto que es un experto en crear confusión. Tiene a Mercurio en la casa X.

Tio mira a Davide, que parece haberse concentrado aún más en el menú.

—Ya, y tiene una oposición entre la Luna y el ascendente. Sin olvidar a Venus en la casa XII —subraya sombrío dirigiéndose solo a mí.

Comprendo a qué se refiere. En la carta astral de Davide ese aspecto significa que tiene dificultades en sus relaciones, y que busca por encima de todo la soledad. Por si fuera poco, Venus está en la casa XII, lo que implica «inestabilidad amorosa». Como decir: 2-0. Partido concluido.

—¿Paráis ya? —Davide frunce el ceño—. Parece que estemos jugando a las batallas navales. Tocado y hundido, ¿de acuerdo?

—Faltaría más —exclama Tio—. Cambiamos de tercio enseguida. Hablemos de cosas más serias. A propósito, ¿cómo está Barbara? Dale de nuevo las gracias por su hospitalidad.

Con toda la arrogancia de que es capaz Davide, coge mi tenedor y lo clava en el plato de Tio, en la tarta de chocolate aún sin terminar.

—Muy rica —dice masticando, bajo la mirada asesina de mi amigo: para Tio la comida es sagrada, y puede que ni siquiera a Andrea le permitiera pinchar impunemente en su plato. En especial si el botín es un pedazo de tarta de chocolate.

—¿Qué le trae por aquí, señor Nardi? —pregunta Andrea tratando de desviar la atención para calmar las aguas—. Uno podría pensar que se trata de cuestiones inaplazables.

—Ya —murmura Davide.

Arqueo las cejas, mientras él mira a Tio.

—Tenía que ver a Alice para hablarle de nuestro viaje.

—¿Viaje? —preguntamos los tres al unísono.

—El viaje a París.

—Pero ¿no debías ir con Marlin?

—La han llamado para hacer una prueba, así que tendrás que venir conmigo —explica Davide perentorio.

—Pero ¿por qué no puedo ir yo? —exclama Tio—. Soy el presentador del programa.

Davide lo mira prolongadamente con una expresión granítica. Veo que la nuez de Tio sube y baja: es evidente que se ha puesto nervioso.

—Porque quiero que venga Alice.

34

EL DISCRETO ENCANTO DEL PISCIS

Es como intentar vaciar el mar con un dedal.

Hacer una maleta en poco tiempo, con el deseo de partir oscilando entre una euforia estúpida y el entusiasmo que nos produciría darnos de bruces con un camión, cuesta el mismo esfuerzo y tenemos las mismas probabilidades de lograr nuestro propósito.

El tren de París sale mañana a las seis en punto, de manera que esta noche debo concentrarme por completo en la maleta y el trabajo. El problema es que en menos de una hora tengo que salir de nuevo para reunirme con el fantasmagórico Daniele en una exposición. Habría podido pedirle que lo pospusiéramos, pero no me sentí con fuerzas de hacerlo. Es más, me forcé a aceptar su invitación para dejar de pensar en Davide y en los días que voy a pasar con él en la capital mundial del romanticismo.

Como si la agitación que me producen las dos cosas no bastase, he de soportar además el coñazo de llevar un chihuahua con los dientes clavados a un tobillo, que lloriquea mientras finge que me ayuda, cuando en realidad hace justo lo contrario de lo que le pido: me refiero a Giorgio, que parece estar llevando a cabo una misión suicida con el objetivo de impedirme que haga todo lo que debo hacer en el poco tiempo que me queda para hacerlo.

Otro problema son las voces que no dejan de parlotear en mi cabeza. Sé que es un síntoma de locura incipiente, pero cuento con la atenuante de ser un signo doble y, además, de tener unos planetas significativos en constelaciones diametralmente opuestas. Ante la perspectiva de pasar tres días *cheek-to-cheek* con Davide mi Neptuno en Sagitario se ha puesto ya los zapatos de cristal Swarovski y ha llamado al servicio de calabazas para asistir al baile; en tanto que Mercurio en Escorpio..., bueno, en este momento Mercurio en Escorpio me está diciendo que no puedo ser más idiota, porque, a la vez que repaso mentalmente toda la filmografía romántica, meto en la maleta un tubo de crema solar de protección treinta. Y voy a París. Y la primavera aún está en puertas.

—¿Por qué no te pones el suéter amarillo para hacer la entrevista? —Giorgio brinca alrededor de mí, jugando al trile con las prendas que hay esparcidas por la cama.

—Quiero el vestido azul. Deja de dar vueltas alrededor de mí como una bolita de pinball, tengo poco tiempo y aún debo arreglarme para esta noche. —Logro arrancarle el vestido de las manos y meterlo en la maleta. La boca de Giorgio se pliega.

—No deberías salir esta noche. Así tendrías más tiempo y podrías descansar como se debe. Por no hablar del hecho de que no conoces a ese tipo de nada: ¡podría ser peligroso!

¿Más peligroso que pasar la velada en casa con él? No creo, porque si sigue así corro el riesgo de que me condenen a cadena perpetua por homicidio preterintencional.

Aun así, reconozco que no me apetece mucho salir. Preferiría darme un baño y disfrutar oyendo un poco de música y bebiendo una copa de vino. Y soñar con Davide y yo, en vez de pensar en la imagen patética que daré si sigo por este camino.

Trato de meter en la cama a Neptuno y Mercurio entrando en el baño para maquillarme, pero uno de los dos (esa lengua de doble filo de Mercurio, con toda probabilidad) me susurra que, en lugar de dejarme llevar por una estúpida excitación, debería estar enojada con Davide por haber entrado deslealmente en mi vida. Porque tres días en estrecho contacto con él son masoquismo en estado puro. ¿No estoy ansiosa? ¿No estoy enfadada? ¿No me gustaría partirle la cara?

¿No me gustaría que, en cambio, me abrazase y me besase otra vez?

Chss, Neptuno, chss. Por el amor de Dios, es mejor salir, cuanto antes. No puedo pasar la noche en casa a merced de esos dos. Debo distraerme. Además, no hay que olvidar a Giorgio, que pese a que he cerrado la puerta del baño está llamando para saber a qué hora pienso volver a casa.

—No lo sé, Giorgio, es una cita. —Santo cielo, ¿acabaré viéndome obligada a darle cuenta del mínimo de vida social que me queda?

—¿Lo ves? Te importan un comino las entrevistas de trabajo que voy a tener en los próximos días. Podrías ayudarme a encontrar nuevas ideas y a hacer nuevos proyectos.

—He pospuesto esta cita cuatro veces. Si ese tipo no me ha mandado aún a la porra le debo, al menos, un poco de respeto. Además, mientras estoy fuera tendrás todo el tiempo y la tranquilidad que necesitas para pensar y trabajar. —Sé de sobra que las cosas no funcionan así. La creatividad no es uno de los talentos de Giorgio, a menos que se trate de inventar una sarta de mentiras. No, su punto fuerte es la capacidad de manipular a las personas para doblegarlas a su voluntad.

Pero, en el fondo, no es asunto mío. Mejor pensar en el tal Daniele, que ha sido más que comprensivo, dada la cantidad de veces que le he tenido que colgar bruscamente o que he pospuesto nuestras citas. Además, he de reconocer que siento cierta curiosidad, ya que se trata de un piscis con ascendente en Virgo y con un cuadro astrológico muy interesante. Como mínimo, se merece una velada. Pese a que esta no es, desde luego, la más apropiada. Ni para mí ni para él, ya que cuando me invitó esta tarde, después de que lo hubiera llamado para disculparme por tener que cancelar la cena de mañana, me dijo que tenía ya un compromiso, pero que, en cualquier caso, sería un placer verme.

Por desgracia, si por un momento pensé que iba a poder dejar en casa a mis dos consejeros más leales, pero también más contradictorios, me equivocaba de medio a medio. De hecho, en este momento Mercurio discute con Neptuno sobre la razón y la manera en que surgió esta cita.

—¿Está segura de querer ir a esa exposición, señorita? —me pregunta el taxista frenando de repente.

—¿Por qué me lo pregunta?

—La veo muy nerviosa. De hecho, me está estrujando el hombro. Si prefiere puedo llevarla otra vez a casa.

¿Y dar a Giorgio la satisfacción de pasar la velada con él? ¿O pensar que estoy permitiendo que Davide me arruine la vida? Jamás.

—Estoy segura, siga, por favor.

Al cabo de unos minutos el coche se arrima a una acera abarrotada de gente armada con paraguas. Demonios, estaba tan ensimismada que no me he dado cuenta de que ha empezado a llover.

No hay manera de que conozca a un hombre en estado de gracia, siempre hay algo, ya sea un contratiempo atmosférico o una conjunción astral, que me pone en mi sitio, incluso cuando no tengo grandes esperanzas sobre la velada. Porque la verdad es que no espero encontrar así al hombre perfecto, con una cita concertada, en medio de un buen lío sentimental y con un ex tratando de echar raíces en mi sofá, pero agradecería que el dios del pelo tratase de ser comprensivo con el mío por una vez.

Como es obvio, no tengo paraguas, y mi bolso de mano es tan pequeño que podría guardar, como mucho, una horquilla. Así pues, me apeo del coche retorciéndome para poder taparme la cabeza con una parte de la gabardina, aunque en realidad no hace falta, porque no me mojo, circunstancia que en un primer momento me pasa desapercibida porque estoy en plena discusión con los fieles y obstinados Neptuno y Mercurio.

—Tú debes de ser Alice.

Lo primero que veo es el paraguas, grande y protector, abierto sobre mi cabeza; solo después vislumbro la cara del hombre que lo sujeta y que me mira con una bonita sonrisa dibujada en los labios y un par de ojos verdes y sinceros.

—Daniele —me dice tendiéndome la mano que le queda libre.

Balbuceo algo así como «Aliceuaaa…» a la vez que intento recuperar el uso de la mandíbula y enrollar el kilómetro de lengua que cuelga mi boca. Es fascinante.

«¿Solo fascinante?», grita Neptuno indignado. «Deberías correr a la iglesia más próxima y encender un cirio».

—Vamos, entremos antes de que te salpiques el vestido con todos estos charcos. —Me acompaña a la entrada apoyando una mano en mi espalda, ni demasiado arriba ni demasiado abajo. Una vez allí me ayuda a quitarme la gabardina, que, sin la menor vacilación, deja después en el guardarropa junto al paraguas.

Mientras realiza todas estas maniobras tengo la oportunidad de examinarlo. O, mejor dicho, debería tenerla, si a mi cerebro no se le hubieran cruzado los cables y no estuviera transmitiendo exclusivamente una serie de ruidos blancos estridentes, como hacen las televisiones cuando se produce un cortocircuito.

Es alto y tiene una melena larga de color cobrizo, recogida en un moño; las gafas le confieren además un aire intelectual, subrayado por los vaqueros desteñidos y la camisa, que lleva por fuera.

«¿De verdad crees que un tipo así querría cortejarte?», insinúa Mercurio pragmático, aunque también con considerable acritud.

A fin de cuentas, ¿por qué no? «¿Por qué no puedes ser tú, precisamente tú, la protagonista de un cuento de hadas?», responde Neptuno parpadeando y frunciendo la boquita en forma de corazón.

Daniele me acompaña hacia el pasillo que lleva a la exposición y me agradece que haya aceptado su invitación en el último momento, casi se disculpa, como si no hubiera sido yo la que canceló la cita que teníamos para mañana y con ello hubiera complicado las cosas.

Es un tipo muy afable y accesible, y mientras hablamos, mirando distraídamente las fotos que se exhiben en las paredes, hace que me sienta más ligera, como si nos conociéramos desde siempre y esta no fuese nuestra primera cita. Al cabo de un rato ni siquiera me turba ya su innegable belleza, la considero un hecho evidente, como si estuviera contemplando el David de Miguel Ángel y tuviera la posibilidad de hablar con él, por decirlo de alguna forma.

—¡Eh, Daniele!

Él se vuelve con jovialidad y me presenta a un tal Franco, a quien acompaña una morenita con una boina ladeada en la cabeza.

—Todo estupendo… Quería también darte las gracias.

Daniele lo coge del brazo y sacude la cabeza.

—Pero no hay de qué, Franco, no hay de qué…

Mientras Franco hace un aparte con él, la morenita me sonríe.

—Daniele ha sido uno de los pocos que han estado al lado de Franco en un momento muy difícil para él —me explica—. Tiene una sensibilidad extraordinaria, basta ver sus fotos.

Miro alrededor, como si las paredes se hubieran iluminado de golpe y mostrasen por primera vez las imágenes. ¿Las ha hecho él?

Ya. Esta no es una exposición cualquiera, es su exposición.

La morenita con la boina me sonríe y me da un ligero codazo.

—Eres una mujer afortunada…

Los dos hombres se acercan de nuevo a nosotras. Franco y su acompañante se despiden, y Daniele se disculpa por haberme dejado sola.

—No me dijiste que iba a salir con el artista en persona. Son preciosas, felicidades.

—Oh. —Se encoge de hombros—. Las fotografías son simples testimonios, una manera de llamar la atención sobre las historias que hay detrás. Lo que cuenta de verdad no son las imágenes.

Me parece algo cohibido. Se quita las gafas y las limpia con el borde de la camisa, como si tuviera que inventarse algo para mover las manos y estar ocupado.

Neptuno: «Puede que la fábrica de príncipes azules haya vuelto a abrir sus puertas. Quizá los siguen produciendo, aunque solo sea en edición limitada».

Mercurio: «Bueno, es evidente, es una simple pose, una estratagema para impresionar y quizá… acostarse contigo esta misma noche. Tonta».

—Me gustaría saber qué te parecen —dice él, al mismo tiempo que expulso a ese lunático de mi cabeza.

Nos estamos acercando a una de las imágenes. En ella aparece una multitud en una plaza. Las personas tienen edades diferentes, van vestidas de forma distinta y, sin embargo, da la impresión de que comunican entre ellas. Bailan y de sus caras emana una alegría que rejuvenece incluso a los más viejos.

Miro a Daniele sin saber qué decir. Mejor dicho, estoy segura de que en el altercado entre Mercurio y Neptuno no tengo nada demasiado inteligente que decir, no solo porque cuando saco una foto parece que lo haya hecho durante un terremoto, sino porque, por lo general, el arte y yo no habitamos el mismo planeta. Con todo, en este caso la fotografía expuesta parece hablar por sí sola.

—Me parece... —titubeo—. Me gusta la forma en que captaste sus sentimientos. Da la impresión de que esperaste a que todo fuera perfecto para hacerla, no solo el encuadre, sino también la emoción, da la impresión de que la hiciste cuando pudiste sentir por fin lo que sentían ellos. Empatizas con las personas. Se ve que te gustan... —Carraspeo, ahora soy yo la que se siente cohibida.

Vaya. ¿Desde cuándo soy crítica de fotografía?

—Discúlpame —digo al final, porque me siento como una de esas tipas *radical chic* que hablan despreocupadamente sobre filosofía delante de una copa de vino.

Mientras me miro la punta de las botas, él apoya una mano en mi brazo.

—Me has impresionado, Alice. Es la primera vez que alguien me dice que siente eso al ver una de mis fotos. —Me mira a los ojos entornándolos ligeramente, como si pudiera comprender muchas otras cosas de mí sobre la base de lo que acabo de decir—. Y eres libra con ascendente en Sagitario —añade—. Espíritu y materia. Una buena combinación.

No, un momento. Creo que no lo he entendido bien.

—¿Estás hablando de mi...?

—De tu cuadro astrológico —explica él al mismo tiempo que sus pómulos enrojecen ligeramente—. Sé que en nuestra cultura se considera una majadería, pero en otras tiene una gran importancia. En la India, por ejemplo, es determinante para las bodas: los padres jamás consentirán que sus hijos se casen si las cartas astrales de los novios no están en armonía.

—¿Has estado en la India?

En un rincón veo varias imágenes de mujeres ataviadas con saris y la piel de los brazos cubierta de intrincados dibujos realizados con henna. También en esta imagen Daniele ha jugado con la luz y la plasticidad de los cuerpos, pero, por encima de todo, ha sabido captar un momento de vida, el nacimiento de una emoción.

—Me gusta ver mundo. Sobre todo tratar de comprender a las personas con las que tropiezo. Cada uno de nosotros es un cofre de soledad, de deseos, de miedos y de esperanzas. Pero tú ya sabes todo esto, eres una persona con una sensibilidad inusual.

Trago saliva.

—Bueno… Tengo a la Luna en Piscis…

Él asiente con la cabeza de forma misteriosa, como si esa revelación arrojase una luz nueva y maravillosa sobre mí, como si le acabara de decir que soy la última descendiente de Mahatma Gandhi, de Buda o de Elvis Presley.

Mientras nos alejamos de la foto me siento diferente, como si al lado de Daniele no estuviera ya Alice, sino una mujer mejor, más hermosa y segura de sí misma. Me siento cada vez más libre de expresar los sentimientos que me inspiran sus imágenes, y cada vez más partícipe de lo que veo y digo.

Algo más tarde, mientras bebemos un vaso de una bebida sin alcohol (todos los ingresos de la exposición se van a destinar a la lucha contra el alcoholismo), llega la ducha fría y el consiguiente teletransporte a la vieja y querida Alice, con todas sus malos humores, frustraciones, etcétera, etcétera. Es una gran verdad que no podemos escapar de nosotros mismos.

A pocos pasos de mí se encuentra la mujer cuyo apellido tiene una longitud solo inferior al número de ceros de su cuenta corriente: Barbara Buchneim-Wessler Ricci Pastori.

Una auténtica señora, criada a base de pan y elegancia, que, por desgracia, es también la novia del hombre que no logro borrar de mi mente.

Daniele se apresura a preguntarme si algo va mal.

—¿Es el cóctel? ¿Está demasiado frío?

Pongo como excusa la fotografía, un tanto triste, que tenemos al lado.

—Eres una mujer muy empática —afirma él y, con ojos brillantes, empieza a explicarme las circunstancias de ese viaje, la historia de esa persona, la forma en que la experiencia lo enriqueció.

Y yo, haciendo gala de esta abundancia de empatía…, miro a Barbara Buchneim etcétera, etcétera, con el rabillo del ojo, preguntándome si ahora no aparecerá también Davide, mientras Mercurio me hace notar que soy una persona muy, pero que muy miserable.

Intento concentrarme en la foto y en las palabras de Daniele, pero no puedo por menos que girar el cuello como un periscopio buscando su cara entre los presentes. Por suerte, no la veo. Aunque, a decir verdad, no sería del todo sincera si no reconociera que, en cierta medida, lo lamento. A saber qué cara habría puesto si me hubiera visto con un tipo tan guay como Daniele.

—¿Te gusta? —me pregunta él y, al ver que lo miro con perplejidad, añade—: Estabas sonriendo… —Acto seguido frunce el ceño y mira de nuevo la imagen colgada en la pared—. Son unos niños guerrilleros. Por desgracia, los raptan de sus casas a tierna edad y casi se podría decir que los arrojan en brazos de la muerte.

—Oh. —Apurada, me muerdo el labio y me vuelvo a toda prisa, pero al hacerlo veo a Barbara justo delante de mí.

—Buenas noches, Daniele.

Activo el programa sonrisa dulce, amistosa e indiferente, pese a que ella parece no verme.

—Le felicito de nuevo en nombre de la Fundación Wessler. Tiene una visión tan exótica… ¿Ha pensado en la posibilidad de publicar un catálogo?

Oh, claro. El motivo por el que se ha acercado es más bien obvio. Daniele es el huésped de honor de la velada.

—Para la recogida de fondos, por supuesto. Pero no me pida que escriba los textos, no me veo como escritor… —Luego se vuelve hacia mí—. Aunque Alice podría echarme una mano. No os he presentado, disculpad. Alice Bassi, Barbara Buchneim-Wessler Ricci Pastori, patrocinadora de la fundación con la que colaboro.

Yo sería más bien propensa a fingir un repentino vacío mental y después intentar mimetizarme con las paredes, pero ella me mira. Noto que cierra los ojos un instante y que luego los vuelve a abrir, sorprendida.

—Creo que nos conocemos ya —dice sin tenderme la mano—. Creo que trabajas con mi novio, ¿no?

¿Me equivoco o ha recalcado un poco el posesivo «mi»? No muevo un solo músculo, por temor a que se me note la mala conciencia.

—Ejem, sí, es el supervisor de nuestros programas —explico, más a Daniele que a Barbara, quien, a buen seguro, sabe en qué trabaja su *novio*.

—No por mucho tiempo —dice ella con una sonrisa felina—. Dentro de dos semanas empezará a ocuparse de la *startup* de mi finca en Bretaña, que pretendo convertir en un oasis de bienestar. Llevará tiempo, entre un año y un año y medio, pero ese lugar está lleno de recuerdos para nosotros y no nos pesará encerrarnos en él una temporada. Totalmente solos.

Bien. ¿Por dónde íbamos? Ah, sí, yo estaba buscando una soga para colgarla del techo.

Intento esbozar una sonrisa, con la esperanza de que los dientes no se resquebrajen por el hielo, pero, por suerte, el espléndido hombre que me acompaña tercia:

—En ese caso, deberemos hacer antes el retrato fotográfico que me pediste. ¿Qué te parece mañana?

—Por desgracia, mañana Davide no estará, debe viajar a París por trabajo —contesta Barbara.

Daniele desvía fugazmente la mirada hacia mí, luego sonríe y se encoge de hombros.

—En ese caso durante el fin de semana.

¿Por qué el hecho de que haga una foto a Davide y Barbara me produce una sensación de ineluctabilidad? Daniele no es sacerdote, y ese retrato no equivale a una boda.

Por suerte, el suplicio no dura mucho. Apenas Barbara se aleja Daniele me dice que se ha cansado de estar encerrado allí dentro y me pregunta si me apetece que demos un paseo juntos.

Al salir descubrimos que mi Milán ha adquirido cierto matiz neoyorquino. Ha dejado de llover y el aire es fresco, pero agradable, la pavimentación de las calles brilla, mojada por el agua e iluminada por la luz de las farolas, de manera que nuestros reflejos y nuestras sombras se persiguen.

—¿Estás bien? —me pregunta quitándose la chaqueta para echármela a los hombros, igual que en las películas.

—Sí… —Inspiro una buena bocanada de aire y compruebo que es cierto. Estoy de maravilla. La mera presencia de Daniele me sosiega.

—Me ha parecido que… —empieza a decir él sentándose en un banco—. Que algo no funcionaba. Alice, sé que una persona como yo no puede pretender irrumpir así en tu vida y que puedes tener asuntos pendientes.

Algo me dice que ha notado que las palabras de Barbara me han herido. No sé qué decir, pero, por suerte, él no parece pretender que diga nada, porque prosigue:

—Pero me gustas mucho y me encantaría que nos viéramos, si me lo permites. —Este hombre, tan apuesto y perfecto, me coge una mano y se la lleva a los labios—. Por eso quiero que sepas que estaré aquí cuando regreses del viaje con Davide. Espero que para entonces hayas decidido qué es lo que más te conviene.

ACUARIO

Acostumbradas a años de lucha con los restantes signos del zodiaco, el acuario os sorprenderá… dándoos la «razón». Siempre. Para luego seguir con su vida exactamente como antes. ¿Es un capullo? «Claro que sí», admitirá sonriente. Pero, por encima de todo, es un tipo que tiene como lema fundamental la originalidad y la distinción ante la masa, y que adoptará por principio la idea contraria a la vuestra. Poco importa si para ello se ve obligado a decir que la Tierra es plana o que quizá haya vida en Saturno, porque lo peor para él no es el error sino ser como los demás.

35

UN LEO LLAMADO DESEO

Es embarazoso que mi subconsciente esté a un nivel tan elemental que no sea capaz de producir siquiera una pesadilla digna de ese nombre. Estoy persiguiendo a un hombre con cabeza de león, pero al doblar la esquina donde creo haberlo visto esconderse tropiezo con otro que tiene cola de pescado y que trata de atraparme. Terriblemente didáctico, no hay que echar mano de Freud para explicarlo: al igual que mi vida amorosa, mis sueños son de serie B.

Dejando al margen la falta de fantasía, es bastante obvio que mis sueños son agitados. Daniele-soy-el-hombre-para-ti contra Davide-no-hay-quien-me-entienda. Justo en vísperas de una estancia de tres días en París, con la entrevista al profesor Klauzen y todo lo demás.

Por si fuera poco, dado que no podía pegar ojo, entré en el ordenador para calcular las afinidades, sondear los cuadros astrales y mirar todas las efemérides posibles e imaginables.

¿Y qué saqué en claro? Dicho de forma algebraica: el orden de los factores no altera el producto. Gires como gires la carta astral de Davide, no hay manera de que encaje con la mía.

Esa es la razón del ataque de pánico que he tenido esta noche, con su correspondiente taquicardia y aumento desproporcionado de la sudoración, para que no falte de nada.

Escruto el techo preguntándome por qué, *por qué*, POR QUÉ tuve que nacer con un cuadro astrológico tan desgraciado, que me fuerza a enamorarme de quien no se enamorará de mí y, en cambio... Diantre. ¿Será posible que me encuentre a un paso de la felicidad y me sienta como si una apisonadora hubiese pasado por encima de mí?

Por si no bastase el sueño, cuando por fin consigo dormirme, la cama empieza a dar guerra. Jamás me ha parecido tan incómoda. Doy vueltas hasta lo inverosímil, al punto que ahora me parece tener un palo en los riñones, tortícolis y la garganta seca. Con toda probabilidad estoy durmiendo con la boca abierta. De hecho, al final me despiertan mis ronquidos.

Salto de una pesadilla poco imaginativa a otra, a todas luces en línea con mi karma.

Porque no estoy en mi cama.

No, tampoco estoy en la de Daniele, cosa que podría tener su interés.

No, a medida que voy recordando las últimas horas de mi vida (el timbre del despertador, Giorgio encerrado en el baño durante media hora, la carrera final hasta el metro con la maleta a cuestas) me doy cuenta con desesperación de que estoy en el tren. De que me he quedado dormida, más retorcida en el asiento que una contorsionista china. De que he dormido y, probablemente, roncado a pleno pulmón.

Y de que tengo la cabeza apoyada en un hombro de Davide.

Además de un brazo alargado hacia él y una mano apoyada en su pierna.

Quiero morirme. Ahora. Enseguida. Gracias.

—¿Has dormido bien?

Me incorporo de inmediato, fingiendo una dignidad de la que carezco, y mascullando no sé qué, a buen seguro no son disculpas, dado que aún estoy enfadada. Algo relacionado con el viaje, eso es.

—¿Cuánto falta?

—Menos de una hora —responde—. Estaba echando un vistazo a la biografía de Klauzen.

Agradezco literalmente al cielo que Saturno esté en Virgo, de forma que en estos momentos su atención raya en el autismo en todo lo concerniente a los detalles y el trabajo, y me ahorra comentarios sobre la manera en que me he pegado a él.

—Últimamente está muy de moda y dentro de poco abrirá una clínica privada en Italia, donde será posible dar a luz de acuerdo con su método.

El famoso método Klauzen de programación de los nacimientos. Cosa de ricos, en efecto, pero, gracias a sus cálculos y a los partos inducidos, los padres más meticulosos quizá puedan regalar a sus criaturas una vida poco menos que perfecta, bajo los mejores auspicios de las estrellas.

—Klauzen… —repito a la vez que veo mi reflejo en el cristal, que me hace pensar más en mi pelo, aplastado como una alcachofa, que en cualquier otra cosa—. Hemos tenido suerte, no concede muchas entrevistas. —Miro la fotografía del profesor que hay en la carpeta de prensa y hojeo su biografía, rica en reconocimientos.

Como no podía ser menos, sé de antemano que es un capricornio con ascendente en Escorpio y con la Luna en Acuario. Al echar un vistazo a mis apuntes me sale espontáneo el comentar: «Elemental, Watson». Todo en la carta astral de ese hombre habla de una fuerza de voluntad equivalente a la de un tanque. ¿Cómo, si no, se puede llegar a tener un avión privado, un ático en Manhattan, la residencia en Mónaco y una mansión en Bretaña, justo para reposar y jugar al golf?

En Bretaña...

—Es amigo de Barbara, ¿verdad? —pregunto, desalentada.

Davide clava los ojos en los folios que tiene delante.

—Era muy amigo de su marido. Salían a cazar juntos.

No sé por qué, pero por un instante me los imagino a los dos vestidos al estilo colonial, pisando con una bota la cabeza de cualquier pobre animal, mientras ella, etérea y fluctuante, prepara tazas de té hirviendo a cincuenta grados a la sombra, sin que una sola de sus glándulas sudoríparas se estremezca en lo más mínimo.

—¡Caramba! Esa tiene las manos en la masa en todas partes, es peor que la mafia —comento.

—No soy su títere, si te refieres a eso. —Davide me lanza una mirada torva, pero su móvil empieza a sonar alegremente y él se pone en guardia, rebusca en la mesita que tenemos delante, salta por encima de mí y sale al pasillo.

—¡Eh, espera!

Me levanto también mientras la musiquita insiste a un ritmo cada vez más apretado, casi iracundo, y Davide y yo nos quedamos atrapados entre los asientos y la mesita, con nuestros cuerpos pegados, los corazones latiendo superpuestos y los ojos... Los ojos, vaya con él y con su mirada magnética. ¡Por no hablar de la atracción que ejerce sobre nosotros la conjunción Venus-Plutón!

Estoy enfadada. Estoy enfadada. Estoy enfadada. Estoy excitada. Estoy excit...

¡Mierda!

Realizo una especie de salto carpado hacia el pasillo, apoyando las manos en el brazo del asiento que está al otro lado. El chico que lo ocupa, que está concentrado en su tablet, alza una mirada inquisitiva.

—Hum, ¿te acuerdas de Twister? —digo mientras logro sacar también una pierna—. Nos aburríamos...

El tipo arquea una ceja y luego, sin decir una palabra, se sumerge de nuevo en su partida.

¡Qué simpático! Seguro que es escorpio.

Entretanto, Davide ha contestado al teléfono.

—Hola, Barbara… Sí, aún estoy en el tren.

Oír su nombre me produce un súbito reflujo esofágico.

Me repito como un mantra que Daniele podría ser el hombre de mi vida, que no tiene ningún sentido seguir corriendo detrás de alguien como Davide, a menos que sea con la conciencia de estar trotando alegremente hacia la autodestrucción.

Veo que se aleja unos cuantos asientos.

Dios mío, me basta mirarlo para quedarme sin respiración. Pero ¿es que no hay un mínimo de justicia en este mundo?

—Perdone, ¿lo hace a menudo?

Me vuelvo sobresaltada al oír la pregunta, que no puede ser más inoportuna.

Pero aún me sorprendo más cuando veo frente a mí a una mujer menuda con el pelo gris.

—¿Cómo dice?

La mujer resopla.

—Le he preguntado si lo hace a menudo, me refiero a descalzarse en el tren, señorita —contesta ella señalando mis zapatos con un dedo—. Porque le aseguro que no es muy higiénico.

En efecto… Debo de habérmelos quitado mientras hacía la siesta de la contorsionista. De hecho, aún estoy medio dormida, por eso al principio no la entendía.

Me vuelvo a sentar a la vez que echo un vistazo al móvil. Tengo un mensaje de Daniele. ¡Es un encanto!

¿Qué se cree Davide, que es el único hombre de la tierra? No, querido, si algo no me faltan son hombres, y tú habrías podido ser el afortunado. Claro que eres guapo a rabiar, y tienes una manera de comportarte que me derrite, una rebanada de pan untada con mantequilla y puesta al sol es más resistente, vamos…

—¿Té, café, *sexo,* o un tentempié, señorita?

A mi lado se encuentra el tipo que empuja el carrito de servicio. Me acaba de ofrecer sexo. La vergüenza me hace arder las raíces del cabello.

—¿Qué? —balbuceo.

—¿Té, café expreso o un tentempié? —repite él con sumo candor.

¡No, escucha, te he oído a la perfección, has dicho «sexo»! ¡Es imposible que me haya equivocado!

Después de todo, no puede ser todo por culpa de la conjunción Venus-Plutón.

Davide me vuelve a mirar.

—Sexo —susurra alguien más.

Escudriño alrededor, pero todas las personas que me rodean están mirando un móvil, una tablet, un periódico o un libro; en pocas palabras, están concentrados en lo suyo y no tienen ningún motivo para hacer el coro.

Me levanto y corro al otro extremo del vagón, donde trato de distraerme sacando el móvil.

Pero de repente me detengo. ¿Y si, al igual que en *El resplandor,* acabase escribiendo de forma obsesiva compulsiva «No por mucho madrugar amanece más temprano»? O, peor aún, algo así como: «Sexo en el expreso». Me pregunto qué tipo de trígono, cuadratura o conjunción astral del demonio me está provocando esta alteración hormonal no identificada.

O más que identificada. Vuelvo a mirar a Davide.

Respira, Alice. Envía oxígeno a las neuronas.

Por desgracia, la batalla hormonas contra neuronas está decidida de antemano.

Era justo lo que quería evitar, lo que temía de un viaje de tres días con él. Me conozco, sé que, en cuanto a objetividad, a su lado tengo la autonomía de una cerilla.

—¿Todo bien?

—Por supuesto... —Me vuelvo carraspeando y dándome tono.

(SEXO). Chss, neurona cachonda.

Con todo, también Davide parece un poco excitado. La curva de sus labios resulta más dura y cruel de lo habitual.

—Estás cansada —replica susurrando—. Tienes los ojos hinchados.

Me llevo las manos a la cara (¿SEXO?). Espléndido. ¿Hablamos ahora de mis arrugas o lo olvidamos?

—He dormido poco —digo, tratando de franquearlo para volver a mi sitio, donde quizá pueda encontrar otra posición de yoga para... (¡SEXO!). Para dormir. DORMIR.

—Tal vez no deberías haber salido anoche —comenta él en tono duro.

Me vuelvo de golpe.

—Dado que tenías el tren a las seis y un largo viaje por delante.

Así que Lady B. le ha dicho que me vio en la exposición. Con Daniele.

¡Bien!

—Me considero capaz de decidir por mí misma qué es lo mejor para mi vida. En los últimos tiempos he afinado mi intuición y ahora funciona mucho mejor.

—¿Lo piensas de verdad? ¿Te crees tan lista?

No puedo creer que se esté comportando de una forma tan arrogante conmigo. Pero ¿qué cabe esperar de alguien que tiene a Mercurio en Leo?

—Claro, porque cuando las personas son honestas dicen enseguida lo que quieren, sin tantos rodeos —digo pensando en primer lugar en Daniele y en su franca declaración de intenciones; y luego en él, Don Complicación, quien a la pregunta «¿Estás solo?» responde «tengo un perro» y solo más tarde, mucho más tarde, te confiesa que, además del perro, tiene una novia que se parece a Grace Kelly.

—¿No será más bien que alguien está acostumbrado a rellenar los puntitos como le parece?

Claro, pienso. Mira cómo saca enseguida a colación a Neptuno en Sagitario y da la vuelta al discurso para echarme la culpa.

Luego, sin embargo, aparece su trígono Sol-Luna y cambia por completo de actitud. Me coge una mano, y en sus ojos puedo leer una profunda melancolía.

—Alice...

Maldito.

—Estoy muy preocupado por ti. Quería hablar contigo a toda costa. —Se muerde el labio y mira alrededor, acto seguido prosigue bajando la voz—: No alcanzo a comprender lo que estás haciendo. Anoche estabas en esa presentación... Además vives con ese hombre... Quiero decir, si estás haciendo todo esto para vengarte de mí debes saber que solo te estás perjudicando a ti misma.

—¿Qué? —De acuerdo, nada de protesta no violenta—. No puedo creer que te hayas atrevido siquiera a tocar el tema. ¡Ah, el típico egocentrismo de leo con Mercurio en Leo!

—¿Estás hablando de mi horóscopo?

—Estoy hablando de tu *cuadro astrológico,* ¿después de doce episodios ni siquiera has aprendido la diferencia?

—Once... Creo que aún debemos hablar sobre el último episodio.

Ya. Aún no hemos escrito el último episodio.

—Sea como sea, ese hombre no te conviene.

—Cuando quiera que me ayudes a decidir con quién debo acostarme te llamaré por teléfono, ¿de acuerdo? —Por lo visto, aún tengo fiebre. Espero que sea así, porque, en caso contrario, que yo haya pronunciado esas palabras carece de explicación racional.

—Entonces, ¿te estás acostando con él?

Me muerdo la lengua y recurro a todo el poder de mi conjunción entre Mercurio y Plutón que, entre otras cosas, afirma que debería ser reservada en mis asuntos.

—¿Y a ti qué más te da? ¿Pretendes que no haga nada mientras tú te acuestas con Barbara? —Pero no, deben de ser los otros tres o cuatro aspectos de mi fabulosa carta astral los que llevan las de ganar. El Sol y Marte, con su exceso de fogosidad; o puede que la Luna y Neptuno, y aquí estamos hablando de desazón y de arranques de ira, por solo mencionar un par de cosas, pero hay mucho más donde elegir. ¡Gracias, mamá!

Él, entonces, dice:

—Técnicamente…

Ahora llegará el momento en que, emulando a Glenn Close en *Atracción fatal*, trataré de clavarle el tirador antipánico en el corazón. ¿Qué respuesta es *técnicamente*? Además, la mía no era en realidad una pregunta. ¿Qué más me da si él hace el amor o no con Barbara? La cuestión es que conmigo no lo quiere hacer.

Pero ¿qué significa «técnicamente»? ¿Técnicamente sí? ¿Técnicamente no?

Técnicamente este hombre me está haciendo enloquecer.

Hago amago de seguir adelante, pero él alarga una mano hacia mí. El tren se balancea, de forma que, en lugar de apoyarse en mi brazo, la mano de Davide toca mi costado.

—Alice, espera… —De forma instintiva su brazo ha resbalado hasta mi espalda. Nos miramos unos segundos sin decir nada.

—Disculpad, pero llevo sexo…

Davide y yo, que seguimos mirándonos a los ojos, nos sobresaltamos y nos tensamos a la vez. Veo que se ruboriza hasta el cuero cabelludo y que después se vuelve hacia el hombre que está a nuestro lado. El tipo esboza una sonrisa.

—Disculpad, pero llevo peso… —repite con aire cándido.

Nos separamos y nos pegamos a los asientos opuestos, para dejarlo pasar.

Ahora sí que tengo la certeza: va a ser duro. Será muy duro superar estos tres días…

36

SEXO NO, POR FAVOR, SOMOS LIBRAS

Puede que París bien valga una misa, pero la verdad es que no disfruto nada de las primeras horas. La conciencia de que es una ciudad mágica y romántica me hace tragar más bilis, si cabe. El taxi la atraviesa como una exhalación, y es como si nosotros, que vamos sentados cada uno en un extremo del asiento posterior, escudándonos en la carpeta de prensa, no le perteneciéramos.

Habría preferido pasar antes por el hotel para refrescarme un poco, pero Klauzen, cuya casa X está en Virgo, tiene un programa de citas más bien riguroso, de forma que, sin importarle las siete horas y pico de tren, nos espera incuestionablemente para comer.

Incuestionablemente, al menos en lo tocante a nosotros. Porque él, en cambio, se retrasa tres cuartos de hora, durante los cuales mi mirada va de Davide a la baguette que destaca en el sofisticado centro de mesa. No sé a cuál de los dos me comería antes.

A dormir, Alice, y repite conmigo: «Fuera el leo, adelante el piscis». Pero arrancar a una persona de tu corazón no es tan sencillo como abrir una puerta y pedirle que se instale fuera.

Klauzen aparece por fin con su séquito después de la enésima provocación de Davide.

—Supongo que, mientras tanto, Giorgio tendrá carta blanca en tu casa. Te advierto que...

Cuando estoy a punto de contestarle que las personas que frecuento no son asunto suyo, el supermédico de los nacimientos, el Señor supremo de todos los ginecólogos, Klauzen, se planta delante de mí con sus ojos grises y glaciales.

—Entonces, sin perder tiempo. Punto uno: haremos la entrevista mañana a las diez en el salón de mi ático. La luz es perfecta. Punto dos: os concedo una hora, dado que la entrevista durará tres minutos en total, un tiempo más que aceptable en televisión. Punto tres: os he concedido cuatro preguntas. Las encontraréis adjuntas a la ficha que os dará mi ayudante...

Diligente y silenciosa como una autómata, la rubia platino que está a su lado me tiende un pliego.

—En él encontraréis también material filmado para integrar. No más de setenta segundos, que deberán distribuirse por la pieza. Ella os explicará lo que hay que usar después de la entrevista y dónde hacerlo. —Klauzen se cuadra al concluir su lista de tareas, al punto que llego incluso a imaginármelo chocando los talones y alzando el brazo—. Bien, eso es todo. Podéis marcharos. —Mueve la silla para sentarse a la mesa, a la vez que Davide arrastra hacia atrás la suya y me indica con un ademán que haga lo mismo.

Me vuelvo un instante mientras nos alejamos de él, con la única intención de ver al doctor Capricorn One-and-Only llamando a un camarero, al mismo tiempo que su ayudante robot permanece de pie a su espalda.

—Punto cuatro —digo entre dientes dirigiéndome a Davide—. Antes que a él preferiría tener como ginecólogo a Eduardo Manostijeras.

Tras salir a la calle, Davide agita los brazos para llamar a un taxi.

—¿Qué quieres hacer? ¿Prefieres comer o ir antes al hotel?

Me doy cuenta de que apenas son las dos, lo que significa que tenemos por delante un montón de tiempo antes de la entrevista. Davide y yo, solos.

—Prefiero ir al hotel —digo con descaro—. Pero tú ve a comer si quieres.

Él frunce el ceño.

—No, *iremos* al hotel. Comeremos más tarde.

Me muerdo los labios, me encojo de hombros y me vuelvo, a la vez que un taxi se detiene delante de nosotros. Davide se adelanta y me abre la puerta, mirándome de reojo y sonriéndome con timidez. Miro al suelo y entro en el vehículo, tratando de capitular con mis sentimientos. Ser un signo doble no ayuda, desde luego, me digo, porque, si por un lado siento un hormigueo de excitación por estar aquí, en París, en su compañía, por otro esta situación, sus implicaciones, me producen un miedo atroz.

«Estás corriendo un riesgo enorme, Alice», me digo para ponerme en guardia. «No estáis aquí de luna de miel, a pesar de lo que te pueda sugerir tu Venus en Libra. No somos siquiera los enamorados de Peynet. Así pues, procura echar cal y ladrillos antes de empezar a erigir los habituales castillos en el aire».

Miro a Davide: es guapo, guapo, guapo, tan guapo que me abalanzaría sobre él. Suspiro.

No…, no es ni el primer ni el último tango…

El instinto de supervivencia o, mejor dicho, mi aspecto de sextil entre Saturno y el ascendente me dice que para evitar posibles problemas debo alejarme lo más posible de él, así que saco la guía de la ciudad, que me acordé de meter en el bolso en el último momento, aunque sin demasiadas esperanzas de poder usarla. De hecho, soy una persona muy organizada para estas cosas, no por nada tengo la casa IX en Virgo.

Sí, la torre Eiffel podría ser la solución. Contemplar París sola, desde lo alto, me dará una sensación de infinito y de dominio, estoy segura.

Doblo la punta de la página y cierro el librito. Mi estómago aúlla como el hombre lobo. Maldigo a Klauzer y a la pirámide de baguettes que he dejado intacta en la mesa por educación.

—Si quieres podemos ir a un restaurante buenísimo después de dejar las maletas en la habitación.

Acuciada por el hambre y la ansiedad, no puedo por menos que volverme abriendo mucho los ojos.

¡¿Habitación?! Antes de volver a meter la pata por enésima vez, gracias a los vuelos acrobáticos de tu aspecto entre Neptuno y Plutón, espera un poco, Alice. Seguro que no ha pretendido decir que habéis reservado una habitación. ¿A qué viene esta obsesión? Caramba, apenas lo miro pienso en el sexo.

Soy una mujer fría y profesional. Soy una mujer fría y profesional…, me repito varias veces antes de responderle:

—Oh, pensaba dar un paseo por la ciudad, no me apetece sentarme a comer.

Excelente. Que haga lo que quiera, vamos, ni que estuviéramos atados con un cordel.

Pero cuando el taxi se para delante del hotel tengo taquicardia.

¿Y si de verdad solo hubiera reservado una habitación?

Mientras nos acercamos al mostrador de recepción siento el corazón en la garganta.

Las ruedecitas de mi maleta imitan el sonido de mi estómago al tropezar con la alfombra de repente.

—Cuidado…

Davide me agarra antes de que ruede por el vestíbulo como una *pomme de terre,* y me acompaña unos metros sujetándome por el costado con una mano, como si fuera un objeto de cristal o una anciana con osteoporosis.

—*Bonjour, mademoiselle, nous avons réservé deux chambres pour le compte de Rete Mi-A-Mi* —dice Davide mostrando su carné de identidad.

La joven teclea rápidamente en su ordenador.

—*Oui, monsieur...* —dice ella. A continuación alza los ojos de la pantalla frunciendo el ceño—. *Je suis désolée, mais il y a un petit problème avec vos chambres.*

Lo que, a pesar de mis escasas nociones de francés, suena a algo así como: lo siento, pero tenemos un pequeño problema con sus habitaciones.

¡Mierda, lo sabía! Hay toda una filmografía romántica sobre los incidentes de este tipo: un descuido en la reserva, un *quid pro quo* debido al idioma, una emergencia imprevista, un virus informático, una tormenta de meteoritos que ha alterado los sistemas de comunicación...

Me pregunto adónde va la sangre cuando sientes que abandona tu cuerpo como me está sucediendo a mí ahora.

Mientras Davide pregunta «*Quel genre de problème?*», yo repaso mentalmente si:

A) me he depilado;

B) la ropa interior que llevo puesta no es demasiado sexy, pero tampoco la del supermercado;

C) ¡he traído el pijama de los pingüinos! Maldición...

Y otras estupideces por el estilo hasta llegar a la zeta, porque no quiero que ocurra nada entre Davide y yo.

Porque me aprecio como persona.

Porque estoy conociendo a otro hombre mucho más merecedor de mi afecto y menos problemático que él.

Porque... al infierno, ¡a saber si en París venden cinturones de castidad!

—*Vous avez demandé deux chambres sur le même étage, mais ce n'est pas possible, parce que l'hôtel est presque complet et il y a peu de chambres doubles libres. Donc je dois vous donner une au troisième étage et l'autre au cinquième, je suis désolée. Dans la chambre au cinquième étage il y a une baignoire et un coin salon, cependant.*

Dado que mi francés no va más allá de, más o menos, *oui, je suis Catherine Deneuve*, apenas entiendo el sentido del discurso.

Pero luego veo que la recepcionista deja dos llaves en el mostrador.

—*Pas de problème* —dice Davide.

No hay problema.

—¿Qué sucede? —pregunto sin perder la calma, y casi bostezo para recalcar que el tema no me interesa en lo más mínimo. Pese a que John Travolta sigue bailando la fiebre del sábado noche en mi interior.

—No tienen dos habitaciones en el mismo piso. La tuya está en el quinto piso y la mía en el tercero. No creo que sea un gran problema, ¿no?

Mi John Travolta interior deja de bailar, enciende los neones y se pone a recoger con aire melancólico los confetis de la fiesta.

—No, imagínate… No hay problema.

Me refugio en la habitación dando un portazo, decidida a echar una buena bronca a ese soñador de Neptuno en Sagitario, por la decepción que me he llevado y para tratar de exorcizar cualquier pensamiento sobre Davide y yo que no se circunscriba al ámbito laboral y que, sobre todo, contemple una cama.

Considero la posibilidad de darme una ducha fría, pero después voy al baño y veo que hay una magnífica bañera doble con hidromasaje. Perfecta para un encuentro romántico.

Y vuelvo a dar un portazo. Mejor evitar tentaciones. Es más… Se me ocurre una idea.

Cuando Davide ha dicho en el ascensor «¿media hora?» yo no le he contestado, así que…

Hago pipí, echo una ojeada al bolso, cojo las llaves y salgo a toda prisa. Si bajo enseguida él estará aún en su habitación, de forma que podré perderme sola en las calles de París.

Qué tristeza.

Sí, pero es también mi única salvación, pienso mientras aprieto de forma compulsiva el botón del ascensor.

Le mandaré un mensaje cuando esté a buen recaudo en el metro, justo para no sentirme culpable, aunque no sé muy bien qué decirle.

Lanzo prácticamente las llaves al mostrador de recepción a la vez que me precipito hacia la puerta giratoria, como un corredor de cien metros en el último sprint.

—¡Ya estás lista! ¡Estupendo! —Davide cierra el periódico y lo deja en la mesita, acto seguido se levanta y se acerca a mí—. ¿Qué te apetece comer?

—La verdad… —No hay mucho que inventar—. Me apetece dar un paseo por mi cuenta —admito eludiendo su mirada. Estoy segura de que lo entiende. Debe entenderlo.

—Pero comerás algo, digo yo. Acompáñame al quiosco de al lado, adoro las *galettes*, las crepes saladas, y odio comer solo.

Parpadeo varias veces, sin dejar de esquivar el contacto directo con sus ojos, que me convertiría en gelatina.

—Está bien… —accedo.

Después de todo, solo tenemos que comer. Me parece un precio módico a cambio de la libertad de la que disfrutaré más tarde.

No obstante, cuando nos sentamos en los silloncitos de plástico, después de haber pedido nuestras *galettes*, me doy cuenta de que estoy muerta de hambre, tanto que, dado que solo llevo en el cuerpo el café que me bebí esta mañana a las cinco, podría hincar los dientes en la pata de la mesa.

Devoramos la primera *galette* en silencio.

En la segunda empezamos a emitir algún que otro gruñido cavernícola de agrado.

En la tercera él dice:

—Veo que mantenerte cuesta lo suyo… ¡Vaya comilona!

El último bocado se queda bloqueado a mitad de esófago, de forma que debo beber un sorbo de Coca-Cola para liberarlo.

—Mira quién habla. Hemos comido lo mismo.

—Sí, pero yo soy un hombre.

—¿Y qué?

—¿Las mujeres no deberían comer como pajaritos?

—He leído en alguna parte que los pajaritos comen ocho veces su peso.

—Sabihonda.

—Machista.

Nos mordemos el labio para contener la risa. Él porque no quiere ser el primero en soltar el trapo, supongo que porque antes quiere ver cuál es mi reacción; yo porque no quiero darme por vencida tan pronto y también porque tengo miedo de que se me haya pegado un pedazo de rúcula a los dientes. Pero al final las arruguitas que resaltan su mirada aguda pueden conmigo y no logro contenerme.

—El aire de París… —dice a continuación sonriendo y encogiéndose de hombros—. Todo es mágico, ¿no te parece?

—¿Te gusta?

—Viví aquí un par de años.

—¿También en París?

Miro alrededor, extrañada de que tres o cuatro palabras de Davide puedan transformar mi manera de ver lo que me rodea. Me pregunto cómo será vivir en una ciudad extranjera, adaptarse a diario al idioma, sumergirse en su cotidianeidad. Pero él tiene a Júpiter en la casa IX, lo que significa que estaba destinado a ser ciudadano del mundo.

Cuando se lo digo Davide se encoge de hombros y empieza a contarme cómo se instaló aquí para hacer un máster en la Sorbona, nada más finalizar la universidad.

—Han pasado muchos años y me produce cierto efecto verla tan cambiada. Un poco como con los compañeros de colegio, que recuerdas de niños... Luego te los encuentras y ves que son adultos, como tú. Aunque te parezca imposible.

Dios mío, me siento minúscula y estúpida. Él ha vivido en un sinfín de sitios, a diferencia de mí que, exceptuando los viajes turísticos, no me he movido del barrio donde nací. Siempre he pensado que Barbara y él eran completamente distintos, que no tenían nada que ver el uno con el otro, porque ella es una mujer sofisticada, una de esas que parecen salidas de una novela de Fitzgerald, caprichosas y frágiles como la porcelana. Pero a medida que voy conociendo a Davide voy comprendiendo que es una persona compleja, y todas estas facetas me parecen atrayentes, pero también peligrosamente deslumbrantes.

—Será mejor que me vaya —digo de buenas a primeras fingiendo que miro la hora—. Dado que conoces París al dedillo, no quiero imponerte una visita turística—. Saco veinte euros de la cartera y los dejo en la mesa para pagar la cuenta.

Davide apoya una mano en la mía.

—Déjalo, corre de mi cuenta...

—El canal me reembolsa los gastos —replico con firmeza dejando la cartera en la mesa para coger el tique.

Pero la mano de Davide se cierra en mi muñeca.

—Aún estás enfadada conmigo, Alice.

No es una pregunta, pero me veo obligada a alzar los ojos. No debo fiarme de su Mercurio en Leo, porque es capaz de vender hielo a los esquimales.

—Hemos venido a trabajar, Davide, eso es todo.

Él exhala un suspiro.

—¿Ni siquiera somos amigos?

Hiervo de rabia.

—¿Cuándo lo hemos sido? —digo sin pretender una respuesta. Pero, al ver su mirada, cabeceo pesarosa—. Lo único que pretendo es vivir mi vida, Davide.

—Y no quieres que yo forme parte de ella.

Nos escrutamos en silencio, luego él me suelta y aparta la mano de mi brazo. Me muerdo el labio, como si algo en mi interior quisiera contener las palabras que, al final, pronuncio:

—No, no quiero que tú formes parte de ella.

37

CONOCERÁS AL LEO DE TUS SUEÑOS

París es una ciudad muy, pero que muy sobrevalorada. Y luego dicen que Milán es fea… Bah, será que, al menos, Milán no te cabrea. Milán es monótona. Milán es caótica. Milán pasa por delante de ti sin que la notes. Milán es gris y no te turba el corazón.

París es como caminar descalzo sobre cristales. A cada mirada te cortas y las esquirlas se hunden en la carne. Sus cafés llenos de color. Sus avenidas arboladas. Sus rincones de tarjeta postal, donde siempre hay una pareja que se besa o te pide que le hagas una foto. En los folletos turísticos deberían escribir que no hay que viajar a París con el corazón roto. Entrada reservada a las parejas felices.

A tomar por culo París.

Echo andar con la mirada baja y decidida a no mirar alrededor hasta llegar a la torre Eiffel. Donde voy a la fuerza. O por inercia. No sé, el caso es que me arrastro hasta allí porque no sé qué otra cosa puedo hacer, y me niego a darme por vencida, a encerrarme en la penumbra de la habitación del hotel y atracarme a botellitas del minibar como si no hubiera un mañana, no… con eso solo lograría redoblar la tristeza que me invade ya. Además, ¿cuántos metros de altura tiene la torre Eiffel?

Suena el teléfono.

—Sea lo que sea lo que estás pensando detente y recuerda que debes comprarme un regalo. Si estás en los Campos Elíseos me conformo con un pañuelo de Hermès...

—No estoy en los Campos Elíseos.

—Es una verdadera lástima.

—Para mi tarjeta de crédito no. ¿Qué pasa, Tio?

—Hoy tienes un horóscopo desastroso.

—No solo el horóscopo...

—Exacto.

Como siempre que hablo con él, Tio me arranca una sonrisa. Resulta que, desde un punto de vista astrológico, estos días son *un poco tensos*. Un poco tensos..., puede que los parisinos describieran así los días de la Revolución Francesa: *un poco tensos*. En fin, la tensión de estos días se debe a que tengo siete tránsitos negativos de un total de diez. Diría que es casi un récord. Mi Luna de nacimiento debe afrontar el ataque en varios frentes del Sol, Marte y Neptuno. Que me regalan unos momentos inolvidables de irritabilidad, depresión, falta de objetividad y humor variable. Ni que fuera víctima del síndrome premenstrual.

También el maldito Venus anda a puñetazos con Júpiter, Saturno y Plutón. Y pensar que uno espera el apoyo de, al menos, el planeta que gobierna su signo. ¡Como para fiarse!

—Significa que debes estar atenta a las compras y no tirar el dinero por la ventana —me explica Tio.

—Salvo el pañuelo de Hermès.

—Salvo eso, sí.

—Mmm.

—Te costará, pero debes concentrarte en el trabajo y tratar de no desahogar tu malestar con las crepes...

—¿Cómo sabes lo de las crepes? —le pregunto mirando alrededor, como si esperara verlo salir de repente de una tienda de *souvenirs* con el teléfono pegado a la oreja, como Rupert Everett en *La boda de mi mejor amigo*.

—Júpiter —contesta Tio lacónico.

—¿A Júpiter le gustan las crepes? ¡Por Júpiter!

—Más o menos.

—Tio...

Oigo que suspira al otro lado de la línea, como si hubiera comprendido que hasta ahora hemos bromeado, pero que estamos adentrándonos en la peor parte.

—Alice.

—No puedo más —suelto de repente—. París, Davide... ¿No te parece excesivo? ¿Por qué son tan crueles las estrellas? ¿Por qué no me dejan en paz y me dejan vivir una historia tranquila, *clásica*, sin sacudidas, al menos por cierto tiempo? Estoy cansada. —Mientras lo digo me siento en uno de los bancos típicos de París; uno de esos bancos de hierro forjado, que alguien debió de robar en Milán, en caso de que existieran alguna vez, y quizá por eso pusieron luego unas cosas verdes tratando de hacerlas pasar púdicamente por arbustos.

—Porque ha llegado el momento de abrirse a los cambios, encanto —dice Tio—. De saber renunciar al objetivo que nos hemos propuesto alcanzar. Alice, tienes también un tránsito positivo entre Mercurio y Urano que implica toma de conciencia y adaptación a las nuevas circunstancias. Eres libra, y no es fácil, porque los castillos que construyes en el aire son de acero, pero aun así debes despedirte de ellos. Es lo que las estrellas te ordenan hacer en este momento, amiga mía. Que dejes de luchar contra los molinos de viento y dejes que las cosas sucedan... sin más.

No lo soporto. Se me saltan las lágrimas y, por si fuera poco, estoy en la calle, sola, en un país extranjero. Para mayor inri, no sé cómo se pide un pañuelo en francés.

—Adiós, Tio —digo con un nudo en la garganta del tamaño de un pavo.

—¡Espera, Alice!

Pero ya no tengo ganas de escucharlo, así que cuelgo a toda prisa y a continuación doblo las piernas contra el pecho y apoyo la barbilla en las rodillas, como hacía cuando era niña.

Una parejita, tiernamente abrazada, pasa por delante de mí. Si tuviera gasolina y una cerilla les prendería fuego. En el banco de al lado hay dos críos besándose en *plein air,* en lugar de estar en casa haciendo los deberes. Espero que los suspendan a los dos.

Luego veo a una joven sola, sentada a una mesa, parece ensimismada y un poco perdida. ¿Cómo yo? Unos segundos más tarde su bonito rostro francés se ilumina con una sonrisa francesa, al mismo tiempo que un hombre atractivo se acerca a ella, la abraza y la besa como en esa foto en blanco y negro tan famosa.

Pensándolo bien, puede que las botellitas del minibar no sean tan mala idea, y a tomar por culo París, la torre Eiffel y los besos a la francesa.

Cojo la guía con un ademán de irritación y la tiro a la papelera. Al infierno esta ciudad romántica y sus monumentos. Al infierno los esquemas y todo lo que me he propuesto.

Echo a andar sin rumbo fijo, enfilando los callejones laterales, subiendo y bajando escaleras, desembocando en unas plazas más o menos grandes, más o menos frecuentadas. Evito mirar el nombre de las calles. No quiero indicaciones que me ayuden a orientarme. Quiero que París me fagocite y se muestre a mis ojos, si tiene el valor de hacerlo.

Quiero que me anule y me haga renacer. Francesa, quizá…, con la nariz chata, las caderas estrechas y una *baguette* bajo el brazo.

Resoplo al llegar a lo alto de la enésima escalera y noto que, ahora que mis músculos están cansados, me siento mejor. París se apoya en mi espalda, agravando un peso hecho de horas de insomnio, un viaje interminable y un corazón roto en mil pedazos.

Pero… París es preciosa. No me refiero a su apariencia de tarjeta postal, sin embargo. Al mirar alrededor tengo la impresión de percibir su semblante más tímido, su espíritu más destartalado y auténtico, muy diferente del variopinto y aparatoso montaje de *Moulin Rouge*.

El problema es que ahora no tengo de verdad la menor idea de dónde estoy. Y pese a que me he reconciliado en parte con la ciudad, no me ha aparecido ninguna *baguette* bajo el brazo, de forma que no me he vuelto francesa. Así pues, además de seguir teniendo una nariz similar a una patata, el idioma local sigue pareciéndome una cantilena sin sentido y, dado que he cometido la idiotez de tirar la guía con el mapa y todo el resto, si quiero orientarme ahora tendré que hacerme con otra.

«*Fantastique*, Alice», me digo entrando en una librería para comprar al vuelo un mapa… y comprobar, al ponerme en la cola de la caja, que mi cartera ha desaparecido del bolso.

Panique.

Los pedazos que componían mi corazón se alzan a duras penas del suelo para empezar a martillear en mis oídos.

¿Cómo demonios vuelvo ahora al hotel?

¿Cómo han podido robarme la cartera?

¡Mierda, los documentos!

¿Dónde demonios estará la embajada italiana?

Por desgracia, lo único que puedo hacer es tragar una buena dosis de bilis y llamar a Davide para que venga a recogerme.

Vamos, demos el enésimo zarpazo a mi orgullo. Gracias, París, querida…

Mientras trajino con el móvil me preparo para cruzar la calle. Aplicada, espero a que el semáforo se ponga verde y, apenas cambia de color, miro hacia delante y echo a andar por el paso de cebra.

Me detengo justo en el centro.

Davide está delante de mí, en la acera de enfrente.

—Me has encontrado… —me dice.

—¡Tú me has encontrado! —replico, para que no piense ni por un momento que lo estaba buscando o, peor aún, que lo estaba siguiendo.

Aprieto con fuerza la pantalla del teléfono para impedir que parta la llamada que me disponía a hacer. Demasiado tarde. Él rebusca en el bolsillo, saca el móvil, que, evidentemente, solo ha vibrado, y me mira curvando ligeramente una comisura de la boca.

Desvío la mirada hacia otro lado. Davide no dice una palabra. Cuando nos tocan el claxon, un poco a la francesa, mucho más a la italiana, me coge del brazo y tira de mí.

—¿Adónde ibas? —me pregunta a continuación, una vez sanos y salvos en la acera.

—A ningún sitio —admito fingiendo interés por un par de zapatos que hay en un escaparate—. Me he perdido.

—¿No tenías un mapa?

Hago un ademán vago con la mano, como si le dijera que es una larga historia y que no me apetece contársela.

—Podrías haber conectado el navegador del teléfono.

La tecnología y yo: capítulo uno, «Nociones básicas».

Ni se me ha pasado por la cabeza.

Soy una torpe absoluta, sobre todo cuando mi cerebro es Nardicéntrico y el hámster que vive en él juega a la pelota con la única neurona que aún sigue con vida.

—En cualquier caso, me estaba quedando sin batería. Además me han robado. Eso sí que es grave… He perdido la cartera. Lo que significa que estoy metida en un buen lío. ¿Qué se hace en estos casos? ¿Se va a la *police*? ¿A la *gendarmerie*? ¿A la *embajadá*? Mi francés apenas es suficiente para pedir *eau minérale*. Corro el riesgo de confesarme autora de un homicidio feroz mientras intento explicarme.

Davide vuelve a sonreír a la vez que sacude la cabeza.

—Nada de *police* ni de *gendarmerie*.

—¿Así que me espera una vida en la *clandestinité*?

—No, basta que me digas: «Gracias, Davide».

Me vuelvo y él, como un prestidigitador, saca algo del bolsillo interior de su cazadora.

Mon salvateur! Es mi cartera. ¿Cómo demonios…?

—La olvidaste en la mesa del bar cuando te marchaste a la chita callando.

—No me…

La verdad es que saldré más airosa si me callo. Lo miro a los ojos.

—Sí, gracias por haberla cogido.

Parece sorprendido, ahora es él el que desvía la mirada, mientras se mete las manos en los bolsillos.

—En realidad, esperaba que la olvidases.

—¿En qué sentido?

—Me ha dado una excusa para seguirte.

—¿Me has perseguido?

—Te he seguido. No perseguido. Si dices «perseguido» parezco un acosador.

Lo que, considerada mi decisión, expresada en varias ocasiones en voz alta, de negarme a tener nada más que ver con él, no se aleja mucho de la realidad. Me callo lo que pienso, dado que le debo al menos una tregua por haberme salvado de mi sentido de la orientación, digno de una enferma de laberintitis crónica.

—De acuerdo, seguido.

—Sí, pero luego te perdí, apenas te levantaste del banco, y te volví a ver delante de ese cruce.

Recuerdo que estuve sentada un buen rato en el banco, maldiciendo a París y a sus corazoncitos enamorados. Se lo digo, omitiendo, claro está, a los corazoncitos.

—¿Por qué no te acercaste a mí entonces?

Davide se encoge de hombros.

—Temí que me devoraras un brazo, a pesar de las *galettes*. Tenías una cara…

Debía de ser mientras pensaba en jugar a la pequeña pirómana con la parejita de besucones. Me encojo de hombros y procuro dirigir la conversación hacia un tema más seguro, esto es, cualquier otra cosa que no sea nosotros dos.

—Quería ver si París me sorprendía… fuera de las metas turísticas de siempre.

—Bueno —dice él ofreciéndome un brazo como un caballero de la Belle Époque—, ¿qué mejor guía que un exparisino un poco nostálgico?

Llegados a este punto no tengo siquiera fuerzas para negarme. No puedo arrojarle a la cara la enésima ramita de olivo que me ha tendido. De manera que acepto, aunque sin cogerme de su brazo, eso me parece excesivo, pero esbozando al menos una sonrisa.

—¿Qué aconseja tu Guía de París para mujeres escépticas?

38

EL LEO DEL PONT‑NEUF

Te envidio mucho, porque sabes adaptarte a cualquier lugar y situación —le digo cuando me paro en lo alto de la escalinata del lugar adonde me ha llevado—. Imagínate que mis padres ni siquiera me dejaron viajar en Interrail… ¡A saber qué podía pasarme, según ellos!

Davide me guiña un ojo.

—Pues sí, quién sabe, ¡a lo mejor habrías descubierto un nuevo continente!

Si bien mi Mercurio en Escorpio se mosquea un poco, comprendo que Davide solo está bromeando. Además, estoy demasiado concentrada en la contemplación del maravilloso lugar que me rodea, cuya existencia ignorábamos tanto mi guía de París como yo, como para replicar.

—*Et voilà la Promenade Plantée* —dice Davide.

Nos encontramos en un viejo puente de ladrillos rojos, una línea ferroviaria en desuso que se ha convertido en un paseo ajardinado.

—No parece que estemos en la ciudad.

—Venía a menudo cuando vivía aquí, en los días de buen tiempo como este.

Supongo que venía a leer, a estudiar, porque este lugar se presta para ello. Pese a que hay más personas, la atmósfera es relajada, los sonidos ahogados.

—Quizá venías a pasear con alguna francesita guapa… —digo en tono estudiadamente indiferente, como una vieja amiga, dándole un leve codazo.

Como tiene a Saturno en Virgo se enfurruña.

—No.

Lo observo de reojo y, una vez más, me parece un hombre que busca la soledad. Me pregunto qué significará en su vida, y también en su futuro.

—No… —Vacila. Nos sentamos en un banco.

—¿Qué?

Davide sacude la cabeza y sonríe, enigmático como solo puede serlo un hombre que tiene a Plutón en la casa XII, luego escruta algo que tiene delante.

Justo detrás de los árboles se entrevén las ventanas de los pisos altos de las casas. Una mujer pasa por detrás de unos cristales, lleva en la mano una percha con un vestido de noche colgado de ella. La miro abrir la puerta de un armario para guardarlo dentro.

—Nunca vine aquí con nadie —dice a continuación sin volverse hacia mí.

—¿Soy la primera? —La idea me impresiona nada más pronunciar esas palabras. Trago saliva, tratando de volver a poner el corazón en su sitio.

—De eso hace ya muchos años.

—¿Lo encuentras distinto?

—Yo lo soy. Distinto. Pero pienso que sigue siendo muy sugerente. —Sigue mirando hacia delante—. ¿Qué crees que hará esa mujer esta noche?

Parpadeo, perpleja.

—¿Qué mujer?

Él señala con la barbilla la ventana que he mirado antes.

—No sé. Supongo que cenará. ¿La conoces?

Davide esboza una sonrisa y niega con la cabeza.

—No, pero siempre me ha gustado curiosear dentro de las casas y preguntarme qué vida harán las personas que viven en ellas.

Esto sí que es extraño. Jamás habría imaginado que Davide Nardi, mi John Wayne de andar por casa, pudiera quedarse encantado escrutando las ventanas de los demás.

—Quizá tenga una cena —digo al ver que el silencio que se ha instalado entre nosotros se está alargando.

—¿Quién?

—La mujer. Sí, puede que hoy tenga una velada importante. Debes saber que esta mañana, cuando salió a la calle para comprar el pan, casi chocó con una persona, con un hombre. —Trato de aprovechar las dotes para la fantasía de mi Mercurio en Escorpio.

Davide me mira con aire escéptico.

—¿Un hombre?

Me muerdo el labio mientras intento inventar algo para proseguir con la historia.

Pero él se me adelanta.

—Un viejo compañero de colegio.

—Su primer amor.

—¡El hermano gemelo de su primer amor, en realidad! Pero ella no lo sabe y lo confunde con el otro —dice Davide dejándome boquiabierta por el vuelco que ha sabido dar a la historia, digno de un folletín.

—Pero ¿por qué él no le ha dicho la verdad? —le pregunto interesada por el esfuerzo que está haciendo su imaginación.

—Porque siempre ha estado enamorado de ella en secreto.

—Eres un genio.

Davide alza la palma de la mano y la choca con la mía.

A veces es muy sencillo estar con él.

Tras recorrer un par de kilómetros por la franja ajardinada, bajamos una escalera y nos sumergimos en las variopintas galerías porticadas.

—Esto es el Viaduc Des Arts, el viaducto de las artes. La mayoría de los espacios se han transformado en talleres de artistas.

Hay cuadros, telas, negocios de *souvenirs* que harían resplandecer los ojos de Paola, aunque no niego que a mí me producen el mismo efecto, de manera que me pierdo unos minutos buscando entre los puestos algo para llevar a casa.

—Cada vez que viajo a un sitio compro un imán para la nevera. Sé que no es muy original como recuerdo, pero me gustan. Cuanto más cursis mejor.

—Yo nunca compro nada —me contesta él, que se ha quedado rezagado unos pasos con las manos en los bolsillos.

—¡Lástima! Tu nevera sería una obra maestra —replico risueña.

Él se encoge de hombros.

—Cuando sabes que cada objeto que compras significará una caja más en la próxima mudanza ha de gustarte de verdad.

—Uf..., ¡qué práctico eres!

—Si a los siete años tu padre te decía ya que solo podías coger una mochila y una maleta no te queda más remedio que aprender a ser práctico.

—¿De verdad? —Pienso en mis llantos histéricos cuando mis padres se negaron a comprarme la casa de Barbie, una especie de armatoste de casi un metro cuadrado—. Si no podías tener nada, ¿con qué jugabas?

—Tenía una tienda de campaña.

—Una...

—Sí, una tienda. Era mi casita y cuando era niño solo quería dormir allí —dice quedamente mientras andamos por la calle—. Pasaba horas dentro de ella y, según el momento, era un castillo, un fuerte, una trinchera o una nave espacial. Era divertido.

Un niño en una tienda vacía que juega acompañado solo de su imaginación. A Dickens le habría parecido divertido.

El sol se está poniendo cuando salimos del metro del Havre-Caumartin y Davide cruza conmigo el umbral de los grandes almacenes Printemps, el lugar que ha elegido para cenar. Siento un poco no poder subir a la torre Eiffel, pero he seguido su consejo, ya que me ha asegurado que es la vista más bonita de París, y que es mejor estar frente a la ciudad que por encima de ella. Así pues, mientras bebemos una copa de champán en esta maravillosa terraza panorámica, la ciudad se va encendiendo con los colores del atardecer y la torre brilla de un modo especial, como si estuviera tachonada de diamantes.

—Gracias, mi querido Cicerón —le digo haciendo chocar su copa con la mía—. Debo cambiar de opinión. Reconozco que cuando supe que tenía que pasar dos días contigo aquí te odié, dado... —Toso, porque el terreno de esta conversación es, cuando menos, resbaladizo—. Bueno, dada la situación y... —Estoy en un tris de nombrar a Daniele, pero me contengo y en su lugar digo—: Giorgio. Porque la verdad es que no me fío mucho de dejarlo solo en casa. —Bebo casi todo el champán de un sorbo, mi cabeza parece fluctuar más ligera.

—Alice, escucha, ya que estamos...

Miro alrededor y exhalo un suspiro, no siento nudos en el estómago ni ansiedad, ni sobresaltos, ni inquietud.

—Gracias a ti estoy viendo unos sitios magníficos y por una vez en la vida me siento realmente en paz conmigo misma. ¿Sabes una cosa? Trabajo aparte, quiero disfrutar de estos dos días como si fueran unas vacaciones de mí misma y, te lo prometo, trataré de olvidar los problemas que tenemos. —Lo miro a los ojos y admito—: También entre nosotros.

Estoy hablando en serio. ¿Será que el champán se me ha subido a la cabeza? No, me siento completamente lúcida. Serena, por una vez, incluso en presencia de él. «Peace and Love», pienso.

Y si el *Love* no puede ser… Suspiro… bueno, que haya al menos *Peace.*

—Perdona, te he interrumpido.

Davide me mira. Las sutiles arrugas que tiene alrededor de los ojos aparecen ahora más marcadas. Al cabo de un instante me sonríe.

—He olvidado lo que iba a decir.

—Entonces era una mentira —replico riéndome.

—Yo no digo mentiras…

Finjo que lo miro con aire torvo.

—He dicho que me siento en paz conmigo misma, no que me haya vuelto idiota de golpe.

Él se echa a reír.

—Como quieras. Digamos que era una mentira.

Nos volvemos hacia los tejados de París, hacia la torre, Montmartre, las luces, y pienso que este momento podría definirse también como una mentira.

Al igual que nuestras manos, los meñiques que se rozan, entrelazándose apenas unos segundos, mientras contemplamos en silencio la ciudad que se abre a nuestros ojos.

Una mentira preciosa y centelleante.

39

HORÓSCOPO BAJO LA LLUVIA

Corremos como dos niños hacia el hotel bajo un pesado aguacero.

Las nubes empezaron a acumularse ya sobre nuestras cabezas mientras cenábamos y ahora, cuando salimos de la estación de metro, las gotas frías se clavan como agujas en nuestra ropa. Davide trata de protegernos a los dos bajo su chaqueta de piel, y yo me río, porque nos movemos con torpeza y al andar nos enredamos el uno con el otro.

—Me pregunto si habrá un peluquero cerca del hotel…, porque, en caso contrario, Klauzen va a quedar oculto por una maraña de pelo y al cámara le costará lo suyo filmarlo.

—Se riza…—dice Davide observándome tras pulsar el botón del ascensor, como si estuviera verificando la reacción química de un importante experimento de laboratorio. Para comprobarlo toca el mechón que se ha quedad pegado a una de mis mejillas.

—Sí, me convierto en una especie de perro de lanas.

—Siempre tan irreverente…

Me encojo de hombros.

—Es por culpa de Mercurio en Escorpio.

Las puertas del ascensor se abren y entramos en él en silencio. Davide me mira sin decir una palabra y aprieta el botón de su piso.

—¿Mañana a las ocho te parece bien? ¿Nos vemos en el desayuno? —me pregunta a continuación apoyándose en la pared.

Suspiro.

—Sí, creo que sí. Hagamos este último esfuerzo. —Es casi la una de la madrugada y, teniendo en cuenta el milagro que voy a tener que hacer con las ojeras y el pelo, como mínimo debería poner el despertador a las seis y media.

—El último esfuerzo *conmigo*... —apunta él frunciendo ligeramente la nariz.

—No quería decir eso.

Sin embargo, cuando me mira pienso que sí, que eso también es cierto. Es el último esfuerzo que debo hacer con él, que luego seguirá su camino con un nuevo trabajo, en una nueva fase de su vida.

Carraspeo, pero no digo nada.

—Oye, Alice, el hecho de que estemos aquí, en París, juntos, en fin... Quería pedirte disculpas por haber organizado todo a última hora, sé que tenías otros planes para la semana, pero era muy importante que...

El ascensor se para y las puertas se abren al pasillo.

—Lo sé —digo atajándolo—. No importa.

Esto es un adiós, en el fondo siempre lo he sabido. Podemos hacer la cuenta atrás de las horas que nos separan del resto de nuestras vidas.

—Hemos pasado un día estupendo, Davide, y me gustaría que lo siguiera siendo. Deja la realidad para mañana. Buenas noches. —Me inclino hacia él y mis labios rozan su mejilla.

Apoya una mano en mi brazo, solo un instante.

—Buenas noches, Alice.

Cuando las puertas del ascensor se vuelven a cerrar y este empieza a subir de nuevo, siento que caigo al vacío. No es verdad que la realidad me volverá a aferrar mañana: en este momento mis sentidos la perciben ya con toda su acritud. Noto el ligero olor a rancio de la moqueta, los arañazos en las puertas de aluminio, el zumbido del neón encima de mi cabeza. En una película, en una de mis películas, un vacío como este sería un error del guion. Debería haber amanecido ya y deberíamos estar en casa de Klauzen, o, como mucho, podría producirse una fugaz aparición de mi mano apagando la luz de la mesilla. La vida no se compone solo de escenas significativas, de palabras importantes, de diálogos perspicaces. Por encima de todo, la realidad está integrada por momentos como este, tiempos muertos en que la insensatez de todo se precipita sobre ti como un tren de alta velocidad.

El ascensor se detiene suavemente. Encima de la puerta se ilumina el número cinco, mi piso. Me separo de la pared del fondo, rascándome distraídamente una mano. Las puertas se abren con un chasquido. Debería salir, pero me quedo quieta, petrificada.

Davide está allí, con un codo apoyado en el marco, un poco inclinado hacia delante y con la cara enrojecida, tratando de recuperar el aliento.

Alzo la cabeza para comprobar el número de piso, quizá el ascensor no se haya movido. Pero no, estamos en el quinto.

—¿Qué haces aquí?

—A... A... Alice... —A su espalda, la puerta de la escalera de servicio se sigue moviendo.

El ascensor empieza a cerrarse de nuevo, pero él extiende un brazo hacia mí y me agarra.

—Perdona... Perdóname..., pero no puede dejarte ir así —dice haciendo un esfuerzo, con la voz aún entrecortada.

Después me besa.

Pues sí.

Coge mi cara entre sus manos, alzándola hacia la suya, y sus labios me acarician, en un primer momento con delicadeza, luego con mayor insistencia.

Me gustaría quedarme rígida, o apartarlo de mí, pero en lugar de eso abro la boca, enseguida, rindiéndome por completo a unas sensaciones que me aturden, a la dulzura, al calor.

Él susurra algo sin dejar de besarme la cara y el cuello, algo incomprensible, pero aun así me parece entenderlo a la perfección. Sobran las palabras.

Cuando las puertas del ascensor parecen volver a cerrarse, tira de mí y me hace salir al pasillo, besándome, aplastándome contra la pared.

—Davide…

—Perdona —murmura pegado a mis labios—. Pero no podía dejarte ir así. Debería estar en mi habitación, pero… En cuanto se cerró el ascensor me sentí un idiota. No podía ir a mi habitación como si nada, esperar hasta mañana. Subí las escaleras corriendo. Ves, aún estoy sin aliento. No estoy muy en forma. Pero no podía dejarte ir así. Dijiste que lo que hemos vivido hoy ha sido un sueño, que no es real… En cambio yo te digo que sí. Es real, Alice. Más que nunca. En este momento tengo la impresión de que no hay nada más real que esto. Tú y yo. Ahora.

Lo acaricio. Apenas puedo creer que sea libre de hacerlo, que pueda tocarlo. Y besarlo. Dios mío, cada fibra de mi cuerpo se echaría a cantar. ¡Es mío! ¡Davide es mío!

Me tiemblan tanto las manos que la tarjeta de la puerta se me cae al suelo. Estamos en la cama. Él me desabrocha la blusa.

No sé cuánto tiempo he esperado, mejor dicho, he soñado con este momento. Davide estrechándose contra mi cuerpo, besándome como si su vida dependiera de ello. Con unos movimientos torpes, trata de quitarse la camisa por la cabeza, pero se le queda enganchada, y yo tengo que inclinarme hacia él para desabrochar al menos los primeros botones.

Me río, pero él me hace callar enseguida con un nuevo beso.

—No volverás a escaparte de mí —me susurra inclinándose hacia mi pecho y lamiéndome la barriga.

«No volverás a escaparte de mí...». Deseo que me abrace más que cualquier otra cosa en el mundo, sentir su cuerpo encima de mí y percibir su aroma.

Lo que siento mientras hacemos el amor es fuego, lava pura en mis entrañas. No es solo una sensación física, mi mente está tan implicada como mi cuerpo. No puedo dejar de mirarlo. Me gustaría seguir besándolo, pese a que me deja sin aliento. Aquí, en esta cama, se está produciendo el fin del mundo, todo ha dejado de existir, salvo nosotros, París y la lluvia.

En la vida hay instantes de los que nunca te desprendes, y sé que este será uno de ellos. Jamás podré olvidar la cara de Davide apoyada en mi hombro, la sensación de su frente contra mis labios, ni sus dedos abiertos, posesivos, sobre mi cadera.

—¿En qué piensas?

Él exhala un suspiro y cierra los ojos.

—En la forma en que nos encontramos hoy. A mitad de camino. Algunas parejas no lo consiguen en toda la vida.

Permanezco en silencio unos minutos.

—Y... ¿nosotros somos una pareja?

—Alice.

Resoplo.

—¿Y ahora? ¿Qué piensas?

Noto que se mueve bajo el edredón.

—Alice, escucha, esto... Esto de decirse todo lo que a uno se le pasa por la cabeza..., bueno, no lo apruebo del todo. Es más, creo que a ningún hombre le gusta.

—Bueno, tienes a Urano en Escorpio, así que enarbolas la bandera de la introversión. Pero debes saber que a las mujeres nos aterrorizan los silencios. —Sacudo la cabeza—. Es irremediable, los hombres y las mujeres somos diferentes.

—El silencio es también una forma de comunicación, Alice. La mirada, los gestos. Basta saber mirar a las personas, no es necesario conocer su horóscopo, como si fuera un manual de instrucciones.

Me acurruco contra su cuerpo, gozando del calor y del aroma que emanan de su piel, del vello de su pecho, que acaricia mi mejilla.

—En tu caso daría lo que fuera por tener un manual de instrucciones.

Me besa y volvemos a hacer el amor. Luego nos dormimos abrazados.

Cuando abro de nuevo los ojos sigo abrazada a él, con las piernas entrelazadas con las suyas, y su nariz enterrada en mi pelo.

En cuanto recuerdo lo que ha sucedido, siento que de nuevo me cuesta respirar, moverme, porque me asusta que todo se desvanezca.

Pero de repente suena el despertador.

Y yo no puse ningún despertador.

En realidad, es un teléfono. Davide alza la cabeza al instante y empieza a buscar sus pantalones por la cama. Me mira fugazmente antes de levantarse.

—¿Dígame? Sí. No. No estoy en la habitación, exacto.

Me incorporo, apoyándome en el cabezal de la cama, abrazada a la almohada, mientras él se pone los pantalones y se acerca a la puerta.

—Las… Hostia, ¿las nueve?

Abre la puerta, pero luego se vuelve hacia mí, me lanza una mirada apremiante y, sosteniendo el móvil entre la barbilla y el hombro, señala una de sus muñecas, donde no veo ningún reloj. Acto seguido cruza el umbral, descalzo y vestido únicamente con los pantalones, y entorna la puerta.

—Barbara, no, oye, me desperté pronto y bajé al vestíbulo a leer los periódicos —le oigo decir cuando me acerco.

La frase me produce el efecto de una era glacial.

No solo me impresiona la facilidad con la que, tres minutos después de haberse despertado, logra hilvanar una mentira, sino también, sobre todo, la sordidez de su pantomima: la salida de la habitación poniéndose los pantalones, el intento de falsear la voz en el auricular. Pero, por encima de todo, el patético cliché de los cuernos con una colega durante un viaje de trabajo.

Tengo ganas de vomitar.

De improviso, dejo de ver al Davide del que me enamoré como una loca, lo único que veo es un aprovechado mezquino, un taimado seductor que, al final, ha conseguido llevarse el gato al agua.

Cuántas bonitas palabras, anoche. Cuánta dulzura. Pero ahora esa dulzura tiene el regusto amargo de la sacarina.

Nosotros dos.

Aquí, ahora.

Lo único real.

Ahora no es nada más que algo que hay que ocultar tras una puerta entornada.

Davide sigue hablando con Barbara unos minutos. El tono de voz bajo, las palabras veloces. No logro entender lo que dice, pero en el fondo tampoco hace falta.

Apoyo una mano en el picaporte mientras oigo que se despide, mientras le dice que mañana volverán a verse. Me trago la rabia hasta que veo que empuja la puerta para volver a entrar.

Y es entonces cuando yo también hago fuerza, cerrándosela en las narices.

40

SEXO, MENTIRAS Y LEOS

Que Davide pruebe a hablar conmigo, me repito apretando varias veces el botón del ascensor una hora más tarde, cuando me dispongo a hacer la entrevista a Klauzen.

Por suerte he podido cambiar la reserva del tren con el móvil, así que en cuanto termine la cita iré directamente a la estación. Sin despedirme.

Esta vez no habrá treguas ni atenuantes para sus bonitos ojos oscuros.

Ni para ese trasero…

He dicho que ningún atenuante.

Al infierno. Que se lo quede Barbara. Se lo merece por completo.

Falso. Infiel. Hipócrita.

Que pruebe a acercarse a mí con sus maneras corteses y sus bonitas palabras: podría arrancarle una mano de un mordisco.

Voy de un lado a otro del vestíbulo con los brazos cruzados en el pecho. Por si fuera poco, me toca esperarlo. Aunque la verdad es que lo eché de la habitación medio vestido y me quedé con la llave de su habitación, además de con la camisa, la chaqueta y los calcetines, pienso con cierta satisfacción. Es probable que haya tenido que bajar medio desnudo a recepción para pedir un duplicado. ¡Daría cualquier cosa por verlo en el vídeo de vigilancia!

Miro el reloj, se ha hecho tarde. Hojeo la carpeta sin ver de verdad los apuntes de la entrevista. Ni que decir tiene que Klauzen me importa un bledo, estoy deseando que acabe esta historia, dar la espalda a ese monstruo (Davide, no Klauzen) y regresar a casa.

—*Mademoiselle, pardonnez-moi…*

No me vuelvo, pero después noto que alguien me está dando golpecitos en un hombro y me encuentro delante a una tipa con el uniforme azul oscuro del hotel, que me entrega un sobre.

—*C'est pour vous… par Monsieur Nardi.*

La entiendo más o menos y, en cualquier caso, me basta oír Nardi o, mejor dicho, Nardí, como lo pronuncia ella, para comprender que es un mensaje de Davide.

Alice:

Tienes razones más que sobradas para estar enfadada y pensar mal de mí. Poco importa lo que te diga en mi disculpa, en cualquier caso no es justo que te lo escriba apresuradamente en una nota.

Pero, por desgracia, tengo que marcharme con urgencia. Pese a todo, tengo que decirte algo como sea, algo que coincide con el verdadero motivo por el que tú y yo nos encontramos estos tres días en París.

No pude decírtelo antes, y lo lamento.

No, debo ser sincero… Debería habértelo dicho ayer, pero no quería estropear la atmósfera que se había creado entre nosotros. Soy un cretino, lo sé.

Hice todo lo posible para que Marlin tuviera una prueba estos días y no pudiese venir conmigo a París.

Quería que me acompañaras tú, y no solo porque me negaba a confiar una entrevista tan importante a una boba como Marlin.

Tenía que hacerte salir de Milán como fuera, Alice.

Giorgio, el exnovio que vive ahora en tu casa, estafó a varias compañías de seguros, y la policía lo está buscando. Las fuerzas del orden se pusieron en contacto con la cadena después de que se emitiera por televisión su actuación en nuestras oficinas. Fue reconocido por un par de personas que se habían ocupado de su expediente a raíz de una serie de presuntos accidentes, que, según aseguraba él, le habían causado una invalidez permanente.

Por el momento he logrado dejar al margen de este asunto al presidente, pero necesitaba alejarte de tu casa para que no interfirieras en la investigación y, por encima de todo, para que no te vieras involucrada.

Tengo más cosas que decirte. Cosas importantes, muy importantes, pero que merecen ser dichas en voz alta, mientras nos miramos a los ojos. Y no tengo tiempo. No puedo explicártelo, pero tengo que escapar. Barbara tiene que ver con ello, pero no en la forma que imaginas.

Fíate de mí por una vez, te lo ruego. Solo de mí, sin consultar horóscopos y hacer mil conjeturas sobre mi cuadro zodiacal.

Confío plenamente en ti para la entrevista. Sé que eres una profesional y que, a pesar de lo que puedas sentir ahora, lo harás lo mejor posible. Puede ser importante para el programa y también para tu futuro profesional. Así que procura hacerla lo mejor posible.

Querría darte un beso, pero probablemente me lo impedirías.

Davide

No sé cómo logro llegar al taxi ni pedirle al taxista que me lleve al hotel de Klauzen, cuya dirección tengo escrita en un pedazo de papel. Me fallan tanto las piernas que tengo la impresión de que mis rodillas son de goma. Y me siento totalmente confundida.

Sigo enfadada con Davide. ¿Cómo podría no estarlo? Pero su carta me ha producido el mismo efecto que causaría un alud sobre un esquiador con la pierna rota: al dolor en la pierna se añade el problema de haber quedado enterrado bajo la nieve.

En fin, si ya tenía el problema de Davide y el remate final de que se haya quedado con Barbara, ahora debo añadir la historia de Giorgio y el lío de mil demonios en que me ha metido.

Por un instante, acaricio la idea de cambiar de nuevo el billete y volar a Tombuctú.

La suite donde me hacen pasar es totalmente blanca y tiene un toque aséptico similar al de un hospital. O a la última escena de *2001: Una odisea del espacio*.

Klauzen está sentado en un sillón delante de la ventana por la que entra la luz matutina, y ni siquiera se vuelve cuando me acerco a él. Mi mano, que he tendido hacia él, es interceptada por la de la ayudante.

—Señorita Bazzi, fenga conmigo, le esplico entgevista.

Me aleja de Klauzen, que no parece haber notado mi presencia. Si se hubiera tratado de una mosca quizá la habría aplastado con un ademán de la mano, pero yo no, yo no existo.

Bueno, querido, no me rasgaré las vestiduras por que un superpoderoso capricornio no se digne a mirarme. Puede que seas el señor de todos los ginecólogos, pero para una servidora solo eres una molesta brizna en un ojo. Sin contar con que, dados mis casi cuarenta años en soledad, es poco probable que necesite su ayuda.

Así pues, decido no hacer el más mínimo intento para ganarme su simpatía.

La ayudante vikinga me explica cómo se desarrollará la entrevista, dónde debo sentarme, qué preguntas tengo que hacer. Podría tratar de imponer en cierta medida mi voluntad, pero usé el último cartucho que me quedaba cuando me forcé a subir hasta aquí en ascensor. Así que hago mutis y me limito a asentir con la cabeza.

No veo la hora de volver a casa.

Claro. A saber lo que me espera allí.

¡Dios mío, la policía! Quién sabe si seguiré teniendo un piso cuando vuelva a Milán…

Me imagino un escenario al estilo *CSI:* mi edificio ha sido rodeado por la cinta amarilla y un atractivo investigador de paisano (¿alguna vez se ha visto uno en esas series estadounidenses que no haya ganado un título de belleza playera?) me informa de que mi apartamento ha sido requisado para poder hacer las averiguaciones pertinentes sobre el caso.

¿Y si tengo que cambiar de identidad para entrar en un programa de protección de testigos? Tengo ya unos cuantos problemas para socializar, así que solo faltaría tener que encerrarme ahora en un remoto refugio de montaña.

Solo cuando me siento delante de Klauzen y la ayudante se acerca a su oreja para susurrarle con deferencia que estamos preparados, él cierra el periódico y apunta sus ojitos gélidos hacia mí.

—Arranque la máquina —me dice sin preámbulos a la vez que chasquea los dedos, como si yo fuera un caniche de circo, mientras su ayudante le peina su cabellera plateada con un celo obsesivo.

—*Pardon?*

Él alza los ojos al techo con aire impaciente. A continuación farfulla algo en alemán cerrado a «Inga». Dios mío, aunque no fuera alemán cerrado la escena me recordaría de todas formas a una de esas viejas películas en blanco y negro sobre la Segunda Guerra Mundial.

Inga me escruta inexpresiva.

—Proffesorr habla él. No hacerr prekguntas.

Veamos, entiendo que es cojonudo tener una ayudante poco menos que cibernética que interviene como un gorila de tres al cuarto para sacarte las castañas del fuego, pero, Dios mío, es absurdo que la haga hablar, dado que él conoce el idioma, mi idioma, mucho mejor que ella.

A menos que se trate de una táctica, que piense que un marcado acento alemán puede asustar, y he de reconocer que en este caso no anda muy desencaminado.

Sea como fuere, estamos hablando de un capricornio que si no hubiera emprendido la carrera médica habría tenido un currículum intachable para ser dictador. De hecho tiene el ascendente en Escorpio, lo que le atribuye una voluntad poderosa y tiránica, además de un temperamento bilioso, tanto que, comparado con él, Barba Azul era un hombrecito modesto; y, por si fuera poco, una oposición Luna y Saturno que aprieta hasta el fondo el pedal de la arrogancia.

En pocas palabras, en los últimos tiempos el *leit motiv* de mi vida me obliga a tragar sapos, en lugar de besarlos para que se conviertan en príncipes.

Por eso, con un ademán, ordeno a Pierre, el cámara, que empiece a filmar y tomo asiento con todo el encanto de que soy capaz.

La sonrisita de complacencia de Klauzen me irrita. Me recuerda a la que esboza Giorgio cuando me da la vuelta como a una tortilla para lograr exactamente lo que se propone. Pero ¿qué me dices de la de João? ¿Y de la de Carlo, Davide y el resto de hombres que no se lo pensaron dos veces antes de pasar por encima de mí como una apisonadora?

Klauzen empieza hablar con engreimiento de su tema preferido: él mismo.

De la fundación Klauzen, de los laboratorios Klauzen, de las clínicas Klauzen, del método Klauzen…

Es tan Klauzencéntrico que la cabeza empieza a darme vueltas. Es cierto que la combinación entre signo solar y ascendente le da una seguridad inquebrantable, pero me pregunto cómo serán sus relaciones sociales, en caso de que las tenga.

—En su *simpático* programa —dice con ironía, de repente— hablan de horóscopos…, y esto, como usted sabrá, mi querida señorita, no tiene nada que ver con la ciencia, aunque, según parece, ciertos estudios recientes confirmarían la hipótesis de que existe un nexo entre el periodo de nacimiento de un individuo y sus rasgos característicos. Por ejemplo, los niños concebidos en mayo tienen más probabilidades de nacer de forma prematura, lo que supone una salud frágil. De igual forma, parece que los nacidos en octubre obtienen unos resultados académicos excelentes, cosa que resulta mucho más difícil para los que vienen al mundo en julio, que, por otra parte, gozan de otras características, como una forma física más resistente. Y es precisamente esta clarividencia la que sitúa al método Klauzen a la vanguardia, otorgando a los padres la conciencia necesaria para elegir con serenidad la opción que más les conviene en lo tocante a su prole. Además, gracias al instituto Klauzen se pueden afrontar estos desagradables problemas y encauzar los inconvenientes que puedan apenar a los padres, al nasciturus y a la sociedad.

En mi mente suena una campanita de alarma.

—Disculpe, pero, de esta forma, ¿no se produciría una especie de discriminación?

Klauzen interrumpe su monólogo y me mira con aire torvo.

—Es evidente que ha olvidado que debe permanecer callada.

Oh, es cierto, soy una profesional seria y necesito esta entrevista para el programa.

—¿Sabe qué le digo? Que pueden irse al infierno, usted, la fundación Klauzen, el método Klauzen y también los pequeños Klauzen que saldrán de sus clínicas nazis. ¿Se ha enterado de que la eugenesia fue prohibida hace décadas? Lo que usted propone es una vergüenza. Usted quiere traer al mundo a niños perfectos, que se ajusten a las exigencias de los padres. Niños que puedan ser privilegiados por la forma en que han sido concebidos y dados a luz. Niños ricos, hijos de padres ricos que podrán permitirse todo tipo de atenciones. Pero ¿y los demás? ¿Estamos destinados

41

GÉMINIS ESTÁ LOCO, LOCO, LOCO

Cuando llego al andén de la estación tengo la impresión de estar saliendo de una burbuja, con la sensación de enajenación que ello comporta.

He vuelto de verdad. Estoy en casa, en Milán, sola. Tengo que enfrentarme a lo que resta de mi vida, ahora, arreglar las cosas, una vez más. Poner orden en ella. Reconstruirme.

Qué coñazo.

Para empezar urge hacer una limpieza mental. Como: Davide... ¿quién es ese?

De eso nada. Cuando te arañas una rodilla tienes que esperar a que se forme la costra, no puedes echar a correr de nuevo enseguida. Y yo llevo varios meses rascándome las costras que me ha causado Davide.

Ese es el motivo principal de que haya ignorado el último mensaje de Daniele, al que no le he escrito para decirle que he adelantado un día mi regreso. Así que ahora salgo de la estación y miro alrededor buscando un taxi.

A pesar de que los dolores de la joven Alice ocupan aún el primer lugar en la clasificación de mis angustias cotidianas, el

445

temor que me produce la historia de Giorgio y la policía aumenta a medida que me voy acercando a mi casa.

No he podido pedir a Daniele que me acompañara, dado que no tengo la menor idea de lo que me espera en casa. Siempre y cuando no me hayan requisado el piso por haber sido escenario de un crimen o algo por el estilo, y siga teniendo un hogar.

La cola de personas que esperan taxi es eterna, entre otras cosas porque no hay ni uno, lo que no deja de ser extraño, porque estamos en la estación Garibaldi y son las siete y media de la tarde.

—Dicen que hay un tráfico del demonio y que los taxis están atrapados por la ciudad —explica alguien con impaciencia.

—Hace poco pasaron unos furgones de la policía —comenta otro—. Debe de haber sucedido algo.

Bueno, por suerte no vivo muy lejos, así que opto por el metro, con el que llevo a cabo el viaje de la esperanza, apretada como una sardina en la nube de efluvios axilares vespertinos.

—He tirado la toalla y he dejado el coche en Loreto —oigo decir a un tipo con pinta de mánager—. Hay policía por todas partes.

Cuando, por fin, salgo de nuevo a la calle veo pasar también varios furgones. Por encima de mi cabeza vuela bajo un helicóptero, haciendo mucho ruido.

Como por arte de magia, en mi cabeza estallan un centenar de escenas de películas de acción en las que aparecen las fuerzas del orden persiguiendo a los criminales y haciendo saltar coches en la circunvalación, disparando entre el mercado municipal de la plaza Lagosta y la sucursal de correos de la calle Pola, mientras Giorgio, ataviado con una chaqueta de piel y unas gafas oscuras, emula a los protagonistas de *Matrix* esquivando las balas al ralentí.

Me aferro a la maleta con ruedas como si fuera una muleta.

Un único pensamiento: «Tengo. Que. Llegar. A. Casa. Enseguida».

¡Siempre y cuando siga teniendo una!

Los únicos arrestos con los que estoy un poco familiariza-da son los de las películas norteamericanas y en ellos nunca se andan con chiquitas.

¿Me habrán tirado abajo la puerta con el hombro? Me habría gustado verles, dado que el año pasado puse una blindada. ¿Habrán usado gases lacrimógenos para confundir a Giorgio e impedirle que escapara? Menudas ganas tengo de ventilar ahora la casa.

¿Y la sangre? ¡Virgen santa! No sé quitar las manchas de sangre de las paredes. Además, menudo asco, no podría dormir en una casa en que se ha cometido un feroz homicidio.

Pero ¿qué demonios estoy pensando? ¿Por qué deberían haber disparado en mi casa? Después de todo, solo son un par de estafas a compañías aseguradoras. No creo que sea el caso de interpretar *Solo ante el peligro* en mi pasillo.

Estoy delante de mi casa, mirando perpleja el telefonillo, intentando decidir qué debo hacer. Bueno, en teoría soy una «persona ajena a los hechos»... Así que es justo que suba y compruebe lo que está sucediendo. La policía podría sospechar si cambio mis costumbres de buenas a primeras.

Mientras meto la llave en la cerradura me siento de alguna forma como Judas.

Quiero decir, es cierto que probablemente los dos tengamos el teléfono pinchado, pero ni se me ha ocurrido avisar a Giorgio, entre otras cosas por miedo a que tuviera la estrambótica idea de que escapáramos juntos. Prefiero expiar una cadena perpetua en una celda de aislamiento que pasar el resto de mis días haciendo de Bonnie y Clyde con él.

El piso parece extrañamente tranquilo, salvo que...

Oigo unos gemidos. Una especie de lamento de fondo, como el llanto de un animal herido.

Por un instante pienso que pueden haberle disparado de verdad y que luego lo han dejado morir desangrado en mi casa.

Pero estamos hablando de la policía y no de un ajuste de cuentas. La ansiedad hace pensar en las cosas más extrañas.

Pese a que estoy aterrorizada, me muevo para descubrir lo que está sucediendo. Paso a paso, llego a la cocina, de la que, según parece, procede el ruido.

Me quedo petrificada en la puerta, tapándome la boca con una mano para no gritar.

Giorgio está desnudo de pies a cabeza, exceptuando mi guante del horno, que usa para pegar en el culo a una perfecta desconocida, igualmente en *déshabillé,* que está a cuatro patas sobre la mesa.

—¡Giorgio! —grito espantada.

Él se vuelve con el guante del horno en el aire.

Me tapo los ojos con una mano para ahorrarme la vergüenza de tener que contemplar toda esa desnudez.

—¿Qué coño estás haciendo?

—¿Y esta quién es? —pregunta la perfecta desconocida a gatas.

—¡Mi hermana! —exclama mi exnovio.

Mientras volvía a casa me esperaba de todo, salvo encontrarme a dos personas copulando entre el horno y el lavavajillas. ¿Y la policía? ¿Dónde demonios está la policía?

—¿Tu hermana? —repito.

—Pantuffly, puedo explicártelo todo —dice él bajando la voz y guiñándome un ojo—. Déjame trabajar —susurra.

¿Dejarlo trabajar?

Porque, a ver, no lo he sorprendido supervisando las operaciones de lanzamiento de un cohete espacial. Como mucho este podría ser un ensayo para una película de Rocco Siffredi, pero no veo las cámaras por ningún sitio.

—Vístete —le digo en tono seco—. Y luego quiero que me expliques qué hace esta mujer en mi casa. Mejor dicho, veo lo que está haciendo… ¡Vístete!

—¿Su casa? —repite como un eco ella, que, al menos, se está poniendo la ropa interior—. Giorgigno, me dijiste que era tu *pied-à-terre...*, que necesitabas dinero para reformarlo a la espera de que desbloqueen tus cuentas en Suiza.

—En cierto sentido... el préstamo de tu banco era, desde luego, vital —responde él desviando la mirada hacia la ventana.

Me apresuro a darle la espalda.

—¿Podrías ponerte al menos un par de calzoncillos? Ver mi guante del horno con fresitas sobre tus genitales me produce un extraño efecto.

Pero ¿se puede saber dónde se ha metido la policía? Fuera aún se oyen las sirenas. ¿Se habrán equivocado de dirección? ¿Debo llamarla yo?

No obstante, de repente caigo en la cuenta de que, al adelantar un día mi regreso, estaré aquí cuando vengan a arrestarlo. En pocas palabras, con un solo acto he hecho saltar por los aires la coartada del viaje a París.

—Giorgio, escucha... —La única posibilidad que me queda es que no lo arresten en mi casa. En mi presencia no, vaya—. Escúchame, debes marcharte lo antes posible.

—Por supuesto, Pantu, por supuesto —me acalla él tratando de taparme la boca con una mano. Cosa que me espanta, dado lo que estaba haciendo hasta hace un minuto.

—¡Ni lo intentes! —exclamo apartándome con un salto felino.

—De acuerdo, pero tú escúchame —me dice él, a la vez que se pone los calzoncillos—. Debo coger un avión en menos de tres horas.

—¿Qué? —Bueno, al menos coincide conmigo en que debe cruzar el umbral de mi casa en un santiamén.

—Temo que la policía me esté buscando. Un malentendido. Un asunto burocrático, de seguros y esas cosas. Justo antes de que te marcharas me llamó mi abogado para avisarme. Y... —Me señala con un ademán el pasillo y, en consecuencia, la cocina—. Necesitaba un poco de dinero para el billete de Tanzania. Tú no tenías nada... —No sé con qué valor, pero me mira incluso con resentimiento—. Por eso me traje a esa.

—¿Te has tirado a una del banco para conseguir un préstamo?

Él se encoge de hombros, acto seguido se vuelve y levanta la parte superior de mi cama para descubrir el cajón. Debajo hay una maleta preparada.

No me doy cuenta enseguida, pero después de que él haya cogido la maleta y mientras se dispone a tapar de nuevo la cama exclamo:

—¿Dónde están mis cosas? ¿Dónde...? ¿Dónde están mis vídeos?

De hecho, el cajón que hay debajo de mi cama está vacío. Entre otras cosas, ha desaparecido también mi equipo de supervivencia.

Giorgio me mira aturdido.

—¿Esos cachivaches viejos? Los he llevado al basurero —dice como si fuera la cosa más natural del mundo.

Me tengo que apoyar en el armario para no desmayarme.

—Me parecieron unos trastos metidos ahí de cualquier manera, que había que tirar. —El muy imbécil se encoge de nuevo de hombros con aire distraído e inocente—. Era mi regalo de despedida.

¡Encima pretende ser romántico!

—Pero, Pantuffly, solo eran unos vídeos viejos, VHS, te he comprado un Blue-ray precioso. Ya verás cómo es mucho mejor, con el Dolby Surround.

Ni siquiera lo escucho.

—Has tirado... —No puedo respirar—. Has tirado... —Dios mío, me voy a morir. Mi número uno, el primer vídeo que me compré, cuando tenía trece años. Además de *Ghost*, *Pretty Woman*,

Dirty Dancing...—. ¿Cómo te has atrevido? —exclamo empujándolo hacia la puerta.

—Pero, Pantu, ¿por qué haces esto?

—¿Por qué hago esto? Pues porque no te soporto más. Llevas dos meses tirado en el sofá de mi casa con la excusa de que no tienes trabajo y debes pasar la pensión a tu exmujer.

—¿Ex...? —Oigo gritar en la cocina.

—¡Mujer! ¡Y dos hijos! —añado.

Oigo ruido de tacones en el pasillo y la puerta de casa que se cierra de golpe.

Giorgio pone morritos, como si le hubiera echado a perder un bonito juego.

—¿Estás celosa, pastelito?

—¡Sí, estoy celosa! ¡Tengo celos de mi casa, de mis cosas, de mi tiempo! Pero ¿de qué sirve intentar explicar algo a un..., un..., un idiota para el que lo mejor de una velada es comprobar cuántos vasos de vodka logra beberse antes de vomitar todo en la alfombra? —Lo cojo por el cuello y lo empujo así, tal y como está, al pasillo. Me importa un comino que tenga el torso desnudo.

Abro la puerta de casa con intención de echarlo, pero en el umbral hay dos tipos que al vernos nos miran enfurruñados.

—Hola..., buscamos al señor Giorgio Pifferetti.

Exhalo un suspiro de alivio.

—¿Son de la policía?

Ellos se miran, perplejos.

—Bueno, sí.

—¡Llegan con retraso!

—Hay mucho tráfico... —explica uno de los dos rascándose la cabeza.

—Hay una manifestación... —añade el otro a modo de excusa.

—Está bien, aquí lo tienen. Es todo suyo. —Lo empujo entre sus brazos y acto seguido cierro la puerta sin aguardar respuesta.

PISCIS

Aquí tenéis a un hombre al que no le cuesta deciros que os quiere. Pero, como era de esperar, es mentira. Asegura que sois su único amor. No lo creáis. Jura que la mujer con la que lo habéis visto besarse en la calle solo es una prima con la que estaba teniendo un altercado verbal. Y es cuando os gustaría darle una buena tunda. ¡No lo hagáis! Es justo lo que pretende para poder enseñar a sus amigos y parientes los moratones que demuestran vuestra falta de equilibrio mental y vuestra maldad innata, porque si hay algo que al piscis le gusta más que mentir es compadecerse y que los demás lo compadezcan.

42

¿QUÉ FUE DE BABY LIBRA?

Lo que me ha quedado, además de las lágrimas de rabia y desazón, es la casa desordenada, el corazón vacío y roto, y ni siquiera la posibilidad de olvidarlo todo viendo *Pretty Woman*.

Traté de dejarme ir a la deriva en el sofá, pero tenía demasiadas cosas en la cabeza, de manera que esta vez la inactividad me enloquecía.

Así pues, a falta de mis habituales películas, he intentado anestesiarme con Cif al amoniaco, ordenando y limpiando la casa hasta el rincón más recóndito. Aún mejor, en los dos días sucesivos me he convertido en la reina del Black & Decker, hasta tal punto que el apartamento parece ahora un queso gruyer, dada la cantidad de cuadros y estantes que he decidido poner.

He de reconocer que desahogarme con las paredes me ha dado una gran satisfacción.

Solo ahora que he terminado y que puedo decir que tengo un piso de soltera precioso, lleno de libros y de pósteres chulísimos de viejas películas, me concedo el privilegio de sentarme en el suelo y echarme a llorar.

Lloro. Aliviada.

Me siento extrañamente libre y ligera, con la bonita sensación de que a partir de ahora podré volver a empezar de verdad.

Sin Giorgio. Sin Davide… Y, sí, desde luego, también sin mis preciosos vídeos salvadores.

Pero todo nuevo inicio parte del final de algo, ¿no?

Después de haberme permitido este pequeño desfallecimiento arrojo los pañuelos usados al váter y tiro de la cadena. Se acabaron las lágrimas, Alice. A partir de ahora debes crecer, punto final.

Mientras me enjuago los ojos con agua fría, suena el timbre.

«Oh, no», pienso pesarosa: no he respondido a la última llamada de Paola (estaba haciendo agujeros con el taladro) y seguro que ha venido corriendo hasta aquí armada con una cucharita para recogerme del suelo.

Pero lo que aparece en el umbral no es la cara de mi amiga de los mil recursos.

—¡Tienes que ayudarme!

—¿Qué dices?

Cristina me mira fijamente, tiene los ojos brillantes y le tiembla la boca; para variar, está a punto de echarse a llorar.

Lo hace.

Como si fuera la cosa más natural del mundo se echa en mis brazos sollozando y dice:

—Carlo me está buscando…, ¡tienes que esconderme!

—El problema es la Luna en la casa XII. Cuando tienes la Luna en esa casa siempre hay problemas amorosos. E inestabilidad emocional —digo soplando sobre una taza de té.

—Su problema es que *tu* exnovio, *su* futuro esposo es un cabrón de tomo y lomo. Ese es su problema.

Paola es así. Pragmática. Directa al grano. Por culpa de la conjunción entre la Luna y Saturno de su carta astral, pero no hay que decírselo, dado que tiene tanto a Venus como a Marte en Cáncer, de manera que su rencor podría ser eterno.

El problema es que Cristina se ha enterado de lo que no debía saber, es decir, que Carlo, un acuario infatigable amante de la libertad, se ha chiflado por otra a punto de ser padre. Y Cristina, destrozada pese a ser una virgo con Mercurio en Libra, se ha presentado en mi casa y me ha pedido asilo por un periodo indeterminado.

—Sí, pero *mi* problema —susurro alejando a Paola del sofá donde Cristina se ha quedado dormida— es que no estoy preparada para ser *madre…*, ni madre bis ni pseudotía, si eso significa despertarse en mitad de la noche para cambiar pañales o calentar un poco de leche. Cristina no puede quedarse en mi casa, dado lo sucedido.

Después de todo, acabo de reconquistar mi libertad. Acabo de librarme de Giorgio. ¡Incluso he dado un aire moderno al piso!

Puede que sea mala persona, pero lo cierto es que nunca me han gustado mucho las películas llenas de bondad y solidaridad femenina. Siendo práctica, mi vida ya está bastante enredada así, entre la precariedad laboral y la precariedad aún más precaria de mis relaciones, como para hacerme cargo ahora de la ex embarazada de mi ex. Hasta Freud lo consideraría un enredo demasiado enredado.

—Como de costumbre, ya has pensado de aquí a, al menos, tres años —me reprocha Paola—. Lo que hay que hacer es buscar una solución, en lugar de ponerse enseguida en lo peor.

La llamé justo por esto: Paola es la amiga que todos querrían tener. Es cáncer con ascendente en Cáncer, así que es dueña de una profunda humanidad, y con Plutón en la casa III no puede por menos que ponerse en el lugar de los demás.

Cuando Cristina apareció en mi casa me dejó desconcertada, así que hice lo que cualquiera habría hecho conociendo a Paola: coger el teléfono y llamarla.

Ella, obedeciendo a su cuadro astrológico, obtuvo tres cosas de Cristina en cinco minutos: que dejara de llorar, que le contase con pelos y señales lo que había ocurrido, y que se durmiese.

Impresionante. Enseguida.

—¿Estamos seguras de que no contraeremos alguna enfermedad? —me pregunta ahora ese portento que es mi mejor amiga a la vez que frunce la nariz y mueve una de las sillas de la cocina con la punta de los dedos.

—Lo he limpiado todo —contesto un poco enfurruñada.

Debido al poder persuasivo que tiene, ha conseguido que yo también vacíe el costal, de manera que le he contado la historia de Giorgio, el arresto y la escena de *Nueve semanas y media* en la cocina.

—Pero ¿has desinfectado con lejía? —insiste ella sentándose en el borde de la silla—. Nunca se sabe con alguien que considera el Prosti Tour un hobby cualquiera, como hacer punto.

—Te advierto que a pesar de que tengo la Luna en Piscis soy muy meticulosa, fíate.

—Alice, olvídate de una vez de la astrología. No sé si te das cuenta, pero no dices una sola frase sin meter de por medio a la Luna, las conjunciones o las triadas.

—Trígonos, te lo he dicho al menos tres veces.

—Precisamente. Oye, Alice, un amigo de Giacomo tuvo problemas con el alcohol y acudió a un centro… Me dijo que curan un poco de todo, incluso las dependencias psicológicas de internet, del juego… y del horóscopo.

—Paola, si me escucharas alguna vez: la astrología te permite comprender muchas cosas, tanto de ti mismo como de los demás… Si aprendes a usarla bien puedes evitar un noventa por ciento de marrones en tu vida.

Arquea una ceja a la vez que se lleva la taza de té a los labios.

—¿Y Davide? —me suelta como si me lanzara un guante de desafío.

Bueno, es comprensible que le haya hablado también de Davide y de lo que sucedió entre nosotros en París. La llamé expresamente desde el tren para desahogarme.

—Davide es... la excepción que confirma la regla —contesto levantándome para eludir su mirada fingiendo que busco algo en un armarito—. Es decir, sabes que tu cuadro y el suyo son incompatibles..., pero tú erre que erre, quieres comprobarlo por ti misma e ir contra las estrellas...

—Se llama atracción —replica Paola imperturbable—. Yo haría una investigación estadística para comprobar cuántos matrimonios bien avenidos deben su éxito a un emparejamiento adecuado según las estrellas. ¿Quieres que hagamos la prueba?

—¿Qué quieres decir?

—Giacomo y yo, por ejemplo. ¿Lo has verificado?

—Hum...

Cuando me dispongo a contestarle el ruido del aspirador nos distrae y nos hace correr a la sala. Debo de haber contagiado a Cristina la enfermedad del amadecasitis, porque ahora es ella la que pretende hacer la gran limpieza primaveral.

Sin embargo, tras un instante de desconcierto, Paola y yo comprendemos que es una mujer embarazada de más de seis meses la que está de puntillas en mi sofá con la barra del aspirador levantada por encima de su cabeza a modo de jabalina, tratando de limpiar la suciedad persistente de la parte superior de las estanterías.

—¡Deja eso! —grito, pero con el aspirador encendido no logro oírme siquiera a mí misma.

Paola vuelve a hacer gala de su sentido pragmático apresurándose a desenchufar el aparato.

—Cristina —le dice tendiéndole una mano—, no debes hacer esfuerzos.

Pero en esta ocasión el encanto de Cáncer no surte el efecto esperado, porque Cristina se vuelve con la ira de Khan pintada en la cara.

—¿Queréis que me asfixie? Soy alérgica al polvo. ¿Queréis que tenga un choque anafiláctico? ¿Queréis que dé a luz en el parqué?

Dios mío, ¿tendrá ya contracciones?

—¿Debo calentar agua? —pregunto a Paola, desesperada.

—Solo si quieres prepararte otra taza de té, tonta —contesta y a continuación coge con una precisión digna de un ninja el palo del aspirador y lo sujeta por encima de la cabeza de Cristina—. Aquí no va a dar a luz nadie. Por ahora.

Con todo, mientras desarma a la mujer embarazada, Paola golpea la caja que dejé hace meses sobre la estantería, la que me dieron mis padres cuando pintaron la casa, que sigue esperando la criba.

—¡Cuidado!

Hago este gesto heroico jugándome una muñeca para salvar a las dos de ser embestidas por una lluvia de libros, folios y fruslerías varias.

—Caramba…, ¿se ha roto algo? —pregunta Paola enseguida acudiendo en mi auxilio (es superior a sus fuerzas).

—No tengo ni idea —le digo y a continuación me dirijo hacia Cristina que, mientras tanto, se ha puesto a sollozar de nuevo en el sofá como en los mejores melodramas—. Tranquilízate, vamos…

Pero, como era de esperar, no me hace ni caso, y sigue lamentándose, ahogando las lágrimas en los cojines.

Paola se ha puesto enseguida a ordenar mis cosas, de manera que dejo a Cristina para echarle una mano.

—Bueno, la verdad es que hacía dos meses que quería echar un vistazo a esa caja. Será una señal del destino.

Paola pone los ojos en blanco.

Hay varios cuadernos míos de la universidad. También una muñeca vieja que me gustaba mucho cuando era niña. Bolígrafos, que, por descontado, no escriben. Y hojas. Un montón de hojas sin orden ni concierto. Por lo visto mi madre echó el contenido de un viejo cajón en la caja.

—¿Y esto? —exclama Paola levantando algo del suelo como si fuera un tesoro—. ¿Qué hace una cuchara en medio de todos estos folios y cuadernos? Eres muy desordenada, Alice.

Se la quito de la mano lanzando un bufido.

—No es una simple cuchara, ¿ves? Es una cuchara amuleto, me la regaló mi tío cuando nací —le explico con cierto orgullo—. ¿Ves? Aquí tienes el peso, hum…, casi cuatro kilos… —Luego tengo una iluminación y me siento al lado de Cristina para intentar distraerla—. Haremos lo mismo cuando nazca tu hijo, ¿qué te parece? Vamos, mira qué mona es. Tiene la fecha y la hora de nacimiento, la estatura…

Pero el efecto es justo el contrario de lo que esperaba: Cristina redobla los sollozos, tanto que por unos segundos siento la tentación de darle un cucharazo en la cabeza. Si he de ser franca, mi instinto maternal ha hecho las maletas para viajar lo más lejos posible.

Hago amago de levantarme del sofá.

Me vuelvo a sentar en él.

Miro fijamente hacia delante unos segundos.

Paola se levanta del suelo desentumeciendo la espalda, con las manos apoyadas en los costados.

—¿Te encuentras bien?

Sigo mirando hacia delante.

—No lo sé.

—¿En qué sentido? ¿Estás mareada? ¿Te encuentras mal? —Se lanza hacia mí para apoyar una mano en mi frente.

Por toda respuesta levanto la cuchara como si fuera una prueba.

Como no podía ser menos, ella no me entiende.

—La hora… —balbuceo—. Mira la hora.

—Alice Bassi, nacida a las 23.45 horas… ¿Y entonces?

—Mi madre siempre me ha dicho que nací a las once.

Paola arquea una ceja y me mira como si estuviera pensando en llamar al 112.

—¿Y qué? Naciste a las doce menos cuarto.

—Sí, pero ¡por la noche! —exclamo. Ahora sí que me levanto del sofá de un salto y corro hacia el teléfono para llamar a mis padres.

—Cariño, ¿cómo estás? —me pregunta mi padre al otro lado de la línea.

—Papá, ¿cuándo nací? —exclamo tras saltarme los saludos de rigor, con la voz quebrada.

—¿Qué? ¿Estás bien, Tata? ¿Tienes fiebre?

—Es lo mismo que le he preguntado yo, señor Bassi —dice Paola en voz alta a mi lado.

—¡Ah, Paola! Hola, saluda a tu madre de mi parte.

—¡Gracias!

—¿Queréis callaros? ¡Se trata de una cuestión de vida o muerte!

—¡Exagerada! —dice Paola.

—¿Qué ha pasado, pequeñaja? —me pregunta mi padre.

—Papi, necesito saber a qué hora nací exactamente.

Oigo la voz de mi madre a lo lejos.

—Dile que pase por casa, que he recogido los zapatos.

—Tu madre dice que tienes los zapatos arreglados. ¿Cuándo puedes pasar por aquí?

—Pronto, papá. Pero…

—¿Sabes a quién vi el otro día en el parque? A tu profesora de italiano del instituto. ¿Te acuerdas de ella? Ha envejecido mucho.

—Papá, hace veinte años que salí del instituto, así que haz cuentas… Pero ¿alguien puede decirme, por favor, a qué hora nací? Porque he encontrado la cuchara con mis datos, la que me regaló el tío Christian, y…

—Ayer hablamos con él. Nos dio saludos para ti. Siempre pregunta cómo estás, pobre. ¿Por qué no lo llamas de vez en cuando? Debe hacerse una radiografía de la rodilla.

—Lo siento. Papá, te lo ruego…, os he llamado porque necesito saber cuándo nací. Dímelo, después llamaré a quien quieras…, podrás hacer conmigo lo que quieras —le suplico.

Al otro lado de la línea se hace un silencio embarazoso, luego oigo que dice:

—Adalgisa, ¿a qué hora nació Alice?

Casi estoy viendo a mi madre asomando la cabeza de la cocina y mirándolo enfurruñada. Oigo que mascula algo, pero no entiendo lo que dice.

—Tu madre dice que a las once —dice él a continuación.

—Sí, pero ¿a las once de la mañana o de la noche? —Que, a decir verdad, siendo precisos en realidad serían las doce menos cuarto (ante o post merídiem). ¿De verdad el tiempo es algo tan relativo?

—Por la noche —oigo que dice mi madre.

Caigo de rodillas.

—¿Alice? ¿Estás ahí, Alice?

Estoy tan confusa que ni siquiera reacciono cuando Paola me quita el teléfono.

—Sí, buenas noches, señor Guido, soy Paola. Sí, todos están bien, gracias. Alice está aquí, pero ahora no puede hablar. No… Está mirando las estrellas…

Cuando me vuelvo veo que Cristina ha dejado de llorar y me está tendiendo un vaso de agua, que apuro de un trago.

—¿Y bien? —me apremia Paola cruzando los brazos.

En lugar de responderle me arrastro hasta el ordenador, abro el programa de astrología e introduzco mis datos para hacer el nuevo cálculo.

Veo que cambian varias cosas. La posición de los planetas es casi la misma. Pero… los planetas en las casas y las casas respec-

43

LOST IN ASTROLOGY

Hay demasiadas personas. Es lo primero que pienso cuando entro en el loft y me veo envuelta en el bullicio. Algunos se vuelven hacia mí y me saludan:

—¡Hola, Alice!

—Buenos días, Alice.

—Muy buenas, Alice.

—Alice...

Alice. Alice. Alice.

No hacen sino repetir mi nombre, que jamás me había parecido tan ajeno. Es como si lo cogiera con la punta de los dedos para mirarlo desde lejos, asqueada.

—¡Alice!

Me sobresalto al sentir una mano en un hombro.

—¡Enrico! —exclamo a mi vez dando un paso hacia atrás.

—Buenos días —dice mi jefe con una sonrisa de oreja a oreja, tan ancha como la autopista del Sol—. He traído bollos para todos, ¿quieres uno?

Echo una mirada a su escritorio, que está rodeado de un corro de personas.

Abro la boca, pero no puedo decir una palabra. ¿Cómo debe comportarse Alice, que es Libra con ascendente Leo, que tiene el Sol en la casa IV, Marte en la II, la IV casa en Capricornio y así en adelante…, además de las correspondientes conexiones entre los planetas, trígonos, conjunciones y oposiciones?

¿Se come el bollo? ¿No se lo come y se sumerge enseguida en el trabajo?

—Un momento. —Me vuelvo y saco los folios en que he impreso mi nueva carta astral para echarles una mirada fugaz.

—¿Estás bien? —me pregunta Enrico—. ¿Te duele la barriga? Me extraña que rechaces un cruasán.

—¿De verdad? —le pregunto en tono suspicaz. No recuerdo bien su cuadro astrológico, pero los escorpiones suelen ser enigmáticos y sombríos, así que su pregunta podría ir con segundas.

O no.

¿Quién sabe?

La cabeza me da vueltas.

Tras haber observado por unos instantes mi mutismo, Enrico se encoge de hombros, da media vuelta y se marcha.

—Si cambias de idea pronto puede que aún quede algo. Dentro de media hora no te garantizo nada.

Aprovecho este momento de quietud para releer mi nuevo cuadro astrológico, pero siento que se me revuelven las entrañas.

¿Cómo puedo ser yo, con mi deseo de vivir una historia de amor concreta, de formar una familia, de estabilidad…, si el cuadrado entre la Luna y Neptuno asegura que soy incapaz de echar raíces? En otro sitio me describe como individualista… además de enérgica, autoritaria y egocéntrica. Pero si ni siquiera sé ya dónde vivo… En cuanto a las energías, la verdad es que alguien debería darme una buena sacudida.

Y sé de sobra quién es.

Tio aún no ha respondido a mis mensajes y es extraño, dado que siempre corre en mi ayuda.

Luego, de repente me viene algo a la mente y hojeo compulsivamente las cinco páginas impresas.

La casa IX en Tauro: los amigos pueden vincularse al sujeto por interés económico.

Dios mío…, ¿y si me han estafado?

Menuda tontería, ¿qué beneficio podría sacar Tio de todo esto?

Bueno, se ha convertido en una estrella de la televisión. Mmm…

Lo entreveo de repente. Está entre los parroquianos de Enrico el Panadero, maquillado como una especie de pirata jamaicano, y tiene los brazos levantados, sujetando a modo de trofeo un bollo y un rollito de crema, de forma que es casi imposible no verlo.

—¡Alice, mi pequeña! —exclama como una gallina clueca abriéndose paso hacia mí.

Su pequeña un cuerno. Si piensa que me va a sedar con una endovenosa de grasas saturadas no tiene la menor idea de quién soy. Además, dado que yo tampoco lo sé, lo llevamos claro.

—¡Tio! —le grito. Si bien es cierto que me siento frustrada, no puedo por menos que echarle los brazos al cuello.

—Eh, eh, calma…, si tienes tanta hambre te doy los dos —me dice guiñándome el ojo—. Pero podrías haber venido a festejar con Enrico. Por lo visto su mujercita ha vuelto por fin a casa.

Lanzo una mirada a Enrico, que en este momento se está riendo a mandíbula batiente, con la lozanía de un leñador bondadoso. Y me alegro por él. Hacía falta una buena noticia, un pequeño final feliz, al menos para alguien.

Pero… ¿cómo puede pensar Tio en la comida cuando todo el planeta está en peligro? Solo él tiene la respuesta.

Puede que exagere, lo reconozco, pero tratad de entenderme, es como si a los cuarenta años os dijesen que confundieron las cunas, que sois adoptados o que vuestros padres os raptaron. Más o menos, vaya. En fin, sea como sea, te sientes como un animal en vías de extinción.

—¿Recibiste mis mensajes? ¿Leíste el e-mail? ¿Y el anexo?

No obstante, Tio no parece darse cuenta de la gravedad de la situación, y se tapa la boca con una mano para ocultar un bostezo.

—Eché un vistazo, sí. Ayer salí hasta tarde con Andrea. Necesito otro café.

De acuerdo, si ese es el precio que he de pagar para que me haga caso estoy dispuesta a viajar a Brasil para recoger los granos y tostárselos personalmente.

—¿Y bien? —le pregunto diez minutos más tarde, después de habernos bebido un café en el bar.

—Alice, pero eso es maravilloso.

—¿Maravilloso? Tio, ¿te das cuenta de lo que estás diciendo? ¿Tienes idea de lo que significa para mí?

Él no se inmuta y permanece plácidamente sentado en el borde del escritorio, hojeando los folios arrugados que le he dado.

En su opinión es «maravilloso». Yo no he pegado ojo en toda la noche. Me he levantado mil veces para mirarme al espejo, convencida de que mi cara estaba empezando a resquebrajarse, como en *La invasión de los ladrones de cuerpos*.

—Por supuesto que sí, querida. Para empezar es maravilloso que puedas convertirte en ese tipo de mujer, fuerte y decidida. Además…, ¿has verificado la afinidad de pareja con… bueno, ya sabes quién? Puede que ahora no vaya tan mal.

Es evidente que fue lo primero que hice. Lo segundo, teniendo en cuenta los cabezazos contra la pared.

Lo tercero fue volver a dar cabezazos. Los cuadros astrológicos de Davide y yo son aún más incompatibles que antes.

—No tiene nada que ver —lo atajo—. ¡Esa no soy yo! —exclamo dando golpecitos con el índice en el nuevo cuadro astrológico que me ha arrojado al abismo de la incertidumbre, que me ha arrancado la identidad y ha causado mi paranoia. Se lo arrebato y empiezo a leer—. Aquí dice que tengo ascendente en Leo. Ni más ni menos. Así pues, se supone que tengo una personalidad de líder. Y aquí también... Tengo a Marte en la casa II..., lo que implica una capacidad innata para ganar dinero. ¡Ojalá! ¿Crees que puedo presentar esto la próxima vez que pida un préstamo?

—Vamos, Alice —minimiza Tío haciendo ondear la mano como una reina—. Hablas como si no supieras interpretar un horóscopo y, la verdad, después de todos estos meses pensaba que habrías comprendido algo más. —Me quita la hoja de la mano—. Aquí está. Tu ascendente. Es cierto que Leo es, por lo general, sinónimo de liderazgo, pero lee aquí: «Está dotado de una enorme creatividad, si bien tiene tendencia a dramatizar las cosas, probablemente porque oculta un fondo de profunda inseguridad» —proclama con cierta complacencia—. Esta *eres* tú.

Le vuelvo a arrancar los folios de la mano y encuentro lo que acabo de leer. Es una línea y media en medio de, al menos, otras quince que hablan de lo mucho que me gusta imponerme, ser la jefa, guiar grupos de personas y ser para ellas incluso fuente de inspiración. Fuente de inspiración yo, que, como mucho, solo he inspirado a los hombres el abandono.

—¿Eso es todo? —le pregunto enseñándole el resto de la monserga astrológica.

Tío se encoge de hombros.

—En realidad podrías ser así, pero aún no has encontrado la fuerza para salir del cascarón. —Coge de nuevo los folios—. Pero esto es cierto, escucha: «Tenéis un corazón de oro y sois tan amables y benévolos que os sentís heridos cuando os veis obligados a enfrentaros a la crueldad y al egoísmo ajenos».

Resoplo y recupero mi cuadro astrológico a la vez que, con un ademán, pido a Luciano que se acerque.

—Escucha —digo a mi colega de dirección sin dejar de mirar a Tío con aire desafiante—. Si alguien, al leer tu horóscopo, te dijera: «Tienes un corazón de oro y eres tan amable y benévolo que te sientes herido cuando te ves obligado a enfrentarte a la crueldad y al egoísmo ajenos...».

Luciano asiente con la cabeza, apretando los labios en una mueca pensativa.

—Bien dicho, Alice. No puede ser más cierto. No muchos lo entienden, te lo aseguro. Soy muy sensible.

Después de lo cual se aleja suspirando. Tío aplaude a la vez que me mira.

—Muy bien, ¿y qué?

—Pues que cualquiera te dirá que se reconoce en esa descripción.

Él entrecierra los ojos y cruza los brazos en actitud defensiva.

—Pero tú no...

—Por supuesto que me reconozco. Pero, si a todos les pasa lo mismo, ¿qué valor tiene? ¿Cómo es posible que no lo entiendas, Tío? Si he podido avanzar todos estos meses creyendo que era la Alice de la otra carta astral, reconociéndome hasta en el menor detalle, siguiendo a diario la evolución de los astros, que casi parecía que me hablaran, ahora no puedo decir sin más: ah, caramba..., hagamos borrón y cuenta nueva y pasemos a una Alice completamente distinta. Porque esto es lo que me dice mi carta astral, Tío. Que soy una persona distinta.

—Tú eres tú en todo caso, encanto...

Suspiro.

—Esa es la cuestión, Tío. Ni más ni menos. Yo soy yo *en todo caso.* —Sacudo la cabeza—. Será mejor que ahora vaya al estudio.

Unos minutos más tarde me encuentro a la puerta del estudio de grabación y asomo la cabeza, justo a tiempo de ver el letrero de neón con las palabras GUÍA ASTROLÓGICA PARA pendiendo hacia el suelo, sólidamente enganchado a varios cables de acero.

Ferruccio supervisa las operaciones de desmontaje, mientras los decorados de mi programa televisivo van siendo apilados de forma ordenada en la carretilla, preparados para ser almacenados en el cobertizo de la utilería, donde volverán a ser pintados y transformados en otra cosa.

El segundo letrero, CORAZONES ROTOS, sigue colgado en su sitio, dominando con descaro el vacío. Justo debajo de él atisbo a Carlo, al que el letrero describe en este momento a la perfección.

—¿Y bien? —le digo tratando de dominar el sentimiento de culpa. Cristina casi me ha obligado a firmar con mi sangre el juramento de no revelarle dónde se encuentra.

—Hum… —contesta él suspirando de forma desconsolada.

No es propio de Acuario no saber qué decir, y aún menos es propio de Carlo, pero comprendo que el momento no genere energías especiales, ni siquiera en su caso. Carraspeo.

—Vamos a ver, ¿no era lo que querías? ¿Cómo habrías podido vivir al lado de una mujer a la que no quieres, ya que estás enamorado de otra? Y no metas de por medio al niño. El niño no tiene nada que ver.

Carlo se sienta en un cubo de aglomerado.

—Pero ¿cómo puedo saber lo que quiero? ¿Qué sabemos, Alice? ¿Tú estás segura de lo que quieres? ¿Las cosas son siempre blancas o negras?

No. Nunca. Ya no. Puede que hace tiempo lo fueran, pero con la edad la vista se va ofuscando y debes esforzarte cada vez más para ver todos los matices. Por extraño que parezca, las palabras de Carlo son iluminadoras. Todos tenemos miedo. Ninguno sabe a ciencia cierta adónde ir.

Le tiendo la mano y cuando se levanta lo abrazo.

—Ya verás como todo se arregla —le susurro.

Hablaré con Cristina, intentaré convencerla de que hable con él. Me siento zen, en paz con el mundo.

Carlo se aparta de mí. Le brillan tanto los ojos que estoy en un tris de revelarle que Cristina está en mi casa.

Pero él se adelanta y dice:

—Ah, me olvidaba… Antes me he cruzado con el presidente y me ha dicho que quiere hablar contigo.

Ah.

Bueno, uno no puede sentirse zen y en paz con el mundo más de treinta segundos seguidos.

Salgo de los estudios y enfilo la escalera que lleva a los pisos de arriba intentando reconciliarme aún con mi nuevo cuadro astrológico, porque en momentos como este daría lo que fuera por saber lo que me espera.

Tio diría que es típico de Libra detestar las sorpresas y desear que todo esté bajo control. Llegados a este punto diría que es típico de mí, que, sí, soy Libra, pero, quién sabe, si hubiera nacido en marzo quizá no sería tan diferente.

A decir verdad, a pesar de que ahora miro con suspicacia las sugerencias astrológicas, el hecho de que Mercurio esté en la casa IV me preocupa un poco, porque, por lo general, es señal de inestabilidad. También de cambios frecuentes de domicilio. Así pues, quizá ya no pueda pagar el alquiler. De hecho, poco después dice que podría tener una profesión que desarrollaría en casa, como las ventas por correspondencia. Me estremezco.

Movida por el impulso llamo a Paola, porque estoy convencida de que me bastarán dos palabras suyas para volver a encauzar mis pensamientos de forma correcta.

—¿No le has dicho nada de Cristina? —me pregunta mi mejor amiga en tono de pocos amigos—. ¿No te parece que esta pantomima ya ha durado bastante? Esos dos tienen que hablar.

—¡Paola, se lo prometí! Además, Carlo me ha dicho que el sumo presidente quiere verme, así que tenemos un problema más acuciante que resolver.

—Antes averigua qué quiere, luego llámame y hablamos.

Así habló Pragma-Paola, la mujer más concreta del interespacio. Y no se equivoca. ¿Por qué no se me ocurrirán a mí las cosas que se le ocurren a ella? No me parece que sean unas soluciones tan complicadas.

—Si no hablas con él no podrás saber lo que quiere —insiste mi amiga, y me siento ya un poco más tranquila—. Después de todo, exceptuando la historia de Giorgio, que le causó unos cuantos problemas con la justicia, además de un ojo morado y los despachos patas arriba..., ¿por qué debería estar enfadado contigo?

Me detengo delante de la puerta del sumo presidente con el puño levantado, lista para llamar. Ya, ¿por qué debería estar enfadado conmigo?

Le digo a Paola que la llamaré después y cuelgo. Acto seguido llamo a la puerta, sin concederme un segundo para pensar.

—Presidente...

—Alice, entra.

Cuando cierro la puerta al salir, unos veinte minutos más tarde, tengo la impresión de haber entrado en una película de ciencia ficción, una de esas en que basta cruzar un umbral para vivir una realidad paralela.

Una sensación que, por otra parte, no debería resultarme nueva, dado que me acaban de comunicar que voy a dejar de ser la Alice torpe y soñadora que creía ser para convertirme en la audaz Alice, que transforma su imaginación en proyectos concretos para el futuro.

Me tiemblan las piernas mientras miro el móvil con la llamada en salida para Paola ya seleccionada. En mi vida anterior la habría llamado enseguida, desde luego. Pero ¿ahora?

Ahora necesito que la noticia se pose en mi interior, en silencio. Necesito saborearla, sopesar sus implicaciones y posibilidades.

El sumo presidente me ha pedido que deje el canal Mi-A-Mi.

No, no me ha despedido o, al menos, no en el verdadero sentido de la palabra.

En los últimos meses la *Guía astrológica para corazones rotos* ha descabalado la audiencia de los primeros canales, y muchos lo han notado. Así pues, el canal ha recibido, además de una oferta de fusión que evitará que desaparezca, una propuesta para ceder el formato a la mismísima RAI. Y, por lo visto, una casa de producción ha preguntado también por mí. Quieren hacerme una entrevista. En Roma. Si me interesa.

¿Me interesa?

Sin darme cuenta siquiera me paro delante de una puerta cerrada. Si lo que busco es un lugar para meditar nada mejor que un despacho vacío.

Además, puede que incluso me haga bien verlo sin él, sin Davide y sus cosas. Me ayudará a borrar su imagen de mi mente, a dar un vuelco a mi vida, después del cual él saldrá por completo de ella. Después del cual, si tomara esa decisión, muchos de los que ahora conozco dejarán de formar parte de ella. No sé si tengo fuerzas para hacerlo.

Si, por un lado, me siento entusiasmada, por otro he de reconocer que la idea me aterroriza también.

Empujo el picaporte de la puerta.

La estancia está en penumbra y en silencio. En el escritorio hay una caja y poco más, y los cercos en las paredes blancas revelan los lugares que antes ocupaban los pósteres y los cuadros. Al lado de la ventana hay ya una lata de pintura que borrará por completo la presencia de Davide aquí dentro.

Suspiro quedamente y me vuelvo para salir, pero la puerta que he dejado abierta ahora está cerrada y, por inaudito que parezca, Davide está delante de mí.

—¿Qué haces aquí? —le pregunto chillando.

—Bueno, es mi despacho. Al menos por hoy. He venido a… —Me señala la caja vacía—. ¿Y tú?

No parece arreglárselas muy bien con las palabras, que le salen a duras penas de la boca, como si cada una le costara un gran esfuerzo.

Me gustaría que el corazón no me latiera con tanta fuerza en los oídos, porque me ofusca. Además, el recuerdo de nuestros besos me arranca de la realidad unos segundos.

—Entonces…

—Alice…

Hablamos a la vez, superponiéndonos. También nuestras palabras desean abrazarse.

Soy una estúpida romántica. Este hombre puede decir lo que quiera, porque lo único cierto es que me utilizó de la peor de las maneras.

—Te dejo para que acabes de ordenar tus cosas —le digo eludiendo su mirada y dirigiéndome hacia la puerta. Un movimiento aventurado, dado que él está delante de mí, pero debo darle una señal inequívoca de que ya no puede tenerme en jaque.

—Disculpa —insisto dándole a entender que quiero que se aparte.

Davide lo hace, se mueve hacia un lado, pero no suelta el picaporte.

—Por favor, Alice, no hemos vuelto a tener ocasión de hablar, después de… París.

Las emociones forman un nudo en mi estómago. ¿Qué quiere? ¿Qué le dé también mi bendición?

—No hay nada de qué hablar, Davide. Nos dejamos llevar por la situación, por la atracción que hemos sentido el uno por el otro estos meses. —Mientras hablo pienso en el ascendente Leo, que no me pertenece ni quiero que me pertenezca, pero que, como una suerte de doble personalidad, en ciertas ocasiones se impone, y eso es bueno—. Nos desahogamos, eso es todo. Ahora podemos volver a nuestras respectivas vidas.

Me mira frunciendo el ceño, después aparta por fin la mano de la puerta, aunque solo para coger la mía.

—Tienes razón, en estos meses nos atraíamos como imanes. —Siento que su pulgar acaricia el dorso de mi mano—. Alice…, no es fácil para mí. Soy… Uf. No logro fiarme de las personas. Desde que era niño mi vida nunca ha sido muy estable. Ya te lo he dicho. Por eso me resulta muy difícil… encariñarme con las personas. Y de esta forma acabo haciéndome daño a mí mismo y a los que querrían estar a mi lado. Barbara, sin ir más lejos…

Oh, no, la beatificación de Barbara no, no podría soportarlo.

—Oye, Davide. No necesitas justificarte. —Haciendo un esfuerzo de voluntad enorme logro apartar la mano de la suya—. Lo he pensado y creo que es imposible que funcione entre nosotros. Sea como sea. Para empezar, nuestros cuadros astrológicos son completamente incompatibles. Además…, si he de ser franca, no eres lo que quiero en la vida. Quiero un hombre que esté presente. Quiero un hombre que me haga sentir como una reina cuando me mira. Que no me produzca ansiedad cada vez que me despido de él, porque no sé cuándo volveré a verlo, si me oculta algo o de qué humor estará cuando regrese. —Davide abre otra vez la boca para decir algo, pero yo se lo impido diciendo—: Y puede que Daniele sea ese hombre.

El corazón casi me estalla en la garganta cuando pronuncio esas palabras. Tengo la impresión de haber dejado caer con fuerza una guillotina entre el antes y el después, y que ahora las dos piezas que componían lo que ha sido hasta este momento mi vida no se pueden volver a coser.

Davide me mira a los ojos. Luego pasa por delante de mí en dirección al escritorio y la caja.

—Me alegro de que tengas las ideas tan claras —dice dándome la espalda—. Eres una bellísima persona, Alice. —Se vuelve un instante hacia mí y su sonrisa ladeada, dulce y un tanto melancólica vuelve a hacer flaquear mis piernas—. Si, al menos, toda esta historia ha logrado que lo comprendas y que saques a flote tu determinación..., no puedo por menos que sentirme feliz por ello.

44

DE ASTROLOGÍA Y OTRAS ADICCIONES

Esto no es un centro comercial.

Un punto por la sagacidad, Sherlock. —Paola me precede en el vestíbulo de un instituto pintado en tonos relajantes y envuelto en las melodías que emite el hilo musical.

—¿Y qué? ¿Qué hacemos aquí? ¡Me dijiste que querías enseñarme un nuevo centro!

—Y, como ves, no te he mentido —dice mi amiga encogiéndose de hombros, a la vez que su Júpiter en Virgo la hace sonreír complacida—. Es un nuevo centro. Fuiste tú la que pensaste en un centro *comercial*.

Obviamente, me siento estafada. ¿Desde cuándo en el diccionario de Paola el término «centro» no implica todo tipo de compras desenfrenadas?

Miro alrededor. El centro en que nos encontramos parece una estructura hospitalaria.

—¿No te encuentras bien, Paola? ¿Ha ocurrido algo?

Dios mío, si le sucediera algo me sentiría perdida.

—Alice, estoy de maravilla —me tranquiliza—. Tú eres la que me preocupa.

Parpadeo un par de veces.

—Pero ¡yo no estoy enferma!

—La obsesión del horóscopo es cada vez más alarmante —me dice en tono serio.

Culpa de su aspecto negativo entre Marte y Urano, que le confiere una seguridad en sus ideas rayana en la arrogancia.

—Creo que deberías hablar con alguien. Un profesional.

—¡Un loquero! —exclamo.

No puedo creerme que me haya tendido una trampa así con tanta ligereza. Como para fiarse de alguien que tiene un aspecto negativo entre Plutón y el Medio Cielo. Siempre he pensado que en su cuadro astrológico quizá había un error, pero ahora estoy convencida: Paola está abusando del poder que le confiere nuestra amistad y me ha engañado para imponerme su voluntad.

—Quiero irme.

—Espera un momento, Alice. Vamos. Demos una vuelta. Solo para mirar. Si me haces este favor te invito a comer en el japonés que tanto te gusta.

Si bien por un lado no quiero darme por vencida, Paola tiene también a Saturno en Aries, de manera que podría guardarme rencor eterno. Eso sin contar que hace meses que no pongo un pie en Sakura y que podría vengarme pidiendo los platos más caros del menú.

Por eso, al final finjo que doy mi brazo a torcer, y ella se encamina toda ufana hacia el mostrador de recepción.

Descubro que me ha traído a un centro donde curan las dependencias psicológicas, y que las personas entran y salen de él, es decir, que es ambulatorio.

Así pues, nada de habitación acolchada para Alice. La cosa me anima un poco, pese a que mi Marte en Leo me advierte que no debo bajar la guardia.

La tipa que nos acompaña en nuestro «solo-es-una-visita-de-reconocimiento» dice que al centro acuden personas con problemas muy diferentes. Sobre todo se trata de gente que vive despegada de la realidad. Utiliza justo esta palabra, «despegada», como si fuéramos pedazos de celo a los que se les ha secado el pegamento y que por eso les cuesta adherirse y confundirse con el resto.

—Aquí aprenden a enfrentarse a otros problemas, a salir del cascarón protector en que se han refugiado —explica la doctora—, y poco a poco los recuperamos y los devolvemos a la realidad.

Paola me mira como si estuviese chupando un terrón de azúcar, tan complacida que podría contraer diabetes en este preciso momento. Si hubiera un poco de justicia en este mundo la padecería ya sin duda alguna.

—Pero ¿de qué tipo de personas se trata? —pregunto—. Quiero decir, quizá son simples apasionados de algo… Quiero decir, es normal hablar a menudo de un tema cuando nos intriga.

—Desde luego —corrobora la doctora.

—Desde luego —repite Paola, esta vez en tono agridulce.

—Pero no es normal que el tema en cuestión borre todo lo demás, o que haga percibir la realidad de forma distorsionada solo porque queremos interpretarla a través de él.

—Solo a través de él —repite Paola asintiendo con la cabeza, feroz.

La doctora nos invita a entrar en la cafetería, dado que no podemos asistir a una de las sesiones. Menos mal. No me gustaría tener que decir: «Buenos días, me llamo Alice y padezco una fuerte dependencia del horóscopo». Aunque si lo hiciera Paola se alegraría.

El bar me parece bastante agradable. Hay mesas ocupadas, pero, por suerte, ninguna de las personas que veo lleva pijama ni mira por la ventana con los ojos vidriosos y un hilo de baba colgando de la barbilla.

Paola y la doctora toman asiento sin dejar de charlar, de manera que no me queda más remedio que ir a la barra a pedir.

A mi lado hay un simpático señor de unos sesenta y cinco años, que me recuerda un poco a mi padre y que me inspira una simpatía inmediata. Está hurgando en los bolsillos buscando monedas y cuando sonríe al camarero este le regaña sacudiendo la cabeza:

—No puedo ponértelo siempre en la cuenta, Armando.

Pobre, quizá esté enfermo de alzhéimer, parece tan despistado que no me sorprendería.

—¿Me permite? —tercio—. ¿Puedo invitarle al capuchino?

El hombre me mira atónito, a la vez que el camarero comenta:

—Armando, te tocan todas las guapas. Menuda suerte tienes, caradura.

—Eh, sí… La señorita es…, parece caída del cielo.

Me echo a reír y pido para Paola y la doctora. Yo me decido por un té caliente. Mientras espero a que me den todo me desentumezco y me masajeo los brazos.

—Justo —dice Armando echando azúcar en su capuchino—. Un té caliente es lo mejor para calentarse los huesos…, dado que las temperaturas están bajando y es posible que llueva en nuestra región hasta el fin de semana.

—Ah, ¿ha oído las previsiones del tiempo? —le pregunto distraída.

—¿Oído? —exclama él—. ¿¿¿Oído???

El camarero se vuelve hacia mí cabeceando.

—Armando tiene una estación meteorológica en su casa, señorita.

En los tres minutos siguientes descubro que Armando frecuenta el centro debido, precisamente, a su pasión por la meteorología y que el mero hecho de mencionar el tema abre un peligroso abismo al que ni siquiera el mítico coronel Bernacca, el presentador del tiempo, podría enfrentarse.

Las corrientes, los chaparrones y las tormentas no tienen secretos para él, que se maneja como un auténtico lobo de mar en la estación meteorológica que ha improvisado en el cuarto de baño de su casa, entre el tendedero de la ropa íntima y el bidé... Razón por la cual acabó en el centro, en concreto cuando «esa santa de su mujer» lo amenazó con el divorcio después de cuarenta y tres años de honorable servicio matrimonial. En pocas palabras, ¡quien siembra vientos recoge tempestades!

La doctora, que se ha acercado a la barra para echarme una mano y llevar a la mesa todo lo que hemos pedido, saluda a Armando y le pregunta:

—¿Cómo va con tu mujer?

Él exhala un suspiro.

—La situación es muy variable. En la vertiente de la vida de pareja las temperaturas siguen bajando mucho, pero confío en que mi esfuerzo sepa hacer frente a sus chaparrones como un anticiclón providencial...

Ella apoya una mano en su brazo y cabecea para detenerlo antes de que parta el émbolo meteorológico.

—Disculpe, disculpe... —dice él rascándose la cabeza y sacando del bolsillo unas pastillas, que se apresura a tragar—. Me ayudan a estar tranquilo —explica encogiéndose de hombros.

Pero bueno, yo no soy así. Quiero decir, no reduzco todo lo que me dicen los demás a términos zodiacales... ¡Dios mío! ¡Tengo el nodo lunar norte en la casa XII! Jamás lo había pensado, pero podría indicar problemas psicológicos e incluso una hospitalización.

¡Dios mío, Dios mío, Dios mío!

No, no, calma, Alice, calma: ¡ese era mi antiguo cuadro astrológico!

En el nuevo, veamos... Me aparto para mirarlo en el móvil, porque aún no me lo sé de memoria. Tengo un Saturno en la casa IV, que indica dificultades, pero bueno... Y a un Marte en la casa II, que anuncia muchos conflictos, sobre todo en el terreno económico, pero, en definitiva, nada que diga que soy una loca furiosa y que acabaré aquí dentro con una camisa de fuerza.

Por un momento agradezco al cielo (literalmente) haber descubierto que me había equivocado de horóscopo.

Pero luego pienso: no he hecho otra cosa que razonar en términos de astrología, igual que Armando hace con los cambios climáticos.

Huyo al baño.

En el espejo veo a la Alice de siempre. O, mejor dicho, a la Alice que me parece la de siempre, pero que en realidad es una desconocida, porque, desde que descubrió que su cuadro astrológico no es el que le habían dicho, tiene la impresión de haber perdido la identidad.

Mi garganta emite una risotada histérica.

No quiero acabar aquí dentro, obligada a salir del armario y recibiendo aplausos por los días que logro estar sin consultar a las estrellas.

Meto las muñecas bajo el chorro de agua fría y me decido a salir. Ya no tengo hambre, pero Paola me las pagará en cualquier caso por haberme hecho pasar este espantoso cuarto de hora, pese a que tenía razón.

—¿Vamos? —le digo reuniéndome con ella en la mesa.

Ella me mira preocupada y acto seguido asiente con la cabeza:

—Vamos. —Como siempre, me ha entendido al vuelo.

La doctora nos acompaña a la salida charlando con cordialidad y al final nos estrecha calurosamente la mano.

—Su amiga me ha dicho que su problema es la astrología —dice.

Deseo morir.

—No, es decir…, sí, me gusta la astrología, pero no creo…

Ella me da unos golpecitos en una mano y hace un aparte conmigo.

—Claro, querida…, pero ¿por qué no prueba con las runas? Son muy eficaces, fíese.

45

LA INSOPORTABLE LEVEDAD DE VIRGO

Te he traído esto —me dice Daniele alzando una bolsa de papel cuando me reúno con él, nada más cruzar la puerta del canal Mi-A-Mi, y lo encuentro de pie, apoyado en el coche.

—¿Qué es? ¿Un regalo? —Acepto el paquete un poco apurada y miro dentro.

—Solo es un poncho. Lo vi en un escaparate… y pensé que haría juego con tu pelo.

Suspiro, conteniendo a duras penas una sonrisa, a la vez que saco el poncho de la bolsa y me lo pruebo. Ya no es temporada, pero él es en cualquier caso la persona más encantadora de la tierra.

Me pongo de puntillas y le doy un beso fugaz en los labios.

Hace tres semanas que salimos juntos.

Con asiduidad.

En el sentido de que, desde que empezamos a hacerlo, casi no ha pasado un día en que no nos hayamos visto, de manera que tengo la impresión de estar con él desde hace mucho más tiempo. O quizá sea porque Daniele hace que la vida resulte más interesante.

Además de tener una belleza ruda al estilo Henry Cavill, es una de esas personas comprometidas socialmente, que parecen estar en sintonía consciente con el universo. Como el domingo pasado, cuando fuimos a sanear las aguas del arroyo…, ¿cómo diantres se llamaba?

Me abandono al cansancio y a su abrazo. Hoy he tenido otra reunión y estoy deseando relajarme. Su piso es pequeño, pero agradable, y tiene un bonito cuarto de baño, aunque no niego que de vez en cuando nos vendría bien pasar un poco de tiempo delante de la televisión, sobre todo después de una de sus cenas biológicas.

—Esta noche salimos. Quiero hacerte un regalo, así que iremos a un sitio que te gustará muchísimo.

Aplaudo entusiasmada y le doy otro beso en la mejilla. Es bonito tener un novio con tanta iniciativa. Además, siempre se le ocurren unas ideas magníficas.

Cuando subimos al coche enciendo de nuevo el móvil, que vibra al recibir varios mensajes y alguna que otra llamada perdida.

Dos son de Tío, y al verlas la ansiedad me obstruye la garganta. Borro de inmediato la comunicación, resuelta a ignorarlas. Hace dos semanas que no le dirijo la palabra.

No estoy enfadada con él, no es eso, se trata más bien de una toma de posición para no volver a caer en el túnel de la tentación astrológica. Un túnel en que, por otro lado, me metió él.

Y no, no me siento culpable. He decidido que si opto por sacar a alguien de mi vida no debo sentirme culpable. Forma parte de mi plan de crecimiento personal, gracias al cual adquiriré la conciencia de una mujer adulta.

Dicho plan debería obligarme además a responder a la famosa llamada que he recibido de la productora de Roma, pero aún no consigo hacerlo.

La siguiente comunicación es de Paola, de quien tengo una llamada perdida y un mensaje.

Llámame lo antes posible.

Bueno, creo que a ella la llamaré. Después de todo, siempre ha estado a mi lado cuando la he necesitado y es justo que sienta que yo también puedo hacer algo por ella. Puede que lo haga después de cenar, no es de buena educación hablar por teléfono mientras se está en compañía de alguien.

Además, tengo treinta y dos llamadas perdidas de Cristina. Empiezo a rascarme con ferocidad el cuello.

—¿Va todo bien? —Daniele se vuelve hacia mí.

—¿Eh? Sí…, es decir… ¿Por qué?

Daniele me sonríe con aire paciente y extiende una mano para acariciarme el cuello.

—Deberías ponerte la pomada de té verde que usé en Kenia contra las irritaciones. Deja de rascarte, te estás despellejando.

Pero no puedo evitarlo. No la soporto más. Me refiero a Cristina. Basta que oiga su voz o que, como en este caso, vea su nombre en el teléfono para que me dé urticaria.

Escondo el móvil en el bolso, como si fuera la prueba de un delito flagrante.

No es cuestión de maldad. Treinta y dos llamadas. Treinta y dos. Lo que, dado que he tenido apagado el teléfono dos horas, significa una llamada obsesiva compulsiva cada tres minutos y medio.

—¿Hola, Cristina? ¿Estás bien? —digo con voz aflautada, pese a que en mi interior escupo fuego como un dragón con la digestión pesada.

—¡Los voy a denunciar a todos! —grita ella perforándome el oído.

—¿Qué ha pasado? —Arrastro las palabras con cansancio, apartando la oreja del aparato, preparándome para escuchar la extenuante parrafada en la que Cristina me explicará con pelos y señales por qué el mundo se ensaña tanto con ella.

—Mi madre me impide anular la ceremonia. Se ha hecho cargo de la organización de la boda y ha llamado a todos diciendo que, «obviamente», se va a celebrar. ¡Obviamente una mierda! ¡No me casaría con Carlo ni aunque me torturaran!

La verdad es que, con una barriga del tamaño de una sandía madura y la estabilidad psicológica de Alex DeLarge, de *La naranja mecánica*, es lógico que no tengas muchas ganas de dar el «sí» después de que tu novio te haya dicho que está loco por otra.

A pesar de que, en mi opinión, que ella se case con él y lo atormente el resto de su vida es un castigo que no desecharía a priori.

—Cri, ¿no quieres, al menos, habl...?

—¡Ah! ¿Te has pasado a su bando? ¿Ya no eres mi amiga? Porque si ya no lo eres puedes decírmelo. A fin de cuentas, sé que siempre me has odiado. Sé que nunca me has tragado...

—Cri, te lo ruego... ¿Te has tomado las flores de Bach? —Se las ha dado Paola en el enésimo intento de encontrar algo que restablezca una apariencia de equilibrio, la que sea, pero puede que sea ya demasiado tarde. No puedes salvar a todos.

—¿Todo bien? —me pregunta Daniele, quien, entretanto, ha iniciado las maniobras para aparcar.

Tapo el teléfono con la mano.

—¡Es que no estoy preparada para la paternidad! —susurro exasperada a la vez que él me mira enfurruñado—. Por favor, Cri, tranquilízate. Oye, he salido a cenar... No, no volveré tarde... Sí, llamaré a tu madre y la mandaré a la mierda... ¡Sin duda! De acuerdo..., pero tú tranquilízate... Adiós. Claro que te quiero. Adiós... No, no te odio por que seas una gorda embarazada y estés desquiciada. Adiós, eh... ¿Que te lleve pepinillos y salsa de atún? Preguntaré en el restaurante... Adiós. Adiós. Sí... Adi... —Aprieto la tecla para interrumpir la llamada y me acurruco en el asiento mirando al vacío.

Daniele me toca el brazo y cuando lo miro se inclina hacia mí para darme un beso alentador en los labios.

—Será mejor que no le digas todas esas brutalidades a su madre, podría ofenderse y, además, estoy seguro de que tu amiga no las piensa de verdad —añade antes de apearse del coche.

Hago amago de bajar yo también, pero, para mi sorpresa, el suelo está lleno de barro, de manera que mi pie resbala hacia delante y acabo haciendo acrobacias abriéndome de piernas en el aire.

—¡Cuidado! —Daniele me sujeta rodeándome la cintura con un brazo y no me suelta hasta que no llegamos a la puerta—. ¿Puedes?

¿Si soy capaz de cruzar una puerta? Mmm, veamos... Lo miro a los ojos y exhalo un suspiro a la vez que esbozo una sonrisa.

—La cosa se ha puesto difícil, pero puedo intentarlo.

—En ese caso, espera. —Se adelanta, empuja la puerta y la deja abierta para que pueda pasar.

Bueno, era una broma. ¿No lo ha entendido? Resignada, le doy las gracias y entro.

Lo primero que noto es que estamos en una granja con los suelos de terrazo, como los que tenían mis padres cuando era pequeña, es decir, hace poco más o menos tres reformas. Las luces son de neón, de color blanco frío, y una de ellas, que está en un rincón al fondo de la enorme sala, parpadea sin cesar, como si fuera a fundirse de un momento a otro.

—¿No es un lugar fantástico? —pregunta Daniele.

Dios mío, tal vez yo no usaría ese adjetivo, pero, me digo mientras tomo asiento, por el momento contentémonos con no tener convulsiones y demos la espalda al neón que zumba intermitente.

Lo mío no es acritud: después de todo, soy una libra con Venus en Libra y la Luna en Piscis, y, dado que soy propensa a apreciar la belleza y el lujo, noto enseguida las mejoras que se pueden hacer en los ambientes donde me encuentro. Es genético.

Oh, no. ¡Lo he vuelto a hacer! Me abofeteo para castigarme por el desliz astrológico.

¡No debo, no debo pensar en la astrología bajo ningún concepto!

—¿No te gusta? —me pregunta Daniele preocupado.

—Oh, no…, no es eso. Se me ha olvidado una cosa, eso es todo. Seguro que está todo buenísimo. —Estiro la mano y entrelazo mis dedos con los suyos—. Es un ambiente muy rústico —comento mirando las paredes desconchadas.

Daniel sonríe y me pone delante el menú, y entonces sí que abro los ojos como platos.

Porque de un local así me esperaba un folio garabateado a mano y lleno de errores ortográficos, en lugar del elegante libro encuadernado en seda y de los platos que componen la carta…

Como por ejemplo gambas con chocolate, tomates, almendras y pistacho; arroz con vieiras y crema de coral, tomillo, limón y azafrán… No sabía que el coral se podía comer. Le sonrío.

—Estaba seguro de que este sitio te gustaría. Y aún debes ver el resto. La granja forma parte de un proyecto de recuperación del territorio.

Mientras me habla mi móvil suena de nuevo. En la pantalla aparece el nombre de Paola y no soy capaz de dejar saltar el contestador.

—Perdona un segundo —digo a Daniele—. Sí, Paola…, escucha, estoy cenando fuera, ¿te puedo…?

—¡Tienes que hacer algo, Alice! —La voz de mi amiga ha perdido por completo su habitual sosiego zen, que, si he de ser sincera, en ocasiones me saca de quicio—. No aguanto más. Giacomo no aguanta más. Y Sandrino tiene urticaria.

—Pero ¿qué ha pasado?

—*Tu* amiga Cristina no deja de llamarme. He escuchado toda su historia *con* Carlo. Toda la historia *de* Carlo. Y toda su historia *sin* Carlo. Me gustaría tener una vida propia, ya sabes a qué me refiero. Además, no me llama para pedirme consejo, lo único que pretende es vomitarme toda su negatividad. ¡Tienes que llamar a Carlo! —concluye en tono exasperado y definitivo.

—No puedo llamarlo, Paola. Le prometí a Cristina que no me entrometería... Tú también dijiste que era ella quien debía decidir cuándo debía enfrentarse a Carlo.

—Eso era lo que pensaba antes de darle el número de mi móvil. De verdad, Alice... me estoy jugando el divorcio. Antes, Giacomo y yo estábamos a punto de... Bueno, el niño está en casa de mi madre y ya sabes lo que pasa, nosotros...

—Vale, vale, lo he entendido. Ahora mismo la llamo e intento ver qué podemos hacer. Vamos, tranquila.

—Llama a Carlo. El asunto solo pueden resolverlo ellos dos.

—De acuerdo. Lo pensaré, vamos. —Suspiro exasperada y tardo unos segundos en recordar de qué estaba hablando con Daniele—. ¿Qué estabas diciendo?

Pero el teléfono empieza a sonar de nuevo y ahora sí que es Cristina.

—¡Oh, no!

Daniele, que está sentado delante de mí, se pasa una mano por la cara.

—No contesto —digo con firmeza, bajando el volumen.

Estoy en un tris de guardarlo, pero luego pienso: ¿y si estuviera mal? Echo una mirada al aparato. Ha dejado de sonar.

Intento relajarme y saborear el maravilloso plato que me acaban de servir, trato de olvidarme de Cristina, Paola o de cualquier otra interferencia externa. Daniele me sirve más vino, y yo suspiro frente a su innegable y salvaje belleza.

«Este hombre es perfecto», pienso. Quizá haya valido la pena llevarse todos esos desengaños si la recompensa era él, con el que me siento en absoluta sintonía.

—El poncho, las flores, este restaurante tan especial…, casi parece que debamos celebrar algo. ¿Es nuestro aniversario y lo he olvidado? —digo bromeando, un poco aturdida, de hecho, porque cuando estás acostumbrada a recibir mamporros te huele mal que alguien arroje pétalos de rosa a tu paso.

Daniele se limpia los labios y me mira con perplejidad.

—Bueno, el primer aniversario se celebra al cabo de un año, Alice, y nosotros solo salimos juntos desde hace unas semanas.

Es cierto. Me pregunto si debería explicarle que era una broma. Pero bueno, digamos que nos entendemos *casi* a la perfección. Después de todo, ¿qué pareja no tiene cuestiones que limar?

—Quiero hablarte de algo… —le digo tragando saliva, atemorizada.

A decir verdad, se trata de un tema que eludo desde hace tres semanas, pero que debo sacar a colación lo quiera o no, porque concierne a mi futuro.

Aún no he contestado a la propuesta para trabajar en Roma que me ha hecho la RAI.

—En realidad hay algo que celebrar —dice él a su vez, interrumpiéndome, mientras me mira fijamente a los ojos—. Alice, como acabamos de decir, si bien no hace mucho que salimos juntos, siento que te estás convirtiendo en una persona importante en mi vida.

Frunzo el ceño y trato de concentrarme en sus palabras, pero en los oídos oigo retumbar el efecto Doppler de la sirena de una ambulancia.

—Sí, bueno, son solo tres semanas, en efecto. Poco. Poquísimo tiempo.

—Sí, pero no quiero perderte, Alice.

Parpadeo, perpleja, porque no le entiendo.

Él se vuelve hacia el camarero y le hace un ademán, después de lo cual se levanta y me pide que lo siga. Salimos por una puerta distinta a la de la entrada, que da al patio de la granja. Lo atravieso concentrada en el calor de la mano que Daniele ha apoyado en mi costado.

—Me han ofrecido un proyecto precioso, una de esas cosas con las que siempre he soñado, ¿sabes? —me explica.

Llegamos a algo que, a primera vista, parece un panel de madera, pero luego él agarra un extremo y lo hace deslizarse, revelando que es una puerta. El ambiente está tenuemente iluminado, pero unos pequeños puntos de luz dibujan el contorno de varias esculturas modernas.

—Este lugar nunca es lo que parece —comento con cierto nerviosismo, al mismo tiempo que empiezo a entrever en la penumbra otras figuras que se mueven, más personas.

—La fundación Wessler cree mucho en esto y están dispuestos a financiarme dos años, lo que equivale a toda la duración del proyecto.

—¿Dos años? —La cabeza me da vueltas—. Ah, bueno… —No sé qué decir—. Pero ¿dónde?

—Viajando por el mundo. No pasaré más de dos meses en el mismo lugar.

Ah, ¡y a mí que me preocupaba hablarle de Roma!

—Pero, Alice… —Me mira a los ojos apretándome las manos y llevándoselas a los labios—. Tú vendrás conmigo.

—¿Qué?

Me pregunto por qué de repente hace tanto calor aquí dentro, y por qué tengo la impresión de que esta escultura, que parece una gigantesca colmena curvada, va a caer sobre mí de un momento a otro.

Respiro. Pienso que si la mera idea de cambiar de ciudad me turba, no digamos viajar por todo el mundo durante dos años.

—Daniele, no sé…

De improviso, echo de menos a Tío. Su abrazo tranquilizador y fraternal, sus tonterías, que me ayudaban a minimizar los problemas, su levedad.

Alejarme de Daniele me hace sentirme más ligera, de forma que me pongo a deambular por la exposición como si estuviera flotando.

Escruto lo que parece ser la cara de una mujer reconstruida con esquirlas de cristal. La leyenda dice que es el retrato de la mujer del artista.

A saber cómo será ser la mujer del artista. Cómo será que nos transformen en obra de arte.

¿Qué hace la mujer del artista mientras el artista se dedica a ser artista?

Daniele está hablando en la penumbra con una de las figuras oscuras.

Claro que, como dice él, podría ver el mundo. Una ocasión única para borrar de mi lista prácticamente todos los lugares que siempre he querido ver.

Pero ¿después qué?

¿Qué se desea cuando ya no queda nada que desear?

Dios mío. La cabeza me da vueltas. Me estoy haciendo demasiadas preguntas. Y eso que en el colegio siempre odié la hora de Filosofía. Es muy probable que ese sea el motivo de que ahora tenga la impresión de que se me está fundiendo el cerebro. No logro seguirle el paso a mis pensamientos. Me imagino ya a lomos de un camello, vestida de sahariana… También en la India, con un sari magnífico, o escalando el Himalaya, agarrada con las manos a una pared de roca. ¿Y Daniele? Bah…

El retrato de la mujer de un artista cuando el artista está artísticamente ocupado.

Miro a los ojos a la mujer hecha con los fondos de botella. O, por lo menos, miro lo que, según creo, son sus ojos. En realidad, podrían ser también las orejas o la nariz. Menos mal que Daniele es fotógrafo, porque, si fuera la señora que aparece retratada aquí, le habría dicho cuatro cosas a mi marido.

No obstante, el problema es que me siento demasiado pequeña para afrontar todo esto. No es que crea que no estoy a la altura, solo que me parece imposible que la mujer que imagino pueda ser realmente yo. Yo, Alice Bassi. La empleada que soñaba con hacer cine y que ahora, en cambio, se mantiene como puede a flote entre los papelorios de los *talk shows* de un pequeño canal televisivo.

La secretaria de producción a la que quiere entrevistar una productora de Roma.

También este me parece un sueño que me supera.

El problema es que podría ser *mi* sueño…

A mi espalda se encienden las luces y cuando me vuelvo veo un pequeño estrado, un simple cubo que sobresale del suelo y en el que hay un micrófono. Alguien aplaude y yo lo imito con un tímido espíritu de mimetismo, pero cuando reconozco al hombre que ha subido a él me da una especie de calambre en los brazos.

—Mierda… —murmuro.

—Es el profesor Klauzen —me explica Daniele, quien, entretanto, se ha reunido de nuevo conmigo y rodea como un pulpo mi cintura—. Parte de los ingresos de la subasta de esta noche están destinados a la investigación que realiza.

—El arte es la vida… La vida es arte… —declama Klauzen en el estrado, como un consumado Laurence Olivier—. O, como en el caso de esta noche, el arte resucita con su maravilloso potencial de perfección. «A thing of beauty is a joy forever», decía Keats en la poesía que dedicó a la perfección de la belleza. La belleza de una vida sana y plena, como la que desean alcanzar las investigaciones Klauzen…

—Es un gran hombre —me susurra Daniele al oído—. Se ha enamorado literalmente de mi trabajo y quiere que haga un reportaje sobre sus investigaciones. Con retrato incluido. —Me da un beso en la mejilla—. Poder contar con una persona de su categoría es fundamental para mí.

Faltaría más. ¿Cabía la posibilidad de que pensara que Klauzen es en realidad un gilipollas presuntuoso y engreído? Y, sobre todo, ¿podía no ser de importancia primordial para su carrera? Me muerdo los dedos con tanta ferocidad que uno empieza a sangrarme.

—¡Mierda!

—Hum, Alice, cariño, baja la voz —me reprocha Daniele.

Mientras tanto, Klauzen sigue exhibiéndose en el estrado. Me pregunto si el faro que lo ilumina será lo bastante potente para deslumbrarlo e impedirle divisar las caras del público, en especial la mía. Cosa que, cuando menos, me dejaría tiempo para pensar una maniobra de distracción.

Es evidente que cuando Klauzen acabe de emular a Marlon Brando, Daniele querrá ir a saludarlo. Y no quiero arruinar su carrera.

—Voy a empolvarme la nariz…

Daniele me escruta.

—¿Empolvarte la nariz? Pero si ya estás bastante pálida.

Cierro los ojos e inspiro hondo.

—En realidad quería decir que necesito ir al baño —le explico poniendo los subtítulos en la página 777 del teletexto.

—Oh…, está bien. El servicio está al fondo. Te espero aquí.

Ni que decir tiene que la cosa me parece poco alentadora.

Me llevo un chasco al comprobar que el baño ha sido reformado de pena. De hecho, es poco menos que un cubículo de un metro cuadrado con una sola cabina. Que, por si fuera poco, en este momento está ocupada.

Mientras espero mi mirada se posa en el espejo. He de reconocer que tengo el color de la novia cadáver. Qué perspicacia la de Daniele, cuando dijo que estaba pálida.

Tuerzo la boca.

Soy una capulla. ¿De qué me quejo? Estoy con un hombre perfecto, encantador, atento… No niego que tiene el sentido del humor de una plancha, pero ¿eso qué tiene que ver? En este mundo no somos todos iguales.

Demonios, ¡si había alguien que no quería volver a ver en mi vida era justo Klauzen! Suspiro. Menuda suerte tengo, ¿eh?

Oigo que tiran de la cadena en el retrete, así que me seco las manos y me yergo, tratando de asumir una expresión de cordial neutralidad.

Fe de erratas.

De repente comprendo que Klauzen no ocupaba el primer puesto en la clasificación de las personas con las que jamás habría querido volver a verme cara a cara.

Porque en lo alto de la lista se encuentra Barbara Buchneim-Wessler Ricci Pastori, a quien ahora tengo justo delante.

Por un instante pienso incluso que es una especie de visión, como las de Bernadette y la Virgen, solo que al contrario, porque en mi opinión Barbara y Satán deben de ser primos hermanos. Lo segundo que pasa por mi mente es que Barbara Buchneim-Wessler Ricci Pastori hace pipí como nosotros, los comunes mortales. Además se ajusta la goma de las bragas pellizcándose el trasero.

Es un pensamiento idiota, pero en cierta medida alentador.

Por un momento espero poder mimetizarme con el lavabo, pero al final comprendo que es inútil tratar de escapar. Barbara me mira con sus ojos verdes y gatunos, y su cara pasa de la distensión propia del que acaba de descargarse de un peso a la rigidez despectiva del que acaba de notar que tiene un desagradable recuerdo bajo el zapato.

En este caso, yo soy el desagradable recuerdo.

Ninguna de las dos dice una palabra, y el ruido del agua que ella deja correr en el lavabo resulta tan ensordecedor como el de una cascada.

Unos segundos más tarde sale, y yo me encierro en la cabina del baño, donde aún flota su costoso perfume con aroma a vainilla y jazmín.

¿Y ahora qué? Quiero decir, si en el caso de Klauzen aún tenía alguna posibilidad de inventarme algo, como fingir que he contraído de forma repentina el síndrome de Stendhal y pasar el resto de la velada a la sombra de una estatua, con Barbara sé ya que el truco no funcionará.

Cierro la taza y me siento encima con la cabeza entre las manos. Mierda, ¿cómo es posible que, por un motivo u otro, acabe siempre escondida en un retrete, llorando por mi vida?

¿Podría ser peor?

Podría ver a Davide acompañado de su novia.

Oh, no. Te lo ruego, Señor de la Desgracia, ahórrame al menos eso.

—¿Hola?

—¡Querida! ¡No me lo puedo creer, al final me has llamado!

La voz de Tío delata una gran emoción, y eso me hace sonreír a mi pesar.

—Perdona…, lo que pasa es que… estoy tratando de tomar las riendas de mi vida y de no dejarme condicionar por el horóscopo.

—Da igual, querida. Dime, ¿dónde estás?

—Hum…, encerrada en un retrete…

—Ah…, me parece una manera estupenda de tomar las riendas de tu vida.

—Tío, estoy en una granja de las afueras de Milán. ¿Sabes uno de esos sitios que rehabilitan en parte porque está de moda y en parte para hacer obras de caridad? Hasta organizan exposiciones.

—Mmm, sí. Sé dónde es. Estuve allí con Andrea hace unas semanas. La cocina es magnífica. —Calla esperando que diga algo, pero, al ver que no lo hago, prosigue—: ¿Y cómo es el baño?

—Bueno…, decepcionante.

—Lo sabía. Los arquitectos me decepcionan siempre ahí.

—Tio, fuera está Klauzen.

—Oh, mierda.

—Y acabo de cruzarme con Barbara Buchneim-Wessler etcétera, etcétera.

—Doble mierda etcétera, etcétera. ¿No hay una ventana por la que puedas escabullirte sin ser vista?

Alzo la cabeza y veo una pequeña con rejas.

—Vamos, Tio, no puedo escapar. Estoy con Daniele.

—En ese caso, simula un ataque al corazón y haz que te lleven a casa.

—Claro, así daré al doctor Klauzen la satisfacción de poder tocarme las tetas mientras se hace el héroe delante de todos.

—Bueno, al menos entablarías amistad con él… esta vez.

—Si me reconociese apuesto a que me rompería una costilla o puede que, incluso, me dejara morir —afirmo trajinando con el rollo de papel higiénico.

—Bueno, en ese caso pasaré a verte en los próximos días… Ahí, al retrete donde resides ahora.

—Habla en serio.

—No, habla en serio tú —suelta perdiendo el tono comedido—. Has evitado a tu mejor amigo durante tres semanas. Ahora te has encerrado en el baño de un restaurante. ¿Así es como pretendes convertirte en una persona adulta, Alice? ¿Refugiándote siempre en las situaciones más fáciles para no tener que tomar decisiones serias? ¿Renunciando a las buenas oportunidades para no tener que enfrentarte por fin a ti misma?

—¿Qué estás diciendo?

—Estoy diciendo que sé que te han ofrecido una entrevista en Roma y que aún no has contestado. Joder, Alice, ¿quieres perder la posibilidad de conseguir el trabajo de tu vida por el enésimo hombre al que no quieres en realidad?

Ya está, sabía que llamarlo era un error. Ahora tengo un nudo en la garganta del tamaño de un dolmen.

—Tú…, tú…, tú… —es lo único que consigo decir, como si le hubiese colgado y sonase solo la línea.

—Yo nada. Ahora mismo sales de ahí y sacas las garras. Eres Alice Bassi. Gracias a ti y a tu programa un canal televisivo que todos daban por muerto volvió a tener una audiencia que hizo palidecer de envidia a los primeros canales. Eres una tipa dura, una superviviente. Porque has sufrido y te has vuelto a levantar. Como siempre. Y, aunque no te lo creas, hay más fuerza en tus bracitos esmirriados que en los de un luchador de sumo. Sal de ahí y sácale los ojos a esa víbora.

Me levanto de golpe, tan revigorizada por su discurso que ni Rocky Balboa cuando debía ganar el título mundial.

—Voy ahí y los hago papilla.

—Eso es. *Sayonara baby.*

Dicho y hecho. No obstante, aunque abro la puerta del baño con la misma intrepidez que un bandido del Lejano Oeste, a medida que el bullicio aumenta y la luz disminuye mi valor empieza a vacilar.

Bueno, puede que no deba hacerlos papilla. Quizá baste con un saludo rápido, luego puedo desmayarme y que me lleven a casa. Este también me parece un magnífico plan.

Daniele se ha acercado al estrado y a su lado están tanto Klauzen como Barbara; por si fuera poco, al finalizar la presentación han vuelto a encender las luces, así que no tengo la menor posibilidad de esconderme.

Apunto directamente al ojo del huracán.

—¡Aquí estás! Empezaba a temer que te hubieras caído en la taza —exclama Daniele eufórico riéndose solo.

Bueno, he de reconocer que de vez en cuando bromea... Desempolvando las ocurrencias que oyó en la guardería.

—Hum... —digo yo. (Muy bien, Alice, ¡ataca! Están temblando ya).

Luego, curiosamente, mientras Barbara aprieta los labios con acritud, Klauzen, por el contrario, frunce el ceño y me sonríe. Digamos que deja a la vista la dentadura, que ha blanqueado en varias ocasiones, y me da la mano.

—Ah, así que es usted la famosa novieta de nuestro Daniele.

Punto uno. No me habían vuelto a llamar la «novieta» de alguien desde secundaria, cuando el padre de Giampiero Guastamacchia nos pilló magreándonos en los bancos de debajo de su casa.

Punto dos. No sé si esta versión de Klauzen Papá Noel me horroriza más o menos que la otra, en la que luce el uniforme de las SS.

Punto tres. Esta manera tan afable de comportarse solo puede significar dos cosas: una encerrona o un aneurisma.

—En fin, novia, lo que se dice novia..., digamos que una amiga —replico marcando las distancias.

—Ah, claro —tercia Barbara sonriendo esta vez, solo que de una manera nada tranquilizadora—. Hoy en día la palabra «amistad» tiene un significado muy amplio...

Pese a que no acabo de entender lo que quiere decir, prefiero hacerme la sueca.

—¡Usted! —exclama acto seguido Klauzen.

Me sobresalto, preparándome para lo peor. Ahora me dirá que soy una inepta, que me expulsará de todos los colegios a los que pretenda inscribirme en mi vida y hará público en mundovisión mi estallido histérico en plena crisis premenstrual.

—Su cara me resulta familiar, ¿sabe? ¿Tiene familia en Bretaña, por casualidad?

—Hum... —No, vamos, en serio: ¿de verdad no me ha reconocido?—. Pues no.

—Quizá… —tercia Barbara con una sonrisita burlona—. ¿En París?

Klauzen sacude la cabeza.

—¿París? ¿Por qué? Solo voy por trabajo, casi no conozco a nadie.

Arqueo una ceja, preguntándome si no me estará tomando el pelo, si esta no será una forma de atormentarme para que expíe todos mis pecados.

En el caso de Klauzen no pondría la mano en el fuego, pero en el de Barbara estoy convencida de que es así. Así que trato de desviar de inmediato su atención hacia mi «noviete».

—Daniele me ha hablado del proyecto que le han propuesto —digo.

—Y yo le he pedido a Alice que me acompañe. Creo que puede resultarnos muy útil —añade Daniele.

Pero ella tercia diciendo, palabras textuales:

—Oh, no lo pongo en duda. La señorita Bassi sabe siempre cómo ocuparse de las cosas. —Mientras lo dice me mira a los ojos, y comprendo que sabe todo lo que ocurrió entre Davide y yo en París.

Si ya lo odiaba bastante por haberme utilizado, ahora lo detesto aún más por haber pretendido lavarse la conciencia con su novia, describiéndome, con toda probabilidad, como si fuera peor que Mata Hari.

Klauzen me mira incrédulo.

—Ah, ¿cómo es eso? ¿A qué se dedica usted, señora Bassi?

—Hum, trabajo…, trabajo en televisión. Soy delegada de producción. —Me digo que ahora lo recordará. Que ahora sumará dos y dos y me llevará a su laboratorio para someterme a unos experimentos inhumanos.

—¡Bah! La televisión. No la tengo en gran estima, ¿sabe? —masculla—. Además, últimamente tuve una experiencia pésima en una entrevista. Estaba en París, precisamente, y una periodista cretina… —Me mira a los ojos, y trago saliva—. Una auténtica, *auténtica* maleducada. Pero, sobre todo, estúpida como una gallina. La ayudé para que comprendiera mi trabajo, cosa nada fácil, indicándole las preguntas y demás. Pero ella nada, quería hacer todo a su manera, hasta el punto que tuve que suspender la entrevista. Fue extenuante.

—¡Eh, de eso nada! —suelto sin querer, porque, qué demonios, no solo no recuerda la cara de la persona que tenía delante, sino que además no entendió siquiera o, mejor dicho, no *oyó* siquiera lo que esta le dijo.

—Tú también has estado en París últimamente, ¿verdad, querida? —tercia el que, de seguir así, no tardará en ser mi *exnoviete*, además de exfotógrafo, porque le arrancaré una mano a mordiscos.

—Yo, bah… No hace tan poco. Es decir, sí… No tuve tiempo de ver nada…

—Es lo que suele suceder cuando uno se encierra en la habitación del hotel —comenta Barbara mirándome con aire torvo, y a continuación añade—: Para trabajar.

Es innegable que los estoy destrozando, como me sugirió Tío.

—Os dejo charlar un poco de trabajo. Voy a coger algo de beber…

Pero apenas doy un paso oigo la voz de Barbara:

—La acompaño.

De acuerdo, procuraré no apartar el ojo del vaso, no vaya a ser que le dé por jugar a la pequeña Lucrecia Borgia.

Pedimos en la barra. Yo, no sé por qué extraño estado de aturdimiento mental momentáneo, opto por un Sex On the Beach, cosa que me vale un nuevo comentario de Barbara:

—Siempre fieles a nosotros mismos.

En cambio, ella susurra una cosa que suena a Diamond Perfect o a algo por el estilo.

Esperamos en silencio a que nos sirvan los cócteles. El mío es de un eufórico color naranja y tiene un sombrerito chino en lo alto; el suyo brilla con luz propia, en un elegante vaso alargado.

—Dentro hay polvo de diamante —me dice Barbara al ver la curiosidad con que lo miro—. Es un cóctel muy especial. No lo piden mucho, dado lo que cuesta.

Faltaría más. Porque ¿quién es el miserable que se contenta con ponerse el diamante en el dedo? Mejor bebérselo, ¿no?

Dios mío, ¡si existes de verdad mándale unos cálculos renales fulminantes! Considera al menos la posibilidad, por favor.

—Me haces sonreír, ¿sabes? —dice ella de buenas a primeras después de haber tragado con un sinuoso movimiento de la yugular.

—¿De verdad? Me alegro de ayudarte a ejercitar varios músculos de la cara. —Dado que estamos a solas, me parece inútil seguir fingiendo buenas maneras.

Ella solo eleva una comisura de la boca.

—Sonrío al comprobar que, a pesar de lo mucho que has hecho y te has esforzado para alcanzar tus objetivos, sigues tal cual. Una desgraciada que ni siquiera es demasiado mona, que intenta engatusar al enésimo idiota con la única finalidad de hacer carrera y convertirse en lo que no llega a ser por sí misma.

Dejo el vaso y le quito con delicadeza el sombrerito. Por un instante pienso en clavárselo en el cuello como haría La Novia de *Kill Bill*.

—Supongo que fue así en tu caso. Que sea únicamente una cuestión de prestigio.

Ella se ríe gorjeando.

—Me parece que no lo has entendido. Yo no tengo necesidad de demostrar nada, ni de desear nada. Son los demás lo que quieren algo de mí. Los que me desean. Davide quiso llevarme a la cama desde que puso el pie en la propiedad de mi marido. —Me mira intensamente, esperando que la estocada me llegue directa al corazón.

Sin embargo, no sabe que esa herida está ya en parte cicatrizada.

—Es innegable que eres muy guapa, así pues, es natural que despiertes el deseo sexual de los hombres. Pero eso no es amor.

Ella niega con la cabeza.

—¡Ah, el amor! Davide recurrió a los mismos argumentos… No, Alice, no es solo cuestión de belleza. Lo que yo tengo es clase, y la clase no se compra en Zara, lo siento. —Chasquea la lengua—. Tú, con tus vestidos corrientes y molientes y tu vida burguesa, piensas que todas las personas son iguales, que todas deben tener las mismas oportunidades. Davide siempre me ha irritado también con esos discursos, entre otras cosas. —Deja el vaso y hace un ademán vago con la mano—. En cualquier caso, estaba harta de él. Es un idiota que piensa que el mundo gira alrededor del amor. —Sonríe—. Por otra parte… Tú has elegido al guapo de Daniele, que tiene la oportunidad de convertirse en rico y famoso en un par de años. Te aplaudiría, si no fuera porque has olvidado calcular una variable fundamental.

—¿Y cuál es esa variable, si se puede saber?

—Yo, encanto. —Se aleja con un contoneo sexy, aunque imperceptible, y veo que muchos hombres vuelven la cabeza al verla pasar.

El corazón me martillea en el pecho debido a todo lo que me habría gustado decirle, a lo que me gustaría haberle hecho, pero estoy bloqueada.

Por un único pensamiento.

Davide ha roto con ella.

46

EL ACUARIO DE UNA NOCHE DE VERANO

La cabeza me da vueltas. Me falta el aire. Me pican las manos, los brazos. Todo mi cuerpo es víctima de un golpe de Estado que combato al ritmo de los cambios bruscos de tensión.

Decido salir dejando tras de mí a la gente y el ruido que me retumba en las orejas.

Me digo que, en el fondo, solo necesito un poco de silencio. De manera que me dirijo hacia la puerta con la intención de salir unos minutos, el tiempo, quizá, de tomar una bocanada de aire y aclarar las ideas.

Davide y Barbara ya no salen juntos.

De acuerdo, pero ¿yo no estoy enamorada de Daniele? Tenemos una bonita relación, lineal, clara. Soy una idiota por el mero hecho de pensar que…

Sea como sea, rompiendo con ella Davide ha hecho lo que debía. Se habrá dado cuenta de lo capulla que es. No significa que lo haya hecho por mí. Quizá, el hecho de haberse acostado conmigo le aclarara las ideas y le hiciera comprender que no la quiere.

¿Puedo estar, al menos, contenta de eso?

¿Por qué siento, en cambio, que algo no va bien?

¿Por qué estoy esperando que vuelva conmigo?

Cuando estoy a punto de salir veo en un rincón algo que no veía desde, al menos diez, no, qué estoy diciendo, desde al menos veinte años.

En la taberna/restaurante de lujo hay una vieja cabina telefónica, una de esas grises y cerradas por completo que recuerdan a una nave espacial, con el aparato de monedas y las paredes de plástico perforado en el interior.

Me basta entrar para sentirme algo mejor, como cuando me abrazaba mi abuela. Y recuerdo cuando era niña y usaba cabinas como esta para llamar a mi novio de turno, cuando estaba de vacaciones.

Acaricio la pared no demasiado limpia y pienso en los gritos y en los llantos a los que asistió esa cabina insonorizada. Porque en verano solía tener el corazón roto, dado que mis novios, no demasiado fieles, solían encontrar compañía en la playa, la montaña o los lagos.

Y siempre permitía que condicionaran mi vida.

Me dejo caer al suelo, me acurruco con la barbilla apoyada en las rodillas y los brazos alrededor de las piernas.

Tio no se equivoca cuando asegura que tengo miedo a tomar las riendas de mi vida. Participar y perder empiezan por la misma letra, después de todo. ¿Y si fracasase, yo, Alice Bassi, en primera persona? Si no pudiera echar la culpa a otro, a los astros o a la desgracia por haber dado voces al viento, entonces sí que sería una tragedia.

Pero ¿no sería peor si me diese cuenta, qué sé yo, dentro de veinte o treinta años de que no he hecho nada por mí misma? ¿De que nunca tuve valor? ¿De que jamás tomé una decisión y dejé que los demás, siempre los demás, las tomaran por mí?

Davide y Barbara han roto.

No sé qué significa.

No sé qué quiero hacer.

Comprendo que, en el fondo, el horóscopo no tiene nada que ver. O, mejor dicho, que podría tener algo que ver si lo considerara como hay que considerarlo: como una mera orientación que me puede ayudar a comprender cuáles son mis potencialidades.

Después de todo, soy ascendente Leo, ¿no?

Me sobresalto al sentir tres golpes sordos en la cabina. Cuando alzo la mirada, en el cristal largo y estrecho de la puerta a presión veo la cara de Tio, despeinado y sonriente.

Siento resbalar una lágrima, pero solo es una, y es de alivio. Él agarra el picaporte, abre la puerta y se asoma.

—¿Estás presentable o te estabas poniendo el traje de Superman?

Le he vuelto a pedir perdón, tratando de explicarle por qué he tenido que evitarle. Y, también, que le he echado muchísimo de menos. Y a Tio casi se le han saltado las lágrimas.

También a mí, pero eso no cuenta.

Él conduce en la noche.

—Entonces como quieras: se acabó la astrología.

—Así me gusta. —Cruzo los brazos, pese a que, en este momento, la dependencia del horóscopo me parece el último de mis problemas.

—Entonces…

—Eh…

—Ya…

—Cuántas estrellas, ¿eh? —comento, contemplándolas por la ventanilla.

—¡Se supone que tú también debes poner de tu parte!

—Uf, de acuerdo, en realidad la culpa no es solo del horóscopo, tienes razón. Tengo que ser más valiente, me lo debo.

—No le cuento la historia de Davide y Barbara, porque tendría la impresión de estar recayendo en el habitual círculo vicioso de errores por el mero hecho de tomar el asunto en consideración. ¿Han roto? No me concierne. Ahora debo ocuparme de mi vida—. La entrevista… Es cierto. Mañana llamaré para concertar el día.

Tío se vuelve hacia mí esbozando una amplia sonrisa.

—¡Muy bien, pequeñaja! Porque, además… —Calla un instante—. Tus energías están en un nivel óptimo, lo único que debes hacer es creer en tus capacidades. —Se muerde los labios como si no tuviera libertad de decir lo que le parece.

—Tío… —digo poniéndolo en guardia.

—*En mi opinión,* es un periodo magnífico para que tomes cualquier tipo de iniciativa en el trabajo. Hay buenas premisas para que sea fructífera.

Suspiro exasperada.

—De acuerdo. ¿Y a qué *trígono* se lo debo?

—A un aspecto positivo de Marte con el Sol —admite él comiéndose las palabras.

—A eso me refería.

—Perdona.

Pero nos echamos a reír y cuando el semáforo se pone rojo y debemos pararnos me desabrocho el cinturón de seguridad y me inclino hacia él para abrazarlo.

—¡Te quiero mucho, lunática! —me dice.

—Yo también te quiero.

A continuación nos separamos, y yo sorbo por la nariz, un poco conmovida aún.

—¿Seguro que te encuentras bien? —me pregunta él entonces con una mirada inquisitiva.

—Sí, sí —digo en tono vago.

—Perdona por lo que te dije antes por teléfono.

—¿Qué?

—Que no estás enamorada de verdad de Daniele.

—Ah.

—Es que no te entiendo… No niego que es un pedazo de tiarrón…

—¡Tío!

—Bueno, es guapo. Pero yo te vi perder la cabeza, bailar, estar en efervescencia, como la espuma del mar, o resplandecer, perdona, como una estrella cuando estabas enamorada.

—Puede que eso fuera pasión, Tío. Y, como sabes, el tiro me salió por la culata. —Me encojo de hombros—. Quizá sea mejor algo menos movido, más sereno.

Él exhala un suspiro y niega con la cabeza.

—Eso no es amor.

Me muerdo los labios.

—Ya, pero quizá no sea eso lo que necesito en este momento.

Mientras me pongo de nuevo el cinturón de seguridad y Tío aprieta el acelerador, listo para partir, un coche de la policía pasa por nuestro lado como una exhalación seguido de una ambulancia con la sirena encendida. Veo que doblan en el semáforo sucesivo, justo en mi calle.

—¿Ves? —dice Tío—. Deja de quejarte, alguien está peor que tú.

Me inclino hacia delante para subir el volumen de la radio y suena una canción que me gusta.

—Oh, por los anillos de Saturno, ¿Giorgio está de nuevo en libertad bajo fianza?

Alzo la cabeza mientras Tío dobla la curva y veo el coche de policía y la ambulancia aparcados a la puerta de mi casa.

—Dios mío —exclamo quitándome otra vez el cinturón y apeándome del coche aún en movimiento—. ¡Cristina!

Mientras corro hacia casa siento el corazón en las sienes y tengo la impresión de moverme al ralentí.

Si le ha sucedido algo a Cristina jamás podré perdonármelo.

Dios mío, en el restaurante no contesté a su llamada. ¡El sentimiento de culpa me matará, lo sé!

Pero luego freno el paso. Unos metros más adelante, procedentes de detrás de la ambulancia, oigo unos lamentos, como si alguien estuviera siendo víctima de un cólico.

«¡Está naciendo el niño!», pienso.

Siento que la sangre fluye de nuevo por mi cara, por mi cabeza, repetidamente, mientras me imagino inclinada entre las piernas de Cristina, en una situación extrema en que debo ayudarla a dar a luz en la calle. ¡Solo Dios sabe qué pintan ahí los paramédicos!

Con todo, de repente me parece oír también una música. El rasgueo de una guitarra.

El lamento se hace más fuerte, pero también más articulado.

—Inioeeeeed, ionoeeeee-ee... ¡Cristinaaaaa, Cristina... a-a-a-a-a!

Me paro en seco con los ojos en blanco, luego miro hacia atrás y veo a Tio, que me ha seguido, apoyado en el capó de un coche aparcado, riéndose de buena gana.

Alguien grita desde una ventana:

—¡Basta! ¡Son casi las dos de la madrugada!

Pero Carlo, haciendo caso omiso de los paramédicos, que se miran atónitos, y de los guardias, que dan unos pasos más hacia él, sigue cantando:

—Ueemust be mistaks! —modulando la voz en grititos vehementes.

—Pero ¿qué demonios...? —oigo decir a uno de los chicos de la ambulancia—. ¿Nos han llamado por esto?

—Habrán pensado que estaba agonizando. ¿No oyes como canta? Parece que le hayan disparado en una rodilla —comenta otro.

Alzo la mirada hacia la fachada de mi edificio, imaginándome ya la carta de reclamación que enviarán los propietarios al administrador. Seguro que la señora Sacca, la solterona del cuarto, estará deseando contar a los cuatro vientos que el que está masacrando *Zombie* de los Cranberries a las dos de la mañana no es otro que mi exnovio, y que está organizando este lío para tratar de reconquistar a la tipa que vive desde hace un mes y pico en mi casa sin que yo la haya declarado y sin pagar, por tanto, su parte proporcional de agua y todo lo demás. Lo sé porque me ha parado ya cuatro veces para decírmelo. No lo de los Cranberries, sino lo de la parte proporcional.

Entre otras cosas porque no creo que reconozca *Zombie* de los Cranberries. Y no porque sea sorda, porque se queja incluso cuando se te cae una aguja, sino porque a cualquier oído humano le costaría reconocerla.

Siendo así, ¿cómo es que yo la reconozco?

Bueno, pues ¡porque pasé cinco años con Carlo y tuve ocasión de oír cómo se lamentaba bajo la ducha!

El motivo de que Carlo haya elegido precisamente *Zombie* de los Cranberries para hacer una serenata es, sin embargo, un misterio insondable. Aunque haya tenido el gesto romántico de sustituir la palabra «zombie» por el nombre de Cristina.

—Dios mío, pero ¿por qué van todos a por mí esta noche? —murmuro entre dientes. Mientras busco las llaves tropiezo con el móvil y veo que en él parpadea un mensaje de Paola.

No pude más. Perdona, pero llamé a Carlo, así esa se calmará un poco.

Ya está, revelado el misterio de que Carlo esté bajo mi casa a esta hora de la noche, armado con una guitarra y mucha buena voluntad.

La señora Mazzanfanti, la anciana del primer piso, se ha asomado al balcón en camisón y está disfrutando con el espectáculo, moviendo la cabeza de arriba abajo.

—Buenas noches, Alice —me dice en tono afable—. ¿Conoce a ese señor?

—¿Quién, yo...? No, no. —A buen seguro, antes de que cante el gallo habré renegado de Carlo más de tres veces.

—No entiendo lo que dice, sin embargo. ¿Sabe?, estoy un poco sorda...

—¡No sabe lo afortunada que es, señora! —grita Arcelli, el maestro de música del segundo piso, el que más debe de estar sufriendo, en efecto.

Deslizo la mirada hasta mis ventanas del tercer piso. Solo está abierta la de la sala, pero las luces están apagadas.

—Vamos, compórtese —dice uno de los guardias aferrando un brazo de Carlo, que sigue tocando incansable la única melodía de guitarra que sabe, modulando su lamento desgarrador con la cabeza alta—. No puede seguir gritando a esta hora, ¡vamos!

No obstante, Carlo no hace caso de nada ni de nadie y sigue escrutando la ventana de mi sala. Con el corazón en un puño me abalanzo hacia la puerta con las llaves.

Si Cristina no quiere bajar la arrastraré hasta aquí, aunque para ello tenga que recurrir a la fuerza.

Antes de soltar la puerta de entrada miro de nuevo a Tio, que levanta un pulgar en señal de aprobación.

Tengo demasiada prisa para esperar el ascensor, así que subo la escalera saltando los peldaños de dos en dos. Pero cuando llego al final del tramo que une el segundo piso con el tercero oigo vibrar el móvil en el bolso. Cuando lo cojo veo el nombre de Cristina en la pantalla.

—¡Dígame! —exclamo.

Oigo susurrar al otro lado de la línea.

—Alice..., ¡está aquí! Carlo. Está aquí, debajo de casa.

Me paro y recupero el aliento.

—Lo sé, estoy en el rellano. Ábreme.

Al cabo de unos diez segundos oigo unas pisaditas ligeras, como si estuviera caminando de puntillas, y luego el ruido de las llaves girando en la cerradura.

—¡Está ahí abajo! —sisea de nuevo con los ojos brillantes y las mejillas de color burdeos.

—Ya lo he visto. Mejor dicho: lo he oído.

Cristina me coge de la mano y me arrastra hasta la ventana abierta, pero me obliga a permanecer con ella detrás de la cortina, bien escondidas.

—¡Me está cantando una serenata! —dice con voz chirriante.

—Más bien diría que se está arriesgando a que lo encierren en la cárcel. —Puede que haya programas de rehabilitación para aprender a cantar, pero no creo que la cuestión pueda interesar mucho a Cristina—. Ve a verlo.

—No… —responde poco convencida, tapándose aún más con la cortina.

—¿A qué estás esperando? ¿Quieres que te cante todo el álbum? Te advierto que si lo intenta un verdugo acabará poniendo punto final a su miserable existencia. —Después de lo cual tomo las riendas de la situación y me asomo para gritar—: ¡Ahora baja! ¡Cállate!

—¡Ya era hora! —vocifera alguien al otro lado de la calle.

—No bajo, ni hablar.

—Cristina, ese hombre está… —Me encojo de hombros—. Bueno, es un gilipollas.

Ella tuerce la boca.

—Pero te quiere y tú a él también. Lo sé, porque… Porque si no lo quisieras no estarías con la oreja pegada a la ventana, con los ojos centelleantes y, por último pero no por ello menos importante, con una barriga de récord Guinness.

—Es un estúpido. Lo ha echado todo a perder —replica ella enfurruñada.

—Es un niño de casi cuarenta años, Cristina. Y lo sabías antes de empezar a salir con él. Se asustó. Casarse… Ser padre… Fundar una familia… ¡La verdad es que yo en su lugar también me lo haría encima!

—Yo también tengo miedo —reconoce ella dándome un fuerte abrazo—. Tengo miedo de no estar a la altura de lo que llevo en la barriga, de no ser una buena madre. ¡El mero hecho de ser madre me asusta!

—Pues díselo —le susurro.

Cogemos el ascensor en silencio, ella da golpecitos con un pie en el suelo. La acompaño hasta el portal rodeándole los hombros con un brazo, sintiéndome tan emocionada como si, en realidad, la estuviera acompañando al altar.

Apenas la ve Carlo deja de tocar y apoya la guitarra en el suelo. A su alrededor se eleva un caluroso aplauso. Más que para animarle en lo que está a punto de suceder, diría que lo recibe simplemente por haber dejado de tocar.

Veo que alarga los puños cerrados hacia el policía, como hacen los criminales en las películas norteamericanas para que los esposen.

Los dos agentes se miran y el más viejo sacude la cabeza.

—Vamos, idiota. Ve con tu novia, anda —dice exhalando un suspiro.

Carlo y Cristina se abrazan y se besan. Con dificultad y con un movimiento que poco o nada tiene que ver con la fluida plasticidad que se ve en las películas. Pero, ya se sabe, en las películas te hacen repetir la escena cien veces hasta que queda perfecta.

Esta, en cambio, es la vida, y en ella las cosas deben salir bien a la primera. Porque, en caso de que no sea así, hay que rehacerlo todo, o resignarse a cambiar de camino, de piel, evolucionar. Y eso es justo lo que haré yo.

Contemplo el reencuentro de Carlo y Cristina, que se abandonan a su amor, y pienso que, después de todo, es un final en que triunfa el amor, aunque no sea el mío.

Siento la mano de Tío en un hombro y me arrojo entre sus brazos, me siento fuerte, muy fuerte. Feliz de todo lo que he aprendido y preparada.

Sí, ahora sí que estoy preparada de verdad.

EPÍLOGO
LA LIBRA QUE SUBIÓ UNA COLINA
PERO BAJÓ UNA MONTAÑA

Exterior. Noche. Una de esas noches oscuras pero sosegadas, con el cielo tachonado de estrellas. De vez en cuando se ve pasar una estrella fugaz. En la cima de la colina dos figuras, un hombre y una mujer, están sentadas en el prado, dos perfiles oscuros, con la nariz levantada.

—Ahora mira y pide un deseo.

—¿No te parece ridículo pensar que puedes obtener algo porque lo has pedido mientras veías una estrella fugaz? ¿No te parece inútil?

—No. No si te hace pensar en lo que deseas de verdad. En ese caso perderse en las estrellas es como aferrar nuestra alma y comprender adónde queremos ir.

Los dos se miran. Ella exhala un suspiro.

—Es muy bonito. Y muy cierto.

—¿Y bien? ¿Has pedido un deseo?

—Sí. —Ella vacila, como si se avergonzase—. ¿Y tú?

Él acerca su cara a la de ella.

—Ahora solo espero que sea el mismo que he pedido yo.

Ella se inclina hacia él para darle un beso.

—Eh... ¡Corten! —grita una voz áspera, afectada por la nicotina.

—Diría que es buena —comento yo y a continuación añado, alzando la voz para que todo el equipo me oiga—: ¡Pausa para comer!

Las luces se vuelven a encender y se ve de nuevo el *blue screen*, en lugar de las estrellas que el ordenador proyectaba por encima de nosotros. Silvain Morel baja de un salto de la cima recubierta de hierba falsa, buscando un cigarrillo en los bolsillos.

—¡Eh! ¡Al menos podrías echarme una mano! —le grita Nicoletta Orsini, la guapísima actriz que interpreta el papel de Alessia, la protagonista de mi película.

Bueno, «mi película»... En realidad es la película de Lars Franchini, alias de Lanfranco Franchini, famoso director de televisión con veleidades de hacer gran cine, por eso lo llamamos Lars. En cualquier caso, la película es también un poco mía, dado que, desde que nos conocimos, Lars y yo somos uña y carne.

Me convertí en su mano derecha en menos que canta un gallo. O, mejor dicho, en su musa, como me suele decir guiñándome un ojo.

Por extraño que pueda parecer, a Lars le gustan mis ideas, mis historias, mis diálogos. Y, de hecho, el que Silvain y Nicoletta acaban de recitar lo he escrito yo, Alice Bassi, ayudante de dirección de la miniserie *Te quise bajo las estrellas*. Sé que entre Woody Allen y yo hay un abismo, pero no hay que olvidar que solo estoy empezando.

—*Alors, Alissce, ¿el acento y el togno egan justs?* —me pregunta Silvain con el cigarrillo en la boca.

—Sí —le digo quitándoselo de la boca antes de que lo encienda, dado el riesgo de que el efecto de las estrellas fugaces acabemos haciéndolo realidad, porque estamos en un ambiente cerrado, sin ventanas y lleno de material eléctrico—. Pero te convendría aprender italiano, ya que trabajas siempre aquí. Nos ahorraríamos los gastos del experto de dicción.

Él me dedica una sonrisa torcida y presuntuosa.

—¿Y tú sales con *moi* si te aprendo italiano? —Acto seguido se levanta la camiseta para, en teoría, limpiarse la frente de maquillaje, pero con el único y verdadero propósito de que pueda admirar el notable despliegue de los abdominales que hay debajo.

Me muerdo los labios para no soltar una carcajada. Conozco bien su tono muscular, dado que fui yo la que hizo una selección en los currículums de los actores y en el de Silvain había quizá una única foto en que lucía, al menos, una camiseta de tirantes. Pero desde la época de João sé que el músculo que más me interesa en un hombre es el que se oculta dentro de su cráneo. Puede que sea ese el motivo de que siga soltera. Si bien creo que un millón y medio de italianas darían una mano por estar en mi lugar en este momento, dado que el índice de aceptación de Silvain es inversamente proporcional a su coeficiente intelectual.

—Mmm —digo fingiendo que me lo estoy pensando—. ¿De qué signo eres?

—Tauro, *ma chérie*.

Suspiro.

—No sabes cuánto lo siento. Ah, Libra y Tauro. —Tuerzo la boca y hago chasquear los dedos, como si pretendiera explicarle que la suerte no nos favorece—. No, no encajan —añado a la vez que me alejo de él—. Que aproveche.

Voy a coger mi bolso, porque, a pesar de que he dicho que estamos en un descanso, tengo que quedarme en el set a mirar unos apuntes con Lars.

Cuando me inclino para cogerlo oigo unos ladridos y frunzo el ceño, preguntándome si no me habré olvidado de que en una de las escenas que vamos a rodar hoy debe haber un perro. Pero no me molesto en hojear el orden del día. Sé de sobra que no hay ninguna escena con perros, exceptuando las de Caspar Belli, que, por desgracia, nos ha impuesto la producción. De manera que me asomo fuera del set y entrecierra los ojos al sentir la fuerza del sol de mediodía.

No veo ningún perro, aunque me parece ver que algo se mueve al fondo de la calle, pero es tan alto que supongo que es un caballito. Quizá sea para la serie que están rodando aquí al lado, *Peplum*.

Vuelvo dentro para coger mi bocadillo y saludo con la mano a la secretaria de edición, al técnico de sonido de tomas en directo y a la encargada del vestuario, mientras que Mario, el ayudante de cámara, se acerca a mí rascándose la nariz.

—Perdona que te moleste, Alice, pero ¿puedes aclararme esto? —Me señala el guion, donde ha marcado las notas referentes a su trabajo.

—Lanfranco pensó en un dolly —le explico interpretando los jeroglíficos escritos con lápiz—. Pero yo le sugerí un carro para no salirnos del presupuesto.

—¡Ah, perfecto! Me simplifica el trabajo, gracias. Además, creo que le va como anillo al dedo a la narración, porque pienso que aquí Silvain...

—¿Y bien? —Oímos rugir en la puerta. El director, un hombretón de unos cincuenta años, tan alto e imponente como Orson Welles, se aproxima a nosotros quitándose las gafas y rascándose la barba—. ¿Quieres dejar en paz a mi chica? Vamos, Marietto, vamos... ¡Fuera!

Mario se muerde los labios.

—Disculpa, Lars..., esto, Lanfranco. —Luego añade, dirigiéndose a mí—: ¿Tú no comes?

Levanto la bolsa donde llevo la comida.

—Me he traído la *schiscetta*.

Mario frunce el ceño y yo me echo a reír, porque de vez en cuando me olvido de que no estoy en Milán, sino en Roma, en Cinecittà, para ser más precisa, y que aquí no entienden palabras como *schiscetta*.

—Significa que me traído la tartera con el almuerzo —le explico guiñándole un ojo—. En milanés —añado marcando mi acento nasal.

—¡Vaya con la milanesa! —me grita desde la puerta. Luego se echa a reír y desaparece bajo la luz del sol.

Me río yo también, a pesar de que estoy cansada. Falta menos de una semana para que terminen las tomas y se podría decir que duermo en el set.

—Dime, Lars.

Apenas oye su apodo me hace una mueca, pero luego me da una palmada en el hombro y me guiña un ojo. Aquí dentro soy la única que puede permitirse tomarle el pelo abiertamente y llamarlo Lars sin arriesgarme a que me cuelguen del dolly y me azoten en el ágora de la serie *El Imperio Romano*.

—Voy a coger el guion con los apuntes, venga. ¿Qué te parece si nos ponemos ahí? —propone señalando la cima de la pequeña colina donde acabamos de rodar la escena de las estrellas fugaces.

Arqueo una ceja.

—¿Estás seguro? —Lo conozco lo suficiente para saber que, por lo general, le gusta estar cómodamente sentado en el sillón del director, además creo que cualquiera comprendería que la subida a la cima, por pequeña que sea la colina, le obligará a perder el aliento, dados los kilos de más que se ha ganado a ritmo de pasta *cacio e pepe*.

—Sí, sí. Hagamos una cosa: coge estos. —Me pasa los auriculares que uso para oírlo a distancia, con el radioenlace, cuando debemos entrar en diferentes puntos del decorado.

—Échame una mano para arreglar el set, que tú y yo nos comprendemos al vuelo y si debo explicárselo a Omar me saldrá una úlcera.

Mientras habla noto que le brillan los ojos y veo que se pasa la punta de la lengua por los labios, como si estuviera impaciente por algo.

—¿Seguro que estás bien? A ver si te da un soponcio, Lars.

—Debido a su envergadura, no sería la primera vez. Ya le he dicho que, dado el ritmo que llevamos, debería perder peso, pero ¿cómo puedes convencer a alguien que se conmueve al ver un estofado de rabo de toro?

—¡Demonios! —contesta él haciendo los cuernos con los dedos a modo de conjuro—. No veo por qué debería darme un patatús, solo me siento feliz de que...

Frunzo el ceño.

—¿Qué ha pasado? ¿Noticias de Film Delfino? —le pregunto esperanzada. Sé que presentó su proyecto hace unas semanas y que si se lo aprobaran solo significaría una cosa: ¡el cine! Por fin.

—¿Eh? No, es decir, sí... casi... —De repente asume aire serio—. ¡Alice! —exclama en su tono más brusco, el que suele utilizar para no perderse en demasiados prolegómenos y explicaciones con el equipo, que, de hecho, lo considera una especie de ogro, un cabrón despiadado—. No malgastemos energías, ¡¿eh?! Ya sabes que se me alteran los triglicéridos. Ponte los auriculares y obedece.

—De acuerdo, no te enfades.

—Vamos, vamos —me dice él entonces risueño, pellizcándome una mejilla—. Si no terminamos no podrás ir a Milán el fin de semana que viene para tu día más hermoso.

Resoplo.

—Para mi día sagrado, Lars. Mi día sagrado. Voy a hacerme la manicura, no a casarme.

—Uf, lo que sea —replica él volviéndose y haciendo un vago ademán con la mano—. Que ya me dirás tú por qué debes ir hasta Milán para hacerte la manicura. Te advierto que también la hacen en Roma.

Por supuesto, pero Karin vive en Milán. Y, sobre todo, Paola. Y, pese a que no me puedo quejar de la vida que estoy llevando en la capital, no renunciaría a mi día sagrado con mi mejor amiga ni aunque estuviera trabajando en Hollywood.

Hace siete meses, después de que Cristina abrazara a Carlo, de que los paramédicos se dieran por vencidos y comprendieran que no debían ingresar a nadie, y de que yo volviera a ser la única propietaria y residente de mi piso, hice por fin la famosa llamada.

En menos de dos semanas estaba en Roma, con mamá Adalgisa y papá Guido, porque aunque tu hija tenga treinta años y pico es mejor asegurarse en persona de que el lugar en que la han contratado no está lleno de maniacos sexuales y drogadictos.

—Los de la tele son así —me dijo en una ocasión mi padre con cierta altivez.

—Papá, hace diez años que trabajo en televisión.

—Sí, de acuerdo, pero me refiero a los de la televisión seria.

—Ah, menos mal.

Empecé a ocuparme de varios programas de entretenimiento hasta que en una fiesta de producción conocí a Lars y se produjo el flechazo. No me refiero al amor, por Dios, pero sí a una especie de afinidad electiva. Porque, en definitiva, Lars se parece un poco a mí: se ha divorciado tres veces, de manera que ya no cree en el amor y se desahoga creando las series más melosas que se han visto nunca en televisión, para alegría de las amas de casa.

A mí en cambio, y gracias a Dios, no me han hecho falta tres matrimonios ni tres cheques familiares que firmar todos los meses para comprender que el amor no lo es todo en la vida. Es más, ahora puedo decir que he descubierto lo bonito que es vivir el presente como protagonista, sin pasarme la vida esperando a que un hombre me elija para dejarme después, en cuanto empiezo a acostumbrarme a él.

Y si no hago como Lars, que se desahoga con la comida y escribiendo series en las que, cuando riñe con una de las protagonistas, hace que a estas les dé un síncope, tengan un accidente de coche, o, en el mejor de los casos, sientan una repentina vocación que las hace viajar a algún lugar idílico, es solo porque soy capaz de percibir el amor en un sinfín de cosas. Me gusta observarlo mientras paseo por Roma, lo veo en los bancos, en los colores del cielo y en los escorzos de las calles históricas.

Tio sigue repitiéndome que lo único que debo hacer es esperar, que llegará. Bueno, si llega… Porque pienso que no todos tenemos la misma fortuna. En ninguna parte está escrito, menos aún en las estrellas, que el amor debe llegar a todos y que yo, como él, encontraré también a mi Andrea, que estará dispuesto a seguirme, a Roma o al fin del mundo, si me ofrecen un trabajo como presentador, como le ha ocurrido a él.

Pero, incluso si en mi historia no aparecen las palabras «y vivieron felices y comieron perdices», no estoy triste.

Cuando logro volver a casa antes de que anochezca, ahora que es primavera, salgo al balcón y contemplo la ciudad, que se va tiñendo de un sinfín de colores maravillosos, y me digo que la felicidad es esto: una casa, el trabajo con el que siempre he soñado, los amigos, un gato que te ronronea y unas macetas llenas de geranios, por fin. Porque cuando has aprendido a quererte a ti misma te resulta mucho más fácil cuidar de los demás. Sin perderte nunca.

Enciendo el radiotransmisor y me lo engancho a la cintura de los vaqueros, me pongo los cascos, regulo el volumen y emprendo la subida.

—Alice… Probando. Probando. —La voz de Lars chirría en los cascos—. ¿Me oyes, Alice?

Pulso el botón de respuesta.

—Sí, dime.

—Escucha… Mmm, ejem…, verás, deberías coger la manta roja y colocarla mejor. Y la cesta de picnic, dale la vuelta. Un poco, hacia la derecha.

Obedezco.

—¿Así?

—Bien, sí. Ahora siéntate, llego enseguida. ¡No sueltes los cascos!

Me encojo de hombros y, obedeciendo sus instrucciones, me siento en la hierba de pega. Mientras lo espero empiezo a mordisquear mi bocadillo de mortadela a la vez que hojeo el orden del día y las partes del guion que debemos rodar.

De repente, oigo un ruido seco y doy un respingo. Alzo la mirada, porque nos hemos quedado a oscuras.

—¿Lars? —digo.

No me responde nadie, así que hago amago de levantarme, pero, dado que me he quedado sin puntos de referencia, me tambaleo. Pensándolo bien, no es una gran idea, dado que estoy en una cima falsa, a un par de metros del suelo.

Al cabo de un instante en la pantalla azul aparecen primero la luna y luego las estrellas.

¿Por qué tengo la impresión de que alguien está jugando con el equipo de iluminación?

—¡Lanfranco! Eh… —lo vuelvo a llamar—. Vamos, chicos, que luego se rompe el ordenador.

Oigo crujir algo en los cascos, pero no entiendo lo que es, parecen unas voces, pero suenan lejanas.

—Pon… —oigo, y a continuación—: Parte…

Me parece la voz de Lars, pero es como si estuviera hablando con otra persona.

Y las estrellas empiezan a caer.

La verdad es que verlas desde aquí es todo un espectáculo. Si no supiera que es una proyección me parecería estar de verdad en una montaña, ante un firmamento digno de un Oscar.

En los cascos oigo una música de fondo.

En un primer momento me tenso, porque, de hecho, la canción que suena es *Reality,* de *La fiesta,* la película preferida de Lars, aunque uno no lo diría al verlo. De acuerdo, sonrío complaciente: son las clásicas bromas entre los miembros del equipo. Lo único extraño es que, por lo general, solemos hacerlas cuando estamos un poco más relajados en el trabajo, no cuando vamos retrasados con las tomas. Lars me sorprende, creía que era más profesional.

—Vamos, chicos…, muy bien…, lo he entendido. Un millón de gracias. Pero ahora basta, porque vamos retrasados.

Me vuelvo a sentar y cruzo las piernas en el prado de plástico. No soy una gruñona que no sabe reírse de sí misma. Pero, por desgracia, *Reality* me recuerda otra cosa…, a otra persona que he enterrado en el baúl de los recuerdos.

Cojo el teléfono y enciendo la linterna para leer el guion de todas formas. O, por lo menos, finjo que lo leo.

—Victor Hugo decía que el alma está llena de estrellas fugaces.

En los cascos ya no se oye una música sino una voz.

—Y puede que al intentar ser poético no anduviera muy desencaminado.

No es la voz chillona de Lars sino una voz que desconozco. Aun así, siento que el corazón me late en la garganta.

—En cierto sentido no te equivocabas cuando creías que somos hijos de las estrellas, ¿sabes? —sigue diciendo, y yo me muerdo los labios, porque en el fondo, muy en el fondo, me parece reconocer el timbre, tan doloroso como un cuchillo clavado—. Todos los átomos que componen nuestro cuerpo fueron creados hace miles de millones de años. El hierro de nuestra sangre, el oxígeno que alimenta los pulmones, el calcio de nuestros huesos.

Mientras lo escucho, las estrellas del firmamento que tengo delante siguen brillando, cayendo, pulsando, tan vivas como un cuerpo humano.

—Alice…

En ese momento me doy cuenta de que la voz no procede de los auriculares sino que está detrás de mí y cuando me vuelvo veo un perfil oscuro, igual que en la escena que imaginé para la película que estamos rodando, la escena de la película que he escrito.

Entrecierro los ojos tratando de atisbar algo, porque me parece imposible, absolutamente imposible. Absurdo. Fuera de lugar.

Es imposible que él esté aquí, porque...

Me odio, porque en la oscuridad siento que una lágrima resbala hasta mi barbilla. Entonces lo llamo:

—Davide...

Una vez más, me digo que no puede ser verdad, en parte porque las cosas nunca suceden como las has imaginado, como la escena de una película. En cambio él está subiendo la colina (vale, la falsa colina) y deja caer los cascos alrededor del cuello. Se echa la chaqueta al hombro.

—Hola —me dice con una voz que es una caricia, a pesar de todo, a pesar del daño que me ha hecho.

—Hola —respondo con la mía, que restalla como un látigo.

Davide se sienta a mi lado, como si hubiéramos quedado para ver las estrellas.

—Te encuentro bien —me dice escrutándome, al mismo tiempo que el desgraciado de Lars, que quizá se haya puesto de acuerdo con el director de fotografía, pone unas luces tenues, de forma que puedo mirar a Davide a los ojos.

—Mmm, gracias.

Él levanta una mano, pero no llega a tocarme el pelo, porque me adelanto y me meto el mechón detrás de la oreja.

—¿Por qué el pelo corto?

—Es más práctico —le explico—. Ya sabes, cuando se tiene poco tiempo para secarlo y peinarlo... —Hago un ademán vago—. Cosas de mujeres.

—Cosas de Alice —me corrige risueño.

Desvío los ojos de los suyos, porque son demasiado intensos.

—Mmm, puede.

—Pero sigues estando guapísima. Es más, diría que aún más que antes, eres... sofisticada.

Suelto una carcajada fuerte, porque, en estos meses romanos en que me he dedicado en cuerpo y alma a trabajar y reconstruirme a mí misma, me parece haber hecho de todo, salvo convertirme en una mujer sofisticada. Pero me callo, porque él me coge una mano.

—Davide, esta es mi vida... Yo trabajo aquí. ¿Por qué has venido? ¿Por qué te has presentado aquí, hoy, ahora, después de tanto tiempo?

Veo que se muerde los labios y que mira la falsa cúpula del cielo que está por encima de nuestras cabezas.

—Te echo de menos.

Niego con la cabeza.

—¿Qué es lo que echas de menos, a la chica torpe e histérica que se moría por tus huesos?

—Nunca has sido así. Eres irónica y divertida, eres inteligente, guapa, dulce y altruista...

—E imbécil, dado que contigo picaba siempre. Vamos, Davide, sabes que no puede funcionar.

Él esboza una sonrisa y entorna los ojos.

—¿Porque soy leo con ascendente en Libra?

—Porque eres un cabrón. Los signos zodiacales no tienen nada que ver.

Davide encaja el golpe cerrando los ojos y asintiendo con la cabeza.

—Disculpa, hace meses soñaba con tener un diálogo parecido contigo y decirte estas cosas. Casi me sé de memoria todas las salidas y ocurrencias. No obstante, ahora me doy cuenta de que ya no tiene mucho sentido.

—¿Quizá porque no lo piensas de verdad?

—Porque ya no me duele. Además he aprendido muchas cosas, como que no necesito el amor o un hombre para ser feliz, y he sido mucho más feliz en estos siete meses que cuando era novia de alguien.

—Mmm, lo sé...

Lo miro.

—¿Qué significa que lo sabes?

—Sabía que habías venido a Roma, que al final habías dejado a Daniele, y también a qué te dedicabas. No. —Me detiene alzando una mano—. Si me vas a acusar de haberte seguido o, peor aún, de haberme entrometido en tu vida te diré que no lo he hecho. Al menos hasta hoy. Pero me sentía feliz por ti, por tus éxitos, por que hubieras sacado las garras y por fin hubieras querido hacer algo por ti misma. Solo por ti misma.

—Bien, pero ahora, por mí misma, te pido que te vayas. —Me levanto, porque está empezando a resultar muy doloroso y no quiero sentirme así. Aquí y ahora no, después del esfuerzo que he hecho—. Demasiado tarde. Quizá, si hubieras venido hace unos meses, cuando rompiste con Barbara...

—Alice, yo rompí con Barbara antes de ir a París.

Doy un paso hacia atrás, porque necesito poner mayor distancia entre lo que acaba de decir y yo.

—Quería estar contigo. Te quería —dice mirándome a los ojos—. Ya entonces te quería, antes, pero me daba mucho miedo lo que podía ocurrir si te lo decía, después de haberme pasado la vida tratando de valerme por mí mismo, por miedo a ser abandonado.

Intenta acercarse a mí, pero se lo impido.

—No... —susurro.

—Te sigo queriendo y sé de sobra cómo te sientes.

—Vete.

—Alice...

—Sabes de sobra cómo me siento. Bien. Porque fuiste tú el que me hizo sentir así. Tú lo quisiste. No me has buscado durante meses, sabiendo que estaba aquí..., sola..., sabiendo... —¿Por qué demonios estoy llorando? Alice, basta. ¡Despierta, Alice! Ya no eres la mujer de hace unos meses. Eres una Alice fuerte, segura de ti misma, una mujer que sabe lo que quiere, a la que la gente estima—. Vete, por favor. Déjame en paz. —Me vuelvo a sentar hundiendo la cabeza entre las manos y me dejo envolver por el silencio y la oscuridad. No sé cuánto tiempo paso así, pero me parece una eternidad.

Luego, una voz dice a través del altavoz de la nave:

—¡Alice!

—¿Por qué me has hecho esto, Lars? —le pregunto enjugándome los ojos y tratando de que la voz no me tiemble demasiado.

—Porque te lo mereces, cariño. Te mereces una posibilidad de ser feliz.

Sacudo la cabeza.

—Esta solo es una posibilidad de sufrir, y tú lo sabes. Lo sabes de sobra, dado que te has casado y divorciado tres veces...

—Por supuesto, y si sucede por cuarta vez lo volveré a hacer. No puedes ser feliz sin aceptar el riesgo, Alice. No puedes subir a la cima sin ser consciente de que puedes caer en cualquier momento. —Al ver que no digo nada, prosigue—: Pequeña mía, el hombre que acabas de dejar salir me dijo que había dado un vuelco a su vida para poder volver contigo. Que había cambiado de trabajo para poder tener una casa de verdad. Para poder empezar a construir algo, porque antes siempre tuvo miedo de comprometerse, de todo lo que fuera definitivo y estable. Y cuando un hombre hace eso, cuando tarda siete meses en hacerlo y no vacila, bueno, querida, eso significa que poco importa si pides o no a las estrellas fugaces que te toque la lotería, porque si no compruebas los números nunca sabrás si tienes en la mano el boleto premiado.

Enciende de nuevo todas las luces y mi cielo estrellado desaparece como por arte de magia. Me rodean de nuevo las cuatro paredes del set, los cables, los carriles del carro y las escaleras para colocar las luces. Me rodea de nuevo mi vida. Y no estoy sola.

Davide ha venido a buscarme aquí.

Me ha dicho que me quiere.

Cuando trato de ponerme de pie, las piernas me flaquean.

Yo, que sigo amándolo desde hace un año, a pesar de la distancia, de nuestros cuadros astrológicos, del dolor, y de que intenté olvidarlo escapando de mi antigua vida.

Me gustaría bajar más deprisa, pero esta colina parece haberse convertido en una montaña, me gustaría correr hacia la puerta, pero el miedo me paraliza. Tengo miedo de no volver a verlo.

Y tengo miedo de volver a verlo.

—¡Davide! —llamo, pero me he quedado sin aliento y él no me oye.

Sigue caminando recto por la avenida que lleva a la reconstrucción de la antigua Roma.

—¡Davide!

De improviso oigo unos ladridos. Davide se detiene y extiende los brazos, porque Flash está corriendo hacia él. Pero el perro pasa por su lado como si nada, apunta hacia mí moviendo la cola y unos segundos más tarde me tira al suelo con sus poderosas patas y la fuerza mal calibrada de un alano víctima de un arrebato de afecto.

—¡Flash! ¡Alice!

Davide se precipita hacia mí, hacia la *sofisticada* mujer que está elegantemente tumbada en la grava con sesenta kilos de perro en el estómago.

Mientras Flash sigue aullando, él me levanta del suelo y me estrecha entre sus brazos.

—Lo siento, Alice. Perdona… No debería haber hecho caso a Lanfranco. Debería haber venido solo a verte.

—Lars se pirra por las historias románticas, sobre todo cuando puede dirigirlas. Y... —Lo miro a los ojos—. Quizá esta vez haya conseguido escribir un final feliz.

Davide me sonríe y, dado que parece vacilar, lo beso. Sigo teniendo miedo. Tengo miedo de tomar una decisión equivocada, de que Davide y yo rompamos, de que podamos pasar juntos el resto de nuestras vidas, de sufrir. Tengo miedo de lo que desconozco, porque no solo es insondable el futuro, también lo que sucederá dentro de una hora es un enigma.

Eso es lo que significa vivir sin la astrología: subir al escenario de la vida sin el apuntador, sin alguien que te quite la ansiedad de tener que recordar el guion, que te prive de la belleza de descubrir por ti mismo cómo eres, de comprender tus mecanismos sin echarle la culpa a una conjunción errónea, a un planeta torcido o al ascendente.

Beso a Davide y lo abrazo con todas mis fuerzas. Ya no tengo miedo de mis miedos, porque sé que esta vez las estrellas se limitarán a mirar.

AGRADECIMIENTOS

Para realizar este viaje hemos atravesado los cuatro elementos, escalado los trígonos, diseccionado los cuadros astrológicos, observado las constelaciones, desgranado décadas y acabado a mamporrazos con los planetas… Pero si Alice y yo hemos logrado escribir esta página se lo debemos a una serie de personas sin las cuales ni ella habría tenido voz ni yo habría concluido sus aventuras.

Laura Ceccacci: gracias por haber escuchado, leído, reído y participado en las cosas de Alice y, en parte, también en las mías. Como era de esperar, dado que eres libra, nos entendimos enseguida de maravilla, pero tu energía y la profesionalidad de la Laura Ceccacci Agency dieron a este proyecto el impulso que necesitaba.

Patrizia Rizzo: la mejor cáncer que conozco. Jamás bendeciré bastante el día, hace ya muchos años, en que los astros nos pusieron en el mismo camino. Solo gracias a nuestras veladas, a nuestras conversaciones infinitas y a tus consejos Alice ha llegado a ser lo que es, como Paola… y también en parte como Silvia.

Cristina Caboni: una autora delicada y una amiga maravillosa, que, al igual que cualquier géminis que se precie, ha sido capaz de desempeñar varias funciones, de mimarme y de criticar-me con dureza cuando ha sido necesario. Si tú no hubieras creído en mí desde el principio, antes incluso, habría sido difícil que todo esto llegara a suceder.

Cristina Prasso: que nos conquistó, a Alice y a mí, con sus zapatos desparejados y su pasión por el cine. Si en la Nord me sentí enseguida como en mi casa fue gracias a ti; y tu entusiasmo por la *Guía* ha sido mejor que cualquier trígono positivo. Lo úni-co que se te puede reprochar, porque tú misma lo has admitido, es que eres aries... Pero este es un defecto que se te perdona con gran facilidad.

Giorgia di Tolle: que es una sagitario con ascendente en Libra. Mi espejo, en pocas palabras, y por esto (¡aunque no solo!) la mejor editora que se puede desear.

Barbara Trianni, capricornio a más no poder, como se des-cribe ella y, sobre todo, maravillosa en su trabajo en la oficina de prensa; y Giacomo Lanaro, a quien, bueno, a pesar de ser escorpio se le ocurren unas ideas geniales para el marketing en la Nord. Y además Marco Tarò, Cristina Foschini, Giuseppe Somenzi, Paolo Caruso, Benedetta Stucchi, Elena Pavanetto, Caterina So-nato, Viviana Vuscovich, Graziella Cerutti, Mauro Tosca, Oriana Di Noi y Laura Passarella, espero no haber olvidado a nadie, porque en la GeMS han creído en esta novela y se han dedicado a ella con entusiasmo para que viera la luz.

Un agradecimiento especial a Simon Morandi, que tuvo la paciencia de leerme y de corregir los graves errores astrológicos. En caso de que aún quede alguna imprecisión de este tipo solo se me puede atribuir a mí y espero que sea considerada una licencia poética.

Jean Paul Bosco: que ha entrado con entusiasmo, profesio-nalidad y eficacia en la familia de los libras de la agencia y ha conseguido que este libro haya logrado unos resultados inimagi-nables.

Gisella Guidi y Roberto Zucca: mis padres, respectivamente piscis y géminis, lo que demuestra que los extraños enredos de los signos y los cuadros astrológicos pueden funcionar de verdad en una pareja. Gracias también a mi hermana Carlotta, a quien quiero mucho, pese a lo diferentes que somos, y a Fabrizio, Matteo y Martina.

Claudio Canossi: un acuario que me ha enseñado muchas cosas y que, a pesar de que pasan los años, sigue a mi lado como un buen hermano mayor. Como ves no he hecho morir a Carlo, como me pediste hasta el agotamiento, al contrario, le he permitido encontrar la felicidad que te deseo a ti en todo.

Jean Claude Rousseau: sin cuyos preciosos consejos, sonrisas y estímulos me habría perdido por el camino en estos años. Y también a Corina, que me hace una manicura especial en mi verdadero día sagrado, y que es además una querida amiga.

Gracias también de todo corazón a Valeria, una pequeña piscis que nada entre flores en una tienda maravillosa que es, por sí sola, una auténtica inspiración. Gracias por tus abrazos y por tu inagotable paciencia. Adoro la frase que me escribiste en un mensaje, que refleja algo que yo siento también: «Soy muy feliz de que estés en mi vida, la embelleces».

Mi pequeño clan de amigas bailarinas: Amanda, Deborah, Laura y Serena, que, además de a bailar, están siempre dispuestas a escuchar y a comprender.

Gracias también a Valerio, pese a que no puedo entender que sea virgo. ¡Qué lástima no haberte conocido un poco antes, dado lo mucho que sabes de astrología! Y a Bianca, que es una aries de asalto y una auténtica fuerza de la naturaleza.

Y a otro trío de sagitarios: Roberto, Pietro y Maríaluisa, que, pese a que de alguna forma me inspiraron el personaje de João (¡jamás le haría a nadie algo así!), han estado siempre a mi lado con su amistad, apoyo y valiosos consejos.

Gracias también a Alessandra Roccato, que fue amiga durante muchos años y que me enseñó muchas cosas sobre escritura y traducción.

A Musetta, Byron, Modì y a mi dulce y complicada Drusilla, que me miman con sus ojazos felinos mientras escribo.

Por último, no puedo olvidar a mis dos pequeños clanes: mi familia teatral, de la que forman parte Silvia, Ilaria, Lidia, Stefano, Raffaella, Roberto, Paolo, Oscar, Fabio, Chiara y Elena.

Y mi «Civico 69», el simbólico edificio en que crecieron mis sueños durante los dos años del curso de escritura del maestro Raul Montanari (¡un carismático capricornio doc!), y en el que siguen viviendo Francesco, Carmen, Paolo, Elena, Rosa y Marta.

Amigos, que las estrellas estén con vosotros. Gracias por todo.